Sapho

밤의 문학 2

사포

초판 1쇄 인쇄일 2014년 5월 20일 • 초판 1쇄 발행일 2014년 5월 26일
지은이 알퐁스 도데 • 옮긴이 김종태
펴낸곳 (주)도서출판 예문 • 펴낸이 이주현
기획 김유진 • 편집 홍대욱 • 디자인 김지은 • 관리 윤영조 · 문혜경
표지일러스트 클로이(박용웅)
등록번호 제307-2009-48호 • 등록일 1995년 3월 22일 • 전화 02-765-2306
팩스 02-765-9306 • 홈페이지 www.yemun.co.kr
주소 서울시 강북구 미아동 374-43 무송빌딩 4층

ISBN 978-89-5659-228-2 (04800)
세트번호 978-89-5659-225-1 (04800)

도서출판 예문에서는 이 책의 번역저작권 사용을 교섭하기 위해 노력하였으나 마치지 못
했습니다. 하지만 앞으로 계속 추적하여 사용 계약을 체결할 예정임을 밝혀둡니다.

사포

알퐁스 도데 지음 / 김종태 옮김

일러두기

1 이 책의 번역본은 1988년 김종태의 것으로, 다만 개정된 한글맞춤법 규정에 따라 일부 교정하였습니다.

2 우리말의 풍부함을 담은 옛 번역 표현들은 보존했습니다.

3 외래어 표기는 기본적으로 국립국어연구원의 〈외래어표기법 및 표기 용례〉를 따랐으며, 일부 고유명사는 발음대로 표기하였습니다.

'밤의 문학'을 펴내며

사랑은 이 세계를 사랑하는 것이 아니라 이 세계의 사랑이다.
—옥타비오 파스

문학 작품에는 삶과 사회가 담겨 있습니다. 인간의 성(性)을 다룬 문학 작품 또한 성 그 자체뿐만 아니라 그것을 담고 있는 삶과 사회를 반영합니다. 어쩌면 삶, 그리고 사회란 끊임없이 타자와 만남으로써 이루어지는 것이라고 할 수 있습니다. 그래서 위에 인용한 시인은 "존재는 에로티시즘"이라고 말합니다. 또한 "인류가 살아있는 한 에로티시즘은 모든 예술의 가장 풍요로운 원천으로 존재할 것"(장 콕토)이라고 합니다.

밤은 낮과 다르지만 어둠만은 아닙니다. 스피노자의 책들은 반대자들에 의해 '밤의 작품'이라 불렸지만 대낮처럼 밝은 지성의 힘을 오늘까지 발휘하고 있습니다. 음과 양은 대립하기도 하지만 서로를 도와주어 만물을 생성, 창조한다는 오랜 지혜와 마찬가지로 밤과 낮, 남성과 여성은 다르지만 서로를 도와 생산하고 창조합니다. 또한 밤은 "또 하나의 세계"(파스칼 키냐르)입니다.

'밤의 문학'은 우리 삶과 사회의 한가운데를 가로지르는 에로티시즘의 걸작들을 골라 나갑니다.

사포

알퐁스 도데 지음 / 김종태 옮김

Sapho

"이봐요, 저 좀 보세요…… 당신 눈이 참 마음에 드는 군요. 이름이 뭐죠?"

"장입니다."

"장? 그것뿐이에요?"

"장 고생입니다."

"고셍이라면 남부 쪽 성이로군요. 들어본 적이 있는 것 같아 요…… 그런데 몇 살이죠?"

"스물한 살입니다."

"예술가?"

"아닙니다, 부인."

"다행이군요……."

초여름에 접어든 6월의 어느 날 밤, 대나무와 종려나무로 꾸 며 놓은 디셸레트의 널찍한 아틀리에에 딸린 회랑에서 피리 부는 소년으로 분장한 젊은이와 이집트의 농부 차림을 한 여자 사이에 짧은 대화가 오갔다.

그러나 그들의 목소리는 무도회장에서 흘러나오는 템포가 빠르고 경쾌한 춤곡과 왁자지껄한 소음 속에 파묻혀 바로 옆에서도 거의 들을 수 없을 정도였다.

이집트의 농부처럼 분장한 여자가 스쳐 지나가듯 묻는 말에 피리 부는 소년 차림을 한 젊은이는 그맘때의 나이에 어울리게 순진하고 꾸밈없는 표정으로 솔직하게 대답했다. 벌써 가장무도회가 시작된 지 두 시간이 넘어 무도회의 분위기는 절정에 달해 있었다. 하지만 두 시간 내내 말없이 한 귀퉁이에 서 있어야 했던 남부 프랑스 출신의 그 젊은이는 아리따운 여인이 말을 걸어오자 답답했던 마음이 한결 가벼워지고 들뜨기 시작했다. 사실 마지못해 친구 손에 이끌려 시끌벅적한 무도회장에 오긴 했지만 들어서는 순간부터 얼이 빠져 버렸던 그는 화가나 조각가 등 예술가들만 모인 그 세계에 심한 이질감을 느끼며, 줄곧 꿔다 놓은 보릿자루마냥 이리저리 기웃거리며 한구석에 밀려나 있었던 것이다. 햇볕에 탄 까무잡잡한 피부에다 눈에 띄게 수려한 용모의 그는 파도치듯 부드럽게 웨이브가 진 짧고 숱 많은 머리칼과 잘 어울리는 북실북실한 양털 조끼를 입고 있어서 마치 그리스 신화에 나오는 미소년 같았다. 갖가지 가면으로 얼굴을 가린 사람들이 힐끗힐끗 그를 훔쳐보며 지나쳤는데 그 젊은이는 자기가 그들의 호기심과 관심의 대상이라는 사실을 전혀 눈치채지 못하는 것 같았다.

사람들이 커다란 원을 빙글빙글 그리며 음악에 맞춰 어깨를 들썩거리고 빠르게 발을 놀리며 춤추는 모습을 바라보던 그는 현기증이 날 듯 눈앞이 어지러웠다. 더군다나 아틀리에 한구석에서 애송이 화가 지망생들이 몰려 서서 와자하게 웃어 젖히는 소리는, 여름날 밤에 입기에는 너무 무겁고 거북스런 양털 조끼와 산에서 양을 칠 때나 입어야 좋을 낡고 촌스러운 목동 차림을 한 자신에게 야유를 퍼붓는 것처럼 들려왔다. 그리고 틀어 올린 머리에 일본 기모노를 입은 여자가 자기 주위를 얼쩡대며 손에 든 단도를 흔들어대면서 콧노래를 흥얼거리는 것이 몹시 신경에 거슬렸다. 뿐만 아니라 흰색 비단 레이스가 달린 화려한 스페인 전통 의상을 걸친 여자가 아파치 추장으로 분장한 남자에게 흰 재스민 꽃다발을 내밀면서, 그에게 쓰러질 것처럼 안겨 희롱하는 모습이 눈앞에서 계속 어른댔다.

그에겐 이런 은근한 프로포즈가 전혀 맘에 들지 않았으며 그들이 촌닭 같은 몰골을 한 자신을 비웃으며 조롱하고 있다고 여겨졌다. 그래서 그는 그들을 피해 어둠 속에 싸여 있는 유리로 된 회랑으로 나와 긴 소파에 앉아 잠시 쉬고 있던 참이었다. 그때 그 이집트 농부 차림을 한 여자가 그를 뒤따라오더니 옆에 주저앉아 말을 걸어온 것이었다.

무도회장에서 새어 나오는 빛을 등지고 앉은 그녀는 젊고 아름다워 보였다. 푸른색 모직으로 만든 이집트의 농부 의상을 꼭 끼게 입어서 충만하고 육감적인 몸매를 그대로 드러내고 있었으며 둥그스름한 어깨선은 어둠 속에서 완만한 곡선을 그리고 있었다. 자그맣고 예쁘장한 손에는 갖가지 모양의 반지를 여러 개 끼고 있었고 이마에 늘어뜨린 특이한 쇠장식은 그녀의 커다란 잿빛 눈동자와 잘 어울려 묘한 매력을 풍겼다.

'아마 여배우인 모양이군. 디셀레트 저택에 꽤 유명한 배우들

이 드나든다는 소문이 자자하니 말이야.'

문득 그런 생각이 머리에 스치자 그는 시선을 어디에 두어야 할지 몰라하며 엉덩이를 들썩였다. 그는 사람들의 입에 오르내리거나 사회적으로 이름난 인물들에 대해서 이상한 두려움과 거리감을 가지고 있었다. 하지만 느긋한 표정을 짓고 있는 그녀는 무릎 위에 팔을 얹고 턱을 괸 채 그에게 지그시 기대어 약간 지친 듯한 부드럽고 나른한 목소리로 말했다.

"정말 남부 출신이에요?…… 어머나, 이 금발 머리 좀 봐…… 정말 멋지군요……."

그러더니 그의 눈을 물끄러미 들여다보며 계속 질문을 퍼부어대는 것이었다. 언제 고향을 떠나 파리에 왔는지, 지금은 무엇을 하는지, 공부하고 있다는 외교관 시험은 얼마나 어려운 것인지, 사교계 사람들은 많이 알고 있는지…… 등등 그녀는 잿빛 눈동자를 빛내며 꼬치꼬치 캐물었다.

"그런데 당신이 살고 있는 라탱 구역과 이곳 로마 가는 꽤 먼데 어떻게 디셀레트의 무도회에 오게 되었나요?"

"라구르너리라고…… 꽤 유명한 시인 있잖아요. 제 친구 중에 그 시인의 친척이 있는데요…… 어쩌면 당신도 그 시인을 알고 있을지 모르겠군요."

그가 자기를 이곳에 데려온 친구의 얘기를 들먹이자 일순 그녀의 얼굴에 어두운 그림자가 스쳐 나갔다. 아직은 여자의 얼굴에 나타나는 미묘한 감정의 변화가 무엇을 의미하는지 전혀 알아채지 못하는 나이의 그는 그저 초롱초롱한 눈빛으로 친구의 얘기를 계속했다.

"그 친구는 자기의 사촌인 라구르너리도 이곳에 오기로 했다면서 만나면 소개시켜 주겠다고 했죠. 전 그 사람의 시를 아주 좋아하거든요…… 전부터 꼭 한번 그를 만나고 싶었어요…….."

그녀는 아름다운 어깨를 으쓱해 보이며 그에게 연민과 애정이 담긴 미소를 지어 보였다. 그러고는 무심코 손으로 대나무잎을 뜯어내며 젊은이가 찾고 있는 사람을 찾아주려는 것처럼 고개를 돌려 무도회장을 바라보았다.

그때 무도회는 바야흐로 가장 감동적인 장면에 접어든 동화 속의 얘기처럼 열기에 휩싸여 있었다. 디셀레트의 아틀리에는 말이 좋아 아틀리에지 그곳에서 작업하는 일이란 거의 없었고 사교계의 모임이나 무도회 때에 가끔 이용되어 왔다. 천장이 높고 공간이 아주 넓은 그곳은 화려하고 밝은 색깔로 꾸며놓아 파티장으로는 그야말로 적격이었던 것이다. 게다가 사방 벽에는 밀짚으로 짠 아주 섬세한 발과 병풍이 둘러쳐져 있었고 도처에 유리와 크리스털로 된 크고 작은 장식품들이 진열되어 있었다. 그리고 르네상스 양식의 커다란 벽난로 주위에는 온통 노란 장미를 장식해 놓았고 그 위쪽으로는 무수히 많은 램프들이 무지갯빛으로 현란하게 빛나고 있었다. 중국이나 페르시아, 일본 등 주로 동양풍의 등 모양을 본뜬 듯한 그 램프에는 이슬람 사원의 지붕처럼 궁륭형으로 생긴 것도 있었고 오색 무늬의 종이로 만든 부채 모양과 꽃이나 새, 뱀 모양으로 만들어진 것도 있었다.

그때 느닷없이 이층 회랑으로 이어진 네덜란드식의 계단 쪽에서 눈부시게 파르스름한 빛줄기가 무도회장 안으로 비춰 들었다. 그러자 수많은 램프 불은 제 빛을 잃은 채 파르스름한 한 줄기 빛과 창을 통해 스며 든 달빛에 빨려 들어갔으며 무도회장은 이내 꿈속에서처럼 아득해졌고, 사람들의 얼굴과 드러난 어깨 위에 유리 가루를 뿌려 놓은 듯한 환상적인 분위기로 무르익었다.

젊은이와 애수에 찬 그 여자는 회랑의 소파에 앉은 채 대나무 가지와 꽃이 활짝 핀 칡 줄기 사이로 그 모든 광경을 지켜보고 있었다. 그 젊은이는 공주처럼 화려한 드레스를 입은 여자가 치맛자락을 끌며 춤추는 모습이 나뭇가지 사이로 희끗희끗 나타났다 사라질 때마다 마치 꿈을 꾸고 있는 듯한 느낌에 사로잡히곤 했다. 그는 우스꽝스럽고 환상적인 모습으로 변장한 채 가장무도회에 나타난 그들이 대체 어떤 사람들인지 전혀 알지 못했다. 그녀가 사람들을 손가락으로 가리키며 나지막하게 저 사람은 누구이며 또 저 사람은 어떤 사람이라고 말해준 다음에야 그는 그들이 하나같이 당대를 주름잡은 유명한 사람들임을 알고 새삼 놀라워하며 흥미로운 눈빛으로 그들을 바라보았다.

짧은 채찍을 겨드랑이에 끼고 개를 돌보는 시종으로 변장한 사람은 자뎅이었고, 다 낡아빠진 시골 신부복을 입고 온 사람은 이자베이였다. 그리고 상이군인들이 쓰는 챙이 짧은 모자를 쓴 코로 영감은 입가에 미소를 머금고 무도회장을 서성이고 있었으며, 불독처럼 변장한 토마 구튀르의 모습과 순경으로 분장한 윤트, 그리고 화려한 깃털을 가진 적도 지방의 새로 변장한 샹의 모습도 보였다.

역사적으로 유명한 인물처럼 꾸미고 나타난 사람 중에는 간혹 뮈라(나폴레옹 휘하에서 활약한 프랑스군 원수―역주)나 외젠 황태자

14

(황후 조세핀이 첫 남편과 낳은 아들로 나폴레옹의 수양아들—역주), 샤를 1세를 흉내내어 깃털 장식을 단 장중한 의상을 걸친 모습들도 눈에 띄었다. 그들이 입고 있는 그 의상들은 아주 그럴싸해 보였지만 실은 고증을 토대로 해서 만든 것이 아니라 대부분 당대의 화가들이 엉성하게 그린 그림을 비슷하게 흉내내본 것에 불과했다. 한쪽으로는 대체로 진지하고 냉정해 보이는 사람들이 무도회장까지 와서도 돈 문제로 노심초사하느라 온통 주름투성이의 얼굴로 끼리끼리 무리 지어 서 있었다. 그 옆으로는 자유분방한 젊은 패거리들이 장난스러운 표정과 몸짓으로 주위를 떠들썩하게 만들고 있었다.

 기사로 분장하고 나타난 조각가 카우달은 쉰다섯의 나이에도 불구하고 그랑 쇼미에르(회화, 조각을 중심으로 가르치는 파리의 예술 학교—역주) 시절로 돌아간 듯 소매를 걷어붙이고 여전히 헤라클레스처럼 울퉁불퉁한 근육을 자랑하며 팔레트와 붓을 흔들어대면서 결투하는 기사 흉내를 내고 있었다. 그 맞은편에는 이슬람 성직자처럼 터번을 비스듬히 쓴 음악가 드포테가 높고 날카로운 목소리로 '알라! 알라!'를 외쳐대며 온몸을 마구 흔들면서 배꼽춤을 신 나게 추었다. 재미나는 그 두 명사 주위를 춤추는 것조차 잊은 많은 사람들이 삽시간에 몰려 겹겹이 빙 둘러쌌다. 맨 앞에는 페르시아 모자를 쓴 그 저택의 주인 디셸레트가 히죽히죽 웃으며 서 있는 모습이 보였다. 뱁새눈에 코는 슬라브인처럼 생긴 그는 덥수룩한 턱수염까지 희끗희끗한 초로에 접어든 사내였다. 그는 주인답게 손님들이 즐겁게 노는 모습을 둘러보며 대단히 만족스러운 듯 싱글벙글하며 좋아했다.
 원래 엔지니어인 디셸레트는 십 년 전쯤 예술의 도시 파리에

첫발을 내디딘 후 얼마 지나지 않아 사교계의 거물로 자리 잡은 인물이었다. 그는 대단히 부자였고 거기에 걸맞게 마음 또한 한없이 너그러운 호인으로 그의 주위엔 늘 많은 사람들이 들끓었다. 유별나게 예술을 사랑한다거나 하는 사람은 아니었지만 예술가 특유의 자유분방하고 열정적인 성격을 지닌 그는 독신생활을 하며 마음껏 삶을 즐겼다. 그 무렵 그는 타우리스(이란 타브리즈의 고대 이름—역주)에서 테헤란에 이르는 철도를 부설하는 사업에 참여하고 있었다. 그래서 일 년 중 열 달 정도는 광막한 사막과 늪지대를 돌아다니며 천막 생활을 하다가 휴가를 겸해서 로마 거리에 있는 그 저택으로 돌아와 흥겨운 나날들을 보냈다. 그는 자신이 직접 설계해서 지은 그 저택을 별장처럼 아늑하고 호화스럽게 꾸며 놓고는 파리를 주름잡는 수많은 지성인과 예술가들을 불러들여 휴가 기간 내내 매력적이고 감미로운 향락과 연회를 즐겼다.

"디셀레트가 파리에 왔다는군."

그가 황량하고 쓸쓸한 사막에서의 천막 생활을 걷어치우고 파리에 나타나면 그 소식은 아틀리에나 카페 등에 봇물 터지듯 퍼져 나갔다. 그러면 마침내 극장의 막이 올라가듯 오랫동안 잠자고 있던 그 저택은 서서히 깨어나 거대한 유리 현관문에 쳐져 있던 발이 올라가면서 축제가 벌어지기 시작했다. 그래서 그맘때쯤이면 너나 없이 온통 바캉스를 떠나 버려 무기력한 분위기에 휩싸인 로마 거리에 요란한 춤과 음악 소리가 울려 퍼지고 갖가지 술과 음식이 마련된 성대한 향연이 벌어졌다.

하지만 그렇게 호사스런 연회를 베푼 디셀레트 자신은 밤낮으로 열리는 그 향연에서 주인 대접도 받지 못하는 인기 없는 존재였다. 난봉꾼으로 소문난 그는 마약중독자처럼 게슴츠레하게 풀린 몽롱한 눈빛과 흐뭇한 미소를 머금고 푸짐한 파티를 보러 온 구경꾼마냥 어슬렁거리며 돌아다녔다. 친구에 대해서는 더할 수 없이 성실하고 계산속이 없는 사람이었으나 여자에 대해서만큼은 동양 남자들처럼 내심 무시하는 마음이 있으면서도 겉으로는 관대하고 예의 바르게 행동했다. 환상적인 분위기를 풍기는 화려한 그 저택에 드나드는 여자들치고 한때 그의 정부였노라고 자처하지 않는 여자는 하나도 없을 정도였다. 돈과 화려함에 현혹되어 그에게 다가드는 수많은 여자들을 겪어본 그로서는 어쩌면 그들에 대해 경멸감을 갖는 게 오히려 당연한지도 몰랐다. 그가 갖고 있는 엄청난 재력과 그에 따라 부풀려진 화제로 인해 사교계에서는 그에 대한 소문이 늘 무성했다.

"어쨌든 좋은 사람이지요……."

장에게 디셸레트에 대한 모든 얘기를 들려주면서 이집트의 농부 차림을 한 여인이 나지막이 한숨을 내쉬며 덧붙였다. 그러더니 갑자기 넋을 잃고 얘기에 귀를 기울이고 있던 젊은이의 팔을 툭 치며 말했다.

"저기 당신 친구의 친척이라던 그 시인이 있군요……."

"어디요?"

"바로 저 앞쪽에…… 시골 신랑처럼 옷을 입은 사람 말예요……."

뚱뚱한 몸집의 그 시인은 땀으로 번들거리는 얼굴을 손수건으로 연신 닦으면서 빳빳한 칼라가 몹시 불편한지 자꾸 고개를 비비 틀고 있었다. 위엄 있게 보이려고 애쓰는 우스꽝스런 그의 모습을 바라보며 젊은이는 그 시인의 《사랑의 시집》에서 읽어본 절망에 찬 울부짖음이 뇌리에 떠올랐다. 장은 그 시집을 들출 때마다 심지어 문득 그의 시구절이 떠오르기만 해도 흥분에 들떠서 가슴이 쿵쿵 뛰곤 했다. 그는 달뜬 목소리로 그 시구절을 읊조렸다.

대리석처럼 차디찬
당신의 오만한 육신에 생명을 불어넣기 위해
오, 사포!
난 내 뜨거운 피를
모조리 당신에게 쏟아부었다오.

갑자기 그녀는 쇠장식과 목걸이가 요란스럽게 뒤흔들릴 만큼 몸을 홱 돌려 그를 바라보았다.
"지금 뭐라고 혼자 중얼거리는 거죠?"
그는 그녀가 라구르너리의 그 유명한 시구절을 모른다는 사실에 내심 놀랐다.
"전 그따위 시시한 시는 좋아하지 않아요……."
그녀는 벌떡 일어서며 짤막하게 대꾸했다. 그러더니 팔을 끼고 눈살을 찌푸린 채 그대로 얼어붙은 듯 꼼짝 않고 서서 흥겹게 춤추는 모습을 물끄러미 바라보았다. 그러더니 몹시 망설이다 결정을 내린 듯, 잘 가라는 한 마디만 내뱉고는 종종걸음으로 멀어져 갔다.
회랑에 혼자 남은 장은 어이가 없어 멍청해진 눈길로 화려한 인파 속에서 사라지는 그녀의 뒷모습을 좇았다.

'도대체 왜 그러지? 내가 뭘 잘못했나?'

그는 그녀가 화를 내고 가버린 이유를 생각해내려고 머리를 쥐어짜 보았지만 도무지 알 수가 없었다. 한동안 골몰해 있던 그는 머리를 흔들며 중얼댔다.

"집에 가서 잠이나 자는 게 좋을 것 같군."

그는 힘없이 피리를 챙겨 들고 무도회장으로 들어갔다. 그런데 클레오파트라 같은 그 여인이 이유 없이 화를 내고 가버렸다는 사실보다 출입문까지 그 많은 사람들을 헤집고 나가야 할 일이 더 당혹스러웠다. 더군다나 당대의 예술과 문학을 이끌고 있는 저명인사들 틈을 거지새끼처럼 초라한 모습으로 지나가야 한다고 생각하니 수치스럽고 끔찍하게 느껴졌다.

사위어 가는 불꽃처럼 꺼져 드는 희미한 음악 소리에 맞춰 몇 쌍의 남녀들이 왈츠를 추고 있을 뿐 대부분 몰려 서서 얘기를 하느라 입을 달싹대며 웅성거렸다. 그 사이로 조각가 카우달이 괴성을 지르며 작달막한 여자를 번쩍번쩍 들어올리며 춤을 추고 있었다.

어느덧 광란의 축제는 파장을 맞은 듯 여기저기에 벗어 던진 가면들이 팽개쳐져 있었고 커다란 유리창으로 서늘한 새벽 공기가 밀려들어 왔다. 회랑의 종려나무 잎과 대나무 잎이 살랑살랑 흔들리고 촛불마저 꺼질 듯 흔들렸다 다시 일어나곤 했다. 하인들이 무도회장을 오락가락하며 조그만 둥근 탁자를 카페의 테라스처럼 늘어놓았다. 디셀레트는 잊지 않고 허기가 질 때쯤이면 식욕을 돋우는 갖가지 음식을 내놓기 때문에 초대객들은 하루에 너댓 번씩 먹기가 예사였다.

탁자 위에 모락모락 김이 피어오르는 먹음직스러운 음식이

차려지자 맘에 맞는 사람끼리 한 자리에 몰려 앉느라 무도회장
은 시끌벅적해졌다. 눈치 볼 것 없이 큰소리로 이름을 불러대
는 소리, 혹은 남자들의 속삭이는 듯한 낮은 목소리와 관능적
인 여인들의 간드러진 웃음소리가 뒤섞여 무도회장은 마치 벌
떼가 웅웅대며 날아다니는 듯 소란했다.

 장은 소란한 틈을 타서 몰래 숨어든 도둑고양이처럼 출구 쪽
으로 빠져나갔다. 그때 친구가 어느 틈에 다가와 그의 팔을 덥
석 잡았다. 벌써 한잔 걸친 듯 벌게진 얼굴로 그는 겨드랑이에
낀 술병을 만지작대며 말했다.

"지금 어딜 가는 거지?…… 널 찾느라고 온통 헤매고 다녔잖
아…… 저쪽 탁자에서 여자들이 기다리고 있어…… 저기 일본
옷 입은 여자가 널 찾아오라고 야단이야. 빨리 와…….."

 그러더니 급한 볼일이 있는 사람처럼 껑충껑충 뛰는 걸음으
로 되돌아갔다.

 사실 장은 목이 몹시 마르고 긴장해 있던 참이라 한잔하고 싶
었다. 그리고 이제 무도회장은 어느 정도 술기운이 올라 느긋
한 분위기로 바뀌어 있어 왠지 그들과 함께 어울리고 싶은 마
음까지 생겼다. 게다가 저쪽 탁자에서 자기를 마음에 들어한
다는 일본 옷 입은 여자가 눈웃음을 치며 계속 오라고 손짓해
대고 있었다. 그가 그쪽으로 가려고 발을 떼놓으려는 순간 속
삭이듯 나지막한 목소리가 그의 귓가에 파고들었다.

"가지 말아요…….."

 그 목소리는 조금 전까지 자신과 함께 회랑에서 얘기를 나눴
던 바로 그 여자의 목소리였다. 그 말에 주술이 걸린 듯 그는
그녀에게 이끌려 밖으로 나갔다.

그가 그녀에게 이끌린 것은 용모 때문만은 아니었다. 사실 그녀를 회랑에서 처음 본 순간부터 뭔가 접근하기 어려운 거리감을 느껴 왔기 때문에 찬찬히 살펴볼 만한 마음의 여유가 없었을 뿐 아니라, 용모로 말하자면 저쪽에서 자기를 불렀던 여자 쪽이 훨씬 더 아름다웠다. 하지만 그는 '가지 말아요……' 라는 말 속에 담긴 무어라 말로 표현하기 힘든 자력에 이끌렸던 것이다. 그것은 자신의 의지와는 상관없는 강렬한 것으로 아마도 욕정이라는 견뎌내기 어려운 격렬한 감정과 비슷했다.

두 사람은 디셀레트의 저택에서 빠져나와 로마 거리의 인도에 내려섰다. 안개가 스멀거리며 떠도는 창백한 새벽 공기 속에서 마차들이 손님을 기다리며 줄지어 서 있었다. 청소부들과 일터에 나가는 노동자들이 밤새 축제로 떠들썩한 저택에서 나오는 이상한 옷차림을 한 두 남녀를 힐끔힐끔 쳐다보며 지나쳤다.

"당신 집으로 갈까요…… 아니면 우리 집으로 갈까요?"

마차에 올라타자마자 그녀가 그에게 물었다.

그는 왠지 자기 집으로 가는 편이 더 나을 것 같다는 생각이 들어 마부에게 라탱 구역으로 가달라고 말했다. 집까지 가는 동안 그들은 한 마디도 하지 않은 채 묵묵히 각자의 생각 속에 잠겨 있었다. 그녀는 얼음장처럼 차가운 자그마한 두 손으로 줄곧 그의 손을 감싸 쥐고 있었다. 그의 손을 꼭 쥐고 있는 그녀의 차가운 손의 감촉만 느껴지지 않았다면 그녀가 마차 의자에 몸을 파묻고 잠들어 버린 게 아닌가 하는 생각이 들 정도로 조용했다.

마차가 라탱 구역의 자콥 가에 있는 오 층짜리 허름한 하숙집 앞에 멈췄다. 오 층 꼭대기에 있는 그의 방까지는 꽤 가파른 층계를 올라가야 했기 때문에 여간 힘드는 일이 아니었다.

"제가 안아줄까요?"

그는 멋쩍은 웃음을 지어 보이면서 행여나 잠든 사람들이 깨어나지 않을까 조심하듯 나지막한 목소리로 말했다. 그녀는 부드럽지만 약간 비웃는 듯한 눈초리로 그를 뚫어지게 바라보았다. 그것은 풍부한 경험으로 인해 상대방의 속을 환히 들여다본 후에 자연스럽게 우러나오는 그런 시선이었다.

"가엾은 사람 같으니라구……."

그녀가 정감 어린 말투로 중얼거렸다.

그는 그녀의 말을 듣지 못한 채 혈기에 넘치는 한창나이의 건장한 남부 출신 청년답게 어린애 안아 올리듯 가볍게 그녀를 안아 올렸다. 그는 자신의 목을 감고 있는 그녀의 보드라운 팔의 감촉을 느끼며 행복감에 젖어 가쁜 숨을 몰아쉬면서 어느새 한 층을 올라갔다.

하지만 삼 층으로 이어진 두 번째 계단을 오를 때는 그다지 즐겁지도 행복하지도 못했고 일 층 계단보다 더 멀게만 느껴졌다. 여자가 몸을 축 늘어뜨려서인지 더욱 무겁게 느껴졌고 처음에는 간질이는 것 같던 그녀의 쇠장식 목걸이가 갈수록 잔인하게 가슴 언저리를 파고들어 따끔따끔 아파 왔다.

세 번째 계단을 올라갈 때는 육중한 피아노를 운반하는 사람처럼 숨이 가빠졌다. 점점 호흡하기가 힘들어지고 비지땀이 등줄기를 타고 흘렀다. 그녀가 뭐라고 속삭이는데도 무슨 소린지 알아듣지 못할 만큼 그의 눈꺼풀은 자꾸만 처졌고 정신마저 혼미해지는 듯싶었다.

"오, 내 사랑! 정말 기분이 좋아요. 얼마나 좋은지 몰라⋯⋯."

마지막 계단에서는 층계 하나하나를 거의 기다시피 올라갔다. 벽과 난간 그리고 좁은 창문으로 둘러싸인 나선형으로 된 그 계단은 영원히 끝에 다다르지 못할 죽음의 세계로 이어지는 계단처럼 여겨졌다. 자기가 지금 안고 있는 것은 아름다운 여인이 아니라 무겁고 끔찍한 죽음의 전령으로 마침내는 그를 질식시키고야 말 존재처럼 느껴졌다. 한순간 그는 그녀를 내팽개쳐 버리고 싶은 충동에 사로잡혀 두 눈을 질끈 감았다.

"어머, 벌써 다 왔네⋯⋯."

마지막 층계에 다다르자 그녀가 달콤한 꿈에서 깨어난 듯 눈을 뜨며 낮게 중얼거렸다.

'정말 악몽 같군요!'

창백해진 얼굴로 가쁜 숨을 계속 몰아쉬며 그는 하마터면 그 말을 내뱉을 뻔했다. 그는 튀어나오려는 그 말을 삼켜 버리려는 것처럼 두 손으로 뛰는 가슴을 지그시 누르며 미소를 머금은 그녀의 행복한 얼굴을 바라보았다. 그렇게 자콥 가의 하숙집 계단을 올라갈 때부터 두 사람의 운명적인 만남이 시작되었던 것이다.

2

Opus Nocturnus

　　그녀는 바깥 출입 한 번 하지 않고 이틀 동안을 오 층 꼭대기에 있는 장의 방에서 지냈다. 그러다가 그에게 부드럽고 감미로운 추억과 함께 가냘픈 몸매의 사랑스런 여인이라는 인상을 남겨 놓고 이른 새벽녘에 떠나갔다. 그가 아직 곤히 자고 있는 사이에 그녀는 향수 냄새가 풍기는 예쁘게 디자인된 명함 한 장을 슬쩍 떨어뜨리고 갔다.

파니 르그랑

아르카드 가 6번지

　그 명함 뒤에는 급하게 휘갈겨 쓴 듯한 짤막한 문장이 적혀 있었다.

'한번 들러주시기 바라요, 언제든지 환영하겠어요…….'

그는 거울에 붙어 있는 외무부 주최의 무도회 초청장과 디셸레트의 저녁 파티 프로그램 사이에 그 명함을 붙여 놓았다. 그것이 그가 올해 들어 사교계에 드나든 두 번의 외출이었던 것이다.

며칠 동안이나 침대와 벽난로, 창가 등에 남아 있던 야릇한 향수 냄새가 느껴질 때마다 그는 그녀를 떠올리며 꿈결 같은 환상에 빠지곤 했다. 그러나 평소부터 화려한 파리 여인들의 은근한 유혹에 대해서 심한 경계심과 경멸감을 갖고 있던 성실한 장은 그럴 때마다 차츰 그녀에 대한 기억을 지워 버리려 애쓰며 시험 공부에 열중했다.

다가오는 11월에는 외교관 시험을 치러야 했기 때문에 앞으로 다섯 달밖에 시간이 남지 않았던 것이다. 그 시험에 합격하게 되면 외무부에서 3, 4년간 연수를 받을 것이고 그후에는 발령을 받아서 아마도 외국에 나가 근무하게 될 것이다. 머나먼 이국땅에서 낯선 이방인들 속에 끼어 살아야 한다는 것은 조금도 겁나지 않았다. 프랑스 남부 지방의 유서 깊은 고셍 다르망디 집안은 조상 대대로 집안을 이끌 장자는 경력을 쌓아 가문을 빛내고 대대로 전해 내려온 가훈과 도덕을 지켜 나가기를 바랐다. 보수적인 전통과 집안 식구들의 바램을 한 몸에 짊어진 장에게 파리는 힘겹고 긴 항로의 첫 기항지였고 그래서 도처에서 손짓하는 유혹으로부터 더욱더 몸을 사려야 했다. 특히 친구나 여자관계에 있어서 그 어떠한 심각한 관계도 맺지 말아야 할 곳이 바로 파리였던 것이다.

디셸레트 저택에서 무도회가 열린 지 두 주일쯤 지난 어느 날 어스름한 저녁이었다. 장은 촛불을 켜 어두워 오는 방을 밝히고 다시 공부를 시작했다. 그때 문을 두드리는 소리가 희미하게 들려왔다. 들어오라는 그의 말이 채 끝나기도 전에 문이 소리 없이 열리면서 우아하고 화사한 드레스를 차려입은 여인이 방 안으로 들어섰다. 그녀가 머리에 쓴 베일을 걷어올렸을 때에야 장은 그녀가 누구인지 알아보았다. 그녀는 머뭇대며 띄엄띄엄 말했다.

"파니예요…… 제가 왔어요……."

순간 장은 다소 짜증스러운 듯 눈살을 찌푸리며 펼쳐진 책에 시선을 주고 외면해 버렸다. 그러자 그녀는 그의 눈치를 살피며 말을 이었다.

"방해하지 않을게요…… 당신이 공부해야 한다는 것쯤 나도 다 알아요……."

그녀는 모자를 벗어 들고 책장으로 다가가 《세계일주》라는 책을 꺼내 들었다. 그러더니 침대 위에 걸터앉아 마치 독서에 몰입한 듯 꼼짝 않고 책을 뒤적였다. 하지만 그가 따가운 시선을 느끼고 눈을 들어 그녀를 볼 때마다 웃고 있는 그녀의 시선과 마주치곤 했다.

사실 그는 파니가 방 안에 들어선 순간 그녀를 끌어안고 싶은 걷잡을 수 없는 충동이 일어났었다. 온몸에 불같이 퍼지는 욕망을 삭이기에는 그녀의 모습이 너무나도 고혹적이었다. 자그마한 얼굴, 좁은 이마, 오똑한 코, 육감적이고 아름다운 입술, 처음 만났을 때 입었던 이집트 농부의 옷차림보다 훨씬 화려한 파리 여인다운 옷차림 속에 감추어진 완숙하고 유연한 몸매가 너무도 매력적이었던 것이다.

다음날 아침 일찍 파니는 조용히 떠났다. 그후 그녀는 일주일에 몇 번씩 그런 식으로 그를 찾아와 하룻밤을 보내고 새벽녘이면 어김없이 사라졌다. 그의 방에 들어설 때면 창백한 그녀의 얼굴에는 언제나 지치고 쓸쓸한 빛이 어려 있었고 손은 차고 촉촉하게 젖어 있었다. 그리고 가벼운 대화를 할 때조차도 그녀의 목소리는 감정에 복받쳐 가볍게 떨려 나왔다.

"내가 당신을 귀찮고 피곤하게 한다는 것 잘 알아요. 좀 더 체신있게 굴어야 하는 건데…… 제발 믿어줘요…… 이 방에서 나갈 때마다 다시는 오지 않겠다고 굳게 다짐을 해요. 하지만 소용이 없어요. 저녁이 되면 또다시 여기 오고 싶어지니 어쩌면 좋겠어요."

장은 파니가 집요하게 찾아오자 처음에는 놀랍다는 생각과 함께 얼마 안 가서 제 풀에 지쳐 오는 걸 포기하려니 마음 놓고 있었다. 그런데 차츰 마음 한구석에서 그녀에 대한 흥미와 관심이 커져 갔으며 은근히 기다려지곤 했다. 사실 그는 그때까지만 해도 여자들을 경멸하고 있었는데, 그가 만났던 여자들이란 기껏해야 스케이트장이나 간이주점에서 오다가다 스쳐 지나간 여자들로, 하나같이 백치처럼 멍청하게 웃어대거나 무식한 말투로 교양 없이 떠벌이지 않으면 거리낌 없는 행동거지를 일삼아 역겨움을 주는 그런 부류였다. 그는 순진하게도 세상 여자들이 모두 다 그럴 거라고 생각해 왔다. 그랬는데 파니에게서 여성다운 부드러움과 사람을 편하고 따뜻하게 해주는 모성애 같은 감정을 느꼈을 때, 또한 고향에서 알고 지냈던 자칭 지식인들과는 비교도 되지 않을 만큼 지적으로 우월하다는 것을 문득문득 깨닫게 될 때마다 그가 놀라는 것은 당연했다. 그녀가 무의식적으로 내뱉는 말 속에는 예술에 대한 흥미롭고 다양한 취향이라든가 다방면에 걸친 박식함이 담겨 있어서, 딱딱한 책에만 파묻혀 시험공부만 하던 장에게는 신선한 충격이 아닐 수 없었다.

게다가 그녀는 몇 가지 악기도 다룰 줄 알았다. 울적하거나 흥이 날 때면 다소 피곤한 듯한 쉰 목소리로 피아노를 치며 쇼팽이나 슈만의 연가를 부르곤 했다. 그녀는 유명한 가곡이나 연가뿐만 아니라 베리 지방이나 부르고뉴 지방, 혹은 피카르디 지방의 민요 등 다양한 노래들을 두루 알고 있었는데 특히 자기 감정에 젖어 감상적인 곡들을 구성지게 잘 불렀다.

장은 어려서부터 광적으로 음악을 사랑했다. 그가 태어나서 성장한 남부 지방 사람들은 천성이 모두 착하고 음악을 몹시 아껴서 힘든 일을 할 때도 늘 흥겹게 노래를 불렀다. 그래서 어릴 때부터 일터에서 들려오는 노랫소리를 들으며 자란 그는 지치고 피곤할 때면 노래를 듣거나 흥얼대며 휴식을 취하는 버릇이 있었다. 그러한 그였으니 웬만한 성악가 뺨치게 잘하는 파니의 노래는 그를 황홀케 하기에 충분했다. 가수가 되어 극장 같은 대중적인 무대에서 노래를 부르지 않고 썩는다는 게 아까울 만큼 그녀의 노래 솜씨는 대단했다. 그래서 한번은 파니에게 왜 가수가 되지 않았느냐고 넌지시 물어본 적이 있었다. 그때 그녀는 리리크 극장에서 한동안 노래를 불렀었다는 대답 끝에 이렇게 한 마디 덧붙였다.

"하지만 오래가지는 않았어요…… 전 뭐든 싫증을 잘 내는 편이거든요……."

그녀는 극장에서 노래 부르는 사치와 허영에 들뜬 여자들이 흔히 자신을 돋보이려고 작위적이고 상투적으로 해대는 거짓말을 늘어놓은 적이 없었다. 그래서 그런지 그녀한테서는 베일에 싸인 듯한 신비로움이 느껴졌다. 하지만 장은 그 베일을 벗기고 그녀의 내면에 간직된 것이 무엇인지 알아보려고 하지 않았으며 사랑하는 연인을 두었을 때 흔히 품게 되는 질투나 호기심도 갖지 않았다. 그저 시계를 쳐다보지 않아도 파니가 제시간에 오려니 생각할 뿐 그녀를 기다리면서 일어나는 뜨거운 욕망과 초조함으로 애태우는 감정을 무시해 버렸다. 마치 오랜 세월 서로 살을 섞으며 살아온 길들여진 아내를 기다리는 것처럼 그렇게 무덤덤해지려 했던 것이다.

그해 여름은 날씨가 무척 좋아서 가끔 그들은 파리 근교의 분위기 좋은 곳을 찾아 나서곤 했다. 그럴 때마다 파니는 그날 기분에 따라 어디에 가는 게 좋겠다며 앞장섰다. 두 사람은 북적거리는 소란스런 역을 빠져나와 한적한 숲이나 개울가에 있는 아담한 음식점에서 맛깔스럽고 단촐한 음식을 즐기곤 했다. 언젠가 그가 어디에 갈지 골똘히 생각하는 그녀에게 보드 세르네에 가보는 게 어떻겠느냐고 제안한 적이 있었다.

"싫어요…… 거긴 가지 말아요…… 그곳엔 화가들이 많이 와요……."

파니는 예술가들에 대해서 지나치리만큼 적대감을 드러내곤 했다. 장은 그녀의 첫사랑이었던 남자는 아마도 예술가가 아닐까 하고 막연하게나마 짐작하고 있었다. 그날 화가가 모이는 그곳에 왜 가기 싫어하는지 그 이유를 묻자 그녀는 눈가에 어두운 그늘을 만들며 말했다.

"그 사람들은 미치광이들이에요. 사실보다 과장된 이야기를 떠벌이는 허풍쟁이에 불과해요. 머릿속은 온통 비비 꼬인 생각들로 가득 찬 복잡한 사람들이죠. 그리고 내게 고통을 준 건 바로 그 같은 사람들이었어요……."

"하지만 예술은 아름다운 거예요…… 추해질 수 있는 삶을 아름답고 풍요하게 만들고 또 인생의 폭을 넓히는 데 예술만큼 좋은 건 없다고 생각해요."

"아무리 그래도 아름다움이란 단순하고 직선적이어야 해요. 당신처럼 말예요. 스물한 살의 나이와 단지 사랑한다는 것 외에는 아무런 관심도 갖지 않는 단순함, 그게 바로 아름다움이에요……."

모든 일에 직선적이고 활기찬 스물한 살의 나이를 파니는 탐내고 있었다. 하지만 툭하면 웃기 잘하고 악의라곤 찾아볼 수 없이 착하기만 한 그녀를 겉으로만 본다면 아무도 그녀가 스무 살이 넘었다고는 생각하지 못할 정도였다.

어느 날 그들은 생 클레르 지방에 있는 슈브르즈 계곡에서 하룻밤을 보내게 되었다. 그날은 마침 축제 전야여서 온 마을을 발이 닳도록 뒤져보았지만 빈방을 구할 수가 없었다. 너무 늦은 시간이었고 게다가 이웃 마을까지 가려면 숲을 지나 으슥한 밤길을 걸어가야 했다. 결국 한밤중이 되어서야 오도 가도 못하게 다급해진 두 사람은 석공들이 숙소로 사용하는 헛간에서 비어 있는 야전침대 하나를 간신히 구할 수 있었다.

"오늘 밤은 여기서 자요…… 후후…… 그러고 보니 어렵게 살아야만 했던 어린 시절이 생각나는군요."

파니가 낮게 웃으면서 말했다. 가난이 어떤 것인지 겪어보았음을 말해주는 공허하고 쓸쓸한 웃음이었다. 두 사람은 회칠을 한 썰렁한 헛간에 주욱 늘어선 침대 사이를 조심스럽게 더듬거리며 비어 있는 침대를 찾아가 누웠다. 희미하게 밝혀진 야등 아래 노동으로 바위처럼 무거워진 몸을 내던지고 세상 모르게 잠 속에 빠진 석공들이 골아대는 드르렁 소리를 들으며 그들은 밤새도록

꼭 껴안은 채 웃음과 입맞춤을 나누었다. 석공들의 묵직한 구두
와 작업복 한옆으로 파리 여인의 실크 드레스와 우아한 가죽 구
두가 놓여 있었다.

다음날 이른 새벽녘에 문에 달린 환기구멍이 갑자기 열리더니
눈부신 아침 햇살이 늘어선 침대들과 다져진 흙바닥 위로 쏟아
져 들어왔다. 그때 단잠을 깨워 화가 잔뜩 난 목소리로 누군가
소리쳤다.

"어떤 놈이야!"

그러자 그 구멍은 잽싸게 닫히고 헛간은 다시금 까맣게 어두워
졌다. 하지만 얼마 지나지 않아 몸을 뒤척이는 부스럭 소리와 함
께 하품 소리, 기지개 켜는 소리, 쿨룩거리는 기침 소리…… 등
온갖 소리로 바닷속같이 조용하던 헛간 안은 순식간에 끔찍한
소동이 일어난 듯 소란스러워졌다. 그것은 기나긴 밤의 동굴을
빠져나와 서서히 새날을 시작하며 토해 내는 삶의 소리였다. 사
람들은 가끔 선하품을 할 뿐 말없이 꾸부정한 그림자를 하나씩
이끌고 묵묵히 떠나갔다. 어느 누구도 자기 곁에 아름다운 여인
이 잠들어 있었다는 사실을 눈치채지 못했다.

그들이 모두 빠져나가자 파니는 자리에서 일어나 주섬주섬 옷
을 찾아 입고는 익숙한 손놀림으로 치렁치렁한 머리를 맵시 있
게 틀어 올렸다.

"여기 그대로 누워 있어요…… 잠깐 나갔다 올게요."

조금 후 그녀는 이슬에 흠뻑 젖은 들꽃을 한 아름 안고 환하게
웃으며 들어왔다.

"자, 이제 좀 더 자요……."

그녀는 새벽 꽃향기가 물씬 풍기는 생생한 들꽃 송이들을 침대

위에 흩뿌려 놓으며 말했다. 밤새 석공들이 토해낸 퀴퀴한 입 냄새와 체취로 절은 헛간의 공기는 꽃향기로 신선해졌다. 새벽 햇살을 등지고 바람결에 머리칼을 흩날리며 가슴에는 들꽃을 안고 들꽃보다 더 환한 미소를 상기된 얼굴 가득 머금은 채 헛간으로 들어선 순간보다 그녀가 더 아름답게 보인 적은 없었다.

한번은 빌 다브레의 연못가에서 식사를 한 적이 있었다. 잔잔한 수면 위로는 가을날의 아침 안개가 자욱이 덮여 있었고 앞쪽으로 단풍 든 숲의 정경이 아름답게 펼쳐져 있었다. 그들이 식당의 정원에 마련된 정자에서 포옹을 하며 잉어 요리를 먹고 있을 때였다. 운치 있는 그 정자 아래쪽에 있는 우람한 플라타너스 뒤에서 갑자기 빈정거리는 목소리가 들려왔다.

"당신들 키스 이제 다 끝났나…… 그러면 나도 끼어들어 얘기 좀 해보실까……."

사자처럼 온통 다갈색 수염을 무성하게 기른 조각가 카우달의 얼굴이 나무 틈새로 불쑥 나타났다.

"당신들하고 같이 식사를 했으면 좋겠는데…… 나무 뒤에서 올빼미처럼 숨죽이고 서 있기가 영 지겹구만그래……."

파니는 애써 감추려고도 하지 않고 그와 그곳에서 마주친 것을 싫어하는 기색을 드러냈다. 그녀는 아무 말도 하지 않고 뾰로통해진 얼굴을 돌려 그를 외면했다. 하지만 장은 아주 즐거운 표정으로 그에게 어서 오라고 손짓하며 자리까지 마련해 주었다. 예술가 카우달에 대한 개인적인 호기심과 유명 인사들에 대해 평범한 사람이 갖게 마련인 이럴 때 잘 보여 두자는 속셈이 있었던 것이다.

주름살과 거뭇거뭇한 반점으로 뒤덮인 얼굴을 조금이라도 감쳐 보려고 애쓴 듯 그는 중국제 실크 넥타이를 매고 군살 없는 근육질의 잘 빠진 몸매가 드러나도록 몸에 꽉 끼는 옷을 입고 있었다. 언뜻 보기에는 아무렇게나 대충 걸쳐 입은 듯했지만 실제로 그는 옷차림에 신경을 몹시 쓰는 멋쟁이였다. 그러나 디셀레트 저택에서 만났을 때보다 나이가 더 들어 보였다.

그런데 그와 얼마간 자리를 함께 하는 동안 장이 놀라다 못해 어리둥절해지기까지 했던 것은 다름 아니라 파니를 대하는 카우달의 지나치게 친밀하고 은근한 말투 때문이었다. 그는 그녀에게 다가가 앉더니 다정한 목소리로 파니의 이름을 속삭이듯 부르며 처음부터 말을 놓았다. 아예 음식이 담긴 접시와 냅킨을 들고와 자리를 잡은 그는 넋두리를 늘어놓기 시작했다.

"난 두 주일 전부터 홀아비 신세야. 마리아가 그 모라테르인가 뭔가 하는 놈팡이를 따라서 가버렸거든. 처음엔 조용하고 좋았는데…… 그런데 오늘 아침 느지막이 아틀리에에 어슬렁대며 들어가 앉아 있으려니 청승맞게도 내가 게으름뱅이에 건달 같다는 생각이 들더군…… 일을 할 수가 없었어…… 그래서 우울한 마음을 달랠 겸 친구들을 따돌리고 혼자 이렇게 한적한 곳을 찾아와 식사나 해볼까 하고 있던 참이지. 나도 이젠 늙었나 봐. 혼자 있을 때는 처량하고 쓸쓸한 생각만 하게 되니 말이야…… 언젠가는 토끼 고기를 먹으면서 눈물까지 찔끔거렸다니까 글쎄……"

그는 포도주 빛깔같이 상기된 장의 얼굴과 곱슬거리는 금빛 머리칼을 눈물기가 번들거리는 눈으로 바라보았다.

"젊다는 건 정말 아름다운 거야! 여자들이란 젊음과 아름다움을 두고 등을 돌리지 않는 법이지…… 파니도 이 젊은이만큼이나 젊어 보이는군그래……."

"무례하군요!"

입가에 미소를 머금은 채 그녀가 살짝 흘겨보며 대꾸했다. 그
웃음 속에는 나이에 상관없이 사랑하고 또 사랑받기를 원하는
여인의 본능적인 욕망과 유혹이 담겨 있었다.

"놀라운 일이야…… 놀라워……."

카우달은 새로운 발견이라도 한 듯 고개를 주억거리며 중얼댔
다. 그는 연신 음식을 입속에 밀어 넣으면서도 파니에게서 시선
을 떼지 않고 있었는데 우물쭈물하느라 일그러진 그의 입술에는
부러움과 슬픔이 깃들어 있었다.

"이것 봐, 파니. 언젠가 여기서 나와 함께 식사하던 일 생각나
나?…… 여기서 조금 떨어진 곳이었지. 그때 파니가 연못에 빠
졌었지 왜. 그래서 낚시꾼들이 입는 헐렁한 옷을 빌려 입었잖아.
참 잘 어울렸었는데……."

"글쎄요, 전 전혀 기억이 나지 않아요……."

그녀는 찬바람이 일듯 차갑게 대답했으나 거짓말하는 것 같지
는 않았다. 감정의 변화가 심한 여자일수록 현재의 사랑에만 몰
두할 뿐 과거의 사랑은 기억에서조차 지워 버리는 법이다. 그래
서 여자들은 늘 과거와 미래가 지워진 현실 속에서 사랑하는 사
람에 대한 정열로 삶을 소모해 가는 격정적인 존재인 것이다.

하지만 카우달은 먹는 것도 잊은 채 완전히 과거에 빠져 먼 곳
을 더듬듯 몽롱한 시선으로 머릿속에 떠오르는 장면들을 끝없
이 늘어놓기 시작했다. 백포도주 탓이었는지 그는 말이 많아졌
다. 건장했던 젊은 날 열렬히 사랑했던 여인에 대해서도 얘기했
고, 한때 엉망으로 취해 객기를 부리던 시절에 대해서, 어느 한적

한 시골을 즐겁게 여행하던 추억에 대해, 오페라좌에서 열렸던 화려한 무도회와 아틀리에에서의 고통스런 작업 등을 한탄조로 늘어놓았다. 심지어는 파리를 피로 물들였던 혁명을 얘기하다가 느닷없이 전쟁이니 정복이니 하는 허황된 얘기들을 마구 풀어 놓았다. 그러다가 갑자기 고개를 들더니 붉어진 눈으로 그들을 쳐다보았다. 그때 두 사람은 끝없이 주절대는 그의 얘기는 한쪽 귀로 흘려 버리면서 포도알을 까서 상대방의 입술에 물려 주는 일에 열중하고 있었다.

"내 얘기가 따분한가 보군…… 그래, 그렇겠지. 내가 따분하게 만들고 있는 게 분명해…… 제기랄…… 늙는다는 건 슬픈 일이야……."

그는 휘청거리며 자리에서 일어나더니 무릎 위에 있던 냅킨을 집어 탁자 위에 휙 던지며 식당 쪽을 향해 냅다 소리를 질렀다.

"랑그르와 영감, 저쪽으로 내 식사 좀 옮겨주게……."

그는 불치병에 걸린 사람처럼 무거운 발걸음을 떼놓으며 슬픈 뒷모습으로 멀어져 갔다. 한동안 두 사람은 황금빛 나무 아래로 늘어지는 길다란 그의 그림자를 물끄러미 바라보았다.

"불쌍한 카우달, 이제 정말 늙어 버린 것 같아요……."

파니가 연민과 동정이 어린 말투로 중얼거렸다. 장은 불쌍한 늙은 예술가를 차버린 마리아라는 여자에 대해 심한 분노를 느끼며 마치 자기 일처럼 울분을 터뜨렸다.

"그 여자는 카우달이 고통스러워하는 것을 즐기는 못된 여자야! 위대한 예술가보다 그 뭐라더라, 모라테르인지 하는 젊다는 것 하나밖에는 아무것도 가진 게 없는 재능 없는 삼류 화가에 미쳐 카우달을 내버리다니!"

그가 얼굴을 붉혀 가며 노기 띤 목소리로 욕을 해대자 파니는
눈물까지 찔끔거리면서 웃어댔다.

"순진한 사람 같으니…… 순진하기는……."

그녀는 자식이 사랑스러워 어쩔 줄 모르는 어머니처럼 장의 머
리를 두 손으로 끌어안고는 무릎 위에 가만히 눕혔다. 그러더니
꽃다발을 어루만지듯 그의 머리칼을 쓰다듬기도 하고 고개를 숙
여 그의 입술에 부드럽게 키스를 하다가 그의 얼굴 요모조모를
찬찬히 들여다보기도 하는 것이었다.

그날 밤 장은 처음으로 파니의 집에서 잤다. 그동안 그녀는 자
기 집에 가지 않겠다는 이유가 뭐냐며 대들기도 하고 어린애처
럼 졸라대기도 했었다.

"도대체 우리 집엔 왜 가지 않으려고 하는 거에요. 어서 말 좀
해봐요!"

"모르겠어요…… 왠지 내키질 않아요."

"나 혼자 살기 때문인가요?"

카우달을 만난 바로 그날 저녁에 파니는 몹시 피곤하다면서 그
곳에서 가까운 아르카드 가에 있는 자기 집에 가자고 그를 끌었
던 것이다. 그렇게 해서 장은 마지못해 그녀의 집에 가게 되었
다. 제법 그럴싸한 저택에 도착하자 그녀는 무척이나 기분이 좋
은 듯 계단을 뛰어 올라가더니 현관문을 쿵쿵 두드렸다. 잠시 후
촌스러운 모자를 삐뚜름하게 쓴 무뚝뚝해 보이는 늙은 여인이
문을 열고 나타났다.

"마솜이에요…… 별일 없었어? 마솜……."

파니는 마솜의 목을 끌어안으며 빠르게 말을 이었다.

"마솜, 이분이 바로 내가 사랑한다는 그분이야. 나의 왕자님이

지…… 어렵게 이곳에 모시고 왔어. 어서 빨리 불을 밝히고 집을 좀 예쁘게 꾸며줘, 응?"

수선을 피우며 파니가 마숌을 데리고 나가자 그는 아치형 창이 있는 자그마한 응접실에 혼자 남게 되었다. 창문에는 소파와 가구에 덮여 있는 것과 똑같은 푸른색 비단 커튼이 드리워져 있었고 벽에는 '사랑하는 파니에게'라는 헌사가 쓰여 있는 풍경화 액자가 서너 점 걸려 있어 아늑하고 화려한 분위기를 자아냈다.

벽난로 위에는 카우달이 조각한 실물의 반만 한 '사포'라는 제목의 대리석상이 놓여 있었다. 그뿐만이 아니었다. 갖가지 포즈를 취한 브론즈로 된 사포의 상들이 응접실 여기저기에 널려 있었다. 장은 어렸을 때부터 아버지의 서재에서 그와 똑같은 브론즈를 보아 왔기 때문에 그 조각이 유난히 눈을 끌었다. 그는 촛대를 집어 들고 벽난로 쪽으로 다가가 그 대리석상을 자세히 살펴보았다. 섬세한 대리석상에 나타난 젊은 여인의 모습이 파니와 너무나도 닮았다는 생각이 들었다. 얼굴의 옆모습 선이나 주름진 옷자락 밑으로 드러난 몸의 유연한 곡선, 무릎을 감싸 안은 팔 등 그 모습 하나하나가 친숙하고 그에게는 낯익은 것들이었다. 그는 감미로운 느낌에 휩싸여 오래도록 그 대리석상 앞에 서서 음미하듯이 쳐다보았다.

파니가 대리석상 앞에서 명상에 잠긴 그의 곁으로 조용히 걸어오더니 그의 팔을 붙잡으며 은근하게 속삭였다.

"나랑 닮은 데가 있죠, 안 그래요?……카우달이 모델로 썼던 여자가 나랑 닮았던 모양이에요……."

그러고는 그를 잡아끌듯 방으로 데리고 들어갔다. 방 안에서는 마숌이 못마땅한 표정으로 툴툴대며 조그만 둥근 탁자 위에 음

식을 차리고 있었다. 수십 개가 넘는 그 많은 촛대에 모두 촛불
이 밝혀져 일렁이고, 심지어는 커다란 거울이 달린 장롱 손잡이
에까지 촛불이 켜져 있었다. 그리고 조그마한 벽난로에는 탁탁
소리를 내며 장작불이 기분 좋게 타오르고 있었다. 그가 넋이 나
간 사람처럼 방 안을 휘둘러보자 그녀는 흐뭇한 표정을 지었다.

"여기서 식사를 하고 싶었어요…… 그래야 좀 더 빨리 침대에
가서 사랑을 나눌 수 있을 테니까요."

장은 그렇데 아담하고 예쁜 가구들을 본 적이 없었다. 화려하
고 밝은 모슬린 커튼을 치고 루이 16세 때의 램프가 있는 어머니
나 누이의 방에서조차도 파니의 방에서 풍기는 솜처럼 포근한
분위기를 느껴보지 못했었다. 벽과 천장에는 주름 잡힌 부드러
운 사틴 천이 드리워져 있었고 커다란 침대 위에는 흰 모피가 깔
려 있었다.

시골 벌판을 뛰어다니다가 한 차례 소나기를 만나 진흙투성이
가 된 길을 달려왔기 때문에 몹시 지쳐 있던 두 사람에게 벽난로
의 따뜻한 열기와, 거울에 비친 촛불의 파르스름한 반사광으로
인해 환상적인 분위기로 가득 찬 방 안은 그들을 꿈꾸듯 감미로
운 느낌에 빠져들게 했다. 다만 줄곧 자기를 쏘아보는 마숌의 의
심스러운 눈초리와 왠지 모르게 어색한 그 방의 분위기 때문에
장은 얼굴을 찌푸리며 고개를 돌려 버리고 말았다. 그러자 파니
가 그녀를 흘겨보며 퉁명스럽게 말했다.

"마숌, 이제 가도 좋아. 나머지는 내가 할 테니까……."

그녀가 문을 쾅 닫고 나가 버렸다.

"신경 쓰지 말아요. 내가 당신을 너무 좋아하는 게 마음에 안 드
나봐요…… 내가 인생을 쓸데없이 낭비하고 있다고 말하곤 하거

든요…… 시골 여자들은 좀 탐욕스러운 데가 있어 놔서…… 하지만 요리 솜씨 하나는 일품이에요. 이 산토끼 요리 좀 들어 보세요."

파니는 고기를 먹기 좋게 썰어 접시에 담아 주고 샴페인 병마개를 따며 수선을 피웠다. 그러다가 그가 먹는 것을 물끄러미 쳐다보느라 음식 시중하는 것을 잊기도 했다. 하얀 드레스를 입고 있던 그녀는 소매를 어깨까지 걷어붙이고 소녀처럼 생기발랄하게 탁자 주위를 왔다 갔다 했다. 그녀의 그런 쾌활하고 앳된 모습을 지켜보면서 그는 디셀레트 저택에서 그녀를 처음 만났던 때를 떠올리며 빙그레 미소를 지었다.

그날 밤 두 사람은 안락의자에 몸을 꼭 붙이고 앉아 음식 접시를 손에 들고 서로 입에 넣어주며 처음 만나던 날을 얘기했다.

"당신이 무도회장에 들어서던 순간부터 당신을 갖고 싶다는 생각을 했었어요…… 당신을 본 순간 곧장 당신을 데리고 우리 집으로 오고 싶었다구요. 다른 사람들이 당신을 차지하지 못하게 말예요…… 그런데…… 당신은 날 처음 봤을 때 무슨 생각을 했었나요?"

장은 그렇게 물어 오는 그녀가 좀 두려웠지만 상당히 가까워졌다는 자신감이 들자 솔직하게 모든 얘기를 털어놓았다.

"그보다도 지금까지 물어보지 못했는데…… 그때 회랑에서 왜 갑자기 화가 났었죠? ……내가 라구르너리의 시구절을 큰소리로 읊었을 때 말이에요……."

그러자 파니는 그 회랑에서처럼 눈살을 찌푸리면서 머리를 힘껏 저었다.

"쓸데없는 일이에요!…… 어쨌든 거기에 대해선 더 이상 묻지 말아요."

 그녀는 그의 목에 팔을 감고 눈을 들여다보며 쓸쓸한 표정으로
말을 이었다.

"내가 두려워했던 건…… 나도 침착해지려고 무척 애썼지
만…… 하지만 그럴 수가 없었어요. 그리고 앞으로도 그 일에 대
해선 절대로 말할 수 없을 거예요…… 영원히…… 언젠가는 당
신도 알게 될지 모르지만 말예요."

 장은 파니가 마지막에 힘주어 내뱉은 '언젠가는 당신도 알게
될지 모르지만 말예요'라는 말 속에 담긴 뜻이 무얼까 잠시 생각
해보았다. 하지만 이내 고개를 갸웃해 보이고는 그 나이 또래의
젊은이가 흔히 그러하듯 다소 회의적이고 무관심한 미소를 지어
보였을 뿐이다. 더군다나 온몸으로 감겨 오는 그녀의 포옹은 말
할 수 없이 부드럽고 순종적이어서 더 이상 생각할 여유가 없었
던 것이다. 아득한 나락 속으로 떨어지는 듯한 그녀의 애무를 받
으면서도 그는 자기가 원하면 언제든 그 포옹으로부터 몸을 빼
낼 수 있다고 믿었다.

 그러나 빠져나온들 무슨 소용이 있을 것인가? …… 그는 달콤
한 방 안 분위기 속에 녹아드는 자신을 추슬러보려는 노력도 포
기한 채 그녀에게 몸을 내맡기고 눈을 감았다. 그러자 망막 속에
서 그날 낮에 시골에서 지내며 보았던 갖가지 광경들이 어른댔
다. 단풍든 울긋불긋한 숲과 드넓은 초원, 구수한 냄새를 풍기던
물에 젖은 건초 더미…… 그는 졸음이 몰려오는 눈꺼풀 위로 그
녀의 따스한 숨결을 느끼며 어느덧 감미로운 잠 속으로 빠져들
어갔다.

 다음날 아침 포근한 침대 속에서 파니를 껴안고 여전히 꿈속을

헤매고 있던 장은 침대 발치에서 마솜이 외치는 소리에 깜짝 놀라 일어났다.

"그 사람이 왔어요…… 할 말이 있대요……."

"뭐라구? 그 사람이 왔어? …… 아니 그럼, 그 사람을 들여보냈단 말이야?"

화가 난 파니는 옷도 채 걸치지 않은 반 알몸으로 문을 열다 말고 장을 돌아보며 말했다.

"여기 가만히 있어요…… 금방 갔다 올 테니까……."

그녀가 서둘러 방에서 나가자 그는 그녀의 말대로 편한 마음으로 가만히 누워 그녀를 기다릴 수만은 없었다. 그는 자리에서 일어나 옷을 주섬주섬 걸치고 흙 묻은 신발을 찾아 들었다.

방 안에는 붉은색 야등이 그대로 켜져 있었고 지난밤 먹다 남은 음식들이 지저분하게 널려 있었다. 그가 어수선한 방에서 흩어진 자기 물건을 챙기고 있는데 문밖에서 언성을 높여 싸우는 소리가 들렸다. 처음엔 뭔가 주저하는 듯하던 남자의 기어드는 목소리가 점점 애원조로 바뀌어 갔다. 간혹 흐느끼면서 훌쩍이는 남자의 목소리에 증오로 가득찬 여자의 앙칼진 목소리가 섞였다. 그는 밤거리 여자들이 싸울 때나 하는 상소리를 마구 질러대는 거칠고 쉰 목소리의 주인공이 누구인지 처음에는 잘 분간하지 못했다. 잠시 후 사태를 파악한 그는 온몸의 피가 얼굴로 몰려드는 것을 느끼며 방 안을 서성대기 시작했다.

그녀와의 사치스러운 사랑은 이제 비단천 위에 흙탕물이 튀기듯 그 싸움으로 인해 더럽혀지고 세상에서 가장 고귀하고 아름답던 여인 또한 그가 이때까지 경멸해 오던 하찮은 여자로 전락해 버리고 만 것이었다.

그때 헝클어진 머리를 틀어 올리면서 파니가 방으로 돌아왔다.

"남자가 우는 꼬락서니라니…… 머저리 같으니라구……."

그러더니 장이 옷을 모두 입고 서 있는 것을 알아차리고는 화를 냈다.

"자리에서 일어났군요!……도로 누워요…… 어서 빨리……."

그러다가 돌연 표정과 목소리를 바꾸어 애원하듯 그에게 매달리며 말했다.

"가면 안 돼요…… 이렇게 기분 상한 채 가지 말아요…… 이대로 가면 당신이 다시는 안 올 거라는 걸 알아요."

"그렇지 않아요, 파니. 내가 왜 오지 않겠어요?"

"그럼 화나지 않았다고…… 이곳에 다시 오겠다고 맹세해줘요……."

체념 어린 표정으로 장은 파니가 원하는 대로 맹세했다. 하지만 아무리 애원하고 또한 그녀 자신은 자유로운 몸이며 이곳이 자기 집임에 틀림없다고 거듭 안심시켰음에도 불구하고 그는 다시 편하게 앉아 있을 수가 없었다. 그가 계속 앉지 않겠다고 버티며 고집을 부리자 결국 그녀도 포기하고 말았다. 가겠다는 그를 잡지 않았고 문까지 따라 나오면서도 그녀는 완전히 실성한 사람처럼 용서를 빌 방법을 찾느라 아무 말이나 지껄여댔다.

응접실에서 두 사람은 길고 진한 이별의 입맞춤을 나누었다.

"장, 그럼 언제 다시 올 건가요?"

그녀가 그윽하고 안타까운 시선으로 그의 눈을 바라보며 물었다. 장은 어서 그곳을 빠져나가고 싶어 거짓말이라도 대답하려고 입을 달싹였다. 그런데 그 순간 갑자기 울리는 초인종 소리에 그는 흠칫 놀라 입을 다물고 말았다. 파니가 장의 앞을 가로막고 서서 부엌에서 뛰어나오는 마숌을 향해 외쳤다.

"안 돼, 문 열어 주지 마!"

세 사람 모두 아무 말 없이 그 자리에 석상처럼 서 있었다.

문밖에서 땅이 꺼져라 한숨 쉬는 소리와 함께 문 밑으로 편지가 미끄러져 들어오고 이어 천천히 계단을 밟고 내려가는 소리가 들려왔다.

"내가 당신에게 자유로운 몸이라고 했을 때…… 어머나!"

파니는 방금 뜯은 편지를 펼쳐 보다가 장에게 건네주었다. 그 것은 비겁하게 그녀에게 매달려 보려는, 가련하고도 저속한 사 랑의 말로 가득 찬 편지였다. 카페의 테이블에 앉아 서둘러 쓴 듯했다. 불쌍한 그 남자는 자기가 아침에 저지른 미친 짓에 대한 용서를 구하고 자기는 그녀에게 주장할 만한 하등의 권리도 없 음을 시인하면서, 모든 것을 단념하고 순응하겠으니 그저 자신 을 내쫓지만은 말아 달라고 간절히 애원하는 내용이었다. 그리 고 맨 끝에 가서는 그녀를 제발 잃어버리지 않도록 해달라는 간 곡한 글귀도 덧붙여 놓았다.

"날 믿어요……."

파니는 입가에 미소를 띄우며 말했다. 그 미소를 바라보며 기 분 나쁜 섬뜩한 느낌과 함께 장은 자신의 마음의 문에 철컥 빗장 이 걸리는 소리를 들었다. 그녀가 너무 잔인하다는 생각이 들어 마음 한구석이 싸늘해져 왔다. 그러나 그가 모르는 것이 있었다. 사랑에 빠진 여자는 모든 온정과 호의, 동정, 헌신 등 심지어는 목숨까지도 바쳐 가면서 사랑하는 단 한 명의 남자에게만 몰두 한다는 사실을…….

"그 사람을 비웃으면 안 돼요…… 이 편지는 끔찍할 정도로 아름답고 애절하군요…….”

 낮고 심각한 목소리로 장은 파니의 손에 편지를 쥐어주면서 말했다.

“파니, 왜 그 남자를 그렇게 내쫓았죠?”

“더 이상 그 남자를 보고 싶지 않아요. 난 이제 그를 사랑하지 않아요.”

“하지만 예전엔 사랑했던 사람이잖아요…… 더군다나 그 사람이 이 안락한 집과 당신이 누리고 있는 모든 부유함을 가져다준 게 아닌가요?”

“오, 내 사랑!”

 그녀는 예의 그 솔직하고 지친 듯한 나른한 어조로 되돌아가 있었다.

“당신을 알지 못했을 때에는 그 모든 게 좋다고만 생각했었죠…… 하지만 지금은 피곤하고 모든 게 수치스러워요…… 이미 마음속에서 떠나 버린 사람인 걸요…… 당신이 무슨 말을 하려는지 알아요. 성실하지 못하다고 말하려는 거겠죠. 나를 사랑하지 않겠다고 말하고 싶겠지요…… 하지만 그건 내가 알아서 할 일이에요…… 당신이 원하든 원하지 않든 난 당신이 날 사랑하게 만들고 말 거예요.”

 그는 아무 대답도 하지 않았다. 다음날 만날 약속을 하고 그는 마솜에게 토끼 요리를 잘 먹었다며 그녀의 손에 몇 루이를 쥐어주고는 그곳을 빠져나왔다.

 그날 밤 장은 그녀와의 관계는 이미 끝났다고 생각하며 되도록 진지하고 부드러운 투로 편지를 써내려 갔다.

무슨 권리로 내가 당신에게 고통을 줄 수 있을 것이며 또한 나 때문에 당신이 잃어버린 그 모든 것을 어떤 식으로 보상해줄 수 있을 것인지. 난 당신에게 아무것도 드릴 것이 없습니다.

편지를 쓰는 동안에도 줄곧 버림받은 남자의 흐느낌과 함께 들려오던 파니의 웃음소리와 욕지거리가 그의 귓속에 쟁쟁했다. 하지만 아침나절에 두 사람이 싸우는 소리를 들으면서 뭔가 격렬하고 불결한 감정을 느꼈다는 사실은 고백하지 않았다.

파리에서 멀리 떨어진 남부 지방의 시골에서 자란 장에게는 아버지의 엄격함과 어머니를 빼닮은 부드러움, 그리고 여성다운 섬세함이 공존해 있었다. 그때 불현듯 그는 오래전 세제르 삼촌이 여자 문제로 행패와 광기, 그리고 문란한 생활을 일삼아 결국에는 집안이 파산하고 가문의 명예조차 더럽혔던 일을 기억해 냈다. 만약 파니와의 대단치 않은 관계가 알려지면 집안사람들은 물론 자기를 알고 있는 모든 사람들이 방탕했던 세제르 삼촌과 연관시켜 자기에게 끔찍한 희생을 강요할지도 모른다는 생각에 그는 몸서리를 쳤다. 그리고 하루라도 빨리 그녀와의 관계를 끝내 버리게 된 것이 오히려 잘된 일인지도 모른다고 마음을 다잡았다.

하지만 파니와의 관계는 장이 생각했던 것보다 훨씬 질긴 숙명적인 끈으로 연결된 것이었다.

그녀가 찾아와 방문을 두드릴 때마다 그는 당신을 사랑하지 않으니 썩 꺼지라고 모질고 인정머리 없는 말을 하며 문조차 열어주지 않았다. 그럼에도 불구하고 그녀는 포기하지 않고 계속 그림자처럼 그를 따라다녔다. 식사 시간에는 그가 잘 찾아가는 식당에서 기다렸고 오후에는 그가 즐겨 신문을 읽는 카페에 죽치고 있기도 했다. 울며 매달리지도 않았으며 그렇다고 무관심하게 그를 내버려 두지도 않았다. 그가 친구와 함께 있을 때면 혼자 남게 될 때까지 먼발치에서 잡지를 뒤적이며 마냥 기다렸다.

"오늘 저녁엔 나랑 같이 보내지 않을래요?…… 싫어요?…… 그럼 다음으로 미루죠……."

그녀는 손님에게 물건을 팔지 못한 행상인이 짐을 챙기듯이 단념한 표정으로 물러가곤 했다. 그럴 때마다 장은 자신이 둘러대는 궁색한 변명에 수치심을 느꼈고 자신의 잔인성에 회의스러워하며 말끝을 흐리곤 했다.

"시험이 가까워서……."

"시간이 없어요……."

"좀 더 있다가……."

사실 그는 한 달 정도 시간이 지나가면 그녀의 끈기도 한계에 달해 자신을 포기하고 잊어버릴 것이라고 생각했었다.

불행하게도 외교관 시험이 끝난 후에 장은 심한 병에 걸리고 말았다. 외무부 복도에서부터 목이 좀 이상하던 것을 그냥 덮어 두었더니 구협염(감기나 과로로 편도선 등이 붓고 아픈 목구멍의 병─역주)으로 악화되었던 것이다. 그에게는 고향에서부터 알고 지내던 친구 몇 명을 제외하고는 파리에 아는 사람이라곤 한 명도 없었다. 더군다나 그 고향 친구들마저도 파리에 올라와서는 제각기 살기에 바빠 거의 왕래가 없어지고 말았던 것이다. 그런데 열이 오르고 혼수상태에 빠져 움직이지도 못하는 그에게 구원의 여신처럼 나타난 파니 르그랑은 그가 병에 걸려 드러눕던 날부터 침대 머

46

리맡을 지키고 앉았다. 열흘 동안 하루도 자리를 비우지 않고 온 정성을 다 기울여 그를 보살폈다. 피곤해하지도 않았고 공포심이나 혐오감도 없이 잘 숙달된 간호사처럼 따스한 손길로 장을 간호했다. 그가 어린 시절 열병을 앓을 때처럼 열에 들떠 헛소리를 해대며 디본느 숙모를 찾을 때면 땀에 흠뻑 젖은 뜨거운 이마 위에 파니의 부드러운 손이 얹혀져 있는 걸 느꼈다.

"디본느가 아니에요…… 저예요…… 안심하세요, 내가 당신을 지키고 있을게요……."

파니는 소매를 걷어붙이고 자질구레한 집안일들을 시원시원하게 해치웠으며 수위실에서 탕약을 달여 오기도 했다. 장은 그녀가 사치스런 생활에 젖어 게으르고 손에 물을 묻히는 것조차 싫어하는 줄로만 생각했었는데 의외로 부지런하고 일재간이 있으며 음식 솜씨도 좋다는 데 놀랐다. 그녀는 하루 종일 잠시도 쉬지 않고 부산스럽게 일하다가 새벽 두 시가 넘어서야 소파에 누워 잠깐 눈을 붙이곤 했다.

"이것 봐요, 파니. 당신 집에 가봐야 하지 않겠어요?"

어느 날엔가 장이 지친듯한 파니의 얼굴을 바라보며 안쓰러운 표정으로 물었다.

"이젠 병도 거의 다 나았고 거동도 할 수 있어요…… 마솜이 걱정할 텐데……."

그녀는 씁쓸한 웃음을 지으며 한동안 그를 바라보다가 조용히 말을 꺼냈다.

"마솜이 그만두고 떠나 버린 지도 꽤 오래되었어요. 사실은 당신이 떠난 후에 곧 집이며 가구, 옷가지, 침구 같은 세간을 모조리 처분해 버렸죠. 그래서 지금 제가 가진 것이라고는 몸에 걸친

이 옷과 속옷 몇 벌뿐인 걸요.”

이제 그가 내쫓아 버리면 그녀는 바람 부는 길거리로 나서지 않으면 안 되었던 것이다.

3

"이제야 우리가 살 곳을 찾아냈어요. 당신도 맘에 들 거예요. 암스테르담 가에 있는 아파트인데 맞은편으로 우에스트 역이 보여요. 방이 세 개씩이나 있고 꽤 넓은 발코니도 있어요. 당신 일 다 끝내고 오늘 같이 가봐요…… 오 층이라 좀 높긴 하지만…… 당신이 절 안고 올라가면 돼요…… 생각나요? 그때는 참 좋았어요…….”

처음 만나던 날 밤의 추억에 사로잡힌 파니는 장의 목을 끌어안고는 얼굴을 부벼댔다. 마치 그의 마음을 온통 차지했던 그 순간으로 되돌아가려는 것처럼…….

장이 쓰러지고 처음 얼마 동안 파니는 그의 병을 간호하며 더없이 즐거운 나날을 보냈다. 비록 오 층 꼭대기에 있는 허술한 하숙집이었지만 그녀가 열심히 쓸고 닦아서 새 둥지만큼이나 포근한 생활을 해나갈 수 있었던 것이다.

 하지만 시간이 흐를수록 싸구려 하숙집에서 언제까지나 살아가야 한다는 게 도저히 참기 어려운 일이 되어 갔다. 헌 슬리퍼를 질질 끄며 수다스럽게 계단을 오르내리는 여자들, 얇은 판자로 된 칸막이 벽으로 울려 오는 시끌시끌한 소리들로 인해 늘 신경이 곤두서고 까닭 모를 짜증이 부풀어 오르곤 했다. 뿐만 아니라 복도에까지 촛대나 열쇠 꾸러미, 흙 묻은 고무장화들이 나뒹굴고 온통 퀴퀴한 냄새가 풍기는 쓰레기 더미 사이로 얼굴을 찌푸리며 지나다녀야 했다. 그럼에도 불구하고 파니는 그런 생활을 싫어하는 내색을 비치지 않았으며 불평 한 마디 한 적이 없었다. 장과 함께라면 그곳이 판잣집이든 음산한 지하실이든 하물며 하수도 터널 속이라 해도 보금자리를 꾸밀 아름다운 장소로 여길 만큼 행복해했다. 그러나 자존심이 강한 장은 무식한 건달이나 경망스런 여자들로 득실대는 하숙집에서 사람과 마주치는 것조차 진저리를 내며 피해 다녔다. 그는 마치 죄지은 사람처럼 남의 시선을 꺼리며 숨어 사는 생활을 창피하게 생각했으며 더구나 정상적이지 못한 동거 생활을 한다는 걸 불명예스럽게 여겼던 것이다. 파리식물원에 있는 원숭이 우리 같은 손바닥만한 방에서 밤낮을 뒹굴어야 하는 자신의 처지에 그는 슬픔과 역겨움을 느끼게까지 되었다. 그래서 파니와의 달콤한 사랑에 젖어 있을 때조차도 무의식 중에 단순한 동물적인 욕구로 더럽혀지고 있는 듯한 삶의 모습이 눈앞에 어른거려 자기 생활을 비관하곤 했다. 그뿐만이 아니었다. 하루에 두 번씩 허기를 때우러 식당에 가는 것 또한 죽기보다 싫었다. 그동안 음식 값이 비교적 싸고 하숙집과도 가까운 생 미셸 가에 있는 허름한 식당에서 식사를 해왔는데 그곳은 호주머니가 가벼운 미술학교 학생들이나 가난한 화가, 건축가들로 늘 붐비는 곳이었다. 일 년 전부터 그 식당에서 끼니를 해결해 왔던 그는 그곳의 단골이 되어 있었고 친분까지는 없다 해도 이래저래 낯익은 사람들이 꽤 있었던 것이다.

식당 문을 열고 들어갈 때면 접시에 코를 박고 먹는 데 열중해 있던 사람들의 시선이 일제히 파니에게 쏠리는 것을 느끼고 그는 홍당무처럼 얼굴을 붉히며 서둘러 빈자리를 찾아가 앉곤 했다. 젊고 게다가 아름다운 여자를 데리고 한 번쯤 식당에 들어가 본 젊은이는 낯뜨거움과 낭패감으로 허둥대본 경험이 있을 것이다. 그런 데다가 행여나 외무부 상사들이나 자기를 알아보는 고향 사람들과 부딪치지나 않을까 하는 불안으로 주위를 살펴보며 노심초사하는 것도 고달픈 일이었다. 그리고 경제적인 문제도 한몫 거들었는데 아무리 싸다고는 해도 하루에 두 끼씩 두 사람의 식사를 감당한다는 것도 여간 부담 가는 일이 아니었다.

"어머, 비싸기도 해라……."

파니는 저녁 식사 메뉴판을 보고 주문할 때마다 늘 그렇게 말하며 한숨을 내쉬곤 했다.

"집에서 이 돈으로 해먹는다면 아마 사흘은 충분히 먹을 수 있을 거예요……."

"하긴 그래, 집에서 해먹지 말란 법도 없잖아……."

어느 날 장은 내색은 하지 않았지만 돈 문제로 은근히 걱정하고 있던 참이라 그 말에 맞장구치듯 대꾸했다. 그렇게 하여 두 사람은 살림을 차릴 궁리를 하게 되었다.

성실하고 온화한 부모 밑에서 받아온 가정교육과 그러한 가정에서 느꼈던 안락함과 푸근함을 꿈꾸며 장은 오래전부터 훌륭하

고 완벽하게 갖추어진 가정을 갖기를 원했던 것이다. 그러나 그
것은 밑이 보이지 않는 깊은 함정에 스스로 한 발짝 다가선 시작
에 불과했다.

가정을 갖게 된다는 꿈에 부푼 두 사람은 방을 구하러 파리 구
석구석을 쏘다녔다. 그리고 마침내 그들은 암스테르담 가에 이
르는 오 층짜리 아파트의 꼭대기 층을 구하게 된 것이다.

방 세 개가 한 줄로 늘어서 있어 생활하기엔 다소 불편한 구조
였음에도 불구하고 그들은 그곳을 꽤 맘에 들어했다. 뒤뜰 쪽을
향해 있는 식당은 아래쪽에 있는 영국 식당에서 풍겨나는 개숫
물 냄새와 표백제 냄새가 고스란히 스며 들어와 퀴퀴한 냄새가
배어 있었고, 침실의 창문은 먼지가 푸석푸석 이는 길 쪽으로 나
있어 유리창은 뿌연 먼지가 더께로 끼어 바깥이 내다보이지 않
을 정도였으며 방 안 공기도 혼탁했다. 게다가 역에서 들려오는
소음들과 대형 짐마차, 화물 마차, 합승 마차들이 지나다니는 소
리들로 창문은 늘 부르르 떨어댔다. 굳이 좋은 점을 찾는다면 역
이 가까워 생 클루나 빌다브레, 생 제르맹으로 갈 일이 있을 때
교통이 편리하다는 것과 발코니에 나가면 녹음이 우거진 센 강
변을 따라 군데군데 세워진 역들이 한눈에 들어와 전망이 좋다
는 것뿐이었다. 꽤 넓고 편하게 설계된 발코니에는 전에 세 들어
살던 사람이 그냥 두고 간 것인 듯 시원한 줄무늬가 그려진 천막
이 쳐져 있었다. 그래서 겨울비가 내릴 때면 그 천막 위로 떨어
지는 낙숫물 소리에 슬프고도 우울한 분위기를 느끼겠지만, 여
름날 저녁에는 붉은 석양빛이 비쳐 들어 산 중턱의 오두막집에
서 오붓하게 식사하는 기분으로 저녁 식사를 할 수 있는 아늑한

52

분위기를 만들어주기에 안성맞춤이었다.

집이 마련되자 장과 파니는 먼저 집 안을 꾸미는 일에 골몰했다. 무엇보다도 당장 가구를 장만해야 했다. 생각다 못해 장은 집을 새로 얻어서 살림살이를 마련해야 할 것 같다는 뜻을 고향 집에 알렸다. 그러자 집안을 거덜낸 세제르 삼촌과 결혼한 후 장의 집에 와 살면서 집안일을 도맡아하는 디본느 숙모가 필요한 돈과 함께 편지 한 통을 부쳐 왔다. 그 편지에는 집안에서 쓰지 않는 가구들을 모아 놓은 다락방에서 쓸 만한 장롱과 서랍장, 등나무 소파를 꺼내 깨끗이 손질해서 보내주겠다는 내용이 적혀 있었다.

그가 어린 시절을 보냈던 가스틀레의 고향 집에는 복도 한구석에 상당히 커다란 다락방이 하나 있었다. 그곳은 아무도 드나들지 않은 채 문에 빗장이 걸려 있었는데 북풍이 휘몰아치는 밤이면 삐걱삐걱하는 음산하고 으스스한 소리를 냈다. 집안 식구들은 새 물건을 사들이면 예전에 쓰던 것들은 모두 그 다락방에 넣어 놓았다.

정성껏 손질해서 보내준 등나무 소파에서 여자와 함께 오수를 즐기고 또한 나폴레옹 시대에 만들어진 서랍장에 여자의 실크 속옷들, 화려한 드레스들을 넣어둘 거라는 걸 디본느 숙모가 안다면 놀라다 못해 까무라칠 게 분명했다. 어쨌든 장은 낡은 가구들을 가져와야 하는 자신의 딱한 형편에 심한 불만을 품고 있었지만 이것저것 필요한 살림을 준비하면서 느끼게 되는 크고 작은 기쁨으로 그러한 불만은 곧 잊어버렸다.

퇴근 후에 신혼부부처럼 팔짱을 끼고 변두리 시장을 두루 돌아다니며 식당에 놓을 찬장과 식탁, 의자를 고르거나 침대에 씌울

꽃무늬 시트를 사들이는 일은 참으로 재미나는 일이었다. 파니는 물건 하나를 사는 데도 꼬치꼬치 따지고 꼼꼼이 살펴본 후에야 결정하곤 했다. 그는 그녀가 의자에 앉아 보기도 하고 식탁의 다리를 흔들어 보기도 하면서 견고한 제품을 사려는 모습을 만족스런 표정으로 지켜보다가 그녀가 어떠냐고 물어 오면 그저 좋다고 고개를 끄덕였다. 알뜰한 주부티를 내는 그녀에 대해 그는 형언할 수 없는 신뢰감을 느꼈던 것이다.

파니는 단촐한 살림살이들을 싸게 구입할 수 있는 가게를 잘 알고 있었다. 그래서 두 사람의 식기 세트와 소스 냄비 네 개, 그리고 아침 식사 때 초콜릿을 데울 유약을 바른 냄비 하나를 싼 가격으로 살 수 있었다. 그리고 구리 제품은 씻는 데 손이 많이 간다는 이유로 사지 않았으며 그 대신 견고하고 밝은색의 예쁜 영국제 사기 접시 스물네 개를 샀다. 또한 침대 시트와 타월, 냅킨, 식탁보 같은 것들은 그녀가 아는 가게에서 달마다 얼마씩 갚아 나가기로 하고 사들였다.

파리에는 늘 재고품 정리하는 곳이 많았는데 그녀는 그런 곳만 찾아다니며 싸고 튼튼한 물건을 잘 골라냈다. 어느 날 그녀는 클리슈 가를 뒤지다가 처녀 일곱 명이 눕고도 남을 넓고 푹신한 중고 침대를 발견하고는 환호성을 지르며 좋아했다. 그렇게 예쁘고 화려한 것들을 하나씩 사들여 집을 꾸미면서 두 사람은 마치 어린 시절로 되돌아가 소꿉놀이를 하듯 즐거운 나날을 보냈다.

난생 처음 자기 소유의 집을 꾸미는 즐거움을 맛보기 시작한 장 역시 퇴근 후면 파니를 기쁘게 해주기 위해 뭔가 사보려고 가게를 기웃거렸다. 그러다가 끈질긴 가게 주인에게 붙잡히기라도 하면 딱부러지게 안 산다고 말하지도 못하고 엉거주춤거리거나 마지못해 사들고 오기가 일쑤였다. 그녀가 보아둔 식탁용 기름 그릇을 사오라고 해서 골동품 가게에 들어갔다가 그 물건이 팔리고 없다고 하자 아무 소용이 없는 응접실용 샹들리에에 다는 촛대를 사들고 돌아온 적도 있었다.

"이건 발코니에 내놓아야겠네요…… 저녁에 천막 안에 켜놓으면 멋질 거예요."

파니는 그가 무안해할까 봐 그런 식으로 둘러댔다.

새로운 가구라도 하나 구입하면 놓을 자리를 두고 이러니저러니 입씨름하는 것도 큰 즐거움이었다. 꼭 필요한 것들을 메모해두었다가 사오는데도 불구하고 항상 뭔가 한두 가지씩 빠뜨리곤 했는데 그럴 때면 그들은 웃음보를 터뜨리기도 했다.

드디어 모든 것이 제자리에 놓여지고 집 안은 외출할 새색시처럼 말끔하게 단장되었다. 깨끗이 닦인 창문에는 멋진 커튼을 달았고 램프에는 새 심지를 갈아 끼웠으며 식당 구석구석 먼지를 털어내고 찬장에 영국제 사기그릇과 냄비들을 가지런히 늘어놓았다. 그리고 침실과 거실에는 향수까지 뿌려 아늑한 분위기가 풍기도록 꾸몄다. 그날 밤 두 사람은 잠자리에 들기 전에 집 안을 한 바퀴 돌아보았다. 그러고 나서 만족스럽고 대견한 미소를 지어 보이며 아름답고 행복한 미래를 약속했다. 그가 문단속을 하는 동안 그녀는 램프에 불을 밝히며 웃음기가 담긴 목소리로 말했다.

"다시 한 번 돌아봐요…… 문이 잘 잠겼나…… 이렇게 우리 집이 있다니 믿어지지 않아요……."

그것은 신선하고 감미로운 삶의 시작이었다. 그는 사무실에 나가서도 하루 종일 엉덩이를 들썩대다가 시간이 되면 무슨 급한 볼일이라도 있는 사람처럼 서둘러 퇴근해서는 집으로 돌아왔다. 그러고는 편한 옷으로 갈아입고 벽난로 옆에 있는 등나무 소파에 몸을 파묻었다. 그러면 파니의 솜씨가 담긴 음식 냄새가 그의 허기를 부추기는 것이었다. 밤마다 그들의 방을 밝히고 있는 부드러운 불빛이 진흙투성이의 어두운 길거리로 쏟아졌고 방 안에는 따스한 온기와 즐거움이 넘쳤다. 파니는 시골에서 보내온 낡은 가구들을 쓸데없는 부분은 떼어 내고 조금씩 다듬어서 쓸모 있게 만들어 놓았다. 그녀는 특히 넓은 초원에서 꽃무늬 윗도리를 입은 목동이 피리와 북소리에 맞춰 춤추는 무늬가 새겨진 장롱을 루이 16세 시대의 걸작이라고 해도 믿을 정도로 깜찍하게 고쳐 놓았다. 어릴 적부터 눈에 익은 옛날 가구들로 꾸민 집에서 그는 마치 고향 집에라도 있는 것 같은 푸근한 정을 느끼곤 했다.

장이 초인종을 울리기가 무섭게 예쁘게 치장을 한 파니의 모습이 보였다. 파리의 유명한 재단사가 재단한 것으로 여인의 곡선미를 강조해서 단순하게 디자인된 옷을 입은 그녀는 소매를 걷어붙이고 커다란 흰색 앞치마를 두른 모습으로 문을 열어주며 퇴근해서 돌아오는 그를 따뜻한 입맞춤으로 맞아주었다. 그녀는 손수 요리를 했으며 집안의 잡다한 일들도 힘들어하지 않고 유쾌한 손놀림으로 잘해냈다. 손이 트고 거칠어지는 것에도 아랑곳하지 않았고 아무리 궂고 힘겨운 일도 마다하지 않았다.

더군다나 그녀는 각 지방마다의 독특한 요리법을 거의 다 꿰고 있었는데 그녀의 요리 솜씨는 그야말로 일품이었다. 그리고 저녁 식사 후에는 앞치마를 벗고 벽난로 앞에 그와 나란히 앉아 그 특유의 쉰 듯한 낮은 목소리로 조용히 노래를 부르곤 했다.

비가 퍼붓는 날이면 발코니의 천막 위로 떨어지는 빗소리와 파니의 노랫소리를 들으며 장은 발을 벽난로 쪽으로 뻗고 소파에 비스듬히 누워 창밖을 우두커니 바라보았다. 그러면 비에 젖은 역 대합실의 창문을 통해 희뿌연 불빛 아래서 이리저리 분주하게 움직이며 일하는 일꾼들과 서성대는 승객들이 보였다.

그는 말할 수 없이 평온하고 안락한 기분에 휩싸여 자신을 되돌아보며 깊은 상념에 빠졌다.

'지금 난 사랑에 빠진 걸까? 아니야, 그렇진 않아. 그렇지만 어쨌든 이처럼 나를 따스하게 둘러싸고 있는 분위기는 사랑하는 사람과 함께 있을 때만 가능한 게 아닐까? 어떻게 그토록 오랫동안 이러한 행복을 접어 두고 살아올 수 있었지…… 타락이라든가 구속당하는 것 같은 느낌이 들었기 때문일까? 하지만 그 얼마나 우스운 얘기야…… 이 세상에서 무엇을 더 바랄 것인가? 건강을 해치면서까지 이 여자 저 여자와 어울리며 방탕한 생활을 하는 것보다 한 여자의 사랑을 받으며 편안하게 지내는 지금의 생활을 더 불결하고 추하다고 할 수 없지…… 연수가 끝날 때까지 최소한 삼 년 간은 지금과 같은 행복한 생활을 누릴 수 있을 거야…… 그때 가서 내가 뒤돌아서면 파니도 순순히 물러날 것이고 그러면 우리의 관계도 별 소란 없이 정리될 테지. 파니도 그 정도쯤이야 다 계산하고 있을지도 몰라.'

때때로 그들은 마치 죽음과 같이 피할 수 없는 숙명에 대한 얘기를 하듯이 삼 년 후의 이별을 담담하게 얘기하곤 했다. 단지 그날이 오기 전에 장이 여자와 함께 살림을 차렸다는 사실을 그의 집에서 알게 돼 그토록 엄격하고 성마른 그의 아버지가 노발

대발해서 파탄을 일으키지 않을까 하는 것이 두려울 뿐이었다.

하지만 고향 집에서 그런 사실을 알아낼 수는 없을 것이다. 장은 파리에선 되도록 사람들과 사귀려고 하지 않았을 뿐만 아니라 아는 사람들조차도 피하며 파니와 둘이서만 은밀한 생활에 젖어 지냈다. 고향에서야 '영사님'이라고 불리는 아버지는 일 년 내내 포도밭과 씨름하느라 다른 생각을 할 여념이 없는 분이었고 몸이 불편한 어머니는 다른 사람의 도움 없이는 한 발자국도 거동을 못했다. 그래서 디본느 숙모가 집안 관리는 물론 쌍둥이 누이 마르트와 마리를 보살피는 일까지 도맡아 하는 형편이었다. 어머니는 쌍둥이 누이를 낳은 후에 몸이 극도로 쇠약해져 하루하루를 폐인처럼 살아가고 있었다. 디본느 숙모의 남편인 세제르 삼촌은 덩치만 어른이지 하는 행동은 어린애와 다름없었다. 자기가 생각하고 원하는 것들은 남의 눈치나 형편을 염두에 두지 않고 막무가내로 해야만 직성이 풀리는 성격이라서 그냥 두고 보는 수밖에 다른 도리가 없었다. 그러니 세제르 삼촌이 장의 생활을 감시하러 파리에 올라올 리도 없었다.

파니는 차츰 장의 가족들에 대해 자세히 알게 되었다. 가스틀레에서 편지가 오면 그의 어깨 너머로 편지를 따라 읽다가 쌍둥이 누이가 서투른 글씨로 몇 줄 덧붙인 부분에 이르러서는 장 못지않게 측은해하기도 했다. 그러나 장은 그녀에 대해서 아는 것이 별로 없었고 또 알려고 하지도 않았다. 그녀가 젊은 날을 어떻게 보냈는지, 지금까지 어떤 삶을 살아왔는지 그는 궁금해하지도 않았으며 일말의 불안감이나 질투심도 느끼지 않았다. 아니 그게 아닌지도 몰랐다. 때때로 가슴 한구석에서 몽글몽글 피어오르는 의혹의 구름들을 모르는 체 외면해 버리고 싶어했고 거의 무의식적인 이기주의에 젖어 있었다. 그녀가 자신의 과거에 대해 침묵을 지키고 있는 한 그는 그저 그녀가 보여주는 것만큼만 누리며 자기 생활에 전념했던 것이다.

푸르른 하늘 위를 하얀 구름이 유유히 흘러가듯 행복하기만 한 평온함 속에서 날이 가고 또 그렇게 시간이 훌쩍 지나갔다. 그러던 어느 날이었다. 두 사람에게 각기 다른 모습으로 나타난 충격적인 일이 벌어졌다. 달뜨고 기쁜 표정을 애써 감추며 그녀는 아무래도 임신을 한 것 같다고 그에게 넌지시 말해 왔던 것이다. 그러나 그 말을 듣는 순간 장은 가슴이 덜컥 내려앉았다. 그녀와 함께 그 기쁨을 나눠 가질 수가 없었다. 몰려드는 두려움으로 인해 그의 머릿속은 갖가지 생각들이 마치 철조망처럼 뒤엉켜 떠돌았다.

'이 나이에 벌써 애를 갖다니, 그럼 내가 애아버지가 된단 말인가! ……말도 안 돼! 하지만 아이는 어떻게 되는 거지…… 그 아이를 정말 내 아이라고 해야 되는 건가?…… 도대체 이게 무슨 날벼락이람.'

장은 아이가 파니와 자기를 옭아매려는 족쇄처럼 생각되었고 이제 막 뭔가 잡히기 시작한 희망에 찬 미래를 복잡하게 만들 거라는 생각으로 혼란에 빠지고 말았다. 그는 거의 제정신이 아니었다. 밤마다 그는 잠을 이루지 못하고 뜬눈으로 지새거나 잠시 눈을 붙이면 아이가 나타나 자기 발목을 붙들고 늘어지는 악몽에 시달렸다. 하지만 파니는 호수 위의 백조처럼 평온한 미소를 지으며 그 넓은 중고 침대 위에서 행복한 꿈을 꾸었다.

다행스럽게도 그녀의 임신은 사실이 아니라는 게 곧 드러났다. 잠시 어수선해졌던 그들의 생활은 다시금 평온하고 미묘하게 은

폐된 일상으로 되돌아갔다. 어느덧 춥고 눅눅한 겨울이 지나고 화창한 햇살이 온 누리에 퍼지자 그들은 발코니에 나와 지내는 시간이 길어졌다. 해가 설핏 넘어가고 밤으로 접어드는 저녁 무렵이 되면 짙은 청색으로 변해 가는 하늘을 배경으로 두 사람은 마주 앉아 발코니에서 저녁 식사를 했다.

길거리 쪽에서는 분주하게 집으로 향하는 어지러운 발소리에 어우러져 뜨거운 열기가 올라오고 이웃집에서는 시끌시끌한 갖가지 소리가 들려왔다. 따뜻한 온기를 품고 있는 잔잔한 바람이 애무하듯 부드럽게 피부에 파고드는 것을 느끼며 두 사람은 꼭 껴안은 채 하나가 되어 하늘 위를 떠가듯 감미로운 시간 속에 모든 걸 내맡겼다. 불어오는 산들바람이 발코니에 드리워진 천막을 하늘하늘 흔들 때면 장은 머나먼 어린 시절 론 강변에서 보냈던 아름다운 밤들과 연수가 끝난 후 발령받게 될지도 모를 열대지방의 영사관 생활을 생각했다. 그러다가 어느 순간 그녀의 부드러운 입술이 자신의 입술 위에 살짝 얹혀지며 '날 사랑해요?'라고 속삭일 때가 되어서야 그는 깊은 공상에서 깨어나곤 했다.

"물론이지, 당신을 사랑해……."

발코니는 푸른 덩굴식물과 빨갛고 노란 꽃들이 덮인 철책으로 옆집과 구분되어 있었다. 옆집에는 결혼식까지 올린 에테마 부부가 살고 있었는데 그 아파트에서 금슬 좋은 원앙 부부로 소문이 나 있었다. 그런데 둘 다 몸집이 비대한 그들 부부의 방에서는 밤마다 힘껏 뺨을 때리는 것 같은 철썩철썩하는 요란한 소리가 들려오곤 했다. 아마도 격정에 사로잡힌 두 사람이 그 출렁대는 살을 서로 부벼댈 때 나는 소리인 듯했다. 풍채에 걸맞게 큼

직큼직한 살림살이들을 갖추고 부족함 없이 늘 행복에 겨워하며 살아가는 그 부부가 저녁나절에 발코니 난간에 기대어 정감 어린 목소리로 부르는 옛 연가를 듣는 일은 참으로 감동적이었다.

어둠 속에서 한숨 소리가 들려오네.
사랑으로 이어진 내 인생은 아름다운 꿈이었다네.
오, 이제 그만 잠들게 하여 주오.

파니는 그들 부부를 아주 좋아해서 서로 친하게 지내고 있는 눈치였다. 가끔 자질구레한 그 집 얘기들을 장에게 늘어놓았으며 종종 검게 그을린 램프의 불빛이 희미하게 밝혀진 발코니에서 난간을 붙잡고 목을 길게 뺀 채 옆집 여자와 사랑과 행복으로 가득 찬 시선을 교환하기도 하고 서로의 마음을 터놓고 이것저것 한두 마디씩 주고받기도 했다. 그러나 대부분의 남자들이 그러하듯 장과 에테마 씨는 고집스럽게 말을 않고 지냈다.

어느 날 오후 외무부에서 집으로 돌아가던 장은 르와얄 가를 지나치다가 자기를 부르는 소리에 발걸음을 멈추고 뒤를 돌아다보았다. 그날따라 날씨는 기가 막히게 화창했고 따스한 햇살을 받아서 파리 전체가 꽃처럼 활짝 피어난 듯했다.
"이쪽으로 앉아요, 젊은 양반. 뭘 좀 드시겠소? ……당신 같은 젊은이를 이렇게 앞에 앉히고 쳐다보는 것만도 즐거운 일이란 말이야."
차일이 쳐진 카페 앞의 길바닥에 세 줄로 나란히 놓여 있는 테이블 하나를 차지하고 앉아 있던 남자가 양팔로 그를 덥석 붙잡아 앞자리에 앉혔다. 주위 사람들이 그들 쪽을 힐끔힐끔 곁눈질하며 연방 카우달을 들먹이는 소리를 들은 장은 까닭 없이 우쭐해져 그가 잡아끄는 대로 자리에 앉았다.

조각가 카우달은 건장한 체격에 걸맞게 압생트 술이 가득찬 커다란 술잔을 앞에 놓고 너그러운 미소를 지었다. 그 곁에는 어젯밤에 파리에 도착했다는 디셸레트가 광대뼈가 툭 불거진 너부데데한 얼굴을 이리저리 돌리며 파리의 냄새를 맡기라도 하려는 듯 연신 코를 벌름대고 있었다. 장이 자리에 앉자마자 카우달은 연극배우 같은 우스꽝스러운 몸짓과 표정으로 목소리를 높여 외쳐댔다.

"이 젊은이 어떤가, 잘생겼지?…… 나도 저 나이엔 저랬다구…… 오, 나의 청춘이여, 흘러간 버린 청춘이여……."

"또 그 청춘 얘긴가? 자넨 정말 못 말리겠군. 병이야, 병……."

디셸레트는 자기 감정에 푹 빠져 떠벌이는 카우달의 말에 빙그레 웃음을 띠우며 말했다.

"이봐 친구, 비웃지 말라구…… 내가 가진 모든 것을 다 주고도 되돌려 받을 수 없는 청춘이라네. 그 많은 십자훈장, 아카데미 프랑세즈(프랑스 최고 권위의 학술 기관으로 프랑스 한림원이라고도 함—역주)에서 맡고 있는 높은 직책, 그리고 그 밖의 모든 것들을 전부 주고라도 이 건장한 얼굴이나 아름다운 머리칼과 바꿀 수만 있다면 조금도 아깝지 않단 말일세. 내 말이 거짓말 같아?"

그러더니 느닷없이 고개를 휙 돌려 장에게 물었다.

"그래 사포를 어떻게 했나? 요즘 통 그녀의 그림자조차 볼 수가 없으니 어떻게 된 건가………… 이제 그 여자랑은 안 만나나?"

당황해하는 장에게 그는 입술에 침을 바르며 초조하게 말을 이었다.

"사포를 모르나…… 파니 르그랑 말일세…… 왜 그 빌다브레에서 함께 잉어 요리를 먹던 그 여자……."

"아, 예…… 그 여자요, 저도 안 본 지 꽤 되었는데요."

장은 황급히 그렇게 내뱉고 말았다. 파니를 자기도 모르는 사포라는 별명으로 부르는 것을 들으며 느낀 수치심과 불쾌감 때문인지 아니면 다른 남자들과 그녀에 관한 얘기를 할 때 느껴지는 거부감 탓인지 딱 꼬집어 말할 수 없었다 하지만 순간적으로 그렇게 말하지 않으면 다른 사람들이 자기에게는 쉬쉬하며 비밀로 할지도 모르는 파니에 관한 숨겨진 과거를 알고 싶다는 욕망이 마음속에서 꿈틀댔던 것이다.

"저런! 그럼 사포가 아직도 떠돌이 생활을 한다는 말인가?"

디셸레트는 사실 관심도 없으면서 건성으로 말했다. 그때 그는 마들렌 광장의 계단을 오르내리는 늘씬한 여자들한테 정신이 팔려 있었던 것이다.

"이봐, 그 여자가 작년에 자네 집에 왔을 때의 모습 생각나나? 이집트 여자처럼 변장한 그 모습이 얼마나 아름다웠는지…… 정말 넋을 빼앗길 정도로 예뻤지…… 그리고 작년 가을에 빌다브레에 우연히 갔다가 랑그르와 식당에서 이 젊은이와 함께 식사하는 걸 본 적이 있지. 아마 그때 자네도 그녀를 봤으면 결혼한 지 일주일도 안 된 새색시라고 믿었을 걸세."

"도대체 그 여자 나이가 몇 살인가? 우리가 안 지도 벌써……."

디셸레트의 말에 카우달은 그녀의 나이를 생각해내려는지 고개를 갸우뚱하며 중얼댔다.

"글쎄, 몇 살이지?…… 몇 살이더라?…… 1853년도에 열일곱

살이었지 아마. 내가 그녀를 처음 만났을 때니까…… 지금이
1873년이니까, 어디 계산 좀 해보게."

갑자기 그는 눈을 빛내며 말을 쏟아내기 시작했다.

"그녀를 만난 것이 이십 년 전의 일이구먼…… 벌써 그렇게 세
월이 흘렀다니 참 믿을 수가 없군그래…… 그때 그녀는 정말 예
뻤어. 그리스 신화에서 툭 튀어나온 여신처럼 말이야. 늘씬하고
섬세한 데다가 아치처럼 동그란 입술과 대리석처럼 흰 이마하
며…… 그리고 그 가느다란 팔과 동그스름한 어깨…… 사포 이
미지와 너무나도 잘 맞아떨어졌지…… 쾌락에 잠긴 그녀의 육신
에는 달구어진 화로에서 갓 꺼낸 돌처럼 섬뜩하도록 뜨거운 그
무엇이 있었어…… 손가락만 슬쩍 스쳐도 가냘프게 울리는 칠현
금 그 자체야!…… 라구르너리가 말했던 것처럼 말이야."

얼굴이 하얘진 장이 다급하게 그에게 물었다.

"그럼, 라구르너리도 그녀의 연인이었습니까?"

"라구르너리?…… 물론 그랬지. 나도 그 일로 몹시 고통스러웠
으니까. 그녀와 난 사 년 동안이나 동거 생활을 했다네. 사 년 동
안이나…… 그 때 묻지 않은 소녀를 데려다가 온 정성을 다 기울
여 보살펴 주면서 그녀의 그 끊임없는 변덕에 늘 고통을 받으며
괴로워했지…… 이름난 음악가들을 데려다가 그녀에게 노래와
피아노를 가르치기도 했고 드넓은 초원에서 승마를 가르쳐주기
도 했어…… 내가 그녀를 얼마나 조심스레 다루었는지 모른다
네…… 내 일생일대의 걸작을 만들 듯 대리석처럼 정교하게 그
녀를 다듬어 놓았지…… 그런데 라가슈 무도회장에서 그 겉멋만
잔뜩 든 라구르너리인가 하는 작자가 나타나서는 그녀를 나한테
서 채가 버렸단 말일세! 날강도 같은 놈이지 뭔가……."

카우달은 가뜩이나 부리부리한 두 눈을 부릅뜨고 주먹을 불끈 쥐며 말을 멈추었다. 그는 아직까지도 목소리마저 떨리게 만드는 그 한스러운 사랑의 기억의 떨쳐 내려는 듯 긴 한숨을 내쉬더니 평온을 되찾아 말을 이었다.

"그런데 그자의 너절한 시 나부랭이가 그녀의 사랑을 지속시키는 데는 도움이 되지 못했던 모양이야…… 삼 년 동안 지탱된 그들의 살림은 지옥이었어. 달콤한 시를 써대는 그 시시껄렁한 시인은 알고 보니 생쥐 같은 인간이었던 거야. 게다가 잔인하고 미치광이처럼 광폭한 성격을 가졌다더군…… 둘은 툭하면 서로 머리채를 휘어잡고 온 집안이 떠내려갈 듯 싸웠어. 그 적나라한 광경을 한번 봤어야 하는 건데…… 어쩌다 그 집에 들러 보면 아수라장이 된 방 안에 그녀는 퉁퉁 부은 얼굴과 시퍼렇게 멍든 눈을 가리고 멍청하게 앉아 있었고 라구르너리는 손톱자국이 선명하게 나 있는 얼굴로 씨근벌떡거리고 있었다네…… 정말 볼 만했지…… 그런데 재미있는 건 그자가 그녀랑 헤어지려고 할 때였다네. 그녀는 그의 발에 매달리고 또 귀찮을 정도로 쫓아다녔어. 문 앞에 죽치고 기다리거나 때론 현관의 신발털이 위에 쭈그리고 자면서까지 그를 기다리곤 했으니까. 어느 추운 겨울날에는 그자가 친구들이랑 라파르 집에 몰려가는 걸 보고는 그 집 앞에서 무려 다섯 시간이나 기다렸다나…… 동정심이 일게도 생겼는데…… 그래도 그 시인은 독한 마음을 먹었던 모양이야. 그 여자랑 헤어지려고 경찰까지 동원했다니까 글쎄. 생각해보면 멋진 놈이지…… 결국 그 친구는 가장 아름다웠던 청춘과 고무공처럼 팔팔한 육신과 지성을 모조리 바친 그녀에게서 그의 가장 훌륭한 작품인 〈사랑의 시집〉에 대한 이미지와 환상을 거둬들이게 된 거지⋯⋯."

장은 의자 등받이에 등이 붙어 버린 듯 꼼짝하지 않고 앉아 앞에 놓인 얼음을 띄운 찬 음료수를 빨대로 천천히 들이마시며 그의 말을 듣고 있었다. 그는 그 차디찬 음료수가 마치 독약처럼 몸속에 흘러 들어가 심장과 오장육부까지 모조리 녹여 버릴지도 모른다는 생각을 했다.

날씨는 눈부시게 화창하고 진땀이 손에 밸 정도로 따뜻했는데도 그는 말라리아에 걸린 것처럼 떨었다. 길거리를 오가는 사람들도 아득히 멀리서 느릿느릿 움직이는 희끄무레한 그림자처럼 보였다. 장은 마들렌 광장에 서 있는 살수차와 솜 위를 굴러가듯 소리도 없이 지나가는 마차들을 물끄러미 바라보았다. 파리의 모든 소음이 멎어 버린 듯한 진공상태 속에서 소리라고는 단지 이 테이블에서 나누는 얘기만이 웅웅 울리며 환청처럼 들려오는 것 같았다. 이번에는 묵묵히 귀만 기울이던 데셀레트가 입을 열기 시작했는데 그의 말 또한 음료수 속에 녹아들어 독약처럼 온몸으로 번져 갔다.

"그렇게 헤어지다니 얼마나 졸렬한 일이야⋯⋯ 그런 작자가 은근한 목소리로 따뜻하고 동정심을 불러일으키는 시를 쓴다니 도대체 말이나 되는 소린가⋯⋯ 삼 년이라는 짧지 않은 세월 동안 한솥밥을 먹으면서 고락을 함께하고 서로 모든 것을 다 나눠 가졌다면서 말이야. 서로의 습관이며 말하는 방식까지 알게 되고 심지어는 모습이 닮아 가기까지 했는데⋯⋯ 머리끝에서 발끝까지 자신보다도 더 상대방에 대해 완벽하게 알게 된 사이에 어떻게 틈이 생겼는지 알다가도 모를 일이야⋯⋯ 더군다나 목숨을 바쳐 서로 사랑하며 같이 살지 않았나 말이야⋯⋯ 그런데 어느 날 갑자기 그렇게 떨어지게 되다니…… 어떻게 그럴 수 있지?…… 도대체 어디서 그런 용기가 생겼을까?…… 나라면 절대 그렇게는 못할 거야…… 배신당하고 조롱 받고 모욕당한 여자가 울면서 가지 말라고 애원하면 차마 뿌리치지 못할 거야…… 아무렴 난 떠나지 않을 거야. 절대로…… 내가 여자를 밤에만 만나는 것도 다 그런 이유 때문이라구…… 내일이란 없어…… 희망을 줄 필요가 없는 거야…… 그렇지 않다면 결혼을 해야지. 그래야 내일에 대한 희망을 꿈꾸며 살 수 있는 게 아니겠어……."

"내일은 없다니? 내일이 없다는 말을 그렇게 편한 대로 잘도 지껄이는군그래. 단 하룻밤도 같이 보낼 수 없는 여자도 있다네…… 말하자면 아까 얘기했던 파니 같은 여자 말일세……."

"난 단 한순간도 그녀에게 호의를 보인 적이 없다네……."

장은 디셸레트의 얼굴에 떠오른 억지로 만든 듯한 평온한 미소가 가증스럽게 느껴졌다.

"뭐랄까, 자네는 그 여자가 좋아하는 타입의 사람이 아닌가 보군…… 그녀는 일단 사랑에 빠지면 물불을 가리지 않을 정도로 들러붙는다네…… 살림 꾸려 가는 것도 좋아하고…… 천생 여자지 뭔가…… 말이 났으니 말이지만 살림을 차리고 사는 데는 별 재미를 못 봤던 것같아. 소설가 드즈와하고 살림을 시작할 때는 질병을 이기지 못하고 그 사람이 그만 요절해 버렸지…… 그러고 나서는 에즈아노한테로 옮겨 갔는데 그치도 얼마 되지 않아 딴 여자와 정식 결혼을 해버렸어…… 그러더니 그 잘생긴 조각가 플라망을 만난 거야. 그 여자는 항상 예술에 대한 천부적 재능을 가진 사람이나 타고난 용모를 소유한 사람들에게는 맥을 못 추고 반하거든. 참 자네도 그 끔찍한 사건에 대해 알고 있을 걸······."

"어떤 사건인데요?"

자기를 빤히 바라보며 하는 그의 말에 장이 기어 들어가는 목소리로 물었다. 그러고는 다시 빨대를 입에 물고 몇 년 전 파리를 떠들썩하게 만들었던 그 사건의 전모를 들었다.

플라망이라는 조각가는 그녀를 몹시 사랑했지만 불행하게도 끔찍이 가난했다. 그녀를 놓치게 될까 봐 항상 불안에 떨며 속을 바짝바짝 태우던 플라망은 어떻게든 그녀에게 호사스런 생활을 시켜주기 위해 밤잠을 설치며 고심했다. 그러다가 궁지에 몰린 그는 어이없게도 위조수표를 만들어 그녀에게 건네주었다. 하지만 오래지 않아 아무것도 모르고 그 수표를 마구 뿌리고 다니던 그녀는 덜컥 꼬리를 잡히게 되었고 결국 둘은 감옥에 들어가게 되었다. 그 남자는 십 년 징역형을 선고 받았고 그녀는 무죄가 인정되어 생 라자르에서 육 개월간 구류를 살았다는 것이었다.

재판 과정을 처음부터 끝까지 지켜보았다는 카우달은 죄수들이 쓰는 자그마한 털모자를 삐딱하게 쓴 파니의 모습이 얼마나 예뻤는지 입에 침이 마르도록 온갖 감탄사를 다 늘어놓았다. 그리고 그녀가 불평이나 불만스러운 말 한 마디 하지 않고 그 조각가를 위해 끝까지 열성을 다해 변호했다는 말도 덧붙였다. 재판이 끝나자 그녀는 나가면서 감시병의 눈을 피해 그 멍청이 같은 플라망에게 입맞춤을 보내면서 돌도 녹일 것 같은 부드러운 목소리로 속삭였다고 했다.

"용기를 내요······ 좋은 날이 꼭 올 거예요. 그때 우리 다시 사랑하면 돼요. 내 사랑······."

카우달은 그 사건으로 인해 그녀가 결혼에 대해 혐오감을 갖게 된 것 같다는 말도 했다.

"다시 아름답고 자유스런 세상으로 돌아온 그녀는 그때부터 몇 달이나 몇 주일 만에 남자를 마구 갈아 치우는 난잡한 생활을 시작했어. 하지만 예술가는 극구 사양했지…… 그 이유는 정확히 알 수 없었지만 예술가를 아주 두려워하더군…… 아마 그녀가 지금까지 계속 만나 주는 예술가는 유일하게 나뿐일 걸세…… 이따금 한 번씩 내 작업장에 찾아와선 담배를 피우며 이런저런 얘기를 혼자 주절대다가 가곤 했어. 그런데 몇 달이 지나도록 그녀 소식을 통 못 들은 거야…… 그날 이 젊은이와 식사하면서 포도를 입으로 먹여주던 모습을 본 이후엔 한 번도 보지 못했지. 그때 난 속으로 '이 젊은이가 사포의 새 연인이로군' 하고 생각했었지……."

카우달은 뭐라고 계속 지껄여댔지만 장에게는 아무 소리도 들리지 않았다. 그때까지 들이마신 독으로 이미 죽어 가고 있을 거라는 생각만이 어지럽게 떠돌았다. 온몸이 차거워지면서 심장을 쥐어짜듯 고통스럽고 머릿속이 터져 나갈 듯이 지끈거렸다. 그대로 더 앉아 있으면 미쳐 버릴 것 같았다. 그는 어디론가 가야겠다는 생각을 하며 갑자기 벌떡 일어났다. 현기증이 일어 어질어질했고 구름 위를 걷는 것처럼 자꾸 꺼져드는 땅을 헛디디곤 했다. 그는 마차에 부딪칠 듯이 비틀거리며 길을 건넜다. 마부들이 그를 향해 뭐라고 꽥꽥 소리를 질러댔지만 그는 '저 멍청이들은 대체 누구한테 소리를 질러대는 것일까?' 하고 중얼거리며 한 번 올려다보고는 다시 헛발질을 하며 휘청휘청 걸어갔다.

마들렌 시장을 지나가는데 갑자기 코끝으로 밀려오는 헬리오트로프 꽃향기에 정신이 더욱더 혼미해졌다. 파니는 진한 향취를 풍기는 헬리오트로프 꽃을 무척 좋아했다. 그는 종종걸음을 치다가 마침내는 마구 달음박질치기 시작했다. 마음은 갈가리 찢겨 나가는 듯했고 화가 머리끝까지 치밀어 그는 미친 사람처럼 계속 중얼댔다.

"그래 그런 여자가 나의 연인이란 말이지, 마치 쓰레기를 아름다운 포장지로 장식한 듯한 더러운 그 여자가 사포라니…… 사포…… 지금까지 내가 그런 쓰레기와 함께 살았다니……."

그러고 보니 어느 잡지에선가 사포라는 이름을 보았던 기억이 떠올랐다. 코라, 카로, 프리네, 잔느, 드 프와티에, 르포크 같이 늘 물의를 빚으며 파리를 떠도는 미모의 여자들 이름 속에서 사포도 종종 기사화되어 잡지의 한 면을 장식하곤 했었다.

그 저주스러운 사포라는 이름과 함께 그녀가 걸어온 인생이 그의 눈앞에 물 흐르듯이 적나라하게 펼쳐져 너무도 또렷한 모습으로 떠올랐다. 카우달의 작업장에서 우수에 젖어 담배를 피우는 모습, 라구르너리의 집에서 싸우는 장면, 그의 집 앞 신발털이 위에 쭈그리고 그를 기다리는 그녀의 초췌한 모습…… 그리고 미남 조각가 플라망과 위조지폐, 법정에 선 그녀의 당당한 모습…… 그녀에게 그토록 잘 어울렸다는 죄수들이 쓰는 모자와 위폐범에게 보낸 입맞춤 등…… 그러자 그는 그녀가 속삭이듯 플라망에게 했다는 '용기를 내요, 내 사랑……' 이라는 말이 생각났다.

'내 사랑이라니! 그럼 그 남자에게도 나를 부를 때와 마찬가지로 내 사랑이라는 말을 쓰면서 똑같은 애교를 부렸을 게 아닌가…… 아, 수치스럽다! 그 불결함을 모두 씻어 내고 싶다……'

연보랏빛 석양으로 서쪽 하늘이 물들면서 파니가 좋아하던 헬리오트로프 꽃향기가 물씬 풍겨나고 있었다. 그는 파니에게서 멀어지듯 그 꽃향기를 떨쳐 버리기 위해 계속 달렸지만 가도 가도 그 꽃향기는 여전히 그를 따라다녔다.

한순간 그는 자신이 아직도 시장 안에서 뱅뱅 돌고 있다는 사실을 알아차렸다. 그는 오던 길을 되돌아 당장 해야 할 일들을 생각하며 쉬지 않고 암스테르담 가 쪽으로 달렸다.

'그 여자를 집에서 당장 내쫓아야지. 아무런 설명도 없이 그녀를 계단으로 밀어내고 등 뒤에 침을 뱉어 주는 거야. 그러면 악을 쓰며 흐느껴 울겠지. 거리의 여자들이 쓰는 상소리를 늘어놓으며 내게 욕을 마구 해댈 거야. 전에 아르카드 가에서 그랬던 것처럼…… 아냐, 아냐. 그러지 말고 편지를 쓸까?…… 그래 그게 좋겠어. 잔인한 짓이긴 하지만 단 몇 마디 말만 적어 보내고 나면 모든 일은 깨끗이 끝날 거야.'

장은 잠시 생각을 정리하고 파니에게 편지를 쓰려고 카페를 찾아서 두리번거렸다. 하지만 근처에는 썰렁하고 우중충한 식당이 하나 있을 뿐 조용한 카페는 눈에 띄지 않았다. 그가 식당 안으로 들어서자 훈제 연어를 게걸스레 먹고 있는 여자와 눈이 마주쳤다. 식당은 그 여자 혼자만 덩그러니 앉아 있을 뿐 텅 빈 의자와 식탁이 을씨년스럽게 늘어서 있었다. 자리를 잡고 앉아 그는 맥주를 주문했다. 그러고는 날라 온 맥주에는 손도 대지 않은 채 편지 쓰는 데 열중했다. 그러나 너무나도 많은 사연들이 머릿속을 메우고 있었고 쓰고자 하는 말들이 아우성치듯 한꺼번에 밀려 나오는 바람에 잉크가 번지고 엉겨붙어 편지는 무슨 말인지 읽을 수 없을 정도로 엉망이 되고 말았다.

두서너 번이나 그렇게 쓴 편지를 찢어 버리고 또다시 써보려고
하는데 입안에 훈제 연어를 잔뜩 밀어 넣고 우물대던 여자의 탐
욕스러운 목소리가 곁에서 들려왔다.

"이거 안 마셔요?…… 그럼 내가 마셔도 되나요?"

장은 그래도 좋다고 고개를 끄덕이고는 편지 쓰는 걸 포기하고
그녀에게 눈을 돌렸다. 그 여자는 그를 한번 흘깃 쳐다보고는 허
겁지겁 단숨에 맥주 한 컵을 들이켰다. 그는 간신히 허기를 때울
돈밖에 없어서 목 축일 맥주 한 컵을 구걸하듯 얻어 마시는 그녀
가 불쌍하고 측은하게 생각되었다.

그러자 그는 자신의 걱정과 시름을 잊고 차츰 마음이 진정되어
갔다. 그는 입가에 묻은 맥주 거품을 혀로 빨고 있는 여자를 남
겨 두고 거리에 나와 천천히 발길 닿는 대로 걷기 시작했다. 그
러고는 한 여인의 불행한 삶에 대해 좀 더 인간적으로 생각해보
았다.

'무엇보다도 파니는 내게 거짓말을 한 적이 없었어. 그녀의 과
거를 알지 못했던 건 순전히 내가 알려고 들지 않았기 때문이었
잖아. 그녀를 비난할 게 뭔가? …… 생 라자르에서 구류 생활을
했었던 일을 가지고 그녀를 다그칠 수 있을까?…… 이미 오래전
에 무죄 선고를 받고 당당히 걸어나오지 않았느냔 말야…… 그
럼 뭐라고 비난하지?…… 나를 만나기 전에 다른 남자들을 만났
다고 비난할 건가?…… 하지만 그런 사실은 이미 어렴풋이 알고
있었지…… 더군다나 그 나이에 한두 남자쯤 사랑했다는 게 뭐
그리 대수로운 문제야…… 그렇다면 그녀가 거쳐온 남자들이 하
나같이 유명하고 잘생긴 사람들이었으며 심지어 아카데미 프랑
세즈의 벽에 초상화가 죽 걸려 있는 위대한 예술가들이기 때문

에 보잘것없는 내가 더욱 화를 내고 있는 것은 아닐까? 그녀가 나보다도 그들을 더 사랑했었다는 사실로 그녀를 비난할 수 있을까?

　생각이 이쯤 미치자 장은 당대의 프랑스를 뒤흔드는 위대한 예술가들이 거쳐간 여자를 자신도 한번 안아 봤다는 우쭐함과 그 예술가들이 자기더러 미남이라고 불러 주었다는 데 대한 묘한 자부심이 어이없게도 마음 한구석을 차지해 가는 걸 느꼈다. 그의 나이 때에는 무엇이든 확실한 게 없으며 더군다나 세상에 대한 이해라든가 삶에 대해서 아직도 방황과 모색을 시도하는 때라 남들이 조금만 부추겨도 세상이 다 제 것인 양 믿는 법이다. 아무런 이해타산도 없이 그저 사랑 그 자체에 막무가내로 덤벼들어 사랑하는 여자를 위해 살고자 하는 욕망으로 가득 찬 시절이기도 하다. 그래서 그 시기에는 사물을 보는 시각이나 경험이 부족한 탓에 자기 연인의 사진을 다른 사람에게 내보이고 자신의 번민과 고통을 덜어주고 안심시켜 줄 만한 말들을 기대하면서 성숙해 가기 마련인 것이다. 장 역시 그랬다. 라구르너리가 아름다운 운율로 시를 적어 노래하고 카우달이 심혈을 기울여 대리석과 브론즈로 조각한 사포의 모습이 후광에 싸여 그의 머릿속에서 자꾸 커져만 갔다.

　그러다가 느닷없이 질투심으로 화가 치민 그는 생각에 잠겨 있던 벤치에서 벌떡 일어났다. 그때서야 아이들의 징징대는 울음소리와 여인네들의 수다 떠는 소리들이 별안간 그의 귓전을 파고들었다. 그는 먼지가 이는 유월의 밤거리를 다시 방황하기 시작했다.

　'사포의 브론즈는 아름다워…… 그야말로 미의 여신처럼 말이야. 그러나 그것은 팔아먹으려고 만든 브론즈에 불과해. 몇 세기를 풍미하면서 사포라는 이름은 우아함을 잃고 불결한 전설로 더럽혀지고 만 거야. 여신의 이름은 그녀 때문에 불결함의 대명사가 되고 만 거지…… 오, 이 얼마나 혐오스러운 일인가!'

그는 걷잡을 수 없는 생각의 소용돌이에 휘말리면서 끓어오르는 질투심을 삭이려고 정처 없이 걸었다. 이제 거리는 어두워져 가로등이 하나둘씩 켜지고 인적도 드물어져 밤의 적막에 휩싸였다. 커다란 묘지 입구에 다다르자 무의식중에 장은 지난해 카우달이 만든 소설가 드즈와의 흉상 제막식이 열리던 날 그곳에 왔었다는 기억을 떠올렸다.

"제기랄! 또 그 드즈와와 카우달이로군!"

두어 시간 전부터 머릿속이 온통 그런 이름들로 가득 차 있었던 그는 욕설을 내뱉었다.

죽음보다도 더 섬뜩한 암흑 속에 누워 있는 공동묘지를 보며 그는 더럭 겁이 났다. 등을 돌리고 서둘러 그곳을 빠져나와 불빛이 비치는 곳을 향해 뛰다시피 걸었다. 연인들이 잠시 쉬어 가는 매음굴의 문 앞에서 야릇한 불빛이 새어 나왔고, 불결한 욕정을 감춰 버리려는 밤의 날개처럼 지저분한 치마와 블라우스를 걸친 여자들이 말없이 배회하고 있었다. 장은 온몸을 훑듯 쳐다보는 그들의 끈적끈적한 눈초리를 느끼며 그 앞을 지나쳐 집으로 향했다.

'도대체 몇 시나 되었을까?'

집 앞에 다다르자 그는 마지막 훈련을 마친 신병처럼 완전히 기진맥진해 있었다. 마음의 고통은 좀 덜해졌으나 한 발자국도 더는 뗄 수 없을 정도로 다리가 아팠다.

'오, 이대로 잠들어 버렸으면…… 그리고 내일 아침에 잠에서 깨어나자마자 화도 내지 않고 냉정하게 그녀에게 말해야지. 자, 이제 당신이 어떤 여자인지 알았소…… 물론 그건 당신 잘못도 아니고, 내 잘못도 아니야. 하지만 우린 더 이상 같이 살 수 없소. 헤어집시다…… 그녀가 쫓아다니는 것을 피해서 어머니와 누이들이 있는 고향으로 가서 론 강변의 바람결에 악몽 같은 공포와 불결함을 훌훌 털어 버려야지……'

그녀는 기다리다 지친 듯 환히 밝혀진 램프 아래에 책을 그대로 펼쳐둔 채 잠이 들어 있었다. 그가 가까이 다가가도 그녀는 깨어나지 않았다. 침대 옆에 서서 그는 마치 처음 보는 사람처럼 혼곤한 잠 속에 빠진 그녀를 유심히 들여다보았다.

'아름답다. 정말 아름다워! 저 대리석처럼 희고 부드러운 팔과 어깨, 젖무덤…… 그러나 붉게 물든 눈꺼풀 위로 수심이 가득 차 있구나. 아마도 읽고 있던 소설 속의 장면을 꿈꾸고 있는지도 모르지. 아니야, 어쩌면 나를 기다리다 지쳤기 때문일 거야.'

사랑받고 싶다는 강렬한 욕망이 사라지고 모든 긴장이 풀린 채 깊은 잠에 빠져든 그녀의 눈꺼풀 위에는 권태와 털어놓고 싶은 무거운 삶의 이야기가 그대로 드러나 있었다. 그것은 파란만장했던 젊은 날에 새겨진 지울 수 없는 상처를 간직한 진실한 여인의 모습이었다. 한 곳에 안주하지 못하고 이 남자 저 남자를 상대하며 눈물과 공포로 얼룩진 동거 생활, 그리고 육 개월간 갇혀 지내야 했던 생 나자르에서의 구류 생활…… 그녀의 얼굴은 많은 사람들이 물을 퍼가는 공동 우물처럼 힘들고 피곤한 듯 몹시 지쳐 보였다.

고요히 잠들어 있는 파니의 모습은 마치 죽은 사람 같았다. 불현듯 장은 암흑 속에 누워 있던 공동묘지를 떠올리며 까닭 모를 공포에 사로잡혀 방바닥에 털썩 주저앉았다. 그러고는 터져 나오는 울음을 참으려는 어린애처럼 침대 가장자리에 얼굴을 묻고 소리를 죽여 가며 신음 소리 같은 울음을 토해 냈다.

4

Opus Nocturnus

　　파니와 장은 저녁 식사를 끝내고 등나무 소파에 파묻혀 서쪽 하늘을 붉게 물들이며 지는 해를 바라보고 있었다. 발코니 난간에 앉은 제비가 석양에 비낀 노을을 향해 고개를 연신 까딱이며 지저귀는 소리가 열린 창을 통해 들려왔다.

　장의 얼굴은 딱딱하게 굳어 있었다. 그는 지금껏 아무 말도 하지 않고 가슴속에만 담아온 말들을 되새기느라 어려운 문제를 풀려고 골몰하는 어린 학생처럼 앉아 있었다. 거리의 카페에서 우연히 파니의 과거를 알게 된 이후 단 한순간도 머릿속을 떠나지 않고 괴롭혀온 잔인한 말들을 이제 꺼낼 참이었다. 파니는 저녁나절 내내 눈길이 마주치는 걸 피하며 자기를 무시하는 듯한 그의 태도에서 이상한 낌새를 눈치채고 초조해했다. 어떤 알 수 없는 예감이 든 파니는 어렴풋이 그의 심중을 헤아리며 조용히 말을 꺼냈다.

"이봐요, 장! 당신이 무슨 생각을 하는지 그리고 내게 무슨 말을 하려는지 알아요…… 시간 낭비하지 말아요, 제발…… 결국은 지쳐서 모든 걸 내팽개쳐 버리게 될 거예요…… 당신이 알고 있는 건 모두 지나간 일일 뿐이에요. 이미 죽어 버린 일들이라구요. 난 당신만을 사랑해요…… 내겐 당신밖에 없어요…… 믿어줘요……."

"그래, 당신이 말한 대로 그 모든 과거가 이미 죽어 버린 일들이라면……."

장은 파니의 눈을 매섭게 쳐다보았다. 두려움에 싸인 그녀의 잿빛 눈동자는 그의 말이 튀어나올 때마다 순간순간 변하고 있었다.

"그렇다면 말이야…… 적어도…… 그 과거를 생각나게 하는 것들을 간직하고 있지 말았어야 했을 거야…… 저기 저 장롱 위에 고이 모셔 놓은 저 상자 같은 것쯤은……."

그녀의 잿빛 눈동자는 일순 먹구름으로 뒤덮인 듯 어두워지고 긴 속눈썹이 파들파들 떨렸다.

"그럼…… 그걸 다 알고 있었단 말이에요?"

"그렇게 많은 남자들과 열애를 하다가 헤어질 때는 꽤나 혼란스러웠을 텐데…… 그 와중에서도 연애편지며 초상화 같은 그 영광스러운 사랑의 흔적들을 단 하나도 버리지 않고 고이 간직해 왔다니 놀랍군…… 내 생각엔 말야, 현재 사랑하는 남자를 위해서라도 깨끗이 없애 버리는 게 도리가 아닐까 싶은데……."

"그렇게 한다면 날 믿어 주겠어요, 장?"

희망과 절망이 뒤섞인 미심쩍은 눈초리로 그를 바라보다가 그녀는 옻칠이 된 자그마한 상자를 장롱 위에서 가져왔다. 며칠 전

멋진 쇠 장식이 달려 있어 값나가는 골동품처럼 보이는 그 상자를 우연찮게 발견하고 나서부터 마치 열에 들뜬 환자처럼 그의 가슴속과 머릿속은 뜨겁게 달아오르는 질투와 증오로 들끓었던 것이다.

"자, 찢어 버리든 태워 버리든 당신 마음대로 하세요. 난 상관 않겠어요…… 이젠 당신에게 모든 걸 맡길 테니까…… 제발……."

장은 애원하는 듯한 파니를 더 이상 거들떠보지 않고 그 상자를 받아 들었다. 엷은 분홍빛 자개로 벚나무와 날아가는 학이 상감된 그 상자의 뚜껑을 어루만지며 찬찬히 살펴보더니 느닷없이 뚜껑을 사납게 열어젖혔다. 갖가지 무늬와 색깔의 종이들, 보낸 사람의 이름이 금박으로 인쇄되어 있는 고급 편지지와 접힌 부분이 너덜너덜하게 닳아빠진 낡은 입장권들, 수첩을 찢어 아무렇게나 휘갈겨 쓴 쪽지, 크고 작은 명함들…… 상자 안은 마치 뒤죽박죽이 된 서랍처럼 각양각색의 종이들이 가득 쌓여 있었다. 한동안 상자 안을 망연히 바라보던 그가 떨리는 손으로 그 중 하나를 막 집어 들려고 할 때였다.

"이리 주세요, 당신이 보는 앞에서 내 손으로 몽땅 태워 버리겠어요."

파니는 장의 손에서 상자를 낚아채서는 벽난로 앞에 쭈그리고 앉아 바닥에 초를 놓고 불을 붙였다.

"아니, 잠깐만 기다려……."

기어 들어가는 목소리로 그가 얼굴을 붉히며 말했다.

"한번 읽어 보겠어……."

"뭐라구요? 쓸데없는 이까짓 편지 때문에 자신을 학대하고

괴롭히고 싶은 거예요? 그동안 당신이 괴로워한 것 다 알아
요……."

  지나간 은밀한 열정이나 자신을 사랑했던 남자들이 밤잠을 설
치며 고백한 숱한 사랑의 밀어들을 드러내 보이는 낯 뜨거움이
라든가 발가벗겨지는 듯한 부끄러움은 아무런 문제도 되지 않았
다. 그녀는 단지 그 편지들을 읽고 나서 연약하고 순진하기만 한
장이 받게 될 고통만을 생각했다. 하지만 이유도 불분명한 오기
와 질투로 장은 꽤 두툼한 편지를 펼쳤다. 그의 곁에 무릎을 꿇
고 앉으며 파니는 가볍게 한숨을 내쉬었다. 그러고는 슬금슬금
곁눈질로 그의 눈치를 살피면서 편지를 넘겨다보았다.

  1860년에 라구르너리가 그 특유의 유연한 글씨체로 꼼꼼하게
써보낸 열 장짜리 장문의 편지였다. 그 당시 그는 황제와 황후를
수행하면서 공식 보고서를 작성할 임무를 띠고 알제리에 가 있
었다. 그는 그곳에서 보게 된 축제의 광경을 온갖 수식어를 사용
하여 현란하게 묘사했다.

  이곳 알제리의 수도인 알제는 세상에서 가장 아름답고 풍요로
운 도시라는 생각이 드는구료. 거리마다 터번을 두른 건장한 남
자들이 씩씩한 걸음으로 오가고 얼굴을 천으로 가린 늘씬한 여인
들이 제비처럼 날렵하게 걸어가는 모습은 그야말로 아라비안 나
이트의 도시 바그다드를 그대로 떠올릴 정도요. 아프리카 전 대
륙이 오로지 이 도시만을 위해 존재하는 듯 여겨지는군요. 정글
속에서 잡혀온 흑인 노예와 갖가지 귀중품이 든 짐을 잔뜩 실은
낙타를 앞세운 대상들의 행렬이 그림처럼 스쳐 지나가고, 해변을
따라 죽 늘어선 천막 안에서는 사향 냄새가 풍겨와 정신마저 아

득해질 만큼 현실감각을 잃게 만들기도 해요. 사람들은 밤이면 빨갛게 이글거리는 모닥불을 피워 놓고 그 주위를 빙빙 돌며 춤추고 노래를 불러대다가 수평선 위로 해가 얼굴을 비죽이 내밀 때쯤이면 어느새 이방인들처럼 서로에게 등을 보이며 흩어져 갑니다. 그러고 나면 깃털로 머리를 장식하고 창으로 무장한 알제리 원주민 무사들이 삼색기를 들어 올리고 갈대 피리와 북소리에 맞춰 저벅저벅 발소리를 내며 거리를 누빕니다. 그리고 성경에 나오는 동방박사 같은 옷차림을 한 상인들이 몰려들고 그들 뒤에는 건장한 흑인 노예들이 사슴처럼 슬픈 눈동자를 이리저리 굴리며 햇빛에 반짝이는 비단과 은으로 된 마구로 치장한 말들을 이끌고 묵묵히 따라다니죠. 말들이 걸을 때마다 목에 달린 방울이 딸랑딸랑 울리는 소리는 연못 위의 파문처럼 둥근 원을 그리며 대기 속으로 퍼져 나간답니다……

천부적인 글재주를 소유한 시인 라구르너리는 마치 그곳에 따라다니며 그 모든 광경을 바라보듯 생생하게 그려 냈다. 보석 세공인이 진귀한 보석을 흰 종이 위에 올려놓은 듯 그가 사용한 단어들은 종이 위에서 빛을 발했다. 그가 그토록 감상에 젖어 들어 빛나는 언어들로 글을 쓸 수 있게 만들어 준 파니, 그녀는 뮤즈의 여신만큼이나 자부심을 가질 만했다. 물론 그의 타고난 재능도 있겠지만 그보다는 그처럼 완벽한 언어를 구사하기 위해서는 그녀를 향한 절대적인 사랑이 없이는 불가능할 것이라고 장은 생각했다. 아무리 흥미 있고 화려한 축제일지라도 사랑에 빠진 그에게 그녀가 없는 현실은 이미 아무런 의미도 갖지 못했을 것이다. 그 편지에는 머나먼 고국 땅에 있는 그녀만을 그리워하며 오로지 자신의 영혼을 그녀 곁에 묶어 두려는 눈물겨움이 행간 사이에 절절히 배어 있었던 것이다.

　오, 오늘 밤 나는 아르카드 가에 있는 당신 응접실의 커다란 소파에서 당신을 껴안고 누워 있었다오. 당신은 물속에서 갓 올라온 인어만큼이나 요염했었소. 관능으로 꿈틀대는 당신의 벗은 몸이 나의 애무의 손길에 긴 탄성을 토해낼 때 나는 소스라치게 놀라 꿈에서 깨어나고 말았소. 그때 나는 쿵 소리가 나도록 테라스의 양탄자 위로 굴러떨어지면서 외롭고 쓸쓸하기만 한 현실로 되돌아오고 만 것이오. 난 일어날 생각도 않고 그대로 누워서 별이 총총히 떠 있는 하늘을 올려다보며 손끝에 느껴지던 당신의 육감적인 몸을 생각해내려 했었소. 그때 근처의 사원에서 기도 시간을 알리는 이슬람 성직자의 목소리가 마치 내 애무의 손길에 내지르는 그대의 탄성과 같은 관능적인 소리로 들려오고 있었소. 나는 온통 현실과 꿈이 뒤범벅된 채 당신의 환영 속에서 헤매고 있다오. 나는 열병을 앓아 죽어 가고 있소…….

　장은 온몸을 태워 버릴 듯한 질투심으로 얼굴이 하얗게 질리고 손은 바들바들 떨면서도 여전히 편지를 읽어 내려갔다. 점점 무섭게 일그러지는 그의 얼굴을 살펴보던 파니는 몇 번이고 상냥하고 부드러운 목소리로 그만 읽으라고 말리면서 편지를 빼앗으려고 했다. 하지만 그럴수록 그는 부릅뜬 눈으로 그녀를 노려볼 뿐 아무런 대꾸도 않고 계속해서 상자 안에서 편지를 꺼내 들었다. 그리고 읽은 편지는 벽난로의 타오르는 불길 속에 내던졌다. 당대의 인기를 한 몸에 받는 위대한 시인이 한 여인에게 바친 열정적이고 서정적인 시구절들이 불길 속으로 사라져 갔다. 때때로 불덩어리 같은 아프리카 대륙의 더위 때문에 과열된 사랑의 감정은 저속하고 외설스러운 문구들로 얼룩져 있기도 했다. 《사랑의 시집》을 읽을 때 그 세련된 지성과 순결한 영혼에 매료되었던 장은 천박한 글귀에 깜짝 놀랐다.

'세상에!'

장은 자기 손이 떨리는 것조차 느끼지 못하면서 어느 한 구절에 시선을 멈추고 말았다. 이싸와(북아프리카의 이슬람 국가인 알제리, 모로코 등지의 종교적 춤—역주) 축제 얘기를 줄줄이 늘어놓고 난 후 편지 마지막 부분에 추신으로 쓴 구절이었다.

내가 쓴 편지를 다시 읽어 보았는데…… 괜찮은 표현이 꽤 있더군. 이 편지는 잘 보관해 두도록 해요. 이 다음에 다시 써먹을 수도 있을 것 같으니까…….

"어처구니없는 작자로군그래. 소위 위대한 시인이 연애편지 구절 따위에 미련을 갖다니…… 뭐 하나 버리지 못하는 건 둘이 똑같군……."

라구르너리의 또 다른 편지를 집어들며 그는 파니와 싸잡아 빈정대듯 낮게 중얼거렸다. 그 편지에서 라구르너리는 몰인정한 장사꾼 같은 어투로 아랍 노래 모음집과 볏짚으로 만든 슬리퍼는 구하기 힘든 것들이니 꼭 돌려 달라고 요구하고 있었다. 이제는 더 이상 파니에 대한 애정이나 애틋한 사랑의 감정도 품고 있지 않았으며 서서히 이기심을 드러내 챙길 것은 모두 다 챙겨야겠다는 치사한 심보를 노골적으로 드러내는 것이었다. 그는 어떻게 떠나가야 하는가를 아는 사람이었고 정을 떼는 방법까지도 터득한 사람이었다.

장은 뜨겁고 유해한 열기를 내뿜는 늪지대를 헤쳐 나가는 듯한 암담한 기분으로 편지들을 쉬지 않고 읽어 나갔다. 마침내 어둠이 짙게 깔려 벽난로 불빛으로는 난해한 필체를 알아볼 수 없었다. 그는 테이블 위에 촛불을 밝혀 놓고 상자 안에서 짤막한 편지들만 추려 촛대 옆에 놓았다. 그 편지들은 대부분 걷잡을 수 없는 욕망과 분노에 사로잡혀 쓰여진 듯했다. 종이를 뚫어 버릴 듯 힘주어 쓴 그 글씨들은 마구 뒤엉켜 있어서 무슨 뜻인지 알아먹을 수 없었고 단지 그 글씨 모양에서 내용을 대충 짐작할 수 있었다. 처음 만나 관계를 시작하게 된 식당에서의 추억과 흥겨웠던 시골 여행들, 곧이어 불화로 인한 애원과 재회, 또다시 고개를 쳐든 갈등과 상스러운 욕지거리들, 마지막으로 그들의 관계가 청산되면서 버림받은 대예술가의 연약한 넋두리들이 적나라하게 표현되어 있었다.

타오르는 불길은 오렌지 빛 혀를 날름대며 한 천재 예술가의 피와 살, 그리고 눈물로 얼룩진 감정의 편린들을 무서운 속도로 삼켜서 재로 만들어냈다. 그러나 파니는 소중하게 간직해 온 젊은 날을 수놓았던 기억들이 덧없이 사라져 가는 것쯤은 그다지 마음 아파하지 않았다. 오로지 그녀는 사랑하는 젊은 연인이 이글대는 질투로 스스로 자신을 고통 속에 몰아넣고 있는 현실이 저주스러웠다. 그녀는 편지 읽는 일에 그토록 열중해 있는 그의 모습을 지켜보며 안타까워했다. 이제 막 장은 자바르니가 그린 초상화 한 점을 찾아낸 참이었다. 거기에는 '나의 연인 파니 르그랑에게, 어느 비 오는 날 당피에르 여관에서'라는 헌사가 쓰여 있었다. 초상화의 주인공은 한눈에 민첩하고 영리한 인상을 풍겼지만 움푹 들어간 눈하며 고통스럽게 일그러진 얼굴이 어딘가 모르게 초췌하게 보였다.

"이 사람은 누구지?"

"앙드레 드즈와예요…… 내 이름이 있는 서명 때문에 간직해 두었던 거예요."

"자, 가져요, 당신 거니까."

그가 자신의 귀에도 낯설 만큼 부자연스럽고 거친 목소리로 초상화를 그녀에게 불쑥 내밀며 말했다. 그녀는 그것을 받아 들더니 불 속으로 던져 버렸다. 어느새 장은 소설가 드즈와가 보낸 편지 속으로 빨려 들어가 있었다. 그 편지들은 쓸쓸한 겨울 해변가나 강변의 외진 마을에서 멀리 떨어진 파리를 그리워하며 건강이 악화되어 정신적, 육체적으로 황폐해 가자 절망적인 몸부림을 유려한 문장으로 써 보낸 것이었다. 그는 때때로 필요한 약을 보내 달라고 부탁하기도 하고 아무래도 목을 조를 듯이 다가오는 돈 문제를 해결하기 위해선 하찮은 직장이라도 구해야 할 것 같다고 심각하게 고민을 늘어놓기도 했다. 의사가 여자와의 성관계는 절대로 안 된다고 못을 박은 이후로 사포의 아름다운 육체를 향한 욕정과 열렬한 애정은 고문당하는 것만큼이나 자신을 고통스럽게 한다는 내용을 절절히 쏟아 놓고 있었다.

장은 손에 든 편지를 구겨서 불 속에 던지며 한동안 어지러운 상념에 빠졌다.

'도대체 파니에게서 이들을 헤어나지 못하게 얽어맨 게 무엇일까? 세상의 하고많은 여자 중에서 하필 이 여자에게 빠져든 매력이라는 게 무언가 말이다. 게다가 그들은 한결같이 젊은이들의 우상이요, 여인들의 낭만적인 선망의 대상이었던 사람들이 아닌가? 오락가락하는 혼미한 정신으로 맥도 잡을 수 없이 고백해 놓은 이 딱한 편지들을 그들이 썼다고 도대체 누가 믿어 줄까……도무지 뭐가 뭔지 알 수가 없군…… 그들은 왜 이 여자에게 빠져들었으며 과연 그녀는 그들에게 무엇을 주었던 것일까?

장은 사랑하는 여인이 눈앞에서 능욕당하는 광경을 목격할 때와 같은 고통을 맛보았다. 그럼에도 불구하고 상자 바닥에 깔린 마지막 쪽지까지도 모조리 읽어 보고야 말겠다는 오기로 그는 편지 하나를 펼쳤다.

그것은 불쌍하고 가련한 무명 조각가 플라망의 편지였다. 한때 위폐범으로 법정의 판결문에 이름이 오른 적이 있을 뿐 전혀 알려지지 않은 삼류 조각가인 그는 파니의 옛 연인으로서 그 상자의 한구석을 차지하고 있었다. 마자스 감옥에서 써 보낸 그 편지는 라구르너리나 드즈와의 편지에서처럼 미사여구로 잘 쓰여진 것은 아니었지만 나름대로 매우 감상적이고 정열적인 내용이었다. 평범한 사랑을 넘어선 열정과 한 여인에 대한 범할 수 없는 존경심이 엿보이는 그 편지에서는 자신이 죄수의 신분이라는 사실조차 잊어버리고 공간과 시간을 초월한 지극한 사랑을 호소하고 있었다. 그녀를 너무도 사랑했기에 저지르게 된 죄에 대한 용서를 구할 때나 법정에서 자신에게는 무거운 형이 선고되고 파니는 무죄 석방되어 자유의 몸이 되었음을 알게 된 후에 쓰여진 편지는 온통 기쁨에 들뜬 것이었다. 그는 자신의 처지를 전혀 한탄하지 않았고 단지 그녀를 만나 그토록 행복하게 보낸 이 년이라는 세월을 생각하면서 늘 신에게 감사하고 있으며, 그때의 추억만으로도 자신의 여생은 충분히 살 만한 가치가 있다는 고백

과 더불어 감옥에서 지내야만 하는 끔찍한 운명에 대한 공포감
도 사라졌다는 말을 했다. 그러면서 애절한 사연과 함께 한 가지
간곡한 부탁을 덧붙였다.

당신이 알면 놀라겠지만 실은 고향에 애가 하나 있어. 오래전에
애 엄마가 죽어서 어느 집에 맡겨 놓았는데 하도 외진 곳이라 내
가 그애를 돌보고 있는지 애가 있는지조차 사람들은 모르고 있
지. 생각해보면 불쌍한 녀석이야. 죄 없이 태어나 내 죄를 대신하
고 있는 것 같은 생각이 들곤 해. 아무튼 그애에게 남아 있는 돈을
전부 보내 줬으면 해. 나는 아주 멀리 여행을 떠난다고 말해 놓았
어. 착한 나의 파니, 가끔씩 그 불쌍한 애를 찾아봐 주고 소식이나
전해주었으면 해…….

파니가 그에 대한 답장을 보낸 모양으로 고맙다는 편지가 이어
지고 난 후 약 여섯 달 전쯤에 쓰여진 아주 최근의 편지가 손에
집혔다.

날 보러 와주다니 당신은 정말 착한 여자야…… 철창 밖에 서 있
는 당신의 모습은 너무도 아름답더군. 헐렁한 죄수복을 입고 당
신을 대해야 한다는 게 정말 참을 수 없이 수치스러웠어…….

"계속 이 남자를 만나고 있었던 거야, 응?"
"아주 가끔씩요, 불쌍해서…….."
"우리가 같이 살기 시작한 다음에도?"
"예, 딱 한 번 면회실에서요…… 그곳에서밖에 만날 수가 없었

거든요."

"그래, 당신은 정말 착한 여자군그래!"

살림을 차린 후에도 그녀가 자기 몰래 그 위폐범을 만나러 갔었다는 사실에 장은 미칠 것만 같았다. 지금까지 읽었던 그 모든 과거의 일은 어느 정도 눈감아주고 싶기도 했다. 하지만 자기와 함께 잠을 자고 식사를 하면서 어떻게 딴 남자를 만나러 갈 수 있는지 도저히 용서해줄 수 없는 일이었다. 그러나 그런 말을 입밖으로 꺼내기엔 그의 자존심이 허락하지 않았고 자기의 속 좁은 말 한 마디로 우스워지고 싶지도 않았다. 그는 상자 밑바닥에 남은 가는 비단 끈으로 단단히 묶여 있는 한 다발의 편지를 거칠게 풀어 젖혔다. 그것은 작고 섬세한 여자의 글씨체로 애교를 부려 정성껏 쓴 편지들이었다.

사랑의 고리로 나를 묶어주세요. 속옷은 벌써 젖어 있어요……
내 몸속 은밀한 곳에서는 당신의 고리를 목마르게 기다립니
다…… 급해요, 빨리 와주세요…….

"안 돼요, 그건. 그건 읽지 말아요……."

파니가 갑자기 갈라진 목소리로 외치며 장에게 덤벼들더니 그 편지 뭉치를 빼앗아 불 속으로 내던졌다. 너울너울 춤추는 불꽃의 뜨거운 열기와 수치심으로 그녀의 얼굴은 달아올랐다. 장은 벽난로 앞에 무릎을 꿇고 힘없이 앉아 있는 그녀를 바라보며 무슨 영문인지 몰라 멍해 있었다.

"내가 어렸을 때였어요. 그때는 세상에 대해 아무것도 모를 때였죠. 그 사람 카우달이…… 그 미치광이가…… 난 그가 시키는

대로 했을 뿐이에요."

그제서야 무슨 일인지 알아챈 장의 안색이 몹시 창백해졌다. 그는 무슨 더러운 짐승을 차버리듯 무릎걸음으로 다가오는 그녀를 발치로 밀어내며 고래고래 악을 썼다.

"날 혼자 내버려 둬, 내게 다가오지 마, 구역질이 난단 말이야……."

그때 그의 고함 소리는 갑작스럽게 벽을 뒤흔드는 펑 하는 소리에 파묻혔다. 그와 동시에 벽난로 부근은 삽시간에 환한 불길로 휩싸였다.

"불!……"

파니는 공포에 질린 채 무의식적으로 테이블 위에 놓여 있던 물병을 집어 들고 계속 벽을 타오르는 불길을 향해 쏟아부었다. 하지만 불길은 미친 듯이 너울대며 천장으로 타올랐다. 그녀는 정신없이 뛰어다니며 집 안에 있는 물 단지의 물이 동이 나도록 물을 퍼부어댔다. 어느 틈에 불길은 바람에 나부끼는 붉은 치마폭처럼 펄럭거리며 응접실 한가운데까지 번져 왔다. 물동이를 들고 응접실로 들어선 그녀는 기겁을 하고 발코니로 달려나가 어두워진 거리를 향해 외쳤다.

"불이야! 불이야!"

옆집에 사는 에테마 부부가 놀라서 제일 먼저 허겁지겁 달려왔고 곧이어 수위와 경찰이 헐레벌떡 들이닥쳤다. 그들은 너나없이 목청껏 외쳐대며 불길에 휩싸여 있는 응접실 안을 경중경중 뛰어다녔다.

"그 판 뜯어내!…… 지붕으로 올라가봐!…… 물, 물을 더 가져와!…… 아니, 덮어 끌 것이 있어야겠어!"

장과 파니는 마치 불구경 나온 구경꾼들처럼 한구석에 우두커니 서서 타오르는 불길을 잡으려고 이리저리 뛰어다니는 사람들의 모습을 그저 지켜볼 따름이었다.

잠시 후 대충 불길이 잡히고 나자 놀라서 우루루 모여들었던 이웃집 사람들이 제각기 안도의 숨을 내쉬며 흩어져 돌아갔다. 타다 만 시커먼 가구들은 물에 젖어 흉한 몰골을 드러냈고 방바닥과 사방 벽은 온통 물과 그을음이 뒤범벅이 되어 질척거렸다. 두 사람은 참담한 심정으로 축 처져 끔찍하게 변해 버린 자신들의 보금자리를 휘둘러보았다. 이제는 폐허가 되어 버린 방을 치울 힘도 없었고 더 이상 싸움을 계속할 만한 마음의 여유도 남아 있지 않을 만큼 지쳐 있었다. 여관에서 자는 걸 끔찍하게 싫어했던 그들은 그날 밤 어쩔수 없이 여관 신세를 져야 했다.

파니의 헌신적인 노력에도 불구하고 장이 받은 마음의 상처는 점점 깊어 갔다. 게다가 이미 불타 없어진 그 사랑의 구절들은 시도 때도 없이 되살아났다. 그는 마치 외설스러운 불량 서적을 읽었을 때처럼 그 구절들이 떠오를 때면 온몸의 피가 얼굴로 몰려들어 화끈 달아올랐다. 파니의 옛 남자들은 도처에서 그들의 이름과 초상화로 맞부딪치게 되는 사회적으로 저명한 인사들이었다. 죽은 사람들조차도 그 명성이 여전히 잡지나 신문에 오르내리는 인물들이었다. 세인들의 화제 속에 곧잘 등장하는 그들에 대해 아무것도 모르는 동료들은 장의 면전에서 떠벌이기 일쑤였고 그럴 때마다 그는 거북해하며 안절부절못했다.

그 일이 있고 난 후로 파니를 바라보는 장의 눈빛은 점점 날카로워지고 그녀의 행동 하나하나에 더욱더 민감하게 반응했다. 그는 파니가 이전에 만났던 남자들의 독특한 말투라든가 생각

혹은 습관 같은 것들이 알게 모르게 그녀의 몸에 배어 있다는 걸 쉽게 발견해냈다. 가령 말을 시작하면서 상대방의 주의를 모으려고 할 때 '자, 이것 봐요' 하면서 엄지손가락을 앞으로 내미는 버릇은 조각가 카우달의 영향이었고, 소설가 드즈와한테서는 말꼬리를 잡고 늘어지는 편집증과 흘러간 노래들을 배웠으며, 라구르너리에게서는 불손하고 경멸하는 듯한 억양과 현대문학에 대한 신랄한 비판력을 배운 것이 분명했다.

파니의 몸 구석구석엔 그동안 그녀를 거쳐간 많은 남자들의 다양한 흔적이 여기저기에 묻어 있었다. 그러한 흔적들은 마치 서로 다른 지질층의 생성과 퇴적을 통하여 지구의 변모 과정을 알 수 있는 것처럼 그녀의 굴곡 심한 생활의 편린들을 보여주었고, 그러한 흔적들이 밖으로 표출되면서 그녀를 종잡을 수 없는 복잡한 성격의 여자로 만들었던 것이다. 어쩌면 과거 남자들의 행동이나 습관들을 감추지 못하고 드러내 보이는 것은 그녀가 그만큼 어리숙하고 현명하지 못하다는 말이 될지도 모른다고 장은 생각했다.

'그래, 확실한 것은 현명함과 관계있는 일이야. 파니는 세상 누구보다 어리석은 여자야. 천박하고 또 나보다 십오 년이나 연상의 여자가 아닌가.'

하지만 파니를 매몰차게 뿌리치고 떠나지는 못했다. 그녀와 함께 보내 왔던 지난 시간과 끈덕지게 자신을 괴롭히고 있는 저속한 질투심이 그녀와의 사이에 위태로운 끈으로 연결되어 있었던 것이다. 그는 그러한 고통과 증오, 흥분 따위를 애써 숨기려들지 않았고 괜한 일에도 그녀에게 화를 내거나 짜증을 부렸다.

드즈와의 인기는 날로 떨어져 갔고 서점에 진열된 그의 소설책은 먼지만 쌓여갈 뿐 이제 더 이상 팔리지 않았다. 셴 강변을 따라 늘어선 책방에 가면 단돈 25상팀으로도 그의 책을 살 수 있었다. 그리고 이제는 늙은 바람둥이로 전락한 카우달은 조각은 아예 포기하고 그 나이에 걸맞은 연애에 열중하고 있다는 풍문이 떠돌았다.

"이젠 이빨도 다 빠져 버렸더군요…… 생각나요? 언젠가 빌다브레에서 봤었잖아요…… 마치 염소처럼 잇몸으로 우물거리면서 먹더군요……."

한때 파리의 예술계를 들썩이던 천재 조각가 카우달의 탁월한 재능 역시 바닥을 드러냈던 것이다. 그가 최근에 출품한 목신의 모습을 조각한 작품은 완전히 실패작이었다.

"이젠 안 되겠어……."

그의 재능과 작품을 아끼고 좋아했던 사람들은 그 작품을 보고 모두 고개를 설레설레 흔들며 이렇게 말했다. 카우달 자신도 실패작임을 인정하고 더욱더 실의와 절망에 빠졌다.

장이 어쩌다 파니의 옛 남자들을 비난하는 말을 할 때면 그의 심사를 거스르지 않으려는 것처럼 파니도 덩달아 장의 말에 맞장구를 치며 그들을 깎아내렸다. 그가 예술이나 예술가의 삶에 대해 무식한 면을 드러내며 마구잡이로 얘기를 늘어놓으면 파니는 그보다 한 술 더 떠서 유명한 예술가들의 세계란 것은 정말 보잘것없는 하찮은 세계에 불과하다고 그들을 매도하는 것도 서슴지 않았다.

그러나 그는 무명 조각가 플라망이야말로 자신의 가장 강력한 연적이라고 생각하고 있었다. 그가 보기 드문 미남인데다가 자기처럼 탐스러운 금발이었으며 파니가 그를 '내 사랑'이라고 불렀다는 것, 그리고 자기도 모르게 그를 만나러 가곤 했다는 사실만으로도 장은 견딜 수 없는 질투심이 솟구쳤던 것이다. 속이 뒤틀리고 유난히 괴로운 날 장이 그를 '감상적인 죄수'라거나 '아름다운 은둔 생활자'라고 비꼬면서 열을 올려 비난할라치면 파니는 한 마디 대꾸도 없이 고개를 돌려 버리고 먼 곳을 응시하곤 했다. 어느 날 장은 유독 그치에 대해서는 그토록 관대한 이유가 뭔지 모르겠다면서 화를 벌컥 내자 그녀는 자기 입장을 분명히 해두어야겠다는 듯 진지하게 말했다.

"내가 그 남자를 사랑하지 않는다는 것은 당신도 잘 알고 있을 거예요. 난 당신만을 사랑해요…… 이젠 그를 만나러 가지도 않고 그 사람 편지에 답장도 안 해요. 하지만 날 미치도록 사랑했고 더군다나 나에 대한 사랑 때문에 죄까지 저지른 그 사람을 욕하거나 나쁘게 말하진 않겠어요……."

파니가 예의 그 솔직한 말투로 나오자 장은 더 이상 그녀를 몰아붙이며 반박할 수가 없었다. 하지만 그럴수록 질투와 증오심으로 애를 태워야 했으며 어떤 때는 아파트 근처에 다 와서 '파니가 그 남자를 보러 갔으면 어쩌지!' 하고 중얼거리는 자신을 발견하고는 스스로 소스라치게 놀라곤 했다.

그러나 그의 그러한 걱정과는 달리 그녀는 답답할 정도로 집 안에만 틀어박혀 있었다. 피아노 앞에 앉아 에테마 씨의 부인인 뚱보 올랭프에게 노래를 가르쳐주기도 하고 불이 나 엉망인 가구와 집 안을 깨끗이 손질하고 청소하며 무료한 하루하루를 보내곤 했다. 불이 나던 날부터 파니는 항상 문을 열어놓고 지내는 아파트 사람들과 친해졌다. 그들은 착하고 양순한 사람들로 이

옷집에서 일어나는 크고 작은 일에 관심을 보이고 서로 도와주며 살아가고 있었다.

옆집의 에테마 씨는 대포박물관에서 도안사로 일하고 있었는데 어찌나 성실한지 일거리를 집에까지 잔뜩 들고 와서는 일에 파묻혀 살았다. 그의 집을 지나가다 보면 매일 저녁마다, 그리고 일요일은 하루 종일 넓은 작업대 앞에 앉아 소매를 걷어붙이고 땀을 뻘뻘 흘리면서 일하는 그의 모습이 열려진 문으로 보였다. 그의 곁에는 뚱뚱한 올랭프가 속옷바람으로 더위에 축 늘어져 남편이 일하는 모습을 물끄러미 쳐다보고 있었다. 그러다가 기분 전환이라도 하듯 발코니에 나와 선선한 저녁 바람을 쏘이며 좋아하는 노래를 같이 부르기도 했다.

얼마 안 있어 장과 에테마 씨도 친숙하게 되었다. 아침 열 시쯤이면 어김없이 '고생 씨 있소?' 하는 에테마 씨의 굵직한 목소리와 함께 주먹으로 힘껏 문을 두드리는 소리가 들려왔다. 두 사람의 근무처가 같은 방향이었으므로 출근도 같이 하게 되었던 것이다. 에테마 씨는 장보다 훨씬 나이가 많았을 뿐 아니라 낮은 학벌에다가 무식하고 사회적 지위도 낮은 사람이었다. 그는 말수가 적은 과묵한 성격이었는데 어쩌다 말을 할 때면 턱과 코밑뿐 아니라 양 볼까지 뒤덮은 덥수룩한 수염 때문에 무슨 말인지 알아듣지 못할 소리로 웅얼대곤 했다. 장은 에테마 씨를 평범하고 선량한 사람이라고 생각하며 누가 봐도 성실하고 올바르게 살아가는 그와 자주 만나 도덕적인 혼란 속에 빠진 자신을 추슬러야겠다고 마음먹었다. 그는 지금도 파니가 다른 남자들과 보낸 과거의 추억과 후회 속에서 고독하게 살고 있다고 생각했다. 그녀가 현실적으로 자기와 함께 살면서도 여전히 과거에서 벗어

나지 못하고 있다고 생각할수록 그는 더욱 에테마 씨와의 관계에 집착했다. 그는 올랭프를 저녁 때 맛있는 음식을 차려놓고 퇴근해 돌아오는 남편을 놀라게 하거나 저녁 식사 후에는 새로 배운 연기를 불러 주는 등 남편을 위해서만 살아가는 정숙한 여자라고 생각했다. 그들 부부처럼 사는 것만이 건전하고 성실한 부부 생활이라고 여기며 새삼 이상적이고 행복한 가정생활을 꿈꿔보기도 했다.

양쪽 집에서 서로를 초대하며 저녁 시간을 함께 하는 빈도수가 잦아지자 서로의 집안 문제에 대해서도 알 만큼 알게 되었다. 그러자 장에게 새로운 근심거리가 생겼다. 에테마 부부가 자기와 파니를 결혼한 부부로 생각하고 있을 것이 분명한데 그는 양심상 도저히 거짓말을 할 수가 없었다. 며칠 고심하던 그는 그들이 나중에 다른 사람을 통해서나 우연한 기회에 자기들이 그저 동거 생활을 하고 있다는 걸 알게 되어 실망하는 것보다는 미리 자기들의 관계를 일러 주는 게 훨씬 나을 것 같다는 생각을 하기에 이르렀다. 그래서 어느 날 저녁 파니에게 그 얘기를 꺼내자 그녀는 배를 잡고 마구 웃어대는 것이었다.

"당신도 참 어린애처럼 순진하기는…… 그 사람들은 벌써부터 우리가 결혼한 사이가 아니라는 걸 알고 있어요…… 더군다나 에테마 부부는 그런 것에는 개의치 않는다구요…… 에테마 씨가 부인을 어떻게 만난 줄이나 알아요?…… 이 남자 저 남자 만나고 다니던 그녀를 자기 혼자 소유하고 싶어서 결혼했다지 뭐예요. 그 사람은 지나간 과거 따위는 아무래도 좋으니까 그녀에게 결혼해 달라고 사정했다는군요……."

장은 파니의 얘기를 듣고 몹시 놀랐다. 맑은 눈동자와 따뜻하

고 부드러운 용모에 어린애 같은 천진한 미소를 늘 입가에 떠우
고 다니는 올랭프가, 동작이 굼뜬 시골 아낙네 같은 그 여자가,
사랑이라는 감상적이고 열정적인 단어와는 전혀 어울릴 것 같
지 않은 외모의 여자가 파니처럼 복잡하고 사연 많은 길을 걸어
온 여자라니 도저히 믿기지 않았던 것이다. 게다가 에테마 씨가
사랑한다는 이유 하나만으로 과거 있는 여자와 그렇게 편안하게
결혼 생활을 계속하는 사람이라니! 그런 줄도 모르고 장은 에테
마 씨가 파이프를 물고 행복한 모습으로 자기 곁을 걸어가는 동
안 그와 비교해서 자신은 얼마나 도덕적으로 타락한 생활을 하
고 있는가 하는 자책감으로 무기력한 분노에 휩싸여 번민을 해
댔던 것이다.

"당신도 좀 있으면 모든 걸 잊게 될 거예요. 내 사랑……."

파니는 처음 그를 만났던 그날처럼 부드럽고 매혹적인 말투로
그를 안심시키듯 말했다. 그러나 그녀에게서는 체념한 듯한 분
위기가 짙어져 갔다.

장이 모든 사실을 알고 난 후부터 그녀는 더욱더 자유스럽게 행
동했다. 그가 방탕한 과거의 꼬투리를 잡거나 다시금 입에 올리
지 않자 그에 대해 자신감을 얻은 듯했고 굳이 자신의 행동을 자
제할 필요성을 느끼지 못하는 것 같았다. 그녀는 담뱃갑을 쉽사
리 눈에 띄는 가구 위에 아무렇게나 던져 놓아 담배를 피운다는
사실을 숨기지 않았으며, 말싸움이라도 붙게 되면 여자를 지나
치게 소유하려드는 남자들의 이기심에 대해 욕설을 퍼붓거나 여
자들의 방자하고 못된 짓거리에 대해서 냉소적인 말들을 늘어놓
곤 했다. 감정의 변화가 그대로 드러나던 그녀의 잿빛 눈동자는
졸린 듯 무기력하게 깜빡였으며 이따금씩 음탕한 미소가 섬광처

럼 지나가곤 했다.

그뿐만이 아니었다. 장과의 가벼운 애무나 성행위에도 변화가 생겼다. 이전에는 어린애를 어루만지듯 무척 조심스럽게 장을 대해 왔으나 이제는 더 이상 체면을 차리지 않는 거리낌 없는 태도를 보였다. 그녀는 늘 그를 유혹하여 그의 피를 뜨겁게 했다. 전에는 어금니를 깨물면서 참던 열락의 신음 소리를 이제는 자제하지 않았다. 변태적인 애무와 쾌락에 빠진 그녀의 신음 소리는 그 유명한 사교계의 여인이었던 사포라는 이름에 걸맞게 음탕했다.

정숙함이라든가 신중한 태도, 그게 사랑의 행위에 있어서 무슨 소용이 있겠는가? 남자들이란 모두 마찬가지여서 겉으로는 끊임없이 여자에게 정숙해지기를 원하지만 쾌락의 순간에는 그 모든 위선을 던지고 더욱더 큰 욕망을 향해 치달리기를 원하기 마련이다. 장도 다른 남자들처럼 타락과 방탕에 대해 분개했지만 결국 그러한 늪 속에 함께 빠져들었다. 그녀가 지난 세월 동안 겪어 왔던 남자들이 그녀에게 가르쳐주었던 변태적인 쾌락의 행위들을 이제 장이 배우게 된 것이었다. 쾌락과 방탕은 사슬처럼 고리를 잇고 있어서 또 다른 사람들에게 똑같은 방식으로 옮아가는 법이다. 세상의 이치는 늘 이와 같아서 독소가 강한 것일수록 빠른 속도로 퍼져 나간다. 어느 라틴 시인의 말처럼 영혼과 육신을 좀먹는 병은 올림포스 제단에 불을 붙이기 위한 성화가 손에서 손으로 전해지듯 그렇게 번져 나가게 되는 것이다.

파니와 장이 살고 있는 아파트 벽에는 두 개의 액자가 나란히 걸려 있었는데 하나는 제임스 티소가 그렸다는 파니의 화려했던 처녀 시절 초상화이고, 바로 그 옆에는 어느 무명 사진 작가가 남부 지방의 전원 풍경을 찍은 사진이었다.

그 흑백사진을 자세히 살펴보면 포도 덩굴이 덮인 낮은 돌담을 끼고 자갈투성이의 비탈길이 보이고 그 위쪽으로는 북풍을 막아 주는 우람한 실편백나무가 일렬로 죽 서 있으며 그 앞쪽으로 키 작은 소나무와 도금양나무에 둘러싸인 흰 저택이 자리 잡고 있다. 넓은 계단과 이탈리아 풍으로 꾸며진 보도, 그리고 방패꼴 무늬의 문이 달려 있는 그 저택은 오래된 옛 성을 연상시켰다. 남부 지방의 농가들이 대체로 그러하듯 벽은 다갈색이고 한쪽으로는 공작새들의 횃대와 가축들의 여물통도 보였다. 열려진 헛간의 창문으로 쟁기와 쇠스랑 등이 보이고, 로마네스크 양식으로 지어진 샤토뇌프의 종탑과 지붕들이 그 저택을 보호하듯 멀리 구름 한 점 없는 하늘 위로 치솟아 있었다. 바로 고생 다르망디 집안사람들이 오래전부터 조상 대대로 살아온 곳이었다.

장의 고향인 가스틀레는 네르트나 에르미타주에 견줄 만큼 비옥한 포도 재배지로서 토지들을 후손들에게 공동으로 상속해 왔다. 그러나 고생 집안은 전통적으로 장남은 파리로 보내 정치가나 외교관으로 출세하여 가문을 빛내도록 했기 때문에 대체로 고향에 남은 형제들이 카스틀레의 포도밭과 토지를 경작해 왔다. 하지만 불행하게도 이러한 가문의 전통은 때때로 무능력한 후손들에 의해 제대로 지켜지지 않았다. 세제르 고생의 경우가 바로 그러했다. 그는 그 넓은 토지와 포도밭을 경작할 능력이 없을 뿐만 아니라 무엇을 관리한다는 데는 영 소질이 없는 사람이었다. 그런데 스물네 살 되던 해 그는 그 막중한 책임을 떠맡게 되었다.

하지만 혈기 왕성하고 끼가 다분했던 그는 술집을 전전하며 바람을 피우는 방탕한 생활로 덧없이 세월만 보낼 뿐 자기 앞으로 된 토지는 관심도 없었다. 세제르, 그는 불한당이자 건달로 내놓은 자식처럼 행세하며 싸다녔다. 고생 집안처럼 엄격한 가문에서도 가끔씩 돌연변이로 세제르와 같은 인물이 한둘 태어나기 마련이다. 어쨌든 그는 젊은 시절 몇 년 동안 아비뇽과 오랑주 사이를 왔다 갔다 하며 방탕하게 놀고 먹는 생활을 계속했다. 그러다 보니 포도밭은 저당 잡히고 특용작물을 가득 쌓아 놓았던 창고도 서서히 바닥이 드러났으며 마침내 거둬들일 수확까지도 미리 팔아먹는 지경에 이르렀다. 그러던 어느 날이었다. 집달리가 들이닥치기 바로 전날 그 엄청난 난국을 수습할 길 없어 고심하던 그는 다급한 김에 형의 서명을 그대로 흉내내 중국 상하이 주재 영사관 명의로 어음을 석 장 발행했다. 그는 어음 만기일이 되기 전까지는 어떻게든 돈을 구할 수 있으리라는 한 가닥 희망을 갖고 있었던 것이다. 그러나 그 어음들은 동생의 파산을 알리는 편지와 함께 형 앞으로 배달되었다. 당시 상하이 주재 영사로 있던 그의 형은 혼비백산해서 고향으로 달려왔고 그동안 저금해 두었던 돈과 아내가 지참금으로 가져온 돈을 들고 뛰어다니며 빚더미에 올라앉은 집안을 구해내는 데 혼신을 다했다. 동생의 무능함을 알게 된 형은 자기 앞에 화려하게 펼쳐질 외교관의 직업을 포기하고 카스틀레에 눌러앉아 포도밭과 토지를 경작하게 되었던 것이다.

세제르의 형인 장의 아버지는 그야말로 고생 가문의 사람답게 엄격하고 보수적이었으며 언제 용암이 분출될지 알 수 없는 휴화산처럼 조용하면서도 격렬한 성격의 소유자였다. 워낙 근면 성실한 그는 농사짓는 일에도 열성을 부려 얼마 안 가서 카스틀레는 다시 번성했던 옛날의 모습을 되찾게 되었고 론 강변까지 그 영지를 점차 확장해 나갔다. 행운은 항상 무리 지어 몰려다니듯이 그 무렵 맏아들 장이 태어났다. 그러나 세제르는 여전히 자신이 저지른 크나큰 과오에 짓눌려 어깨를 축 늘어뜨린 채 집안 식구와 어울리지 못하고 따돌림 받는 서러운 생활을 했다. 집안 사람들의 냉대와 자격지심으로 인해 멀리서 형의 모습이 나타나기만 해도 도망치듯 슬금슬금 피하곤 했다. 어쩌다 형과 눈이라도 마주치면 똑바로 쳐다보지도 못하고 고개를 한쪽으로 꼬며 외면했다. 형의 침묵 속에 담긴 비난과 경멸을 견뎌내지 못했으며 심지어 숨도 크게 내쉴 수 없을 만큼 위축되어 있었던 것이다. 들판에 나갔을 때나 사냥 또는 낚시를 할 때만 마음껏 소리치며 자유롭게 뛰어다니곤 했다. 그는 달팽이를 줍거나 도금양나무나 갈대로 멋진 지팡이를 만들며 온종일을 지냈으며, 어떤날은 벌판에 나가 올리브나무 가지를 모아서 모닥불을 피우고는 새를 잡아 손수 꼬치구이를 만들어 점심을 때우기도 했다. 온 가족이 식탁에 둘러앉아 저녁 식사를 할 때에도 너그러운 형수가 미소를 지으며 말을 건네 와도 한 마디 대꾸도 하지 않은 채 식구들 눈치만 살폈다. 형수는 시동생인 세제르가 측은해서 그에게 매우 엄격하게 대하는 남편 눈을 피해 몰래 용돈을 쥐어주기도 했다. 그녀는 과거에 그가 저지른 잘못보다는 비굴하리만큼 기가 죽어 있는 모습이 딱해 늘 그에게 세심하게 마음을 써주었다. 그런데 그즈음 세제르에게 인생의 전환점을 맞이하는 뜻밖의 행운이 그 모습을 드러내기 시작했다.

카스틀레에서는 일주일에 세 번씩 가까운 마을의 처녀들이 몰려들어 길쌈하는 풍습이 있었는데 디본느 아브레유라는 어부의 딸이 종종 와서 길쌈 솜씨를 자랑하곤 했다. 론 강변을 따라 휘늘어진 버드나무 숲에서 태어난 그녀는 시골에서는 보기 드문 수초처럼 가늘고 유연한 몸매의 빼어난 미인이었다. 그녀는 남부 지방 여인들이 흔히 쓰는 자그마한 카탈루냐 모자를 즐겨 썼는데 작고 가무잡잡한 얼굴과 잘 어울려 더할 수 없는 매력을 자아냈다. 게다가 만년설처럼 하얗게 빛나는 목덜미와 어깨 그리고 젖가슴을 소유한 그녀는 중세 시대에 샤토뇌프나 쿠르트종, 바케리아 같은 마을에서 남자들의 애간장깨나 녹이던 여자들을 연상케 할 정도였다.

이상이라든가 학문 같은 심오한 세계와는 거리가 먼 단순한 영혼의 소유자였던 세제르는 자신의 키가 작았기 때문인지 유난히 키가 큰 여자를 좋아했다. 그는 디본느를 처음 본 순간부터 훤칠한 키에 미모와 재간을 겸비한 그녀에게 사로잡히고 말았다. 한때 수많은 여자와 놀아나본 경험이 있던 그는 연애하는 법에 대해서만큼은 정통해 있었다. 시골에서 연애라고 해봤자 일요일에 열리는 무도회에 가서 카드리유(네 쌍의 남녀가 네모꼴을 이루어 추는 사교춤—역주)를 춘다거나 작은 엽조류(사냥으로 잡은 꿩, 메추라기 등 작은 조류의 고기—역주)를 선물로 준다거나 하는 게 고작이었고, 좀 농도가 짙어지게 되면 아무도 없는 곳에서 은밀히 만나 라벤더 나무 아래서 입맞춤을 하거나 짚 더미 위에 여자를 쓰러뜨리고 달콤한 말로 사랑한다고 속삭여주면 어느 여자고 넘어가기 마련이었다. 그런데 기회를 노리던 세제르는 디본느가 무도회장에는 아예 얼굴도 내밀지 않고 엽조류를 요리해 먹으며 집 안에서만 생활하는 정숙한 여자라는 것을 알게 되었다. 더군다나 그녀는 플라타너스만큼이나 꼿꼿한 성격을 갖고 있으며 자신을 유혹하는 남자들쯤은 발길로 걷어차 버릴 정도로 대가 센 여자였다. 그는 크게 마음먹고 디본느에게 접근해보았지만 그녀가 거들떠보지도 않고 그를 멀리하자 그때부터 그는 완전히 사랑의 포로가 되어 상사병을 앓기 시작했다. 마침내 어느 날 그는 마음 좋은 형수에게 그녀와 결혼하고 싶다는 속마음을 털어놓으며 어떻게 해야 할지 도움을 청했다. 디본느를 어릴 적부터 알고 지내 왔던 형수는 디본느의 집안은 그다지 좋지 않지만 진지하고 섬세한 그녀의 성격을 누구보다 잘 알고 있었다. 그래서 시동생 세제르와 결혼만 하게 된다면 지나치게 낙천적이고 무질서한 그의 인생에 커다란 변화가 올지도 모른다고 생각했다. 그러나 자존심이 강하고 가문에 대단한 긍지를 갖고 있던 그의 형은 고생 다르망디 가문의 아들이 기껏 어부의 딸과 결혼한다는 건 집안을 먹칠하는 것이라며 도저히 받아들일 수 없다고 흥분했다.

"세제르, 그 여자와 기어코 결혼하겠다면 다시는 내 눈앞에 얼씬도 하지 마!"

그는 이렇게 경고하듯 한 마디 내뱉고는 그 결혼 문제에 대해서는 입을 다물어 버렸다. 하지만 형의 반대를 무릅쓰고 끝내 그는 디본느와 결혼했고 카스틀레를 떠나 론 강변에 있는 그녀의 친정집에 가서 살았다. 수확기가 되면 형이 일 년에 한 번씩 부쳐주는 약간의 돈과 너그러운 형수가 매달 부쳐주는 돈으로 그리 풍족하지는 못하지만 검소하고 행복한 생활을 꾸려 나갈 수 있었다. 어머니가 세제르를 보러갈 때면 아직은 어린 꼬마였던 장은 강아지처럼 어머니의 꽁무니에 붙어서 론 강변을 따라 삼촌 집에 가곤 했다. 강에서 폭풍이 불어오면 흔들리는 역마차처럼 삼촌의 통나무집은 삐걱삐걱 소리를 내면서 흔들렸다. 그러면 어린 장은 신이 나서 소리 지르며 온 집안을 휘젓고 다녔다. 대들보가 하나밖에 없는 그 집은 항상 문을 열어 놓았는데 문밖으로 진주조가비들이 은빛으로 반짝이고 그물이 널려 있는 방파제의 풍경이 마치 액자 속의 그림처럼 펼쳐져 있었다. 매어 놓은 배들은 강물이 출렁일 때마다 넘실대며 춤을 추었고 넓은 강 표면은 쏴아 하고 바람이 불 때마다 잔물결이 멀리 퍼져 나가며 은하수처럼 빛났다. 장은 그곳에서 먼 이국에 대한 동경과 아직껏 보지는 못했지만 막연하게나마 바다를 알게 되었다.

세제르가 카스틀레를 떠나 론 강변의 통나무집에서 산 지 이삼년쯤 지났을 때였다. 장은 쌍둥이 여동생을 보게 되었다. 만약 그 두 여동생이 태어나지 않았다면 세제르와 디본느는 카스틀레에는 발도 못 붙이고 그곳에서 언제까지나 계속해 살아야 했을지도 몰랐다. 그런데 쌍둥이를 해산한 후 어머니의 건강은 극도로 나빠져 거동을 하지 못할 만큼 심각했다. 그래서 장의 아버지는 마지못해 세제르와 디본느에게 어머니를 보러 와도 좋다고 허락하게 되었다. 결국 같은 핏줄로 태어났다는 질긴 인연의 끈으로 두 형제는 화해했고 세제르와 디본느는 카스틀레에서 정착하게 되었다. 류머티즘과 악성빈혈로 인해 손 하나 까딱하지 못하고 어머니는 늘 침대에 누워 있어야 했다. 부지런하고 싹싹한 디본느는 그 많은 집안 살림을 도맡아서 열심히 일했다. 끼니 때마다 많은 집안 식솔들의 음식을 준비했으며 매주 두 번씩 그 먼 아비뇽 중학교에까지 필요한 것들을 잔뜩 갖고 찾아가 장에게 공부 열심히 하라며 위로와 격려를 아끼지 않았다. 하루 종일 어머니의 곁에서 병 수발을 드는 것은 물론 밤이면 적적해하고 더욱더 아파하는 그녀에게 말벗이 되어 주는 것도 빼놓을 수 없는 그녀의 일과였다.

착실하고 침착한 성격의 디본느는 교육은 많이 받지 못했으나 타고난 현명함과 끈기로 어떤 어려운 일이 닥쳐도 과감하게 해결해 나갔다. 게다가 그녀를 만나고부터 속을 차린 세제르가 아내를 위해서라면 불속에라도 뛰어들 만큼 적극적이어서 그 힘겨운 살림을 잘 꾸려 나갈 수 있었다. 장의 아버지는 집안 살림에 드는 모든 경비를 디본느에게 전적으로 일임해서 관리하도록 했다. 날이 갈수록 생활비는 늘어만 가는데 엎친 데 덮친 격으로 포도나무 뿌리에 진딧물병마저 돌아 수확이 해마다 줄어들어 살아가기가 점점 힘들어졌다. 카스틀레의 포도밭은 삽시간에 그

병으로 황폐화되어 갔다. 아버지는 온갖 심혈을 다 기울여 포도 밭을 살려 보려고 했지만 애쓴 보람도 없이 뿌리의 진딧물병은 더욱 확산되었다.

집안 사정이 어려워지고 있다는 걸 누구보다도 몸으로 느끼고 있던 디본느는 더욱더 집안일에 충실했고 아주 검소하게 살림을 했다. 어머니의 병 치료는 밑 빠진 독에 물 붓기였고 쌍둥이의 교육비와 중학교 졸업 후 액스에서 법률 공부를 하고 파리에까지 올라온 장의 학비와 기숙사비도 만만치 않았던 것이다. 그렇게 어려운 시절에 디본느가 궁핍으로부터 집안을 지켜 왔던 것은 거의 기적에 가까운 일이었다. 그러나 집안사람들이나 심지어 디본느 자신조차도 그러한 사실을 전혀 깨닫지 못했다.

누렇게 퇴색된 그 흑백사진을 바라보며 카스틀레를 생각할 때맨 먼저 그의 눈앞에 떠오르는 여인은 바로 디본느 숙모였다. 그녀는 고풍스러운 저택을 혼자 힘으로 지탱하고 있으면서도 결코 생색을 내는 법 없이 늘 성실하고 온화하게 고생 집안을 이끌어 왔다. 그는 파니가 어떤 여자였었는가를 알게 된 이후로 어머니나 디본느처럼 자신이 존경하는 여인의 이름을 그녀 앞에서 함부로 입에 올리지 않았다. 심지어 파니의 초상화와 나란히 걸려 있는 그 낡은 사진을 올려다보는 것조차 왠지 모르게 거북스러워지고 우울해지곤 했다.

어느 날 저녁 그날도 일찌감치 사무실에서부터 울적한 기분으로 터벅터벅 집에 돌아왔다. 응접실에 들어서서 식탁을 힐끗 바라보았는데 세 사람 분의 저녁 식사가 준비된 것을 보고 그는 깜짝 놀랐다. 그리고 파니가 등을 돌리고 앉은 어떤 작은 남자와 카드놀이를 하고 있는 모습이 눈에 들어왔다. 처음엔 장은 그의 뒷모습만 보고는 누구인지 알아보지 못하고 의아한 눈초리로 파니를 쳐다보았다. 그러자 그녀의 눈짓을 받고 그 남자가 몸을 돌려 장을 바라보았다. 미친 염소 같은 충혈된 눈동자와 볕에 그을린 까만 얼굴, 큰 코, 훌떡 벗겨진 대머리에 수염을 길게 기른 그 남자는 바로 세제르 삼촌이었다.

"아니, 삼촌, 어떻게 된 거예요!"

장이 놀라 소리를 지르는데도 그는 여전히 손에서 카드를 놓지 않은 채 대답했다.

"보렴, 난 질부와 트럼프 놀이를 하고 있단다. 심심하지 않고 좋구나."

세상에 파니더러 질부라니! 숨어 사는 둘의 관계가 세상에 알려질까 봐 장이 얼마나 조심해 왔는지도 모르고 그는 싱글싱글 웃으며 좋아했다.

"대단하구나, 저 눈동자하며…… 저 팔…… 굉장한 미인이야……."

파니가 저녁 준비를 하는 동안 세제르는 장의 귀에 대고 연신 낮은 목소리로 감탄하듯 중얼거렸다. 다 안다는 듯한 몸짓과 표정으로 허물없이 구는 삼촌의 태도가 견딜 수 없이 싫었다. 식탁에 앉아 식사를 하면서도 세제르 삼촌이 카스틀레의 얘기와 왜 파리에 오게 되었는지를 묻지도 않았는데 마구 떠벌이자 장은 몹시 언짢은 얼굴로 묵묵히 듣고만 있었다.

세제르 삼촌은 예전에 쿠르베배스라는 친구에게 8천 프랑을 빌려준 적이 있었다고 한다. 처음부터 아예 받으려고 생각지도 않았던 돈이었는데 난데없이 공증 서류 한 장이 얼마 전에 그에게 날아왔다는 것이다. 그 서류에는 쿠르베배스의 사망 소식과 함께 그의 유언으로 삼촌에게 빌린 8천 프랑을 돌려주게 되었다는 내용이 적혀 있었다. 그래서 결국 그 뜻하지 않은 돈을 받으러 파리에 왔다는 것이다.

"실은 돈 받으러 왔다는 건 구실에 불과해. 돈은 내가 직접 오지 않아도 우편으로 부쳐주기로 되어 있으니까 말이다. 파리까지 온 진짜 목적은 말이야 다른 데 있다……."

그는 들뜬 목소리를 가라앉히고 다소 침울하게 말을 이었다.

"사실은 네 어머니 건강이…… 얼마 전부터 몹시 악화되고 있단다. 가끔 정신을 잃기도 하고 심지어 가족들 이름까지 잊어버리기도 하지 뭐냐. 저번 날 밤에는 네 아버지가 어머니 방에 들렀다 나가시는데 어머니가 디본느에게 묻더라는 거야. 자주 방에 들르는 저 마음씨 좋은 남자가 대체 누구냐고 말이야. 그걸 아는 사람은 아직 네 숙모밖에 없긴 하지만 정말 걱정이구나…… 네 숙모가 나더러 부샤르 선생을 찾아가서 어머니의 상태에 대해 좀 의논해 보고 오라고 했다. 그분은 예전에 어머니를 돌봐 줬던 의사 선생님이시니 아무래도 어머니의 병에 대해선 잘 알지 않을까 해서 말이야……."

"집안에 혹시 정신 질환자가 있지 않았나요?"

파니가 세제르 삼촌을 응시하며 의사처럼 신중하게 물었다. 심각한 얘기를 할 때 짓는 그녀의 표정은 라구르너리를 빼쏜 것처럼 똑같았다.

"우리 집안에 그런 사람은 한 사람도 없었어……."

미친 망아지처럼 날뛰며 방탕한 생활을 했던 젊은 날이 생각났는지 삼촌은 약간 눈살을 찌푸리며 말을 흐리더니 곧 눈웃음을 지으며 말했다.

"하기야 내 미친 짓거리는 여자들 눈에 그닥 벗어나는 못된 일은 아니었어. 날 정신병자처럼 가둬 둘 필요는 없었으니까 말이야."

장은 어머니가 몹시 아프다는 소식으로 맘이 편치 못한 데다가 파니가 어머니를 두고 정신병자 어쩌고 하며 삼촌과 노닥거리는 게 마음에 들지 않았다.

'나이 들고 몸까지 아픈 어머니를 두고 이 여자는 턱을 괴고 담배를 피워대면서 중년 여자 특유의 늘어진 말투로 아무 말이나 지껄이고 있다니…… 게다가 삼촌이란 사람은 신중하지 못하게 시리 집안의 비밀들을 수다스럽게 떠들어대고…….'

장은 쾌씸한 듯 두 사람을 말없이 쏘아보았다.

'카스틀레의 그 넓은 포도밭도 이제 황폐해졌으니 장차 어떻게 해야 할지!……'

그는 묵묵히 삼촌이 몰고 온 카스틀레에 대한 걱정거리에 파묻혔다.

포도밭은 이제 포도를 수확할 수 없을 만큼 불모지로 되어 가고 있었다. 포도 묘목의 반은 이미 병들어 버렸고 그 나머지마저 포도 알 하나하나를 갓난애 보살피듯 비싼 약을 사용해서 정성스레 다루어야 간신히 건질 수 있었던 것이다. 딱한 것은 아버지가 썩어 가는 나뭇가지로 뒤덮인 쓸모없게 된 땅에다 수익이 높은 올리브나 양각초 같은 것을 재배하지 않고 계속 병들어 죽어 버릴 포도 묘목을 심는 일을 고집한다는 사실이었다.

다행스럽게도 세제르 삼촌은 론 강변에 어느 정도의 땅을 갖고 있었는데 저지대에 적합한 표도 묘목을 심어 거둬들인 수확이 꽤 괜찮은 편이어서 그리 질이 나쁘지 않은 포도주를 만들어내고 있었다. 아버지는 그 포도주를 '개구리 포도주'라고 경멸조로 부르곤 한다는 것이다. 그러나 세제르 삼촌은 쿠르베배스에게서 받을 돈으로 론 강의 피불레트 섬을 사들여 포도나무를 더 심을 계획이라고 털어놓았다.

"장, 너도 알지 왜. 론 강에서는 제일가는 섬이야. 아브리유 하류에 있지…… 이건 우리들끼리 이야기다…… 카스틀레의 식구들이 알면 안 돼……."

"디본느 숙모도 알면 안 되나요, 숙부님?"

파니가 세제르 삼촌의 말을 자르며 웃는 얼굴로 물었다.

자기 아내의 이름을 듣자 삼촌은 눈을 가늘게 뜨고는 촉촉이 젖은 목소리로 말했다.

"그렇지, 디본느. 사랑하는 내 아내 없이 난 아무것도 할 수 없어. 아내는 내 계획이 옳다는 걸 믿어줄 거야. 카스틀레의 재산을 이 가련한 세제르가 늘려 주겠어. 애초에 내가 말아먹었던 재산이니까……."

장은 진저리치며 삼촌을 바라보았다. 삼촌이 지나간 과거를 모두 털어놓으려고 저러는 것일까? 혹시 집안을 수치스럽게 만들었던 그 가짜 어음 사건까지 깡그리 주절대면 어쩌나 하는 근심이 몰려들었던 것이다. 그러나 세제르 삼촌은 디본느에 관한 얘기와 그녀와 결혼하고 나서 자기가 얼마나 행복해졌는가 따위의 얘기를 늘어놓기 시작했다.

"이봐 질부, 질부는 여자니까 내 아내에 대해 궁금할 거야."

그러면서 그는 지갑을 꺼내 항상 지니고 다니는 명함 크기만한 디본느의 사진을 파니에게 건네주었다.

디본느에 관한 이야기를 할 때의 장의 효성스런 말투와 그녀가 왼손으로 써서 보내는 편지에 어머니 같은 충고로 가득했던 점으로 미루어 파니는 디본느가 맘씨 좋은 전형적인 시골 아낙네처럼 생겼을 거라고 생각해 왔다. 그러나 막상 선이 가늘고 우아하며 유연한 몸매를 지닌, 흰색 카탈루냐 모자가 몹시 어울리는 삼십 대 후반의 정숙한 여인의 모습을 보고는 몹시 놀란 듯했다. 그녀는 오랫동안 사진을 들여다보았다. 그러더니 입술을 잘근잘근 씹으며 다소 묘한 어투로 입을 열었다.

"굉장한 미인이시군요……."

"굉장히 강인한 여자지!"

디본느 숙모의 성격을 잘 알고 있는 세제르 삼촌이 그녀의 말을 정정하듯 대꾸했다.

식사를 끝내고 세 사람은 발코니로 자리를 옮겼다. 한낮의 열기가 남아 있는 발코니의 천막 위로 길 잃은 먹구름이 내려앉았으며 빗방울이 즐겁게 지붕을 두드려댔다. 대기는 신선해졌고 길바닥은 내리는 빗물로 진창이 되어 갔다. 차츰 소나기로 변하더니 쏟아지는 빗줄기 사이로 물안개가 자욱하게 피어난 파리는 온통 와글와글 즐거운 웃음소리를 터뜨린 듯 경쾌한 빗소리로 가득 찼다. 삼촌은 승객을 가득 실은 기차가 뿌우 하고 기적 소리를 내며 떠나고 도착하는 역과 갖가지 모양의 마차들이 거리를 질주하는 광경을 눈을 휘둥그렇게 뜨고 내려다보았다. 그는 젊은 날 파리를 들락댔던 기억을 떠올리며 삼십여 년 전쯤 쿠르베배스 집에서 석 달간 묵으며 있었던 일을 꺼냈다.

"굉장한 축제였단다. 내 생전에 그처럼 크게 벌어진 사육제는 처음 보았지 뭐냐. 아무튼 그때 쿠르베배스는 아주 특이하게 분장한 애인을 데리고 갔는데 그녀는 길거리에서 노래 부르는 가련한 여자로 분장을 했었지. 그 덕에 그 여자는 대단한 행운을 잡았는데 나중에 카페에서 노래하는 유명한 여가수가 되었단다. 그때 나는 펠리큘레라는 거리의 여자를 데리고 갔었지……."

옛 생각으로 기분이 썩 좋아진 세제르는 입이 찢어져라 호탕하게 웃어대며 콧노래를 흥얼거리기도 하고 파니의 어깨에 손을 얹기도 했다. 그는 자정이 되어서야 가서 자야겠다며 일어섰다. 파리에서 알고 있는 유일한 호텔인 큐자스 호텔로 들어갈 때까지도 그는 목청껏 노래를 부르고 파니의 볼에 입을 맞추며 장에게 소리쳤다.

"조심해라, 알지!……"

세제르 삼촌을 호텔까지 바래다주고 돌아온 후 파니는 이맛살을 찌푸린 채 화장실에 들어갔다. 저녁 내내 시달린 장은 잠자리에 들어 설핏 잠 속에 빠져들었다. 그때 반쯤 열린 문틈으로 퉁명스러운 파니의 목소리가 들려왔다.

"이봐요, 그 여자, 당신 숙모 말이에요. 아주 예쁘더군요…… 당신이 그렇게 자주 숙모 얘기를 해대는 걸 이해할 것 같아요. 어쩌면 당신과 디본느 숙모가 세제르 숙부를 무능한 남편으로 만든 건지도 몰라요……."

빈정대는 듯한 파니의 말에 잠까지 싹 달아난 장은 몹시 화를 내며 그렇지 않다고 반박했다.

"디본느 숙모는 내게 어머니 같은 사람이야. 어렸을 때부터 보살펴 주고 옷을 입혀 주며 키워 주었어…… 질병과 죽을 고비에서 날 구해준 분이라구! 절대로 날 남자로 생각하고 유혹해본 적

111

도 없고 나도 또한 그런 음탕한 생각을 해본 적이 없어. 숙모는 그런 여자가 아니란 말야."

"이것 봐요……."

잇새에 머리핀을 문 채로 그녀는 날카롭게 말을 이었다.

"그 우둔한 숙부가 칭찬해대는 디본느라는 여자 말예요. 아름다운 눈과 호리호리한 몸매를 가진 여자가 당신같이 멋있는 금발과 부드러운 살결을 가진 남자를 곁에 두고 한 번도 욕정을 느껴본 적 없이 지낼 수 있었다고 나더러 믿으란 거예요?…… 론 강변에서 태어났건 파리에서 태어났건 여자들이란 다 마찬가지예요……."

여자들이란 자신이 처음 욕망을 느낀 남자에게 정복된다고 믿는 그녀는 확신에 찬 어조로 말했다. 그러나 그는 말로는 그렇지 않다고 계속 부인했지만 차츰 마음이 흔들리기 시작했다. 자신이 아무렇지도 않게 보인 순수한 애정의 표시가 혹시 그녀에게 어떤 유혹으로 받아들여졌던 것은 아니었는지 그는 곰곰 생각해 보았다. 끝내 그렇게 간직해 온 디본느에 대한 순수한 애정이 파니의 말로 인해 금이 가고 흠집이 난 옥석으로 변해 버린 기분을 떨쳐 버릴 수 없었다.

"저 좀 봐요…… 당신 고향 카스틀레의 머리 모양이랑 닮아 보이지 않아요?"

그녀는 머리 끈 두 개로 탐스런 머리칼을 위로 빗어 올려 묶고 샤토뇌프의 처녀들이 쓰는 카탈루냐 모자처럼 흰색 손수건을 핀으로 고정시켜 머리를 매만지고는 방 안으로 들어섰다. 바티스트 삼베로 만든 우윳빛 잠옷을 입은 그녀가 유혹하듯 그에게 다가서더니 눈을 빛내며 물었다.

"어때요, 디본느랑 닮아 보여요?"

그녀의 차림은 디본느 숙모의 겉모습과 비슷했으나 장의 눈에는 결코 닮아 보이지 않았다. 손수건으로 만들어 쓴 흰색 모자는 그녀에게 그토록 잘 어울렸다는 생 라자르의 죄수들이 쓰는 작은 모자를 연상시킬 뿐이었다. 그렇게 잘 어울리는 모자를 쓰고 법정에서 위폐범에게 작별 키스를 하면서 '실망하지 말아요…… 좋은 날이 올 거에요, 내 사랑……' 하고 말했다던 그때의 모습을 보는 것만 같았다. 생각이 거기에 미치자 장은 또다시 불쾌하고 괴로워졌으므로 그녀가 잠자리에 들기 무섭게 불을 꺼버렸다. 잠시라도 더 그녀의 얼굴을 마주 대하고 있으면 가슴속에 응어리진 울화가 폭발해 버릴 것만 같았던 것이다.

다음날 이른 아침부터 세제르 삼촌은 지팡이를 휘두르며 '얘들아' 하고 큰소리로 부르면서 집 안으로 들어섰다. 아마도 거리의 여자였던 펠리큘레의 품 안에 파묻혀 있던 삼촌을 데리러 왔을 때 쿠르베배스가 쓰던 말투가 그러했을 것이다. 그는 전날보다 더 흥분해 있었다. 젊고 화려했던 지난날의 추억에 잠겨 큐자스 호텔에서 느긋하게 하룻밤을 묵은데다가 지갑 안에 8천 프랑이라는 거액이 들어 있었기 때문에 그의 사기는 하늘을 찌를 듯했다. 피불레트의 땅을 살 돈이기는 했지만 질부에게 멋진 점심을 사주면서 기분을 내는 데 몇 푼 축낸다고 해도 뭐라고 할 사람은 없었다.

"부샤르 선생의 병원은 언제 찾아가죠?"

이틀씩이나 연달아 연수 교육에 빠질 수도 없어 난처해진 장이 차마 거절을 하지 못하고 넌지시 물었다. 하지만 세제르 삼촌과 파니가 하도 우기는 바람에 결국 샹젤리제 가의 식당에서 점심을 들고 오후에 의사 선생을 찾아가기로 하고 거리로 나섰다.

처음 계획했던 것과는 다소 어긋났지만 세제르 삼촌은 두 사람과 함께 전세 마차를 불러 타고 마차들이 북적대는 거리를 뚫고 생 클루 가로 갔다. 세 사람은 아카시아나무와 옻나무 그늘 아래에 자리 잡은 테라스에서 음악을 들으며 즐겁게 식사를 했다. 세제르 삼촌은 식사를 하면서 내내 파니의 환심을 사려고 애쓰는 기색을 역력히 드러내며 몹시 수다를 떨어댔다. 그는 아무것도 아닌 것 가지고도 괜히 트집을 잡아 웨이터들을 나무라기도 하고 소스 맛이 좋다면서 주방장을 칭찬하기도 했다. 그럴 때마다 파니는 어리숙한 그의 행동을 지켜보며 웃음을 터뜨리곤 했다. 삼촌과 파니 사이에 끼어 앉아 있던 장에게는 그들 사이에 오가는 친숙하고 다정한 대화를 듣는 일이 몹시 고통스러웠다.

후식과 함께 마신 포도주에 얼큰하게 취한 삼촌은 기분이 울적해졌는지 카스틀레와 디본느, 그리고 장이 어렸을 때의 얘기들을 늘어놓았다. 그는 어리석은 짓을 못하게끔 늘 곁에서 보살펴주는 사랑하는 아내와 함께 장이 커가는 것을 지켜보는 것이 자신에게는 유일한 행복이었다고 말했다. 그러고 나서는 장의 손을 덥석 잡고는, 자고로 남자란 입이 무거워야 하며 보고도 못 본 척해야 하는 것이라고 새신랑에게 타이르듯 충고를 해주는 것이었다.

거의 얘기가 동이 날 때쯤 해서 그는 이제 일어서야겠다고 두 사람을 재촉했다. 파니는 아파트로 돌아가고 장과 세제르는 부샤르 선생을 찾아가기로 했다. 부샤르 선생의 병원에 다다랐을 때에야 세제르 삼촌은 술이 깼다. 그들은 방돔 광장에 있는 병원의 이 층 대기실에서 두 시간을 넘게 기다려야만 했다. 그곳에는 많은 환자들이 차례를 기다리며 묵묵히 고개를 떨구고 줄 지어 의자에 앉아 있었다. 드디어 그들의 차례가 와서 안내하는 사람의 뒤를 따라 각종 질병의 지옥을 건너가는 것 같은 섬뜩한 기분으로 여러 개의 방을 지나쳐서 저명한 부샤르 선생의 방 앞에 도착했다.

기억력이 비상한 부샤르 선생은 세제르 삼촌이 어머니의 이름을 대며 그곳까지 오게 된 경위를 말하자 십 년 전쯤 카스틀레에 진찰하러 갔었다는 사실을 기억해냈다. 그는 어머니의 병세를 묻더니 옛날의 기록을 들춰 보고는 근간에 시작된 어머니의 정신착란 증세는 그다지 걱정할 것 없다고 두 사람을 안심시키고 몇 가지 약을 처방해 주었다. 날카롭게 찢어진 작은 눈 위로 숱많은 눈썹이 아래로 처져 있는 그 의사는 아비뇽에 있는 친구 의사에게 장문의 편지를 쓰기 시작했다. 그동안 장과 세제르는 숨을 죽인 채 펜대가 종이를 긁어 내려가는 소리에 귀를 기울였다. 현대 의학과 의사의 권위에 주눅이 든 그들의 귀에는 한동안 번화한 파리의 온갖 소음들도 전혀 들리지 않았다. 그 순간에는 의사와 의학이 두 사람에게 있어서 맹목적인 종교만큼이나 위력을 과시했던 것이다.

병원에서 나온 세제르 삼촌은 이성을 되찾은 것처럼 진지하게 말했다.

"이제 호텔로 돌아가 짐을 챙겨야겠구나. 파리의 공기는 내게 좋지 않은 것 같아. 그럼 가봐라…… 내가 계속 이곳에 머물면 바보짓만 하게 될 거다. 오늘 저녁 일곱 시 기차를 타야겠구나. 질부에게 미안하다고 전해다오, 알았지?"

장은 하루쯤 더 묵고 가라는 말이 나오려는 걸 꾹 참았다. 경박

하고 어린애 같은 삼촌이 무슨 일을 저지를지 몰라 겁이 났던 것이다. 다음날 아침 자리에서 일어났을 때 장은 삼촌이 디본느 숙모에게 돌아갔으리라는 생각을 하며 무거운 짐을 내려놓은 듯 홀가분해졌다. 그런데 바로 그때 세제르 삼촌이 온통 정신 나간 몰골로 허둥대며 들이닥쳤다.

"세상에, 삼촌 대체 어떻게 된 거예요?"

세제르는 장이 놀라 묻는 말에 아무런 대꾸도 않고 소파에 주저앉아 멍한 표정으로 꼼짝도 하지 않았다. 잠시 후 그는 조용히 입을 열었다.

"쿠르베배스와 어울려 놀던 때 하던 버릇대로 너와 헤어져 호화스런 저녁 식사를 들었지. 그러고는 뭣에 홀린 듯 도박장에 이끌려 8천 프랑의 돈을 몽땅 날려 버렸지 뭐냐…… 땡전 한 푼 안 남기고…… 이제 무슨 낯으로 카스틀레에 돌아가야 할지 모르겠구나…… 그리고 디본느에게는 뭐라고 변명한단 말이냐! 피불레트의 땅을 구입할 계획은 또 어찌 되고……."

갑자기 그는 손으로 눈을 가리고 엄지손가락으로 귀까지 틀어막으면서 고래고래 울부짖기도 하고 때로는 어깨를 들썩이고 서럽게 흐느끼며 미친 듯이 날뛰었다. 그는 스스로 구제할 수 없는 놈이라고 욕설을 마구 퍼붓고 자기 인생은 완전히 실패했으며 얼마나 후회스러운가도 두서없이 늘어놓았다.

"나 같은 놈은 집안의 수치고 불행이야. 백 번 죽어 마땅한 놈이라구. 형님이 날 용서해 주지 않았다면 아마도 도박꾼이나 위폐범들과 함께 휩쓸려 다니다 감옥에나 가 있을 게 분명하다구……."

"삼촌, 삼촌! 진정하세요!"

장은 마음이 언짢아지고 가슴이 답답해 왔다. 그래서 삼촌을 진정시키려고 같이 악을 썼지만 눈과 귀를 막고 있는 그는 못 들었는지 아니면 자기의 잘못을 듣고 위로해 줄 관객이 있다는 사실에 흥이 났는지 시시콜콜한 이야기까지 모조리 늘어놓았다. 그러는 동안 파니는 동정과 놀라움이 섞인 시선으로 세제르 삼촌을 바라보고 있었다. 여태껏 열정적인 사람들을 사랑해 왔던 그녀는 세제르 삼촌의 그런 행동에 감동을 받았다. 천성적으로 착한 그녀는 그를 도울 수 있는 방법을 골똘히 생각했다.

"하지만 도대체 무슨 방법으로 돕는담. 일 년 동안이나 다른 사람들과 일체 교제를 끊고 지냈고 장도 파리에는 아는 사람이 없는데…….

그때 갑자기 파니의 머릿속에 한 사람이 떠올랐다.

"그렇지, 디셸레트!…… 장, 지금쯤이면 그 사람 파리에 와 있을 거예요. 그 사람은 인정 많은 호인이잖아요. 그에게 부탁하면 될 거예요."

"하지만 난 그 사람을 잘 모르는데……."

"내가 가겠어요……."

"뭐라고! 당신이?"

"안 될 게 뭐가 있어요?"

두 사람의 시선이 잠시 강렬하게 부딪쳤다. 그때 그녀는 그의 속마음을 알아챈 것 같았다. 디셸레트 자신이 호언했다시피 비록 하룻밤밖에 잔 일이 없고 그때의 기억마저 희미해진 사람이라 해도 그 역시 파니의 옛 애인 중의 한 사람임이 분명했다. 장은 그녀를 거쳐간 남자는 단 한 명도 잊어버린 적이 없었으며 마치 달력에 표시된 축제일처럼 그의 머릿속에 차례로 질서 정연하게 정리되어 있었다.

"당신이 정 원하지 않는다면야……."

거북스러운 듯 그의 눈길을 피해 파니가 조용히 말했다.

두 사람 사이에 어색한 긴장이 감도는 분위기가 느껴졌는지 세제르는 울부짖음을 멈추고 걱정과 절망이 뒤섞인 애원의 눈길로 그들을 번갈아 보았다. 결국 장은 어금니를 깨물면서 그 제안을 승낙하지 않을 수 없었다.

파니가 옷을 차려입고 나간 후 장과 세제르는 발코니 난간에 기대 서서 각기 서로 다른 상념에 빠진 채 그녀가 돌아오기만을 기다렸다. 그 기다림의 시간이 얼마나 길게 느껴졌는지!

"디셀레트라는 사람 집이 여기서 멀어?……"

"아녜요, 로마 거리예요…… 엎드리면 코 닿을 데 있는 걸요."

장은 버럭 화를 내며 대답했다. 그 역시 파니가 너무 오래 걸린다고 생각하고 있던 참이었다. 장은 거리의 카페에서 '하룻밤 자고 나면 두 번 다시 만나지 않는다'고 큰소리치던 디셀레트를 떠올리며 진정하려고 애썼다. 디셀레트는 파니를 지난날 한 번 데리고 논 여자쯤으로 취급하듯 말하지 않았던가! 그러나 마음 한구석에서는 적어도 디셀레트가 파니를 여전히 한 번쯤 안아 보고 싶은 아름다운 여자라고 생각해 주기를 바랐다. 미치광이 같은 삼촌이 느닷없이 그들 앞에 나타나 잠잠해져 가는 과거의 상처를 다시 건드린 꼴이 됐다.

드디어 저만치에서 눈을 빛내며 걸어오는 파니의 모습이 거리를 내려다보던 두 사람의 시야에 들어왔다.

그녀는 방 안에 들어서자마자 초조해하는 두 사람에게 말했다.

"됐어요…… 돈을 가져왔어요."

8천 프랑의 돈을 보자 세제르 삼촌은 눈물을 흘리며 좋아했다. 그러고는 파니의 팔을 잡으며 그 사람에게 영수증을 써 주겠다, 이자는 얼마로 계산하며 좋겠느냐, 언제 갚아야겠느냐고 쉴 새 없이 물었다.

"필요 없어요, 숙부님…… 숙부님 이름은 들먹이지 않았어요. 그 사람은 내게 빌려준 거예요. 숙부님은 제게 빚을 지신 거니까 필요할 때까지 쓰세요."

"이 은혜는 두고두고 잊지 않으마."

떠나는 것을 확인하기 위해 역까지 따라 나간 장에게 세제르는 눈물을 보이며 말했다.

"보물단지야, 그녀는!…… 행복하게 해줘야 한다. 알았느냐……."

장은 그 일로 삼촌과 자신에게 몹시 화가 나 있었다. 무거운 쇠사슬이 자신을 꼼짝 못하게 얽어맸다고 생각했다. 선천적으로 맺고 끊는 게 불분명하고 허약한 자신을 가족이라는 쇠사슬로 더욱 옭아매 함정에 빠뜨렸다는 느낌이 들었던 것이다. 세제르를 통해 파니는 크고 작은 그의 집안일과 포도 농사 등 카스틀레에서 일어나는 일들을 거의 다 알게 되었다. 그녀는 가끔 포도 농사에 대한 아버지의 고집을 비판하기도 하고 어머니의 건강을 걱정하는 등 여러 가지 염려와 충고로 장을 성가시게 만들곤 했지만, 삼촌에게 베푼 호의나 그의 지나간 과거에 대해서는 입도 뻥긋하지 않았다. 딱 한 번 세제르의 과거를 들먹이며 장에게 반박한 일이 있었다.

어느 날 극장 구경을 마치고 나왔을 때였다. 비가 부슬부슬 내리는 꽤 늦은 밤이었는데 두 사람은 집에 가려고 눈에 띄는 마차에 서둘러 올라탔다. 그런데 그 마차는 자정이 지나서야 영업하는 마차여서 꽤 오랜 시간을 기다려야 했다. 마차꾼은 곯아떨어져 있었고 말들만이 제 몸뚱이를 흔들며 서 있었다. 마차 안에 앉아 밖을 내다보며 어서 떠나기를 기다리고 있는데 한 늙은 마부가 채찍 손잡이에 달린 술을 쓰다듬으며 조용히 마차 곁으로 다가왔다. 그는 술 냄새를 풀풀 풍기며 날카로운 목소리로 파니에게 말을 걸었다.

"잘 지냈냐…… 그래, 요즘은 어찌 사냐?"

"어머나, 아빠."

그녀는 일순 놀라는 듯했으나 곧 평상시와 다름없는 목소리로 장에게 말했다.

"우리 아버지예요……."

진흙이 튀겨 더러워지고 군데군데 단추마저 떨어져 나간 낡은 누더기를 걸친 마차꾼이 그녀의 아버지라니! 가스등 아래 드러난 그의 얼굴은 술에 취해 벌겋게 상기된 채 퉁퉁 부어 있었다. 장은 몽롱하게 풀린 커다란 그의 눈을 바라보며 파니의 육감적이고 균형 잡힌 옆얼굴이 그와 너무도 닮았다고 생각했다. 그는 자기 딸이 웬 젊은 남자와 함께 있다는 사실은 전혀 개의치 않는 듯했다. 장에게는 눈길 한 번 주지 않고 딸에게 그동안 있었던 집안 소식을 두런두런 말하기 시작했다.

"늙은 에미는 네케르에 가 있다. 한 보름 됐지 아마. 건강이 점점 나빠지고 있어…… 목요일쯤 하루 날 잡아서 좀 가봐라. 아마 몹시 좋아할 게야…… 나야 여전히 건강하지. 난 괜찮은 마차꾼이란 말을 들으며 일하고 있단다…… 돈을 많이 못 벌어서 탈이지만…… 혹시 이달에 마부 쓸 일이 있으면 내가 어떻겠냐?……

뭐, 안 돼?…… 그것 참 안됐구나. 하지만 뭐 괜찮아…… 자, 그럼 다시 만나자꾸나……."

그는 딸의 손을 잡고 가볍게 흔들더니 뒤돌아서서 채찍을 휘두르며 휘청휘청 걸어갔다. 그리고 잠시 후 그의 뒷모습이 채 사라지기 전에 마차가 움직였다.

"이봐요……."

그녀는 마차의 흔들림에 몸을 맡기고 지금까지 꺼려 왔던 자기 가족에 관한 긴 얘기를 시작했다.

"우리 집안 내력은 천하고 흉해요……."

이제 서로를 잘 알게 되었고 또 더 이상 숨길 필요도 없다고 생각한 그녀는 담담한 어조로 말했다.

"아버지는 파리와 샤티옹 구간의 마차를 모는 마차꾼이었어요. 그리고 어머니는 여관의 하녀였죠. 두 분이 그렇게 만나서 물랭 오장글래 변두리에서 날 낳고 난 후 어머니는 곧 돌아가시고 말았죠. 어머니에 대해선 아무것도 몰라요. 어쨌든 어머니가 일하던 여관의 주인이 아버지에게 매달 우유 값만 지불하면 키워 주겠다고 했대요. 아버지는 수입의 거의 대부분을 여관 주인들에게 의존하고 있었던 터라 그런 요구를 감히 거절하지 못했죠. 아마 내가 네 살 되던 해부터였을 거예요. 아버지는 날 강아지처럼 마차 포장 밑에 태우고 다녔어요. 아주 꼬맹이였던 나는 덜컹거리는 마차를 타고 길 양쪽에서 반짝이는 화려한 칸델라 불빛을 바라보는 걸 무척 좋아했어요. 두 마리 말이 가쁜 숨을 내쉬며 달려가는 것이 왜 그렇게도 재미나던지…… 지금도 그때 기억이 또렷해요. 어둠이 내리면 마차 방울 소리를 들으며 잠이 들곤 했었죠."

그러나 르그랑 영감은 그런 식으로 파니를 키우는 일에 곧 싫증을 내게 되었다. 드는 돈이라야 얼마 되지 않는 것이었지만 그래도 코흘리개를 먹이고 입히는 데는 돈이 짬짬이 들어갔다. 더군다나 그 무렵 그는 멜론이나 양배추 같은 야채를 재배하며 살아가는 과부와 결혼할 생각이었는데 파니가 짐이 되었던 것이다. 파니는 그때부터 아버지가 자기를 떼어 놓으려 한다는 낌새를 본능적으로 알아챘다. 어떤 방법을 써서라도 귀찮은 계집아이를 떼어 버려야겠다고 술주정뱅이 아버지는 결심을 단단히 하고 있었던 것이다.

"하지만 그 과부는 날 키우고 싶어했어요. 왜 당신도 알 거에요. 마솜 말이에요."

"어떻게 그럴수가, 저번에 당신 집에 갔을 때 하녀로 있던……."

"맞아요. 그 여자가 바로 내 계모였어요…… 어렸을 적에 나한테 너무나 잘해주었어요. 비렁뱅이 남편에 불과한 아버지의 학대에서 구해 내려고 내가 데리고 있었던 거에요. 아버지는 마솜의 재산을 전부 거덜 내고 나자 사정없이 때리고 자기는 다른 매춘부들이랑 살면서 마솜에게 그 여자들 시중을 들게 했어요. 불쌍했죠…… 잘생긴 남자들이 인물값 하느라 여자들에게 어떤 식으로 행패를 부리는지 마솜만큼 잘 아는 여자도 또 없을 거에요. 그런데 내가 그렇게 알아듣게 말을 했는데도 마솜은 내 곁을 떠나서 다시 아버지에게로 간 거에요. 그리고 지금은 골골하는 몸으로 양로원에 가 있다지 뭐예요. 그래서 아버지는 아까처럼 그저 되는 대로 떠돌며 살고 있죠. 아휴, 그 거지 같은 화상이라니! 못 봐주겠어요. 아버지의 눈엔 오로지 채찍밖에 보이는 게 없어요······ 채찍만은 똑바로 들고 있는 거 당신도 봤죠?······ 술이 곤드레만드레 취해도 채찍만은 촛불을 든 것처럼 똑바로 들고 있잖아요. 게다가 걸핏하면 '난 그래도 괜찮은 마차꾼이라구' 하는 말을 자랑스럽게 하곤 하죠······."

그녀는 어떠한 수치심이나 혐오감도 보이지 않고 무심하게 얘기했다. 장은 그녀의 얘기를 듣고 부르르 진저리를 쳤다. 마치 구걸이라도 하는 것처럼 초라한 몰골로 불쑥 나타난 아버지와 그 계모라던 마숑의 얼굴이 자꾸 어른거렸다. 그리고 카스틀레에 있는 엄격한 아버지의 얼굴과 어머니의 천사 같은 미소가 떠올랐다. 장이 침묵을 지키며 앉아 있는 옆모습을 힐끗 쳐다보고는 무슨 생각을 하고 있는지를 눈치챈 파니는 좋은 집안에서 태어났다고 그렇게 우월감을 느낄 것까지는 없지 않느냐고 통렬히 반박했다.

"어쨌든 어떤 집안이든 문제는 있기 마련이에요. 그건 누구의 책임도 아니에요······ 난 르그랑이라는 주정뱅이에다 야비한 비렁뱅이 아버지를 가졌어요. 하지만 당신네 같은 고귀한 집안에도 세제르 숙부 같은 사람이 있잖아요."

6

Opus Hocturnus

사랑하는 조카 장에게

지금 이 편지를 쓰고 있는 순간에도 바로 얼마 전 일로 가슴이 마구 뛰는구나. 얼마나 놀랐는지 모른단다. 글쎄 마르트와 마리가 행방불명되어 모두들 얼마나 놀라고 찾아 헤맸던지 생각할수록 가슴이 덜컥 내려앉고 아찔해지지 뭐냐. 그 얘기를 들으면 너도 꽤나 놀랄 거다.

그러니까 일요일 점심 식사 때 둘이 없어진 걸 알게 되었다. 영사 님이 아침 여덟 시 미사에 두 애를 데려가신다기에 깨끗하게 씻겨서는 예쁘게 차려입혔지. 그러고 나서 평소보다 더 신경이 곤두선 어머니 곁에 꼼짝없이 붙들리는 바람에 애들을 더 돌봐줄 틈이 없었다. 너도 알고 있겠지만 어머니께선 늘 우리 집안에 불행의 그림자가 맴돌고 있다는 예감 때문에 괴로워하신단다. 어머

124

니는 쌍둥이를 낳은 이후 몸이 쇠약해지고 나서부터 어떤 불길한 일이 닥칠 조짐이 보이면 미리 그것을 예측할 수 있는 능력이 생기신 것 같더구나. 그리고 혼자서는 한 발짝도 거동할 수 없는 불편한 몸이면서도 머리는 한층 예민하고 날카롭게 움직이는 거야. 다행히도 그때 어머니는 아무것도 모르고 계셨지. 나와 다른 식구들은 모두 거실에 모여 초조하게 애들이 돌아오길 기다렸다. 마냥 기다릴 수도 없고 속이 타는 것만 같아서 다들 밖으로 뛰어나가 찾기 시작했지. 포도밭을 온통 샅샅이 뒤지며 목이 터져라 애들 이름을 불러도 봤고, 양떼를 몰 때 쓰는 큼직한 뿔나팔을 사방에 대고 불어대기까지 했지만 허사였지 뭐냐. 궁리 끝에 우리는 한쪽은 남편 세제르가 맡고 루스린과 타르디브와 함께 나는 그 반대편을 맡아서 카스틀레를 샅샅이 뒤지고 돌아다녔단다. 각자 흩어져서 찾다가 우연히 맞부딪치기라도 하면 그때마다 '어떻게 됐어?' '그림자도 안 보이는데' 하며 한 마디씩 하고는 또다시 돌아서서 소리치고 다녔다. 결국 더 이상 소리칠 기력도 없을 만큼 지쳐 버리고 말았어. 혹시나 우물에 빠져 버린 건 아닌가 하여 방망이질하듯 두근거리는 가슴으로 어두운 우물 속을 들여다보기도 하고 곳간의 덤불 속에도 손을 집어넣어 보며 살펴봤지만 없더구나…… 정말 한나절이 어쩌면 그렇게 길게만 느껴지던지 정말 끔찍했다!…… 더구나 난 어머니가 애들을 찾기라도 하면 부리나케 달려가서 아무 일도 없는 것처럼 태연하게 미소를 머금고 애들을 빌라뮈리에 사는 숙모댁에서 놀다 오라고 보냈기 때문에 안 보이는 거라고 똑같은 말을 되풀이해야만 했다. 그럴 때마다 어머니는 그 말을 믿으시는 것 같더구나. 하지만 으슥한 밤이 되자 더욱더 초조해져 나는 거의 내 정신이 아니었다. 밤새 어머니 곁에서 시중을 들면서 혹시나 하고 유리창 너머로 어둠에 휩싸인 포도밭과 론 강 위를 흐르는 불빛에 시선을 빼앗기며 안절부절못하고 있었다. 그때 갑자기 침대에 누워 있던 어머니가 나지막하게 흐느끼는 거야. 깜짝 놀라서 황급히 침대로 다가가 왜 그러냐고 묻자 어머니는 말 못할 고민이 있는 어린 소녀처럼 가냘프게 떨리는 목소리로 이렇게 말하시더구나. '다들 쉬쉬하며 내게 뭔가를 숨기고 있다는 걸 진작에 눈치채고 있었어.' 결국 난 모든 걸 털어놓고 말았지. 그러고는 어머니와 나는 말없이 슬픔에 잠겨 걱정으로 가슴을 졸이며 밤을 지새야 했단다.

온 식구들이 뜬눈으로 밤을 지새고 벌겋게 충혈된 눈으로 월요일 아침을 맞이했단다. 초상집처럼 집안은 무겁게 가라앉아 있었다. 아침 식사도 하는 둥 마는 둥 하며 서성이는데 섬에서 일하는 머슴들의 손에 이끌려 애들이 돌아온 거야. 세상에 애들 꼴이라니 정말 말이 아니더구나. 비를 쫄딱 맞으며 돌아다니다가 밤이 되자 추위와 배고픔에 지쳐 포도나무 가지 더미에 잠들어 있는 걸 발견해서 데려왔다지 뭐냐. 머슴들이 아침 일찍 포도밭에 일하러 갔기에 다행이지 그렇지 않았으면 어쩔 뻔했겠니. 아무튼 한번 혼 좀 내야겠다고 생각하고는 집안 어른들한테 말도 않고 왜 그 먼 곳까지 갔었으냐고 다그치자 풀 죽은 목소리로 자기들의 모험담을 털어놓더라. 오래전부터 역사책에서 읽은 적이 있는 마르트와 마리처럼 용감하고 착한 전도사가 되겠다는 생각을 했었다지 뭐냐. 너도 역사책에서 배워 알고 있는 얘기지만 훌륭하고 신앙심 깊었던 마르트와 마리가 빵 한 조각 없이 노도 없는 작은 돛단배를 타고 하느님이 후우 하고 불어주는 대로 떠밀려가다 닿은 곳에 가서 하느님의 말씀을 전파했었지. 그런데 그 어린것들이 그 얘기에 깊은 감명을 받았던 모양이더구나. 더군다나 그애들과 이름까지 똑같았으니 어련했겠니. 그래서 드디어 주일미사를 마친 뒤 몰래 고기잡이 돛단배에 숨어 들어가 닻줄을 풀었다는구나. 그날따라 비는 추적추적 내리고 바람이 거세게 불어 풍랑도 아주 심했지. 요동치는 갑판에 성녀처럼 경건히 무릎을 꿇고 기도를 하며 정처 없이 바람에 밀려 떠내려갔단다. 장대처럼 우거진 갈대숲으로 뒤덮인 피블레트 섬 근처에서 바위에 부딪혀 배가 기우뚱하며 뒤집히려고 할 때는 간이 콩알만 해졌다고 천연덕스럽게 얘기하더구나. 하마터면 죽을 뻔했다고 말할 때 나는 가슴이 다 철렁 내려앉았다. 하느님 덕택에 성녀들처럼 고 귀염둥이들이 무사했다는 생각이 들더라. 주일미사 때 머리에 쓰는 레이스 수건이 엉망으로 구겨지고 기도서의 금박이 벗겨져 나갔다고 울상을 짓는 모습을 보니 잘못을 꾸짖을 기운조차 남아 있지 않았고 더구나 무사히 돌아온 것만도 기뻐서 추위에 부르튼 뺨에 정신없이 입맞춰 주긴 했지만 아직도 모두들 놀란 가슴을 진정하지 못하고 있단다.

마르트와 마리의 용감무쌍한 행동으로 제일 놀라고 당황한 사람은 바로 어머니셨지. 아무것도 모르는 척하며 내 얘기를 믿는 것 같았던 어머니께선 우리 집안에 불길한 그림자가 드리워지는 것을 똑똑히 느끼셨다는구나. 그리고 속으로 어찌나 걱정을 하셨던지 병세가 말도 못하게 악화된 거야. 그래서 영사님을 비롯한 우리 식구 모두가 헛소리를 하며 앓는 어머니 곁을 에워싸듯 둘러앉아 머리를 맞대고 위로의 말을 해댔지만 좀처럼 진정되질 않더구나. 평상시엔 그토록 침착하고 쾌활하시던 어머니께선 병을 고칠 생각은 안 하시고 늘 깊은 수심에 잠겨 계시니…… 글쎄, 이런 말을 해야 될지 어떨지 모르겠구나. 장, 뭣보다도 네 문제로 어머니께선 애를 태우며 노심초사하신단다.

오로지 너만 믿고 사시는 아버지 앞에서야 그런 소릴 입 밖에 낼 엄두조차 못 내시고 혼자 앓고 계시니 보기에도 안쓰럽더구나. 시험 치르는 대로 내려오겠다던 약속을 어기고 계속해서 파리에 머무르고만 있으니 집안 식구 모두 걱정이 태산이지 뭐냐. 이번 크리스마스 때 불쑥 나타나서 우리 모두를 깜짝 놀라게 해보지 않겠니? 병상에 계신 어머니께서도 예전처럼 활짝 미소를 지으실 게다. 대부분의 사람들이 자신의 일에 열중하느라 부모님을 등지고 살다가 다시는 뵐 수 없게 되어서야 생전에 제대로 효도하지 못한 걸 뼈저리게 뉘우치는 법이란다.

장은 잿빛 안개를 서서히 헤치고 나른해진 아침나절에 따사로운 햇볕이 스며 들어오는 창가에 서서 디본느의 편지를 읽었다. 잠시 그는 싱싱한 야생화의 향기가 풍기는 고향 카스틀레에서 보낸 옛 추억을 생각하며 파리의 하늘을 올려다보았다.

"뭐예요?…… 나도 좀 봐요……."

파니는 커튼을 열어젖힌 창문으로 쏟아져 들어오는 햇살에 눈이 부신 듯 이맛살을 찌푸렸다. 그녀는 늘어지게 자 퉁퉁 부어오르고 부스스한 얼굴로 머리맡 탁자 위에 놓인 메릴랜드산 담뱃갑 속에서 담배를 꺼내 피워 물었다. 그녀는 카스틀레에서 디본느가 보낸 편지란 걸 알아채고 벌써부터 질투심으로 눈을 번득였다. 희고 유연한 팔과 가슴을 드러내놓은 채 물결치는 긴 갈색 머리칼을 쓸어 넘기고 베개에 몸을 기댄 파니는 연신 담배를 피워대면서 편지를 읽기 시작했다. 쌍둥이 여동생이 돛단배를 타고 모험한 얘기에 그녀는 꽤나 감동을 받았는지 빙그레 미소까지 지었다. 그러나 끝부분을 읽자마자 사정없이 편지를 구겨 방바닥에 휙 집어 던졌다.

"흥, 내가 당신을 놔줄 줄 알아, 뭐 성녀가 어쩌구 어째!…… 모두 당신을 내게서 떼내려는 수작인 게 뻔해…… 잘생긴 조카가 보고 싶어 안달이 났군그래……."

장은 그녀가 내뱉는 상스런 말을 더 이상 듣지 않으려고 제발 그만해 두라고 말리고 싶었다. 하지만 그녀는 마치 터진 하수도에서 악취가 풍기는 흙탕물이 튀기듯 역겨운 분노심을 진정시키지 못하고 제멋대로 폭언을 해댔다.

세제르 삼촌의 말마따나 사람들이 마음 한구석에 뭘 숨겨놓고 있는지 캐내려는 건 어리석은 짓이라는 걸 알고 있으면서도 장은 디본느 숙모의 속마음을 의심하기 시작했다.

파니와 자기를 떼어 놓기 위해 디본느 숙모가 어머니 병을 빙자해서 고향에 내려오라는 편지를 보낸 거라고 생각했다.

"당신이 떠난다면 당신 아버지한테 편지를 띄울 거예요…… 단단히 경고하지만 아무도 당신을 데려가지 못해요……."

움푹 꺼진 눈에 창백한 얼굴을 온통 일그러뜨린 채 파니는 증오심에 복받쳐 마치 금방이라도 달려들 사나운 맹수처럼 침대 위에 웅크리고 있었다.

그때 문득 장은 아르카드 가에서의 일이 떠올랐다. 그녀가 난폭하게 증오심을 폭발시키고 있는 모습을 바라보던 그는 와락 달려들어 실컷 패주고 싶은 강렬한 충동에 사로잡혔다. 그것은 존경심이나 진정한 애정이 결핍된 육체적 쾌락만으로 연결된 사랑에 불쑥 끼어들곤 하는 파괴의 본능이었다. 그는 가슴속에서 솟아나는 난폭스런 욕구를 애써 참으며 출근을 서둘렀다. 도망치다시피 집에서 빠져나와 외무부를 향해 걸음을 옮기면서 그는 스스로 구렁텅이에 빠져든 자신의 삶을 저주했다.

'어쩌다가 저런 여자한테 빠져 버렸는지!…… 수치스럽고 끔직해!…… 이젠 여동생들과 어머니, 그리고 가족들을 무슨 낯으로 만나 본단 말인가……뭐! 식구들 얼굴 한 번 볼 권리조차 없다니! 내가 무슨 감옥에라도 갇혀 있단 말인가?'

그러자 그동안 있었던 수많은 일들이 떠올라 그를 괴롭히기 시작했다. 무도회에서 처음 만날 그날 밤 자기 목을 부드럽게 감싸던 그녀의 팔이 사납고 무서운 힘으로 자신을 칭칭 얽어맸고 결국 친구들과 가족으로부터 멀어지게 된 자신을 발견하게 되었다. 무슨 일이 있더라도 오늘 저녁엔 카스틀레로 떠나겠다는 결심을 하며 조금은 홀가분해진 마음으로 그는 종종걸음을 쳤다.

그는 외무부에 도착하자마자 휴가원을 낸 다음 몇 가지 소지품을 카스틀레로 미리 부친 후 헤어질 각오까지 단단히 한 채 한바탕 그녀와 싸움이 벌어지려니 생각하면서 일찌감치 집으로 돌아왔다.

"이제 오세요, 장!"

그녀의 커다란 잿빛 눈동자와 눈물로 얼룩진 부드러운 두 뺨을 바라보며 그는 뻣뻣하게 굳은 자세로 말문을 열었다.

"오늘 저녁에 떠나겠어……."

"그래요, 가서 어머닐 뵙고 오세요. 그리고 아침에 무례하게 굴었던 건 다 잊으세요. 당신을 사랑하기 때문이에요. 내가 어리석었어요……."

그날 저녁나절 내내 파니는 처음 만났던 시절처럼 사근사근해져 자질구레한 데까지 세심하게 신경을 쓰며 짐을 챙겨 주었다. 그리고 단 한 번도 장에게 떠나지 말라는 말을 하지 않았다.

다음날 아침 막상 그가 떠날 시간이 닥쳐오자 그녀는 그가 마음을 돌이켜 떠나지 않을지도 모른다는 가냘픈 희망마저 깨끗이 단념한 채 침착하고 다정하게 말했다.

"날 절대 잊지 말아요. 고향 집에서 지내는 동안에도 아름다웠던 추억만을 생각하며 날 미워하지 말아요. 장, 날 원망하진 않겠죠?"

그러고는 그에게 입맞춤을 하고 오랫동안 그의 눈을 가만히 들여다보았다.

푸근한 가족들의 입김이 서린 집에 돌아오자 불현듯 되살아난 행복감과 흥분에 휩싸인 장은 어린 시절 사용했던 아담한 방에서 눈을 떴다. 그는 간밤에 잠결에 아물거리던 전등이 똑같은 자리에 대롱대롱 매달려 있는 모습을 올려다보며 미소를 지었다. 횃대 위에 앉아 울부짖는 공작새의 울음소리며 물 긷는 도르래가 삐거덕거리는 소리, 숨가쁘게 달음박질치는 양 떼의 요란한 발굽 소리가 들려왔다. 창문을 활짝 열어젖히자 침대 위로 따사로운 햇살이 찬란하게 쏟아져 들어왔다. 창밖으로 아침이면 솜털처럼 부드러운 안개가 자욱하게 끼었다가 걷힌 뒤 나타나는 맑은 하늘 아래 론 강까지 펼쳐진 포도나무와 실편백나무, 올리브나무, 거울처럼 반짝거리는 소나무 숲으로 이루어진 아름다운 지평선이 보였다. 지난밤부터 세찬 기세로 계곡 쪽에서 몰아친 북풍으로 말끔하게 씻긴 하늘은 청명한 빛을 띠고 있었다.

장은 파니와의 사랑처럼 시커멓게 그을리고 혼탁한 파리의 하늘 밑에서 맞이했던 아침과 고향 집에 돌아와 맛보는 깨끗하고 신선한 아침을 비교하며 뿌듯한 희열과 해방감을 느꼈다. 그는 뜰 앞에 나와서 여전히 유쾌한 기분으로 집 안을 둘러보았다. 햇살을 받아 빛나는 집은 마치 눈을 감은 듯 덧문을 모두 닫은 채 아직 잠들어 있었다. 그는 정신적 편안함을 만끽하며 혼자만의 자유로운 시간을 되찾은 것이 기뻤다.

장은 천천히 걸음을 옮겨 공원으로 가는 오르막길로 들어섰다. 그곳은 포도밭으로 이어지는 비탈진 언덕에 있는 자그마한 숲으로 소나무와 도금양나무가 우거져 있고 동산 군데군데 자갈이 깔린 오솔길이 있어 산보하기에 좋은 곳이었다. 그가 떠나기 전부터 기르던 개인 미러클이 옛날 생각이 났는지 꼬리를 흔들어 대면서 소리 없이 다리를 절뚝거리며 따라왔다.

울타리처럼 포도밭을 빙 둘러 서 있는 키 큰 실편백나무의 가지들이 축축 처진 채 무성한 잎들은 바람결에 흔들리고 있었다. 포도밭 입구에서 미러클은 앞으로 나서지 못하고 낑낑거렸다. 푹푹 파이는 모래땅을 절룩거리는 걸음으로는 갈 수 없다는 눈치를 보였다. 장의 아버지는 포도나무 진딧물 처방에 대한 새로운 실험을 하느라 포도밭에 모래를 두텁게 뿌려 놓았던 것이다. 장이 포도밭으로 들어서자 미러클은 조심스럽게 모래땅에 발을 디뎠다. 미러클은 모래 속에서 쉽게 빠지지 않는 발을 질질 끌며 고통스러운 듯 몸을 움찔거리고 겁에 질려 가냘픈 신음 소리를 내면서 마치 바위를 기어오르는 게처럼 어기적어기적 쫓아왔다. 장은 아버지가 손수 새로 심은 포도나무를 살펴보며 포도밭을 가로질러 갔다. 반짝거리는 모래땅 위로 보이는 묘목은 튼튼하게 쭉쭉 뻗어 있었다. 그는 머지않아 그 끈덕진 아버지의 노력이 결실을 맺어 탐스런 포도송이를 맺게 되기를 진심으로 바라며 여기저기 손질을 해주었다. 네르트나 에르미타주 같은 남부 프랑스의 유수한 포도 특산지가 한풀 꺾이게 되면 카스틀레의 포도밭도 다시 빛을 볼 수 있으리라는 생각을 하며 고향에 대한 애착과 사랑으로 가슴이 뿌듯해 왔다.

한동안 쭈그리고 앉아 있던 그가 허리를 펴고 일어났을 때 자그마한 흰빛의 부인용 모자가 눈에 들어왔다. 디본느였다. 집안에서 제일 먼저 일어나 아침 식사 준비를 끝내고 서둘러 나뭇가지는 치는 작은 낫을 쥐고 포도밭을 손질하러 나온 것이리라. 그를 발견하자 평소에는 창백하던 그녀의 두 뺨이 붉게 달아올랐다.

"장이니?…… 깜짝 놀랐구나…… 네 아버진 줄 알았지 뭐냐……."

그녀는 가슴께를 손으로 지그시 누르더니 그의 볼에 살짝 입을 맞췄다.

"그래, 잘 잤니?"

"네, 숙모. 그런데 왜 아버지를 그렇게 어려워하시죠?"

"그저……."

그녀는 말꼬리를 흐리며 방금 쳐낸 포도나무의 잔가지를 긁어모았다.

"이번엔 분명히 성공할 거라고 영사님께서 안 그러시던?……어머, 저런! 저것 좀 봐……."

장은 나뭇가지마다 눌어붙은 노르스름한 진딧물을 유심히 살펴보았다. 육안으로는 쉽게 식별할 수 없을 정도로 미세한 벌레들이 포도밭 전체를 차츰차츰 황폐하게 만들고 있었다. 손가락으로 슬쩍 눌러도 사라져 버리는 하찮은 미물들이 포도밭을 파괴하고 있다니, 자연의 짓궂은 장난 같다는 생각을 하며 장은 숙모를 바라보았다.

"저건 이제 시작일 뿐이야…… 석 달 후면 포도나무를 다 파먹어 버린단다. 하지만 영사님은 더 나은 묘목을 사다가 심으실 게다. 이 포도밭에 인생을 걸다시피 하셨으니까…… 절대 포기하지 않으실 테지. 계속해서 새로운 품종, 새로운 처방을 시험하실 거야……."

그녀는 눈을 가늘게 뜨고 먼 지평선을 바라보며 혼잣말처럼 낮게 말했다.

"아버님 고집은 알아줘야 해요."

장이 그녀의 시선을 좇으며 말했다.

"영사님께서 아무 말씀 없이 여느 때처럼 한 달치 생활비를 내게 주셨단다. 하지만 돈 문제로 혼자서 몹시 걱정하시는가 보더라. 아비뇽과 오랑주를 하루가 멀다 하고 들락거리시는 걸 보면 아주 다급해지신 것 같던데……."

"그랬군요…… 참, 삼촌네는 어떠세요? 론 강변에 있는 삼촌네 포도밭은 이번 홍수 때 물에 잠기지 않았나요?"

"그곳 포도밭은 별 탈 없었단다. 지난번 수확 땐 포도주 오십 통은 너끈히 담글 정도로 많이 따냈지. 올해는 그것보다 훨씬 많을 것 같은데 모르지…… 앞으로 또 무슨 일이 있을지. 어쨌든 그렇게 짭짤한 수확을 거두자 이름 모를 병에 걸리거나 벌레가 들끓어 죽어 가는 카스틀레의 이곳 포도밭을 지켜보다 못한 영사님께서 공동묘지처럼 폐허가 된 저쪽 포도밭을 전부 그이에게 맡기신 거야. 지금은 저렇게 물에 잠겨 있지만 물을 빼고 곧 묘목을 심을 계획이란다."

남편이 해낸 일이 자못 자랑스러운 듯 디본느는 장에게 커다란 연못 같은 늪지대를 가리키며 말했다. 간석지를 개간하듯 군데군데 터진 틈은 석회로 메꾸어져 있었다.

"저렇게 다져서 잘 가꾸면 이 년 뒤엔 포도를 딸 수 있을 거야. 피불레트 섬과 네 삼촌이 사들인 라모트 섬도 이 년 뒤면 포도 수확을 할 수 있을 게다…… 그럼 부자가 되는 거야…… 하지만 그때까지는 어떤 고생도 다 견뎌내야 해. 그럴려면 자기 한 몸쯤은 희생할 각오가 되어 있어야 할 거야……."

그녀는 자신 있는 말투로 희생이라는 말을 내뱉으며 밝은 미소를 지어 보였다.

"저도 희생을 아끼지 않겠어요, 숙모……."

장은 그녀의 말을 흉내내듯 똑같은 어조로 대답하며 문득 떠오른 한 가지 생각에 골몰했다.

그날 밤 장은 파니에게 편지를 썼다. 부모님이 꼬박꼬박 하숙비를 대주는 것은 너무 벅찬 일이라 이제부터는 외무부에서 받는 빠듯한 봉급만으로 생활해야 할 판이어서 이런 형편으로는 아무래도 함께 살기는 어려울 것 같다는 내용이었다. 애초에 예상했던 것보다 일찍 자신에 의해서 둘의 관계가 끝나게 되었지만 파니가 자기의 곤란한 입장을 충분히 이해하고 어쩔 수 없이 그대로 따르게 될 거라는 막연한 기대를 해보았다.

'이것이 진정 희생일까? 오히려 순박하고 꾸밈없는 사랑으로 자신을 감싸주는 자연과 가족의 품에 되돌아왔기 때문에 그처럼 역겹고 불결하게 여겨지던 삶을 청산한 데 대해 안심하고 있는 게 아닐까?'

그는 잠시 혼란스러운 생각에 빠졌다. 써둔 편지를 다시 한 번 읽어보았지만 그 안에는 아무런 갈등도 고뇌도 담겨 있지 않았다. 단 하루 동안이었지만 그는 심지가 곧고 자존심이 강한 아버지와 자신을 따뜻하게 둘러싸고 있는 가족들의 진심 어린 애정, 여동생들의 천진난만한 미소, 그리고 공기 맑은 산, 드높은 하늘, 유유히 흐르는 매혹적인 론 강이 어우러져 펼쳐지는 평화로운 전원에서 마음의 위안을 찾았다. 그러자 그는 결별을 선언하는 편지를 받고 분노와 협박으로 가득 차게 될 것이 뻔한 파니의 답장을 받더라도 조금도 흔들리거나 위축되지 않을 자신감이 생겼다. 마침내 그는 늪지대에서 솟아오르는 희뿌연 김을 쏘여 악성 열병을 앓는 듯한 온갖 추잡하고 천박한 것들로 얼룩진 자신의 사랑에서 벗어난 것이었다.

그는 평온하고 즐거운 나날을 보냈다. 그런데 대엿새가 지나자 한없이 늘어지는 듯한 전원생활에 대한 무료함과 파니의 답장에 대한 궁금함으로 장은 하릴없이 아침저녁 우체국에 들렀다가 돌아오곤 했다. 막연한 불안감이 서서히 고개를 쳐들기 시작했다.

'대체 뭘 하길래 답장이 이렇게 늦어지는 걸까? 결정을 내리긴 했을까? 답장은 뭣 땜에 안 보내는 거지?'

어느 날 밤 긴 복도를 스쳐 지나가는 바람 소리를 자장가 삼아 집안 식구들이 곤한 잠에 빠져 있을 때 그는 조용히 세제르 삼촌을 찾아가 고민을 털어놓았다.

"답장은 틀림없이 온다니까!……"

세제르 삼촌은 걱정할 것 하나도 없다면서 이렇게 단언했지만 8천 프랑에 이자까지 계산한 수표 두 장을 장의 편지에 넣어 보냈기 때문에 내심 속을 바짝바짝 태우고 있었다. 밤이 으슥해져서야 두 사람은 걱정과 체념이 뒤섞인 지친 모습으로 자리에서 일어났다. 시무룩한 표정으로 파이프를 툭툭 털면서 삼촌이 씁쓸하게 중얼거렸다.

"자, 잘 자거라…… 어쨌든 그렇게 한 건 잘한 일이야."

그로부터 며칠 후 드디어 그녀로부터 파리 소인이 찍힌 답장이 카스틀레로 날아들었다.

> 사랑하는 장
> 더 일찍 편지를 띄우지 않은 건 내가 당신을 얼마나 이해하고 사
> 랑하는지 말이 아닌 다른 방법으로 당신에게 증명해 보이고 싶어
> 서였어요…….

떨리는 심정으로 항복을 지시하는 북소리를 기다리던 폭도가 느닷없이 아름다운 교향악을 들은 것처럼 장은 어이없어하며 편지를 읽어 내려갔다.

> ……죽을 때까지 당신만을 사랑하는 개로 남고 싶어요. 당신 마
> 음대로 두들길 수도 있고 당신을 뜨겁게 애무해 주는 당신만의
> 개로…….

그의 두 눈에는 어느새 눈물이 그렁그렁 고였다. 갈피를 잡을 수 없는 자신의 마음이 그녀에 대한 그리움으로 기울어지고 있던 그에게 그녀의 편지는 새로운 애정이 솟아나게 하기에 충분했다. 그녀는 더 이상 그의 신세를 지지 않기 위해 곧바로 일자리를 찾아 다니다가 샹젤리제 가에 있는 매우 부유한 부인이 소유하고 있는 호텔 지배인 자리를 얻었다는 것이다. 숙식이 제공

되고 한 달에 백 프랑을 받고 있으며 일요일에는 외출도 허용된다고 했다.

장, 일주일에 단 하루만이라도 우리 둘만의 밀회를 위해 시간을 내주세요. 아직 사랑이 식은 건 아니잖아요. 그것만으로도 태어나서 처음으로 일이라는 걸 해보겠다고 애쓰는 내겐 큰 힘이 될 거에요. 이렇게 밤낮없이 노예처럼 매여 지내는 생활이 얼마나 견뎌내기 힘든 것인지 당신은 아마 상상도 못할 거에요…… 하지만 당신을 향한 사랑으로 이루 말할 수 없는 만족을 느끼곤 해요. 그동안 당신에게 너무나 신세를 졌어요. 당신은 그 누구한테서도 맛볼 수 없었던 착하고 진실한 것들을 너무나 많이 가르쳐줬어요!…… 아, 우리가 좀더 일찍 만났더라면!…… 하지만 다른 남자들을 알고 있을 때에는 당신은 아직 내 인생에 들어오지 않았어요. 과거의 남자들 중에서 아직까지 미련을 못 버리고 있는 사람은 단 한 명도 없어요…… 하지만 장, 우리들의 집은 비워 두었으니 당신만 원한다면 언제든 돌아오세요. 내 소지품들을 치우면서 지난 추억들을 털어 버리기가 참으로 어렵더군요. 당신에겐 아무 가치도 없을 내 초상화만이 동그마니 벽에 걸려 있을 거에요. 사랑했던 시절의 나를 바라보듯이 따사로운 눈길로 가끔씩 보아 주세요. 내 사랑…… 단 한 번이라도 좋으니 당신 목에 매달려 포옹하게 해준다면…… 그저 한 번만이라도…….

행간마다 절절히 배어 있는 열정적인 그녀의 애정은 마치 어미 개가 새끼를 정성껏 핥아주는 듯한 육감적인 애무가 피부에 와 닿는 느낌이 들 정도였다. 장은 그녀의 따뜻한 체온을 느끼기라

도 하듯 매끄러운 편지지에 얼굴을 살짝 비볐다.

"내 수표 얘긴 없든?"

겁먹은 듯 세제르 삼촌이 성급하게 물었다.

"돌려보냈어요…… 나중에 부자가 되시거든 갚아 주세요."

삼촌은 만족스러운 듯 찌푸린 이맛살을 활짝 펴며 안도의 숨을 몰아쉬더니 한껏 무게를 잡고서 남부 지방의 억세고 거친 억양으로 말했다.

"아무렴! 내가 뭐라든…… 그 여잔 성녀야."

그러더니 변덕스럽고 좀 모자라는 듯한 삼촌은 금방 다른 생각으로 옮아갔다.

"음, 정말이지 열렬한 사랑이야. 그야말로 뜨겁군! 쿠르베배스가 파올라에게서 온 편지를 읽어주던 때가 생각나는데……."

그는 파니의 편지를 읽으면서 혼자서 계속 주절거렸다. 하지만 장은 창가에 턱을 괸 채 보름달이 뜬 온화한 밤하늘을 올려다보며 깊은 상념에 빠져들었다. 달빛이 유난히도 밝아서인지 닭 떼가 날개를 푸드덕거리며 꼬끼오 하고 길게 울어댔다.

'진실한 사랑에 의한 구원이란 가능한 것인지도 몰라. 파니가 사랑했던 위대한 예술가들이나 문학가들은 한결같이 그녀를 새사람으로 만들기는커녕 한때의 노리개로만 즐기고 뒤돌아섰을 뿐이었잖아……. 하지만 파니는 내게서 진실한 사랑을 느꼈던 게 분명해. 그렇지 않고서야 그토록 새사람으로 변했을 리가 없어…….'

그는 어떤 자부심을 느끼며 과감하게 고향으로 내려온 것은 참 잘한 일이란 생각도 했다. 돈이라곤 벌어본 적이 없는 그녀가 매일 호텔에서 일한다는 건 꽤나 감당하기 어렵겠지만 원래 일재간이 있고 부지런한 성격인 그녀는 일하는 습관도 곧 몸에 밸 게 분명했다.

이튿날 장은 아버지 같은 다정한 어투로 편지를 써 보냈다. 그녀가 나태한 습관을 버리고 새 생활을 시작했다는 뜻밖의 소식을 받고 무척 기뻤으며 그 호텔은 대체 어떤 곳이며 드나드는 사람들은 어떤지 무척 염려스럽다는 내용을 적었다. 그녀가 '뭘 원하죠? 이를테면 그런 거……' 하고 헤프게 웃으며 지껄여댈 것만 같아 안심이 되지 않았다.

고분고분하게 어른 말을 잘 따르는 착한 계집애처럼 파니는 그에게서 편지가 올 때마다 정성껏 답장을 써보내 그의 궁금증을 풀어주었다.

일 층에는 하인들이 수십 명이나 되는 부유한 페루인 가족이 살고 있어요. 그 집 아이들이 어쩌나 떠들어대는지 로비까지도 늘 시끌시끌해요. 그리고 이 층에는 러시아인들과 네덜란드에서 온 산호 상인이 살고 있어요. 삼 층에는 경마장에서 조련사로 일하고 있는 영국인 신사 두 명이 방 하나를 쓰고 또 다른 방에는 슈투트가르트 출신의 치터(사다리꼴 상자에 여러 가닥의 줄을 단 현악기─역주) 연주자인 미나 포겔 양과 남동생 레오가 단촐하게 살고 있답니다. 레오 포겔은 가엾게도 폐병을 앓아 파리의 콩세르바투아르(유럽 각지에 있는 음악 중심의 예술교육기관─역주)에서 클라리넷 공부를 중도에 포기하고 말았다지 뭐예요. 그래서 지금은 큰누나인 포겔 양이 와서 극진하게 돌봐주고 있는데 그녀는 카페에서 연주하고 받는 몇 푼 안 되는 수입으로 숙박비와 생활비를 대고 있는 아주 착실한 여자예요.

여긴 모든 게 아주 만족스럽고 훌륭해요. 모두들 날 혼자 사는 과부로 알고 있어요. 그래서 내게 말을 조심하기도 하고 아이들조차도 함부로 행동하는 법이 없어요. 당신의 아내로서 마땅히 존경을 받고 싶어요.

'당신의 아내'라는 말에 기분 나빠하지는 않겠죠? 언젠가는 당신이 제 곁을 영영 떠나 버릴 테고, 결국 당신을 잃게 되겠지만 이제 다시는 당신 외에 다른 사람을 사랑하진 않을 거예요. 영원토록 당신 것으로 남아 당신이 내게 일깨워준 진실한 사랑과 포근했던 당신과의 생활을 두고두고 간직하겠어요. 당신에겐 우습게 들릴지 모르지만 정결한 사포가 되고 싶어요. 그래요, 당신이 내 곁에 없는 지금 전 정결한 여인이 되었어요. 하지만 당신이 나를 사랑했던 만큼이나 나 또한 당신을 향해 미칠 듯 타오르는 불꽃을 마음속에 고이 간직하겠어요…… 당신을 사랑해요…….

장은 파니에게서 편지가 날아들기 시작할 때부터 고향 집에서의 생활이 못 견디게 답답하게만 느껴졌다. 그래서 하루 종일 괜한 짜증과 우울함 속에서 보내기가 일쑤였다. 복잡하고 괴롭기만 했던 파리에서의 생활을 등지고 고향으로 떠나올 때의 들뜬 마음은 시간이 흐르면서 어느새 사라지고 파리 생활에 대한 열렬한 갈망과 향수가 자리 잡아 갔다. 디본느 숙모의 음식도 점차 구미를 당기지 못했고 식탁에 앉을 때면 파리의 뒷골목에서 사먹던 싸구려 수프가 생각났다. 그것은 마치 오랜 세월을 접해 오는 동안 무감각해져 버린 사물이나 사람들에게서 불현듯 벗어나고 싶은 욕망과 함께 엄습해 오는 일종의 환멸감이었다. 따사로운 햇살과 신선한 바람을 몰고 오는 프로방스의 겨울 아침도 이제는 더 이상 싱싱한 희열감을 던져주지 않았고, 방죽 가에서 아름다운 금갈색 수달을 사냥하는 일도, 호숫가에서 검둥오리를 잡는 것도 더 이상 즐겁지 않았다. 바람은 거칠게 느껴지고 물맛도 시큼떨떨하게만 여겨졌다. 게다가 수문의 구조니 벌채니 포도나무 묘목에 물을 더 대주어야 하느니 따위를 쉴 새 없이 이러쿵저러쿵 늘어놓는 세제르 삼촌과 포도밭을 산책하는 일은 정말 따분했다.

개구쟁이 시절로 되돌아간 듯 들뜬 기분으로 싸다니며 보았던 마을의 아름다운 정경도 죽음과 폐허의 냄새를 풍기는 이탈리아 벽촌의 사진처럼 끔찍하게 보였다. 게다가 우체국에라도 들르면 금방이라도 무너질 것 같은 문 앞의 돌계단 위에 쭈그리고 앉아 허리춤에 손을 넣고 꼼지락대는 마을 할아버지들에게 붙잡혀 열 번이고 스무 번이고 똑같은 그들의 넋두리를 들어줘야 했다. 그뿐만 아니라 꾀죄죄한 부인 모자를 쓴 노파들이 낡은 벽의 갈라진 틈새에서 조그만 눈을 이리저리 굴리며 어린애처럼 함께 있어 달라고 보채기까지 하는 것이었다.

어딜 가나 귓전에 들려오는 얘기라고는 포도나무가 죽었느니 꼭두서니나무가 시들었느니 뽕나무가 병들었느니 하며 프로방스 지방이 황폐해져 간다고 걱정하는 한숨 섞인 소리뿐이었다. 가끔 그는 혼자 조용히 시간을 보내기 위해 샤토뇌프의 종탑 근처에 낡은 성벽을 끼고 뻗어 있는 비탈진 좁은 길을 오르곤 했다. 사람이 별로 다니지 않는 그 후미진 길목에는 옴 치료에 특효가 있다는 찔레 덤불이 무성하게 자라 있었고, 폐허처럼 된 그 거대한 종탑은 이제 자취마저 희미해진 중세 시대의 옛 정취가 드리워져 있었다.

그날도 그는 파니의 편지를 주머니에 넣고 샤토뇌프의 종탑에 올라갔다. 그런데 오르막길 중턱에서 막 미사를 마치고 돌아오는 말라샤뉴 신부와 마주쳤다. 신부는 가시덤불에 걸리지 않으려고 두 손으로 긴 옷자락을 쳐들고 가슴 장식은 삐딱해진 채 사나운 기세로 성큼성큼 내려오고 있었다. 이윽고 장을 발견한 신부는 발길을 멈추고서 밑도 끝도 없는 얘기를 하기 시작했다. 농사꾼들은 신앙심이 아예 없다느니, 시의회 측은 염치도 모른다느니 하며 설교하듯 밭과 짐승, 사람들에게 한바탕 저주를 퍼부었다.

"그 빌어먹을 촌사람들은 죄를 짓고도 아예 날 찾아올 생각도 않지 뭔가. 게다가 병자 성사도 받지 않고 장례식을 치르지 않나 최면술이니 강신술 따위에 혹해서 신부와 의사를 기피하고 있으니 모두 사탄을 쓴 게 틀림없어. 글쎄 젊은 양반, 강신술이라니 내 참!…… 이곳 농사꾼들이 그래 이 지경이 됐으니…… 그래도 포도나무가 병든다면 질겁을 하겠지!……"

장은 파니의 열정적인 호소가 담긴 주머니 속의 편지를 만지작대며 무심한 시선으로 듣다가 급한 볼일이 있다며 신부의 지루한 넋두리에서 빠져나왔다. 그러고는 '은신처'라고 부르는 바위 동굴로 갔다. 그 동굴은 사방에서 휙휙 불어닥치는 바람을 막아주고 햇볕이 깊숙이 들어와 겨울철에도 꽤 아늑한 곳이었다.

가시덤불과 떡갈나무로 뒤덮인 후미진 동굴 벽에 비스듬히 기대고 앉아 그는 편지를 꺼냈다. 차츰 편지에서 풍겨 나오는 어렴풋한 파니의 체취와 애무처럼 감미롭게 떠오르는 영상에 의해 그는 황홀한 감정에 빠져들었다. 맥박이 사납게 고동치면서 깊은 환각 상태에 빠져들자 저 멀리 펼쳐진 론 강과 작은 숲을 이루고 있는 섬들, 알피유 마을, 광풍이 사정없이 밀어닥쳐 햇볕이 마치 먼지처럼 흩어져 떨어지는 광활한 계곡이 그의 눈앞에서 사라졌다. 그 순간 그는 지붕에 먼지가 뽀얗게 내려앉은 역전 근처에 있는 아파트에서 미친 듯한 애무와 거친 욕망에 몸을 내맡긴 채 물에 빠진 사람처럼 부르르 경련을 일으키며 파니와 서로 격렬한 사랑을 나누는 듯한 환상에 빠져 버렸다.

그때였다. 별안간 사뿐사뿐 오솔길을 밟는 발소리에 이어 웃음 섞인 목소리가 들려왔다.

"여기 있다아!······"

동굴 입구에 양말도 신지 않은 맨발로 여동생들이 늙은 개를 데리고 나타났다. 미러클은 주인을 발견한 것에 아주 우쭐해져 컹컹대며 꼬리를 마구 흔들었다. 환상의 절정에 달해 있던 장은 미러클을 냅다 발길로 밀어내고 숨바꼭질이나 치기 놀이를 하자고 졸라대는 여동생들의 청도 쌀쌀맞게 거절했다. 오랫동안 떨어져 살았던 쌍둥이 여동생은 어느새 친근해져 늘 그를 쫓아다니려고만 했다. 처음 집에 돌아오자마자 그는 동생들을 재미있게 해주려고 애들처럼 까불며 같이 놀아주었으며 쌍둥이면서도 닮은 데가 없는 그 앙증맞게 생긴 두 동생을 몹시 귀여워했다. 키가 크고 곱슬거리는 갈색 머리의 마리는 고집이 세고 열렬한 신앙심을 갖고 있었다. 말라사뉴 신부의 설교를 듣고 크게 감명을 받아 돛단배를 타고 복음을 전파하러 가겠다는 생각을 해낸 것도 그 애였다. 동생인 금발의 마르트는 엄마와 오빠를 닮아 몸이 약하고 온순한 성격을 지니고 있었다.

파니가 보낸 감미로운 편지에 취해 지난 추억 속에 잠겨 있을 때 철없는 여동생들이 나타나 어리광을 부리는 데 짜증이 난 장은 그애들에게 소리쳤다.

"안 돼, 가만 좀 내버려 둬…… 오빠는 공부해야 된단 말야……
너희들과 놀 시간이 없다구……."

 그는 시무룩해진 두 애를 뒤에 남겨놓고 자기 방에 처박혀 있을
심산으로 집으로 돌아왔다. 그가 이 층으로 올라가려는데 서재
에 있던 아버지가 불러 세웠다.

"장이로구나…… 내 말 좀 들어 봐라……."

 가뜩이나 심난하고 우울한 장을 앞에 앉혀 놓고 아버지는 동양
에서 익힌 명상하는 자세를 풀더니 옛 추억을 떠올리며 입을 열
었다.

"내가 홍콩에 영사로 있을 때였다."

 늘 입버릇처럼 꺼내는 그 말을 시작으로 그는 이내 열변을 토해
냈다. 아버지가 조간신문을 읽으며 뭐라고 열심히 훈계하는 소
리를 흘려들으며 장은 카우달의 작품인 사포 상에 시선을 주고
있었다. 그것은 칠현금을 옆에 둔 채 두 팔을 무릎 위에 얹고 있
는 브론즈로 이십 년 전 카스틀레의 집 안을 장식할 때 사들인 것
이었다. 파리의 거리를 지나치다가 상가 진열장에 놓인 똑같은
모습의 사포상을 볼 때는 그토록 역겹게만 느껴졌었는데 외따로
있는 그 브론즈를 보자 둥근 어깨를 끌어안고서 입맞추며 '당신
의 사포예요, 오직 당신만의 사포예요!' 라고 외치는 소리를 듣고
픈 강렬한 사랑의 욕구로 그는 거친 숨을 몰아쉬며 밖으로 나와
버렸다.

 뜰을 거니는 동안에도 그 매혹적인 사포의 자태가 눈앞에 어른
거렸으며 계단을 밟고 오를 때에도 온통 파니의 환상으로 헛 발
길을 옮기곤 했다. 낡은 괘종시계 추가 똑딱거리는 소리도, 타일

이 깔린 냉랭한 넓은 복도를 스쳐 지나는 바람 소리도 사포가 열에 달뜬 목소리로 사랑을 속삭이는 소리로만 들렸다. 어릴 적에 간식을 먹다가 떨어뜨린 부스러기가 아직도 책장 사이에 묻어 있는 곰팡내 나는 성경책을 뒤적거리며 정신을 집중해 보려고 해도 온통 사포의 모습밖에는 보이지 않았다. 파니를 향한 간절한 그리움이 뇌리에서 떠나질 않자 그는 이러다 미치는 게 아닌가 하는 두려움에 사로잡혔다. 그는 황급히 머리를 저으며 어머니 방으로 달려갔다. 그가 방 안에 뛰어들어가자 어머니의 희끗희끗한 아름다운 머리를 정성껏 빗겨 주던 디본느 숙모가 돌아보았다. 오랫동안 갖은 병고를 치렀음에도 아직 온화하고 장밋빛 안색을 한 어머니가 인자하게 말했다.

"어머, 우리 장이로구나……."

조그만 부인모를 쓰고 흰 목을 드러낸 채 소매를 걷어 올리고 어머니의 긴 머리를 빗고 있는 숙모의 뒷모습을 바라보는 순간 그는 막 잠자리에서 깨어나 담배 연기를 내뿜으며 침대에서 뛰어내리는 파니의 모습을 연상하고는 흠칫 놀랐다.

'다른 곳도 아닌 바로 이 방에서 그따위 생각을 하다니! 아, 도대체 어떻게 하면 그녀의 환영에서 벗어날 수 있담?

"우리 애도 이제 많이 변했군요, 동서. 무슨 걱정거리라도 있나 봐요."

어머니가 장의 얼굴을 바라보며 근심스럽게 말하자 숙모는 그 까닭을 찾으려는 듯 심각한 표정을 지었다. 그녀는 요즘 와서 부쩍 자신을 멀리하고 단둘이 남게 되는 것을 장이 몹시 피하는 것 같은 낌새를 보이곤 해서 왠지 꺼려지기는 했지만 한번 추궁해 보아야겠다고 마음먹었다.

그가 힘없는 모습으로 나가자 곧 디본느가 그의 뒤를 밟았다. 그리고는 동굴 안에서 열병에 걸린 듯 음탕한 공상에 빠져 있는 그의 눈앞에 불쑥 나타났다. 그때 그는 침울한 시선을 내리깔고 한쪽으로 비켜서 나가려 하자 그녀는 완강한 몸짓으로 그를 앉히고는 조용히 입을 열었다.

"이젠 날 좋아하지 않는 모양이구나. 예전엔 고민거리를 내게 다 털어놓곤 했잖아?"

"그럼요, 그러어문요……."

그녀의 다정스런 눈빛과 태도에 당황한 그는 더듬거리며 옆으로 좀 물러나 앉았다. 멀리 파리에서 울부짖는 파니의 애절한 사랑의 호소와 억누를 수 없는 격정적인 애원, 그리고 미친 듯한 열정을 토로한 글귀들로 잔뜩 달아오른 욕정을 혹시나 눈치챌까봐 그녀의 시선을 피해 동굴 밖을 내다보았다.

"무슨 일이야?…… 왜 그렇게 시무룩한 거야, 응? 말을 좀 해봐……."

애를 달래듯 그의 등을 토닥거리며 디본느 숙모가 나직하게 속삭였다. 장성한 그가 그녀의 눈에는 어머니 치맛자락을 붙잡고 론 강변의 통나무 집에 놀러오던 열 살 때의 모습으로밖에는 안 비쳤다.

자꾸만 바싹 다가오는 디본느 숙모의 아름다운 몸매와 세찬 바람을 맞고 올라오느라 새빨갛게 상기된 얼굴 위에 도저히 저항할 수 없는 매력적인 파니의 모습이 겹쳐져 어른댔다. 장은 눈을 감으며 가쁜 호흡을 몰아쉬었다. 그때 바람이 불어와 그녀의 머리카락이 휘날려 우아한 곡선을 그리며 이마 위로 나부꼈다. 그녀의 상큼한 입 냄새가 그의 코끝을 간질이자 문득 '여자들은 모두 똑같아요……'라던 파니의 말이 떠올랐다. 시골에서 태어나 그곳을 떠나본 적이 없는 순박하기만 한 디본느 숙모의 그 상냥한 미소도 유혹하기 위한 것으로 여겨졌고 다정한 몸짓도 사랑의 속삭임에 끌어들이려는 듯이 느껴졌다.

별안간 그녀를 끌어안고 싶은 억제할 수 없는 충동이 거세게 소용돌이쳤으나 그런 생각을 뿌리치기 위해 그는 발작적으로 몸을 부르르 떨었다. 이빨을 덜그럭거리며 새파랗게 질린 얼굴에 진땀이 배어나는 모습을 보고 숙모는 놀라 외쳤다.

"저런! 가엾기도 해라…… 열이 있나 보구나……."

그녀는 허리에 두르고 있던 커다란 세모꼴 숄을 풀어 그의 목을 감싸주었다. 그 순간 느닷없이 그가 그녀를 끌어당겨 힘껏 껴안았다. 그가 오후의 햇살을 받아 빛나는 그녀의 어깨와 목을 미친 듯한 열기로 애무하자 그녀의 온몸이 불덩이처럼 달아올랐다. 너무나 얼떨결에 당하는 일이라 미처 소리를 치거나 몸을 방어할 겨를도 없는 디본느 숙모는 뭐가 뭔지 아무것도 깨닫지 못하고 그에게 몸을 내맡기고 있었다.

"아아! 내가 미쳤어…… 미쳤어……."

그는 황급히 팽개치듯 그녀를 밀치고는 중얼거리며 비탈길 아래로 멀어져 갔다. 돌멩이들만이 그의 발길에 채여 불길한 소리를 내며 이리저리 흩어졌다.

그날 점심 식사 때 온 집안 식구들이 모인 자리에서 장은 파리로 급히 올라오라는 외무부의 지시가 왔다며 저녁에 당장 떠나야겠다고 말했다.

"떠나다니…… 네 말로는 당분간 더 있겠다고 했잖아…… 집에 온 지 얼마나 됐다고……."

디본느 숙모는 거의 울상이 되어 말했다. 두 여동생들도 같이 놀자고 보채지 않을 테니 가지 말라고 징징댔다. 그러나 그는 더 이상 그들과 함께 있을 수 없었다. 마음을 어지럽히는 사포의 그림자가 줄곧 따라다니며 가족들과의 화목한 관계 속에 끼어들어 틈을 만들었던 것이다. 그는 파니와 완전히 헤어진 후에 양심의 가책이나 부끄러움 없이 순수한 애정으로 가족들과 지내야겠다고 생각하며 묵묵히 떠날 채비를 했다.

세제르가 조카를 아비뇽 역까지 쫓아가서 기차에 태워주고 카스틀레로 돌아왔을 때는 밤도 으슥하게 깊어 집 안에는 불이 모두 꺼지고 식구들은 잠자리에 든 후였다. 그는 뜰 한가운데 서서 검은 하늘을 올려다보았다. 몇 년 동안 포도밭을 일구고 토지를 가꾸는 동안 몸에 밴 습관이었다. 내일은 날씨가 좋을 것 같았다. 그가 마굿간에 히힝대는 말에게 귀리를 먹이고 막 집 안으로 들어가려고 발걸음을 옮기려 할 때였다. 뜰 안의 편편한 돌 위에 허연 형체가 앉아 있었다.

"디본느, 당신이야?"

"네에, 당신을 기다리고 있었어요……."

그녀는 수호신처럼 떠받드는 남편과 떨어져서 온종일 정신없이 바쁘게 지내다가도 저녁이면 으레 이런저런 얘기를 나누며 집 근처를 한 바퀴 산책하곤 했다.

"여보, 장이 왜 그렇게 서둘러 떠났을까요?"

그녀는 남편의 팔을 끼고 천천히 걸으며 입을 열었다. 그녀의 목소리는 약간 떨리고 있었다. 늘 자기에게 주어진 일에만 매달려 충실하게 살아온 침착한 그녀의 마음속에 어두운 근심이 드리워져 있었던 것이다. 그녀는 외무부 일 때문에 파리로 급히 올라가야 한다던 장의 말이 곧이들리지 않았다.

'아까 동굴에서 있었던 그 일 때문일지도 몰라…… 아니면 온종
일 소리 없이 흐느끼기만 하는 어머니가 보기 딱해서 그렇게 훌
쩍 가버린 것일까…….'

그녀는 한동안 말없이 걷다가 한숨을 길게 내쉬며 또다시 남편
에게 물었다.

"파리는 퇴폐적이고 위험하다는데…… 당신 혹시 장에 대해서
아는 것 없으세요?"

아내 앞에선 아무것도 감출 줄 모르는 세제르는 그동안 장에게
있었던 일을 털어놓았다.

"실은 말이야, 장에게 여자가 하나 있어. 지난번 파리에 갔을 때
봤지만 아주 착한 여자더군."

그러더니 그녀의 열렬한 헌신과 감동적인 편지에 관해 줄줄이
늘어놓고, 특히 그녀가 일을 하기로 한 것은 용기 있는 결심이라
고 칭찬을 했다.

"먹고살려면 일을 하는 건 당연하잖아요."

평생을 일에 파묻혀 살아온 그녀로서는 오히려 남편의 말이 이
상하다는 듯 대꾸했다.

"그런 부류의 여자들은 달라……."

"당신이 뭘 안다고 그 여자를 그렇게 감싸세요?"

"맹세하지만 디본느, 장이 함께 살았던 그 여자처럼 정숙하고
진실한 여잔 보기 힘들다구…… 그 여잔 사랑 때문에 아주 딴사
람이 되었어."

그러나 그녀는 남편의 얘긴 불필요하게 길 뿐 듣고 싶지 않았
다. 그 여자를 아무리 좋게 생각하려고 해도 '질이 나쁜 여자' 임

이 틀림없었고 장이 그따위 여자한테 빠져 있다는 생각이 들자 그녀는 화가 치밀었다.

"영사님이 이런 사실을 아시기라도 한다면 어쩌죠?"

"진정해요, 여보. 사내는 그 나이쯤 되면 여자 없인 못 사는 법이라구……."

세제르는 호인 같은 얼굴에 주름을 잔뜩 잡고 약간 응큼한 표정을 지으면서 말했다.

"그럼요, 어련하겠어요. 그러다 그 여자와 결혼하겠다고 하면 어쩌구요?"

"아니야, 그렇게 되진 않을 거야. 벌써 둘 사이는 남남이나 다름없어, 결국 그렇게 되고 말 거지만……."

"여보, 제 말 좀 들어봐요…… 불행은 그걸 가져다준 사람이 떠났다고 해서 사라지는 건 아니에요…… 당신 말대로 장이 그여자를 비참한 처지에서 끌어냈다고는 하지만 그러는 동안 그애는 자기 신세를 망쳤을지도 모르잖아요. 그 여자를 새사람으로 만들었을지는 몰라도 그 여자가 갖고 있던 몹쓸 구석이 그애에게 옮겨져 마음까지 싹 버려놨는지 누가 알아요!"

두 사람은 미끄러지듯 교교하게 흐르는 달빛이 가득한 뜰로 들어섰다. 출렁거리는 론 강의 물소리가 아득하게 들려오고 계곡에서는 부드럽고 투명한 바람이 불어오는 밤이었다. 집안은 깊은 잠에 빠져 달콤한 휴식을 취하고 있었다. 두 사람은 적막하고 낯선 세계에 와 있는 듯한 느낌에 빠졌다. 그때 갑작스럽게 론 강변을 달리던 파리행 기차가 검은 하늘 위로 하얀 연기를 뭉게뭉게 내뿜으며 뚜우 하는 희미한 소리를 남긴 채 사라져 갔다.

"아아! 그놈의 파리, 파리!…… 장을 우리한테서 빼앗아가 버렸어!"

　디본느는 복받치는 눈물을 참으며 파리 쪽을 향해 주먹을 불끈
쥐고 미친 듯 흔들어댔다.

7

Opus Nocturnus

어느 우울하게 흐린 날 오후 네 시, 섬세하게 느껴질 만큼 차가운 물안개가 자욱하게 깔린 샹젤리제 거리는 소리를 죽여 서둘러 달려가는 마차들 소리만이 울릴 뿐 사람의 모습은 거의 눈에 띄지 않았다. 철책 문이 활짝 열려 있는 호화로운 건물 앞에서 장이 코트 깃을 만지며 서성이고 있었다. 건물 이 층쯤에 걸린 간판에 '가구 달린 방 세놓음. 가족 입주 환영'이라고 금색으로 자그마하게 쓰여진 글자가 눈에 들어왔다. 정문 앞 보도 위에는 2인승 마차 한 대가 세워져 있었다.

장은 조심스럽게 문을 밀어젖히고 머뭇대는 걸음으로 안으로 들어갔다. 어슴푸레한 저녁 빛이 스며 들어오는 창가에 두 여자가 마주 앉아 있었다. 장부를 뒤적이던 여자가 고개도 들지 않은 채 무심하게 물었다.

"방을 구하러 오셨나요?……"

장부에서 시선을 떼고 그를 올려다본 그녀는 큰 눈을 더욱 휘둥 그렇게 뜨더니 벌떡 일어났다. 그에게 달려들어 포옹하려다 말고 멈칫거리며 맞은편에 있는 중년 부인을 쳐다보았다. 그녀는 증권거래인들이 들고 다니는 커다란 가방을 무릎 위에 올려놓고 앉아 있었다.

"저…… 그이예요……."

파니의 말에 그 부인은 아주 거만하고 체면 따위 아랑곳없이 경험이 풍부한 여자답게 냉정한 눈초리로 장을 죽 훑어보았다.

"오래간만에 만나 반가울 텐데…… 키스하세요…… 난 개의치 말구."

그녀는 파니가 앉아 있던 자리로 가서 장부를 들추더니 숫자 맞추는 일을 시작했다.

한쪽으로 물러난 파니와 장은 두 손을 꼭 맞잡고서 다정했던 연인 시절처럼 목소리를 낮추고 정신없이 속닥거렸다.

"그래, 카스틀레에서는 잘 지냈어요?"

"응, 그럭저럭……."

"지금 도착한 거예요?"

그러더니 잠시 후 파니가 장부를 들여다보고 있는 부인을 힐끗 훔쳐보고는 비밀을 털어놓듯 나지막이 속삭였다.

"저기 우리 여사장님을 못 알아보겠어요?…… 우리가 처음 만났던 디셸레트의 무도회에서 스페인 신부로 분장했었잖아 요…… 약간 한물간 신부이긴 하지만…… 후후……."

"그럼 저분이……?"

"드포테의 정부인 로사리오 산체스예요."

로사라는 애칭으로 더 잘 알려진 로사리오 산체스는 무도회나 사교계 모임에는 얼굴을 안 비춘 데가 없었고 요란한 바람기로 파리에 발을 딛고 사는 사람치고 그녀를 모르는 이가 없을 정도였다. 그녀는 왕년에 경마장에 몰려다니면서 여러 남자와 관계를 맺기도 하고 사내들을 마치 말 떼처럼 끌고 다니면서 추잡한 소문을 뿌리는 등 그쪽 동네 사내들 사이에선 매우 인기가 높았으며, 괄괄한 기질과 사나운 입심으로 난봉꾼들 세계에서는 유명한 여걸이었다.

  오랑에서 태어난 스페인 혈통의 그 부인은 한때 그냥 예쁜 정도가 아닌 대단한 미인이었으며, 지금도 은은한 조명 아래서는 여전히 그녀의 흑갈색 눈동자와 초승달 같은 눈썹은 뭇 사람의 시선을 끌기에 충분할 만큼 옛날 화려했던 미모를 간직하고 있었다. 하지만 쉰이라는 나이를 속일 수는 없었는지 그녀의 얼굴은 펑퍼짐하게 퍼져 보였고 마치 스페인산 레몬처럼 땀구멍이 송송 뚫려 있는데다가 피부색은 누리끼리하게 떠 있었다. 파니와는 수년 간 허물없이 지내온 터라 마치 귀부인이 하녀를 대동하고 다니듯 그녀는 밀회의 장소에도 파니를 종종 데리고 다녔다. 그럴 때마다 파니는 자기의 눈치를 보는 로사의 애인에게 그렇게 난처한 자리에 오게 된 구차한 변명을 뻔뻔스럽게 늘어놓으면서도, 속으로는 로사의 기분을 언짢게 하지 말아야겠다는 생각으로 몹시 신경을 쓰곤 했었다. 그나마 얻은 일자리에서 쫓겨나지 않으려면 치사하지만 몸조심을 할 수밖에 별 도리가 없다는 체념과 슬픔을 느꼈던 것이다. 그런데 로사는 파니의 연인인 장의 앞에서 자기처럼 당황하거나 신경 쓰는 기색이라곤 조금도 없이 침착했다. 그녀는 마음 내키는 대로 빌리에르 가에 있는 아파트나 앙기엥에 있는 별장을 옮겨 다니며 지낼 만큼 부유했으며, 가끔 옛 친구들이 그녀를 찾아오긴 했지만 깊은 관계를 맺고 있는 남자는 음악가 드포테 한 사람뿐이었다.

"드포테라고? 그 사람 기혼자인 것 같던데……."

"맞아요…… 결혼한 남자죠. 애들도 있는 걸요, 부인도 꽤 예쁜 편이고요…… 하지만 옛날 애인한테 돌아오는 데 부인이나 애들은 아무런 문제도 안 됐던 모양이에요…… 더군다나 로사가 그 남자한테 얼마나 모질게 대하는지 아세요…… 그런데도 그 남자는 머리가 어떻게 됐나 봐요. 그녀한테 홀딱 빠져 있지 뭐예요……."

그녀는 드포테를 나무라기라도 하듯 그의 손을 꽉 쥐었다. 그때 로사가 장부를 뒤적대던 손을 돌연 멈추고 그들을 향해 짜증스럽게 말했다.

"이봐 파니, 좀 조용히 할 수 없어!…… 그리고 비치토에게 각설탕 좀 먹여줘!"

파니는 자리에서 일어나 로사가 갖고 있던 커다란 가방을 활짝 열고는 갓난애를 어르듯 쫑알거리며 설탕을 넣어주었다.

"장, 이 귀여운 놈 좀 봐요."

가방 안에는 아교풀처럼 끈적거리고 소름이 쫙 돋아난 듯 우툴두툴한 피부에 개구리 머리 모양을 하고 있는 흉측한 카멜레온이 눈을 껌뻑이면서 설탕을 핥고 있었다. 로사는 어느 알제리 남자한테서 선물로 받았다는 그 카멜레온을 어떤 남자보다도 더 아끼고 사랑했으며 파리의 추운 날씨에도 아프리카에 있을 때만큼이나 따뜻하게 보살펴주었다.

파니가 입에 침이 마르도록 예뻐해 주는 것을 보면 그 소름 끼치는 짐승이 로사리오에게는 얼마나 귀중한 존재인지 족히 짐작할 수 있었다.

얼마 후 로사는 장부를 탁 덮고는 갈 채비를 했다.

"이번 보름 동안은 썩 나쁘지 않군…… 그럼 불조심 하고 관리를 잘하도록 해."

그녀는 우아한 무늬가 새겨진 가구들로 말끔하게 정돈된 아담한 응접실을 주인답게 죽 둘러보더니 둥근 탁자에 놓인 실유카 화분 위에 소복히 내려앉은 먼지를 훅 불고는 손으로 쓰윽 문질러 닦았다. 십자형 유리창에 달린 커튼에 시선을 주던 그녀는 걸려서 찢겨 나간 커튼 자락을 발견하고는 이마에 주름살을 가득 지었다. 그러고 나서 장의 얼굴을 빤히 들여다보고는, 네 마음을 다 알고 있다는 눈길로 말했다.

"알겠지만 바보 같은 짓은 아예 생각지도 말아요…… 여긴 점잖은 사람들이 사는 데니까……."

그녀는 카멜레온이 든 가방을 조심스럽게 들고 문밖에서 대기하고 있는 마차에 올라탔다. 그녀를 태운 마차는 호텔 뒤쪽에 있는 브로뉴 숲으로 사라져 갔다.

"정말 귀찮은 여자예요!…… 일주일에 두 번씩 나타나서 들들 볶아대지 뭐예요…… 어머니란 여자는 로사보다 훨씬 더 끔찍한 노랑이예요…… 아, 당신이 없었더라면 이런 너절한 데서 견뎌낼 수 없었을 거예요…… 이제 당신이 이렇게 찾아주니 한결 살 것 같아요!…… 혼자라는 게 얼마나 두려웠는지 몰라요……."

그녀는 입을 맞춘 채로 오랫동안 그의 허리를 꼭 껴안고 서 있었다. 그의 몸이 여리게 떨리며 달아오르기 시작했다. 그녀에게 장은 삶의 전부였으며 그 또한 그녀가 유일한 존재임을 확인하듯 두 사람은 감싸 안은 팔에 더욱더 힘을 주었다.

어느덧 저녁 어스름이 지고 응접실 안이 어두워지자 종업원이 램프를 가져왔다며 방문을 노크하는 소리가 들려왔다. 그러자 그녀는 그와 떨어져 자리에 재빨리 앉더니 뜨개질감을 집어 들었다. 그리고는 그에게 맞은편 의자에 앉으라고 손짓했다.

"나 많이 변했죠?······ 나답지 않죠?······"

종업원이 나가자 그녀는 소녀처럼 웃으면서 서투르게 손을 놀려 뜨던 뜨개질감을 들어 보였다. 예전의 그녀는 다소곳이 앉아 세심한 신경을 써야 하는 뜨개질 따윈 별로 좋아하지 않았다. 담배를 피우며 잡지를 뒤적이거나 피아노를 치며 노래를 부르고 혹은 옷소매를 걷어붙이고 간단한 요리를 만들기도 했으며, 어떤 때는 일을 즐기듯 자질구레한 집안일을 시원스레 해치우곤 했지만 뜨개질을 해본 적은 없었다. 하지만 온종일 호텔 사무실을 지키고 앉아 손님을 맞거나 세 든 사람들이 요구를 들어주어야 했기 때문에 응접실 한구석에 있는 피아노를 두드리며 노래 부르는 것은 생각조차 할 수 없었다. 그래서 소설이라도 읽으면서 무료한 시간을 보낼까도 생각해보았지만 소설에서 운운하는 내용들은 그녀가 겪어 알고 있는 얘기들에 비하면 어린애와 소꿉장난하는 것만큼이나 시시했다. 게다가 끽연조차 금지되어 있어서 그녀는 쌓여 있는 스트레스나 마냥 늘어지는 시간을 주체할 수 없어 결국 뜨개질에 손을 대게 되었다. 뜨개질을 시작한 후부터 그녀는 시시하게만 여겨졌던 이런 종류의 일에도 취미를 붙이고 부지런히 손을 놀리면서 평온한 마음으로 이런저런 생각을 정리하는 버릇을 들이게 되었다. 그것은 외롭고 힘겨워진 삶을 견뎌낼 수 있도록 해준 좋은 방편이었던 것이다.

그녀가 집중을 제대로 못하고 코를 빠뜨리며 뜨개질을 하고 있는 동안 장은 그토록 사무치게 보고 싶었던 그녀를 뚫어지게 바라다 보았다. 갸름한 얼굴을 갸우뚱 숙이고 부드럽게 웨이브가 진 앞머리를 쓸어올리는 낯익은 모습을 지켜보며 그는 뭉클한 감상에 젖어 들었다. 빳빳하게 풀을 먹여 다린 흰 칼라에 단정하고 수수한 옷차림을 하고 퍽이나 진지하고 분별 있는 자세로 앉아 있는 그녀를 껴안고 싶은 충동을 억제해야만 했다.

가로등이 하나둘씩 켜지기 시작한 거리에는 화려하게 치장을 한 파리의 여인들이 사륜마차의 뒷좌석에 거만하게 몸을 파묻고 살롱이나 무도회가 열리는 곳으로 달려가고 있었다. 하지만 기고만장해서 거들먹거리는 그러한 여자들의 삶이라는 게 어떠한 것인지 누구보다 잘 알고 있는 파니로서는 유흥과 쾌락만을 좇는 그러한 삶에 대해선 한 가닥 미련도 갖고 있지 않은 듯 무심해 보였다. 원한다면 얼마든지 화려한 생활을 누릴 수도 있었지만 그녀는 오직 장을 위해 감질나게 유혹해 오는 그러한 생활을 뿌리쳤던 것이다. 장이 가끔씩 만나주기만 한다면 힘겨운 고용살이도 순순히 받아들여 즐겁고 성실하게 인생을 가꾸어 나갈 자신감이 있었던 것이다.

그 호텔 투숙객들은 대부분 그녀를 좋아했고 무슨 일이 있으면 먼저 그녀에게 달려와 고민을 털어놓곤 했다. 여자들은 의상이나 화장품에 대한 문제를 들고 와서 그녀를 붙잡고 의논하곤 했으며 아침마다 페루인 애들에게 자신의 실력을 발휘해 프랑스 노래를 가르쳐주기도 했다. 뿐만 아니라 남자들에게는 요즘 읽을 만한 책이나 볼 만한 연극 등을 알려주기도 했다. 그들은 온갖 예의를 다 갖추고 상냥하게 그녀를 대했는데 특히 이 층에 묵고 있는 네덜란드인은 유난스럽게 그녀에게 친절을 베풀었다.

"그 네덜란드 사람 말예요. 정말 유별나요. 당신이 앉아 있는 그 자리에 앉아서 끝없이 주절대는 데는 견뎌낼 재간이 없어요. '퀴베르 씨, 그만 좀 귀찮게 구세요' 하고 짜증을 섞어 말할 때까지 내 얼굴을 뚫어져라 쳐다보며 말하다가 시무룩해져서는 '알어써요' 하고 아직 서툰 우리말로 대답하고 가버려요…… 그 사람이 이 작은 산호 브로치를 줬어요…… 5프랑짜리 싸구려지만 성의를 생각해서 가끔 달고 다녀요."

장은 다정한 눈빛으로 그녀를 건너다보며 얘기에 귀를 기울이고 고개를 끄덕이거나 슬며시 미소를 짓기도 했다.

얼마나 지났을까…… 이제 밖은 완전히 어둠에 묻혀 있었다. 음식이 담긴 쟁반을 들고 종업원이 들어오더니 실유카 화분 옆에 내려놓고 나갔다.

"투숙객들이 저녁 식사를 들기 한 시간 전에 이렇게 저 혼자서 식사를 해요."

그녀는 접시에 담긴 수프와 콩 요리를 가리키며 말을 이었다.

"로사는 정말 지독한 노랑이예요! 그래도 여기서 먹는 편이 나아요. 사람들한테 하기 싫은 얘길 억지로 건넬 필요도 없고, 내겐 유일한 위안인 당신이 보낸 편지를 다시 읽어볼 수도 있으니까요."

그녀가 말을 멈추고서 장 앞으로 접시와 포크를 갖다 놓는데 갑작스럽게 사람들이 분주하게 들락거리며 찬장이 안 열리는데 어떻게 좀 해달라느니 어쩌느니 까다롭게 불평을 늘어놓았다. 그는 조금 더 머물러 있다가는 그녀를 귀찮게 할 뿐이라고 느껴져 엉덩이를 들썩이며 불편한 자세로 앉아 있었다. 잠시 후 파니가 자리에 앉아 그에게 좀 들라고 권했지만 수프는 다 식어서 먹고 싶은 생각이 들지 않았고 밑바닥에 깔린 콩 요리는 램프 불빛을 받아 변질된 것처럼 보였다. 갑자기 처량한 생각이 들어 두 사람은 지난날 맛있는 음식을 차려놓고 먹으며 오순도순 살던 시절을 그리워하는 눈빛으로 마주 보았다.

"일요일이에요…… 일요일……."

결국 포크 한 번 들지 않고 그대로 식사 쟁반을 물린 후 그를 떠나보내면서 그녀는 다짐하듯 나지막이 속삭였다. 철책 문 앞까지 따라나온 파니는 계단을 들락거리는 투숙객들의 시선도 있고 해서 작별 키스도 못 나누고 마치 포옹의 느낌을 전달하려는 듯 꼬옥 쥔 그의 손을 가슴에 대고 있었다.

그날부터 장은 밤마다 그녀가 수치심과 역겨움을 참고 노랑이 로사와 끔찍하게 생긴 카멜레온의 시중을 들고 있는 모습이 자꾸만 어른거려 통증처럼 가슴이 아파 오곤 했다. 게다가 그녀 앞에서는 웃으며 들어줬지만 그 네덜란드 작자도 가시처럼 마음에 걸렸다. 일요일이 올 때까지는 살아도 사는 것 같지 않게 느껴져 공연히 덤벙대기만 했다. 결별하기 위해 고향으로 내려갔던 일이 두 사람에게는 또 다른 삶의 시작이 되어 갔다. 마치 낫으로 죽은 가지를 쳐냄으로써 노쇠한 나무에서 새순이 돋아나는 것과도 같은 과정을 밟아 가고 있었던 것이다. 그들은 떨어져 살아야만 하는 안타까운 심정을 거의 날마다 편지로 주고받았다. 어떤 날에는 외무부에서 퇴근하고 곧바로 호텔로 찾아가 그녀의 맞은편에 앉아 속닥거리며 시간을 보내기도 했다.

그녀는 호텔 투숙객들에게 그를 친척이라고 소개해 두었기 때문에 그는 같은 파리 땅에 있으면서도 마치 백 리나 떨어진 듯 느껴지는 그 호텔을 찾아가 그녀와 은밀히 회포를 풀거나 투숙객들과 잡담을 하곤 했다. 그러다 보니 그는 페루인 가족과 포겔 남매, 네덜란드인과도 이내 친근해졌다. 줄줄이 달린 페루인의 딸들은 딴에는 멋을 잔뜩 부렸지만 촌스럽고 우스꽝스러운 모습으로 마치 남미산 금강잉꼬처럼 그를 붙들고 늘어지며 재잘댔다. 또한 홀쭉하고 삐쩍 키만 큰 미나 포겔 양의 치터 연주도 가끔 들을 수 있었으며, 폐병을 앓는 그녀의 남동생과 얘기해 본 적도 있었다. 포겔 군은 도통 말이 없었고 음악 소리에 맞춰 머리를 까딱대거나 마치 클라리넷을 연주하는 것처럼 입을 동그랗게 해서 입김을 호호 불어내며 허공에서 열심히 손가락을 놀려댔다. 장은 파니에게 홀딱 반한 네덜란드 남자와 트럼프 놀이도 가끔 했는데 그는 대머리에다가 뒤룩뒤룩 살이 찐 뚱보로 왠지 불결한 인상을 풍겼다. 오대양 육대주 안 가본 데가 없다고 떠벌이는 그는 고지식하기 이를 데 없이 소심한 성격의 소유자였다. 어쩌다가 그가 몇 달 동안 지냈다는 호주에 관해 몇 가지 궁금한 것을 물어보기라도 하면 그는 눈을 부라리면서 이렇게 반문하는 것이었다.

"멜버른에서 산호 값이 얼마나 하는지 한 번 맞춰 봐요……."

그는 자기가 다녀본 나라들의 산호 가격밖에는 깊이 감명을 받은 것이 없는 듯 오로지 그 얘기만을 들먹였다.

그 이방인 투숙객들 사이에서 파니는 파리에 대해서라면 모르는 것이 없을 정도로 환하며 화려한 사교계 물을 먹어본 전형적인 파리 여인으로서 부러운 시선을 한 몸에 받았다. 그녀의 자유분방한 태도나 예술적 안목은 그 이국인들에겐 무척 생소하고도 근사하게 보였음이 분명했다. 그녀가 예술계나 문학계의 유명 인사들과 친분이 두텁다는 얘기를 넌지시 비추자 그들은 또한 번 눈을 휘둥그렇게 뜨고 그녀를 새삼 올려다보게 되었다. 드즈와의 소설을 열렬히 탐독하는 러시아 부인에게는 그 소설가의 집필 습관이나 하룻밤에 커피를 보통 몇 잔 마시는지, 상데리네트 출판사에 떼돈을 안겨준 그의 불후의 소설 원고를 얼마나 헐값으로 넘겼는지 등 일반인들에겐 전혀 알려져 있지 않은 뒷얘기를 들려주곤 했다. 파니가 그들한테 떠받들어지는 게 느껴질 때마다 장은 우쭐해지곤 했는데 질투심을 품었던 일조차 까맣게 잊고, 혹시 그녀의 말을 곧이듣지 않기라도 하면 그건 모두 사실이라고 거들어 주려고까지 했다. 갓을 씌운 램프 불빛이 은은하게 감도는 아늑한 응접실에서 그녀가 투숙객들에게 차를 대접하고 우아한 자태로 대화하거나 계집애들에게 피아노를 치며 노래를 가르치고 엄마처럼 자상하게 말하는 모습을 그는 경탄과 자랑스러움이 담긴 눈초리로 지켜보곤 했다. 그러나 파니의 그러한 정숙한 모습도 일요일이 되면 전혀 딴판으로 변했다.

일요일 아침, 비에 흠뻑 젖어 오들오들 떨며 그의 방에 들어온 파니는 활활 타오르는 벽난로에 다가가 언 몸을 녹일 생각은 않고 서둘러 훌훌 옷을 벗어 던지고서 널따란 침대 속에 미끄러지듯 들어와 그의 품속을 미친 듯이 파고들었다. 한참 동안이나 정신없이 입맞추며 껴안고 뒹굴고 나면 서로의 사랑을 열렬히 갈망하는 두 연인에겐 한 주일 내내 짓누르던 구속과 부자유에 대한 불만도 어느 결에 사라지곤 했다.

그렇게 일요일마다 찾아오는 밀회의 시간은 눈 깜짝할 사이에 흘러갔다. 두 사람은 저녁 때까지 침대에서만 뒹굴며 지냈다. 서로의 뜨거운 몸을 애무하는 것 외에 그들의 마음을 사로잡는 것은 아무것도 없었다. 오락거리도 필요치 않았고 만나고 싶은 사

람도 없었다. 거의 기진맥진한 채 누워 있는 두 사람의 귓전에
어느새 한낮의 밝음이 스러지고 있는 거리에서 잦아드는 소음과
뚜우 하며 멀어져 가는 기차 소리, 짐마차가 덜커덩 굴러가는 소
리만이 어슴푸레하게 들려왔다. 그때 발코니의 천막 위로 두 사
람의 두근거리는 맥박에 맞춰 굵은 빗방울이 뚝뚝 떨어지는 소
리를 꿈결처럼 들으며 그들은 시간조차 잊은 채 복잡한 현실을
벗어나 자유로움을 만끽하는 충만감에 젖어 있곤 했다.

 하지만 장막을 드리운 듯 어두운 방 안에 푸르스름한 가스등 빛
이 스며 들어와 환상적인 분위기를 자아낼 때쯤이면 파니는 따
뜻한 그의 품속에서 일어나 허물처럼 벗어 놓은 옷을 주섬주섬
걸치고 호텔로 돌아가야 했다. 비 오는 거리를 달려 사무실에 도
착해서는 축축하게 젖은 운동화와 치마를 벗고 칙칙한 지배인
제복을 입어야 한다는 생각을 하면서 그녀는 진저리를 치곤 했
다. 그녀는 그의 방에서 나올 때마다 꿈결처럼 지나가 버린 동거
시절 때의 추억을 말해주는 가구들을 둘러보며 복받치는 설움을
한층 더 절실히 느끼며 차마 입에서 떨어지지 않는 말을 억지로
내뱉어야 했다.

"그럼 나, 가요……."

 그럴 때면 좀 더 오랫동안 함께 있고 싶은 장은 바래다주겠다
고 따라 나섰다. 허리를 꼬옥 껴안은 채 두 사람은 추적추적 비
가 내리는 샹젤리제 거리를 느릿느릿 걸어 올라갔다. 거리 양쪽
에 죽 늘어선 가로등과 어둠 속에 우뚝 솟아 있는 개선문, 밤하늘
저편에 박힌 두서너 개의 별이 한 폭의 투시화처럼 펼쳐졌다. 호
텔 근처인 페르고레즈 가의 모퉁이에 이르러 그녀는 모자에 달
린 베일을 올리고 작별 키스를 했다. 이윽고 그는 지긋지긋하게

만 여겨지는 아파트 오 층 꼭대기의 자기 방을 향해 천천히 걸었다. 이런 희생을 치러야만 하는 자신의 불행한 삶의 원인이 마치 카스틀레의 가족들에게 있기나 한 것처럼 그들을 원망하고 불행한 처지를 비관하면서 되도록 천천히 되돌아왔다.

두 사람은 도저히 견딜 수 없을 것 같은 이러한 안타까운 밀회를 두세 달이나 질질 끌었다. 종업원들과 투숙객들의 입에 오르내리는 것을 피하기 위해 장은 어쩔 수 없이 호텔에 가는 횟수를 줄여야 했고 파니는 인색한 로사 모녀의 등쌀에 못 이겨 점차 지쳐 갔다. 말은 꺼내지 않았지만 그녀는 오붓한 살림을 다시 차리고 싶어했고 장도 그것을 간절히 바라는 눈치였다. 그러나 그녀는 그가 먼저 얘기를 꺼내주길 은근히 바라고 있었다.

포근한 기운이 온 대지를 감싸는 4월의 어느 일요일, 장의 방문을 활짝 열어젖히고 파니가 헐레벌떡 뛰어들어왔다. 그즈음 돈이 그리 넉넉지 못한 그녀는 아주 싼 옷을 사 입곤 했는데 그날도 아주 수수한 봄 드레스에 모자를 쓰고 여느 때보다 더욱 공들여 치장한 듯 눈부시게 화사한 모습으로 나타났다.

"빨랑 일어나요, 야외로 점심 먹으러 가요……."

"야외라니……."

"앙기엥에 있는 로사의 별장에 가기로 했어요…… 우리를 초대했어요……."

그는 싫다고 우겼지만 그녀가 고집스럽게 졸라댔다.

"날 위해서라도 어서 가요…… 그 여자는 거절 따위 절대 용납하지 않는 여자라구요. 나도 좋아서 가는 게 아니에요……."

결국 그는 그녀의 부탁을 거절하지 못했다. 그 별장은 호숫가에 자리 잡고 있었는데 그 앞으로는 드넓은 잔디밭이 보트와 곤돌라 몇 척이 떠다니는 작은 항만까지 펼쳐져 있었다.

으리으리한 장식품과 가구로 꾸며져 있는 그 별장은 천장과 벽이 온통 거울로 되어 있었고 활짝 핀 백합꽃과 철 이른 푸른 초목들, 그리고 반짝거리는 호수 등 선경에 와 있는 듯한 착각이 들었다. 로사 모녀의 극성스런 성격은 하인들의 민첩한 몸짓이나 잔가지 하나 나뒹굴지 않는 산책길 등 별장 구석구석에 여지없이 드러나 있었다.

파니와 장이 그곳에 도착했을 때는 모두들 식사를 하고 있었다. 들어오는 길을 잘못 알려주었기 때문에 두 사람은 길다란 정원 담장 사이에 난 좁은 길목을 왔다 갔다 하느라 무려 한 시간 동안 호수 주변을 헤맸던 것이다. 약속 시간에 나타나지 않는 두 사람을 기다리며 화가 치밀어 있던 로사의 쌀쌀맞은 환대와 식탁에 둘러앉은 세 명의 이상야릇한 노파들의 모습을 보고 장은 몹시 당황했다. 로사는 천박한 목소리로 그 늙은 여인들에게 장을 소개했다. 그 노파들은 '우아한 트로이카'로 한때 이름을 날리며 파리의 사교계를 휩쓴 월키 콤, 송브뢰즈, 클라라 데스푸였다. 지금은 한물가버렸지만 그들의 이름은 위대한 시인이나 승전 장군의 이름만큼이나 알려져 제2제정 시대의 사교계를 수놓은 유명한 인물로 손꼽혔다.

그 세 명의 노파들은 우아한 트로이카답게 요란한 깃털 장식이 달린 목달이구두를 신고 올봄에 유행하는 스타일로 한껏 멋을 부렸지만 이미 인생의 황혼에 들어선 탄력 잃은 얼굴들은 시들어 버린 꽃에 불과했다. 속눈썹이 한 가닥도 남아 있지 않은 데다 눈이 푹 꺼지고 쪼글쪼글한 송브뢰즈는 접시며 포크를 제대로 집지 못할 정도로 계속 손을 떨어댔다. 비대하고 주독이 올라 코끝이 빨간 데스푸는 중풍으로 덜덜 떨며 비틀리고 뼈만 앙상한 두 손을 맞잡아 식탁 위에 올려놓고 있었다. 그리고 가냘픈 콥은 젊은 여인처럼 허리가 잘록한 옷을 입고 있었는데 그 때문에 오히려 누런 솜뭉치처럼 부푼 기다란 머리에 가려진 주름투성이의 얼굴은 병든 어릿광대처럼 소름 끼치게 보였다. 그녀는 파산하고 재산까지 압류당하자 마지막으로 일확천금을 꿈꾸며 몬테카를로까지 갔다가 어느 잘생긴 도박사에게 걸어차여 땡전 한 푼 없이 빈손으로 돌아오고 말았다. 로사는 옛정을 생각해서 그녀를 따스하게 맞아주었고 수년이 지난 지금까지 자기 집에서 먹이고 재워 주기까지 했다.

"파니, 그래 요즘은 잘 지내나?"

세 노파들 모두 파니와 잘 아는 사이로 너나없이 입을 오물거리며 한 마디씩 했다. 3프랑짜리 싸구려 드레스를 걸치고 퀴베르가 선물한 빨간 산호 브로치밖엔 달지 않은 파니의 모습은 무시무시하게 늙어 버린 그들 사이에 끼어 풋내기 소녀 같았다. 활짝 열린 커다란 창문을 통해 들어오는 봄날의 상큼한 향기가 호사스런 응접실에 가득했지만, 거울 벽에 비친 커다란 호수와 눈이 시릴 만큼 푸르른 하늘을 배경으로 앉아 있는 세 노파의 모습은 대낮에 느닷없이 나타난 유령처럼 우중충해 보였다.

그 자리에는 로사의 노모 필라르도 끼어 있었다. 거친 스페인 억양이 뒤섞인 불어로 자칭 '원숭이'라고 본인이 일컫는 대로 거무튀튀하고 까칠까칠한 피부와 심술궂은 얼굴, 그리고 사내처럼 귀밑으로 바싹 깎은 희끗희끗한 머리하며 뱃사람에게나 어울리는 파랗고 널찍한 칼라가 달린 사틴 드레스를 걸친 그녀는 열대 아시아산 원숭이를 빼쏜 모습이었다.

"참, 우리 귀여운 비치토와는 구면이지 아마……."

갑자기 생각난 듯 로사는 장에게 분홍빛 이불에 싸인 채 덜덜 떨고 있는 카멜레온을 가리키며 말했다.

"근데, 난 소개 안 할 건가?"

허연 턱수염에 키가 후리후리한 사내가 억지로 꾸민 듯한 쾌활한 목소리로 불만스럽게 말했다. 밝은색 조끼에다가 풀을 먹여 다린 빳빳한 칼라의 단정한 옷매무새가 약간 딱딱한 인상을 풍기고 있었다.

"맞아…… 타타브도 소개를 해야지?"

세 노파들이 박수를 치며 깔깔댔다. 그러자 로사는 얼굴을 찌푸리며 건성으로 그의 이름을 소개했다.

타타브라는 별명으로 불린 그 남자는 〈플로리아 사보나롤르〉를 작곡하여 갈채를 받은 바 있는 저 뛰어난 음악가 드포테였다. 전에 디셀레트 저택에서 그를 얼핏 본 일밖엔 없는 장은 위대한 예술가에게서 나무 가면처럼 딱딱하고 반듯한 생김새, 광적이고 무엇으로도 치유할 수 없는 정열을 담고 있는 눈동자를 발견하고 새삼 놀랐다.

그는 애욕으로 뒤범벅된 열정에 사로잡혀 수년 전부터 로사에게 매달려 아내와 자식들마저 버리고 급기야는 이 집의 식객으로 전락해 있었다. 그는 많은 재산과 극장에서 들어오는 수입마저 그녀에게 탕진해 버렸으나 이제는 하인만도 못한 대우를 받으며 그집에 눌러앉고 말았던 것이다.

그가 무슨 얘기를 꺼내기만 하면 뉘 집 개가 짖느냐는 듯 몹시 귀찮아하는 로사의 태도나 좀 잠자코 있으라고 충고할 때의 경멸 섞인 어조는 옆에서 듣기에도 민망할 정도였다. 딸보다 한 술 더 떠서 필라르는 기세등등하게 '그만 작짝 떠드어' 하고 혀 짧은 발음으로 꼭 한 마디씩 거들었다.

장은 옆자리에 앉은 필라르 노파가 접시에 담긴 음식을 탐욕스럽게 입속으로 밀어넣으면서 축 처진 입술을 오물거리며 뭐라고 쉴 새 없이 투덜거리는 얘기를 다 들어줘야 했다. 게다가 로사가 고용주다운 거만한 말투로 호텔에서 파니가 계집애들을 데리고 개구리 새끼들처럼 음악회를 벌이고 있다고 놀리는 말이나, 어디에 돈줄이 있는지 모르지만 허영에 들떠 사치스럽게 사는 수상쩍은 노파들이 파니를 불행한 처지에 빠진 사교계 여인쯤으로 우습게 알고 지껄여대는 말들을 고스란히 들어야만 했다. 양쪽 귀에 만 프랑짜리 큼직한 귀걸이를 달고 군살로 몸이 부은 것처럼 보이는 로사는 젊고 잘생긴 장과 함께 나타난 파니를 몹시 시샘하는 듯했다.

"그 왜 일 층에 투숙해 있는 페루 남자 있죠, 그 사람이 로사를 무척 좋아하는 것 같더라구요. '유명한 파리의 바람둥이를 사귀고 싶어요' 하며 내 뒤꽁무니를 쫓아다니면서 하소연하지 뭐예요. 그리고 만나기만 하면 '바타비아에선 산호 값이 얼맨지 맞춰봐유' 하고 주절대는 네덜란드 남자가 바다표범만한 덩치에 어울리지 않게 수줍은 듯 구애하는 꼴이라니……."

파니가 그 두 남자의 어수룩한 말과 몸짓을 흉내 내며 말하자 좌중은 한바탕 폭소로 들썩였다.

그러나 장은 우습지 않았다. 필라르 역시 누가 훔치지나 않을까 해서 은접시를 빤히 지켜보다가 식기나 장의 옷소매에 앉은 파리가 눈에 뛰면 별안간 냅다 덮쳐 잡아서는 카멜레온에게 내밀며 다정하게 주절댔다.

"먹그라, 귀염둥이! 어서 먹그, 자자⋯⋯."

어쩌다가 윙윙대며 도망다니는 파리가 장식장이나 유리창 위에 앉기라도 하면 그녀는 벌떡 일어나서 낚아채 왔다. 그녀가 걸핏하며 자리에서 들썩거리자 그날 아침부터 가뜩이나 신경이 날카로워 있던 로사가 짜증을 냈다.

"제발 그만 좀 들썩거려요, 피곤해요."

"니들은 걸신들린 것처럼 잘만 먹잖냐⋯⋯ 귀여운 비치토도 먹그야 하지 않겠어?"

여전히 그 알아들을 수 없는 말들을 섞어 가면서 필라르가 대꾸했다.

"여기서 나가든지 아니면 좀 잠자코 계세요⋯⋯ 신경 쓰이잖아요⋯⋯."

필라르가 아예 들은 척도 안 하고 계속 파리를 잡느라고 식탁을 내리치며 시끄럽게 하자 급기야 두 모녀는 악마니 지옥이니 하는 소리까지 섞어 가며 욕을 퍼붓기 시작했다.

"지옥에나 떨어질 년 같으니라구."

"악마가 좀 안 데려가 버리나⋯⋯ 지긋지긋해!"

"갈보⋯⋯ 매춘부⋯⋯."

"아니!⋯⋯ 이 노인네가⋯⋯."

장은 겁에 질린 얼굴로 두 모녀를 쳐다보았다. 다른 사람들은 그들 싸움에 이력이 났는지 잠자코 음식을 들고 있었다. 드포테 혼자 싸움을 말리려고 한 마디 했다.

"자자, 그만 좀 해둬요."

그 말이 끝나기가 무섭게 발끈한 로사가 홱 돌아서더니 그를 노려보았다.

"뭣 땜에 껴드는 거야?…… 시건방지게시리!…… 나 하고 싶은 말도 못해?…… 알았으니까 당신 마누라한테나 가봐!…… 당신 그 썩은 동태 눈깔이랑 세 가닥밖에 안 남은 대머리 보기도 이젠 신물이 나…… 머저리 같은 네 여편네 품에나 안기라구, 어서, 어서!"

드포테는 약간 창백해진 굳은 얼굴로 나지막이 중얼거렸다.

"저런 거랑 살아야 한다니!……"

"저런 거라니, 저런 게 뭐 어때서!…… 자, 문 열렸으니까 냉큼 꺼져…… 빨랑!"

식탁 위에 두 팔을 짚고 몸을 잔뜩 내민 채 그녀가 고함을 질러댔다.

"이봐요, 로사…… 손님들도 있고 한데……."

가엾게도 드포테는 생기 잃은 두 눈을 내리깔며 용서를 구하는 어린애처럼 풀이 죽어 로사에게 다가가 두 팔로 감싸 안았다. 그러자 입에 든 음식을 삼키고 착 가라앉은 목소리로 팔라르가 한마디 던졌다.

"그 입 좀 닥치게, 이 살람아……."

필라르의 말투에 어색해졌던 자리가 갑작스럽게 폭소로 뒤덮였다. 아직도 골이 잔뜩 난 로사와 기죽은 드포테마저도 배를 잡고 웃어댔다. 자리에 앉은 드포테는 로사의 눈치를 살피며 필라르의 환심을 사려고 자기 허벅지에 앉은 파리 한 마리를 잽싸게 잡아 비치토에게 먹여주며 상냥하게 다독거렸다. 훌륭한 작곡가이자 파리 음악원의 자랑인 드포테가 비굴한 웃음을 흘리며 이리저리 눈치를 보고 있는 모습을 바라보고 있으려니 장은 모든

171

게 심드렁해지고 겉과 속이 너무도 다른 아이러니한 인간의 삶에 문득 회의를 느꼈다.

'뻔뻔스러운 저 늙은 원숭이를 보면 이십 년 뒤엔 로사라는 저여자도 어떨지 알 만해…… 드포테는 뭣 때문에 천박한 그녀한테 붙들려 헤어나지 못하는 걸까?…….'

그들은 호숫가에 있는 인조석으로 주변을 장식한 정자로 자리를 옮겨 커피를 마셨다. 19세기 소설에서 착안해 지은 그 정자는 연인들끼리 달콤한 밀애를 즐기기에는 딱 어울리는 분위기였다. 투명한 실크 커튼이 드리워진 커튼 너머로 출렁이는 호수가 아른거렸고 거울로 장식한 천장에는 잔뜩 먹은 음식을 소화시키느라 몸을 쭉 펴고 소파에 비스듬히 드러누워 있는 로사의 모습이 비쳤다. 정자 한구석의 소파에는 희뿌연 분을 덕지덕지 바른 뺨이 벌겋게 달아오른 로사가 벌렁 드러누워 두 팔을 드포테의 목에 감으며 속삭였다.

"오! 타타브, 내 사랑!……"

정자 안을 채우던 나른한 포만감과 사랑의 열기도 식사할 때 마신 샤르트뢰즈 술기운이 떨어지자 이내 식어 버렸다. 무료해진 그들은 서로 멀뚱멀뚱 천장을 올려다보기도 하고 호수를 내려다보기도 하다가 뱃놀이를 하면 어떻겠느냐고 한 노파가 제안하자 로사는 그게 좋겠다며 카누를 준비하라고 하면서 드포테의 등을 떠밀었다.

"알겠죠, 카누예요, 저번처럼 커다란 배를 가져오지 말란 말예요."

"그런 일은 데지레한테 시켜도 되잖아……."

"데지레는 점심 먹는 중이에요."

"카누에 물이 잔뜩 고여 있어 물을 퍼내야 한다구, 그것도 꽤 큰 일인데……."

"드포테 씨, 장이 도와줄 거예요……."

또 한바탕 소란이 일어날 것 같은 분위기를 눈치채고 파니가 얼른 끼어들었다.

마침 하릴없이 밖을 내다보던 장은 드포테의 뒤를 따라 나섰다. 그들은 다리를 쫙 벌린 채 마주 보고 앉아 물을 퍼내기 시작했다. 물동이로 물을 퍼낼 때마다 찰랑거리며 튀어 오르는 물소리에 마치 최면이라도 걸린 듯 그들은 묵묵히 물을 퍼냈다. 신선한 꽃향기를 몰고 오는 바람에 잔물결이 일고 봄날의 아련한 햇살을 받아 반짝거리는 호수 위로 개오동나무의 그림자가 짙게 드리워져 있었다.

"파니를 안 지 오래됐나?"

잠시 손을 멈추고 드포테가 친근한 어조로 물었다.

"이 년 됐어요……."

"겨우 이 년밖에 안 됐군!…… 그렇다면 여기서 자네가 오늘 듣고 본 것들이 꽤 도움이 될 걸세. 난 로사와 동거한 지 이십 년이나 됐지. 이십 년 전에 로마 음악대상을 수상했는데 그때 부상으로 삼 년간 이탈리아로 유학을 갔다가 파리로 돌아온 지 얼마 안 돼서였어. 어느 날 저녁 경마장에 갔는데 그때 로사를 처음 보게 되었던 거야. 조그만 이륜마차에 서서 경마장을 유유히 돌고 있던 그녀가 내 앞에서 멈추더군. 뾰쪽한 창날이 꽂힌 투구를 쓰고 허벅지까지 내려오는 비늘 모양으로 금빛 찬란한 갑옷의 허리를 잔뜩 졸라맨 그녀의 모습은 정말 아름다웠다네! 그녀는 공중에 힘차게 채찍을 휘두르며 내게 웃어 보였지. 흐음! 그때 모든 걸 알았어야 되는 건데……."

긴 한숨을 몰아쉬고 천천히 물을 퍼내면서 그는 책이라도 읽듯
조용히 말을 이어갔다.

그의 집안에서는 처음에 그녀와의 관계를 대수롭지 않게 생각
하고 그냥 웃어넘겼지만 이내 사태가 심상치 않음을 눈치채고
는 둘 사이를 갈라놓기 위해 부모까지 나서서 애원도 해보고 윽
박지르기도 하면서 별별 수를 다 써보았다는 것이다. 두세 번 로
사에게 돈을 싸 들고 가 떠나라고 부탁도 해보았지만 그는 여전
히 그녀를 다시 만났다. 보다 못한 그의 어머니가 여행이라도 잠
시 다녀오라고 권유하는 바람에 여행을 떠났지만 돌아오기가 무
섭게 그녀와 다시 관계를 갖기 시작했다. 그러자 집안에선 궁리
끝에 장가를 보내면 정신을 차릴까 싶어서 어여쁜 신부에다 많
은 지참금, 게다가 신혼 선물로는 아카데미 프랑세즈의 명예 회
원 자리까지 약속한 성대한 결혼식을 올렸다. 얼마간은 아내에
게 파묻혀 재미있는 나날을 보낼 수 있었지만 이내 싫증을 느끼
게 되자 석 달 뒤 로사와 딴살림을 차리고 말았다는 것이다.

얽히고설킨 복잡한 사연을 털어놓고 나서 가엾은 음악가는 탄
식하며 고개를 떨구었다.

"아아! 젊은이, 이 무슨 꼴인가……."

그가 얼굴을 들자 그를 목석처럼 보이게 했던 풀 먹인 칼라처럼
그의 표정은 처음과 같이 다시 굳어 있었다. 그때 학생들과 젊은
여자들을 가득 태운 배가 몇 척 지나갔다. 젊음을 마음껏 발산하
는 듯한 즐거운 노랫소리와 웃음소리가 넘실거리며 건너왔다.

"저 철모르는 젊은이들 가운데 얼마나 많은 사람이 젊은 날의
이상을 포기하고 그 전율할 사랑의 아픔, 아니 허울뿐인 사랑의

함정 속에 갇혀 고통스런 긴 방황을 하게 될 것인지…… 젊은이
는 이런 기분 알겠나? 아마 모를 걸세. 젊을 때는 아무것도 모르
는 법이니까……."

드포테와 장이 카누에 앉아 고달픈 인생과 사랑에 대해 씁쓸한
얘기를 나누고 있는 동안 정자에서는 젊은 연인 사이를 갈라서
게 하고 싶어 안달이 난 그 늙은 여인들이 파니에게 잔소리를 늘
어놓았다.

"이봐 파니…… 그 장이라는 친구 말이야, 멋있긴 한데 무일푼
이란 게 아무래도 마음에 걸려…… 그래가지고 어디 널 먹여 살
리겠어?"

"누가 뭐래도 전 그이를 사랑해요!"

파니의 단호한 대꾸에 로사는 어깨를 으쓱해 보이더니 입술을
비죽거렸다.

"그냥 내버려둬…… 쟤는 이번에도 그 돈푼깨나 있는 네덜란
드 사람을 놓치고 말 거야. 일전에도 그 좋은 건수 다 놓쳤는데
뭐…… 플라망하고 그 난리법석을 치르고 나선 정신 좀 차리나
싶더니, 웬걸 아예 정신이 완전히 나갔는 걸……."

"아니, 사랑이 다 무엔지……."

필라르 노파가 푹신한 소파에서 몸을 뒤척이며 투덜댔다.

그때 여태껏 침묵을 지키고 있던 어릿광대 같은 윌키 콥이 예의
그 지독한 억양으로 말참견을 했다.

"사랑한다는 건 정말 좋은 거야…… 사랑, 정말 근사한 거
지…… 하지만 돈도 사랑할 줄 알아야 한다구…… 지금 내가 말
야, 아직도 부자라면 몬테카를로에서 만났던 그 미남 도박사가
날더러 못생겼다고 하겠니?"

그녀는 갑자기 화가 치미는지 손을 불끈 쥐며 째지는 목소리로 말했다.

"오오! 정말 끔찍한 일이야…… 과거에 제아무리 명성을 날렸고, 사내를 휘어잡을 정도로 아름다웠으며 무슨 기념비나 거리 이름처럼 내 이름을 모르는 이가 없었을 정도라고 해도, 오늘날 마차를 타고 '월키 콥 가로 갑시다!'라고 말했을 때 그 거리를 기억하고 있는 알량한 마부 하나 없는 신세라면 그건 정말 끔찍한 일이라구…… 나도 왕년엔 왕족이나 귀족들을 내 발밑에 거느려 봤지. 내가 침이라도 탁 뱉으면 그치들은 침 뱉는 모양까지 귀엽다고 알랑거렸다구!…… 그런데 이젠 내 꼴이 보기 흉하다고 그 더러운 악당이 날 내팽개쳤어. 게다가 하룻밤 즐긴 대가로 그치한테 줄 몇 푼도 없었으니까."

그러더니 자신을 정말 흉하게 생겼다고 여기는지도 모른다는 생각이 미치자 그녀는 앞가슴을 풀어 헤치며 말했다.

"자 봐, 얼굴은 이제 다 갔다고 하지. 하지만 이 가슴하구 어깨를 보라구…… 아직 하얗고 팽팽하잖아?……"

그녀는 부끄러움 따윈 잊은 듯 삼십 년 동안이나 남자관계를 하며 정성껏 가꾼 아직은 탄력 있는 피부를 어루만지며 우쭐해했다. 그러나 목엔 주름살이 생기고 얼굴은 어느새 아름다움이 퇴색해 버린 흉칙한 몰골로 바뀌어 있었다.

"카누를 대기시켜 놨어요!……"

마침 드포테가 소리를 치며 들어서자 드레스의 앞 단추를 끼우며 월키 콥은 우스꽝스럽지만 어딘가 씁쓸한 어조로 읊조렸다.

"하지만 이렇게 홀랑 벗구 갈 순 없지……."

기나긴 겨울잠에서 깨어난 푸르른 초목이 우거진 숲을 뒤로 하고 눈부신 햇살이 쏟아지는 작은 호수 위로 카누가 서서히 미끄러져 나아갔다. 저 멀리 드넓은 잔디밭과 테라스가 달린 장난감 같은 하얀 별장이 한 폭의 그림처럼 펼쳐져 있는 주변 풍경을 둘러보면서, 불편한 몸을 이끌고 늙은 비너스들이 뱃놀이를 즐기는 모습은 가관이었다. 눈이 어두워 장님이 다 된 송브뢰즈와 어릿광대 같은 윌키 콥, 중풍을 앓는 데스푸는 넘실거리는 물결 속에 그만 애지중지하는 사향 냄새 나는 향수병을 빠뜨리고 나서는 울상을 지으며 어쩔 줄 몰라했다.

지나치는 사람들이 돈 많은 늙은 부인들과 놀아나는 천박한 사내라고 오해하지나 않을까 부끄럽고 난처해하며 장은 허리를 깊숙이 구부린 채 노를 저었다. 파니는 키의 손잡이를 잡고 있는 드포테 가까이에 앉아 있었는데 그와 눈이 마주칠 때마다 여느 때의 발랄한 미소와는 달리 어색한 미소를 짓곤 했다.

"파니, 노래라도 한 곡조 뽑아 봐……"

화창한 봄 날씨 탓에 향수병을 잃은 것도 잊고 오랜만에 마음이 느긋해진 데스푸가 말했다.

그러자 파니가 드포테가 작곡한 오페라 〈클라우디아〉에 나오는 뱃놀이 노래를 부르기 시작했다. 자신이 최초로 대성공을 거둔 오페라의 아리아를 듣자 기억이 새로워진 듯 드포테는 입술을 꼭 다문 채 고개를 좌우로 저으며 입속으로 흥얼흥얼 화음을 맞춰주었다. 햇살을 받아 반짝거리는 물결은 노랫소리에 맞춰 춤추듯 흐느적거렸고 일렁이는 물살을 헤치며 카누는 멜로디에 실려 유유히 흘러갔다. 나른한 오후, 평온한 풍경 속으로 파니의 아름다운 노랫소리는 그지없이 감미롭게 울려 퍼졌다. 그녀가 노래를 끝내자 호수 연변에 있는 별장의 테라스에 나와 있던 사람들이 '브라보!'를 연거푸 외치며 한 곡 더 부르라고 아우성을 쳐댔다. 박자에 맞춰 노를 젓던 장은 파니의 입에서 흘러나오는 아름다운 노래에 심할 갈증을 느꼈다. 갑자기 내리쏟는 태양 아래 그녀의 입술에 입을 맞춘 채 잠들고 싶은 욕망이 꿈틀거렸던 것이다.

"그따위 청승맞은 노래는 그만둘 수 없어?"

드포테와 파니가 목소리를 합쳐 노래하는 것을 곁에서 듣고 있기가 짜증스러웠는지 별안간 로사가 언성을 높였다.

"이봐요, 듣기 싫다구. 언제까지 그렇게 내 앞에서 대놓고 연인 사이처럼 속닥거릴 거야!…… 그래가지고 흥이 나겠어? 누구 장례식이라도 치르나? 무슨 연가를 그렇게 장송곡처럼 축 늘어지게 불러…… 다들 지겨워서 하품만 하잖아…… 그리고 시간이 너무 늦었으니까 파니는 호텔로 돌아가라구……."

그녀는 화난 몸짓으로 드포테에게 가까운 선창을 가리키면서 말했다.

"저기다 배를 대요…… 역까지는 이곳에서 가는 게 더 빠를 거야……."

그녀의 말은 마치 해고 명령처럼 급작스럽고 난폭하게 들렸다. 그러나 한때 경마장을 휩쓸던 여장부의 가시 돋힌 그런 행동 방식에 길들여진 듯 선뜻 항의하거나 말리는 사람도 없었다. 그녀는 장에게 몇 마디 쌀쌀맞은 인사말을 건네고 파니에게는 나무라는 조로 지시 사항을 내렸다. 그러고는 두 연인을 강가에 내버려둔 채 고함 소리와 한바탕 왁자지껄하게 다투는 소리를 싣고 카누는 멀어져갔다. 조롱 섞인 요란한 폭소만이 잔잔한 수면에 반향되어 두 사람의 귓전에 들려왔다.

"자, 이제 아시겠어요? 저 심술궂은 여자는 우리를 놀리고 있다구요……."

그녀는 쌓였던 수치심과 분노를 터뜨리며 역으로 가는 동안 이 제껏 숨겼던 사실들까지 낱낱이 털어놓았다.

"로사는 어떻게 해서든 나를 당신한테서 떼어 놓으려고 해요. 날 그 우둔한 네덜란드 남자와 맺어주려는 수작이죠…… 얼마 전부터는 그 노파들까지 모두 합세해서 그런다구요…… 난 당신을 사랑해요. 그 늙은 여자들한텐 그게 샘이 나고 마음에 걸리는 거예요. 아주 야비하고 비열한 여자들이에요. 그 때문에 더 이상 난……."

그는 슬쩍 돌아다본 그녀의 말을 멈췄다. 그는 대리석처럼 창백해진 얼굴에 입술을 부르르 떨고 있었다.

"오! 장, 아무것도 걱정하지 말아요, 당신의 사랑이 그 끔찍한 것들로부터 날 지켜주었어요. 로사와 카멜레온은 이젠 생각만 해도 진저리가 나요."

"파니, 당신이 거기 있는 걸 더 이상 보고만 있을 수 없어, 그렇게 치사한 돈벌이랑 때려치워! 다시 나랑 함께 사는 거야. 풍족하지는 않지만 그럭저럭 먹고살 수는 있을 거야."

파니는 오래전부터 그가 그 말을 해주기를 고대해 왔음에도 불구하고 외무부에서 나오는 3백 프랑을 가지고 살림을 꾸려 나가기엔 힘겨울 거라는 말을 늘어놓았다.

"소중한 우리 집을 떠날 땐 얼마나 서러웠는지 아세요?……"

그들은 좀 더 많은 얘기를 나누기 위해 철로 양옆에 일렬로 늘어선 아카시아나무 아래 드문드문 놓인 벤치에 다가가 앉았다. 장이 양팔로 그녀를 감싸 안으며 속삭였다.

"그래, 내 월급은 한 달에 3백 프랑밖엔 안 돼. 그럼 250프랑밖에 벌지 못하는 에테마 부부는 무슨 수로 살아가는 거지?"

"그 사람들은 파리 근교에 있는 시골에 살잖아요. 샤빌이라는 곳 말예요."

"그렇다면 우리도 그 사람들처럼 살면 되잖아. 사실 난 파리에서 산다는 게 썩 내키지 않거든."

"정말이에요?……정말 그래도 돼요?……"

그때 마침 다음날 있을 결혼 예물을 잔뜩 싣고 질주하는 당나귀 떼마냥 사람들이 떼 지어 우르르 앞을 지나갔다. 그들은 꼬옥 껴안은 채 평온하고 감미로운 전원에서의 한여름 밤의 행복을 꿈꾸었다. 멀리서 사냥총 소리와 떠들썩한 축제의 흥거운 오르간 소리가 뒤섞여 들려왔다.

8

Opus Hoctanna

그들은 파리 근교의 숲이 우거진 한적한 샤빌이라는 마을에 정착했다. '파수꾼의 길'이라고 불리는 오래된 숲길을 죽 따라가다 보면 예전에 사냥꾼들의 숙소로 쓰이던 나무 대문이 달린 오두막이 한 채 있는데 그곳이 그들의 새 보금자리였다. 전에 살던 파리의 아파트보다 별로 크지는 않았지만 자그마한 방이 세 개나 있고 주변의 시골 풍경과 잘 어울리는 꽤나 운치 있는 집이었다. 등나무 소파와 장롱, 그리고 파니의 초상화를 가져와 촌스런 초록색 벽지를 바른 침실을 장식해 놓고 변함없이 단출한 그들의 살림을 새롭게 꾸몄다. 그나마 카스틀레의 전원 풍경을 찍은 사진은 이사 도중에 액자가 깨져 그냥 장롱 속에 처박아 두었다.

세제르 삼촌과 소식이 두절된 이후로 장과 파니는 고향 카스틀레에 관해서는 좀처럼 얘기를 나누는 법이 없었다. 세제르 삼촌이 둘을 갈라서게 하는 데 발 벗고 나선 일을 상기하며 그녀는 그를 '얄미운 비겁자'라고 부르곤 했다. 여동생들한테서 가끔 편지가 날아들었으나 디본느 숙모한테서는 단 한 줄의 소식도 없었다. 그를 원망하고 있거나 '질 나쁜 여자'가 시골 차림의 후한 인심과 어머니의 자애로움이 가득 담긴 자신의 정성스런 편지를 마음대로 뜯어 보고서 이렁쿵저렁쿵 험담을 늘어놓을 거라고 나름대로 짐작하고 편지를 보내지 않는 게 분명했다.

아침에 막 잠에서 깨어났을 때, 이웃에 사는 에테마 내외의 애잔한 노랫소리와 나뭇가지 사이로 얼핏 보이는 기차들의 질주하는 소리가 귓전에 다가오면, 이따금씩 그들은 아직도 암스테르담 가에 살고 있다는 착각에 빠져들곤 했다. 그러나 여기에서는 먼지가 뿌옇게 내려앉은 아파트 유리창으로 보이는 관청 건물들의 기울어진 윤곽과 거리에서 들려오는 웅성거리는 소음 대신, 언덕받이까지 옹기종기 늘어서 있는 아담한 집들과 나무들로 둘러싸인 그들의 작은 뜰 너머로 평온하고 푸르른 대자연을 마음껏 만끽할 수 있었다.

길 쪽으로 난 유리창을 활짝 열어놓은 채 그들은 조그만 식당에서 아침 식사를 했다. 그 길 양쪽으로는 먼지를 허옇게 뒤집어쓴 무성한 잡초들이 납작하게 엎드려 있었고 자잘한 하얀 꽃들이 뒤덮인 가시덤불이 코끝을 찌르는 짙은 향기를 내뿜으며 울타리처럼 길게 늘어서 있었다. 장은 그 길을 따라 시냇물이 졸졸 흐르고 새들이 지저귀는 숲을 지나서 역까지 10분가량 걸어갔다. 그리고 기차를 타고 파리로 출근했다. 퇴근해 돌아올 무렵이면 석양에 붉게 물든 길가의 잡초 위에 가시덤불의 시커먼 그림자가 드리워지고 숲 사방에서는 뻐꾸기의 울음소리와 송악나무 위에 앉은 밤꾀꼬리의 구슬픈 노랫소리가 울려 퍼졌다.

무사히 거처를 정하고 뜻밖에도 만사가 안정을 되찾게 되자 장은 헛된 질투심과 의심에 또다시 시달리기 시작했다. 출근할 때 행여나 창 너머로 집 앞에 세운 마차가 얼핏 눈에 띄기라도 하면 그는 정원 담벼락을 샅샅이 훑어보곤 했다.

'혹시 알아? 내가 없는 동안에 누가 올지 말이야……'

그는 외무부에서 복잡한 사무를 보는 동안에도 머릿속에는 그러한 생각으로 꽉 차 있었다. 집에 돌아오기가 무섭게 그는 그녀를 붙잡고 하루 종일 무엇을 했느냐고 꼬치꼬치 캐물었다. 그런가 하면 난데없이 '방금 뭘 생각하고 있었지?……' 하고 의심스러운 눈빛으로 묻기도 했다. 무엇보다도 그녀가 과거의 남자에 대한 미련을 떨쳐 버리지 못하고 있지나 않을까 하는 불안감에 사로잡혀 있던 그는 몇 번이고 똑같은 고백을 받아야만 직성이 풀렸다.

파니가 호텔에서 일할 때는 일요일밖에 만날 수 없었기 때문에 서로를 열렬히 갈망하느라 자존심마저 건드리는 사생활에 관한 꼼꼼한 심문으로 시간을 허비하지 않았었다. 하지만 무의식 속에 깊이 침잠해 버린 분노와 그 무엇으로도 치유할 수 없는 괴로움으로 그들은 뜨겁게 포옹하고 있는 순간에도 서로의 마음에 상처를 입히며 괴롭혔다. 그는 그녀에게 정신적 상처를 입히는 일에 지쳐 있었지만 정작 파니 자신은 그런 사실을 전혀 느끼지 못했다. 오히려 그녀는 그를 행복하게 해주기 위해 이제껏 어떤 남자에게도 베푼 바 없는 헌신적 사랑을 퍼부었다. 그런데 그러한 헌신적인 사랑으로도 자기를 불신하는 장의 마음을 돌릴 수 없게 되자 파니는 자신의 무능력함에 대해 때때로 자책감에 빠지곤 했다. 하지만 시간이 흐르면서, 새들이 지저귀는 푸르른 숲속의 오두막에서 육체적 쾌락에 젖거나 이웃에 사는 에테마 부부를 만나 세상살이에 대한 얘기를 하는 사이에, 그들의 아픈 상처도 점점 아물어 어느 정도 평온한 생활을 유지하게 됐다.

파리 근교에 집을 얻어 한가롭게 지내는 에테마 부부는 자유스런 전원생활을 마음껏 누리며 살았다. 밀짚으로 짠 모자를 쓰고 다 낡은 옷을 헐렁하게 걸친 올랭프와 운동화를 신은 에테마 씨가 팔짱을 끼고 노래를 흥얼거리면서 한적한 숲길을 누비고 다니는 모습을 종종 볼 수 있었다. 직장에서 돌아오면 에테마 씨는 거북한 정장을 벗어 던지고 빛바랜 윗도리와 너덜너덜한 조끼를 걸친 로빈슨 크루소 같은 차림새로 거위에게 빵 가루를 뿌려주고, 토끼들한테는 감자 껍질을 나눠주고, 잡초를 뽑고, 밭을 갈고, 과수를 접붙이고, 화초에 물을 뿌리는 등 자잘한 집안일에 열중했다. 그들 부부는 그러한 평범한 일상의 행복을 소중히 여기며 살았다. 축축한 대지에서 가슴속까지 상쾌하게 해주는 안개가 모락모락 피어나고 어두컴컴한 작은 뜨락에 밤이 찾아들면 저녁 식사를 마친 두 사람은 기다렸다는 듯이 바쁘게 움직였다. 뜨락과 집 주위를 둘러싼 나무와 화초에 물을 뿌리는 시간이 되면 삐걱거리며 힘차게 물을 품는 펌프질 소리, 양동이에서 철철 넘치는 물소리가 귀청을 때리며 스쳐 가는 바람 소리와 어우러져 멀리까지 울려 퍼졌다. 올랭프는 머리에 이고 온 양동이의 물을 밭두렁에 좍좍 쏟아붓고는 때때로 환호성을 질렀다.

"이 완두콩 좀 봐요. 물을 어지간히 많이도 먹는군요, 여보!"

"이 발삼나무, 많이도 자랐군!……"

사람들은 자신들이 느끼는 행복만으로는 좀처럼 만족을 못하고 타인들에게 자신들의 행복을 음미시켜 그들의 입에서 군침이 도는 모습을 직접 눈으로 확인하고 싶어하는 법이다. 에테마 씨의 경우도 자신의 행복을 담아둘 수만은 없었는지 파니와 장을 초대하거나 방문해서 시골의 한겨울을 나는 재미를 허풍스럽게 들려주곤 했다.

"지금이야 별것 아닌 것 같죠. 하지만 12월이 되면 곧 알게 될 거요!······ 파리의 그 번거롭고 지긋지긋한 일들에 시달려 어깨는 축 늘어지고 몸은 먼지투성이에 물 먹은 솜방망이가 되어 집에 돌아오면 따뜻한 화롯불, 아늑한 램프의 불빛, 향긋한 수프, 그리고 식탁 밑에는 밀짚으로 엮은 실내화 한 켤레가 기다리고 있는 겁니다. 저녁 식사는 양배추와 소시지를 곁들인 요리 한 접시와 값싸고 신선한 그뤼에르 치즈로 실컷 배를 채운 뒤 좀 시큼하지만 맛 하나는 기막힌 싸구려 포도주 한 병으로 입가심을 하죠. 그러고 나서 벽난로 가에 소파를 끌어다 놓고 팔다리를 쭉 편 채 기대 앉아 파이프를 뻐끔뻐끔 피우다가 브랜디를 섞은 커피를 천천히 마십니다. 발치에 죽 엎드린 채 어리광을 피우는 강아지와 놀다 보면 어느새 유리창에 하얗게 낀 별무늬며 꽃무늬 성에가 위에서부터 방울방울 녹아 떨어지죠. 정말 그 기분은 경험하지 못한 사람은 모를 겁니다······ 오! 고 앙증맞은 강아지를 지켜보면서 소화를 시키다 보면 시간이 언제 그만큼 흘렀는지도 모를 지경이 되고······ 잠깐 이런저런 집안 살림 얘기를 나누고 나면 아내는 식탁을 치우고 여느 때처럼 이부자리를 펴거나 물주머니에 뜨거운 물을 채워서 잠자리를 준비하죠. 그 다음엔 아내와 함께 포근한 침대 속에서 곯아떨어지는 겁니다. 마치 밀짚 실내화 속에 들어간 발처럼 온몸이 뜨끈뜨끈합니다. 하하

하……."

평상시에는 너무 수줍음을 타서 말 몇 마디 하는 데도 낯을 붉히고 더듬거리는 에테마 씨가 육중한 몸을 흔들며 물이 흐르듯 거침없이 안락한 전원생활을 예찬하곤 했다.

얼굴을 뒤덮다시피 한 덥수룩하고 새까만 수염과 육중한 체구에 어울리지 않게 우스꽝스러우리만큼 병적으로 수줍음을 타는 그는 장가를 들고 난 후부터 퍽 안정된 생활을 누리며 살았다. 정력과 건강이 넘치는 한창나이인 스물다섯 살이 되던 무렵까지도 에테마 씨는 사랑이나 여자에 관해서는 숙맥이었다. 그러던 어느 날 네베르라는 곳에서의 일이었다. 질펀하게 술의 향연을 벌이고 난 그의 친구들이 거나하게 술에 취한 그를 창녀촌에 억지로 끌고 가서는 맘에 드는 상대를 골라 보라고 윽박지르다시피 했다. 하지만 불에 덴 망아지처럼 그는 기겁을 하고 그곳을 빠져나왔다가 이내 다시 돌아가서 유난히 고단한 삶을 살아온 듯한 한 여자를 택했다. 그리고 그날 이후 그는 그 여자가 진 빚을 몽땅 갚아주고는 혹시 다른 사람이 채갈지도 모른다는 생각을 하며, 그녀의 마음에 들기 위해서는 뭔가 새로운 수단을 쓸 수밖에 없다는 조바심이 들어 아예 결혼을 해버렸다는 것이다.

"장, 당신은 에테마 부부가 정상적인 부부라고 생각하죠?……그래요. 내가 알기로도 그 두 사람은 진실한 부부라는 생각이 들어요."

언젠가 그들 부부에 대한 얘기를 들려주며 그녀는 놀란 표정을 짓고 있는 장에게 득의에 찬 웃음을 지어 보였다. 그녀는 과거의 허물을 덮어주고 서로 사랑하는 것만이 진실한 부부 관계라고 믿고 있었다. 그랬기 때문에 결혼이라는 형식은 그녀에게는 그다지 중요하지 않았으며 그러한 생각이 그녀의 인생의 바탕을 이루어 왔던 것이다.

조용한 이웃인 에테마 내외는 자기 주장만을 고집하는 부부 간의 말다툼이나 치고받는 싸움을 한 적이 없었다. 더군다나 식사의 유쾌한 분위기를 깨뜨리는 일체의 것을 끔찍하게 싫어했기 때문에 그들은 늘 기분 좋은 태도로 성가시지 않을 정도로 상대방의 비위를 맞출 줄 알았다. 올랭프는 파니에게 암탉과 토끼를 키우거나 화단을 가꾸는 소박한 즐거움을 가르쳐주려고 갖은 애를 쓰곤 했지만 허사였다.

샤빌에 내려와 살게 된 파니는 예술가들을 상대하며 화려한 도시 생활을 보낸 탓인지 처음 얼마간은 새로운 생활에 호기심을 보이며 재미있게 지내더니 곧 시골 생활에 무료함을 느끼고 시들해했다. 그녀는 그곳에서의 생활을 고작해야 사랑하는 장과 함께 누적된 도시 생활의 찌꺼기를 씻고 맑은 공기와 푸르른 전원을 즐기는 일시적 도피로밖엔 여기지 않았다. 그녀는 살아가기 위해 쏟는 노동이나 힘겨움을 지독히 혐오했다. 더구나 호텔 지배인으로 육 개월간 일하는 동안 지칠 대로 지친 그녀는 상쾌한 숲속에서 편안한 생활을 하자 막연한 허탈감에 빠져 무기력해졌다. 옷을 갈아입고 빗질하는 것조차 귀찮아했으며 심지어 피아노 뚜껑을 여닫을 만한 힘마저 없어 축 처져 있곤 했다.

집안 살림은 동네 아낙네가 도맡아서 했다. 그래서 장이 퇴근해 돌아오면 올랭프가 놀러 와 무슨 얘기를 했다든가 울타리 너머로 이웃집 아낙네들과 수다 떤 얘기, 낮의 권태를 잊기 위해 줄담배를 피우느라 담뱃재가 대리석 벽난로 위에 새까맣게 묻었다는 것밖에 들려줄 말이 없었다. 나른한 오후가 꿈결처럼 흘러가고 괘종시계가 여섯 시를 알리면 그녀는 허겁지겁 옷을 걸치고 는 블라우스 앞가슴에는 꽃 한 송이를 꽂고 그를 맞이하러 숲길 을 달려 나갔다.

그렇지만 안개가 자욱히 깔리고 가을비가 추적추적 대지를 적 시는데다가 어둠이 일찍 내리는 스산한 계절이 찾아오자 그녀는 이 핑계 저 핑계 둘러대며 마중조차 나오지 않았다. 그가 홀로 터덜터덜 집에 돌아와 보면 그녀는 아침에 걸쳤던 흰색 주름치 마에 머리도 아무렇게나 땋아 올린 채 시무룩이 앉아 담배만 피 워대고 있었다. 방심한 듯한 그녀의 모습은 말할 수 없이 매력적 으로 보였다. 여전히 그녀의 목은 소녀처럼 새하얗고 매끄러웠 으며 피부는 별로 손질을 안 해도 부드럽고 우윳빛으로 빛났다. 하지만 그는 흐트러진 그녀의 매혹적인 모습에 슬그머니 부아가 났고 어떤 적신호가 아닐까 하는 한 가닥 불안이 움텄다.

고향 집에 의존하지 않고 한 푼이라도 수입을 늘리기 위해 일에 파묻히다 보니 어느 결에 그 역시 시골에서의 생활과 고독감이 불러일으키는 일종의 무기력한 상태에 젖어 있음을 새삼 깨닫게 되었다. 그런 상태가 하루하루 누적되어 자신도 모르는 사이에 내부 깊숙이 파고들었다. 그래서 외부와 차단된 채 오로지 자연 만을 벗 삼아 지내던 어린 시절에 이미 뿌리를 내렸던 내성적인 성격이 더욱더 외곬수로 변해 갔다. 더군다나 예절이라고는 손 톱만큼도 없으면서 식욕만은 왕성한 에테마 부부와 왕래가 잦다 보니 자연히 물질적 안락에 대한 관심도 커져, 급기야 장과 파니 는 뭘 먹어야 될지, 취침은 몇 시쯤 해야 할지 따위의 사소한 문 제로 입씨름을 벌이는 일도 있었다. 한번은 세제르 삼촌이 개구 리를 우려낸 보신용 포도주 한 통을 보내 왔을 때 일요일 하루 내내 포도주를 병에 옮겨 담느라 수선을 떤 적도 있었다.

그즈음은 활짝 열어젖힌 창문으로 주홍빛 석양이 비쳐 들었고 푸르른 하늘에는 히드꽃 같은 구름이 뭉게뭉게 흘러가는 늦가을이었다. 머지않아 따뜻한 밀짚을 넣은 실내화와 장작이 활활 타오르는 벽난로, 기나긴 밤에 정감 어린 이야기가 오가는 겨울이 올 무렵이었다. 그들에게 무료한 나날을 달래줄 만한 일이 벌어졌다.

그날 저녁도 여느 때와 다름없이 저녁 식사 후 두 사람은 차를 마시며 낮에 있었던 얘기들을 나누었다. 그때 파니는 상기된 표정으로 오늘 올랭프에게 전해 들었다며 조심스럽게 말을 꺼냈다. 모르방이라는 외진 곳에서 외할머니 손에 자란 어느 가련한 애에 관한 얘기였다. 부모는 파리에서 목재상을 경영하는데 몇 달 전부터 편지도 송금도 아예 뚝 끊기고 만데다가 외할머니마저 얼마 전에 죽는 바람에, 마른 하늘에 날벼락 친 격으로 오갈 데 없게 된 그 코흘리개가 너무 딱해서 뱃사공들이 온 운하를 통해 소년을 파리에 있는 부모에게 되돌려보냈지만, 어떻게 된 영문인지 부모라는 작자들은 코빼기도 내밀지 않았다는 것이다.

"글쎄 애 엄마가 다른 남자와 눈이 맞아 달아나는 통에 충격을 받은 남편은 허구헌 날 술타령만 하더니 재산마저 다 날리고 온다 간다는 말도 없이 자취를 감추고 말았다지 뭐예요. 합법적인 부부가 다 무슨 소용이에요…… 그들의 사랑의 결실인 여섯 살박이 가련한 어린것은 졸지에 헐벗고 굶주린 채 거리에 나앉았는데 말예요."

한동안 그녀는 말을 끊고 눈물까지 그득 고여 마치 자기의 불행을 비통해하듯 앉아 있었다. 그러다가 불쑥 장에게 애원조로 말했다.

"우리가 그 애를 키우는 게 어떻겠어요?"

"안 돼!"

"안 될 게 뭐 있어요?……"

그녀는 그의 곁에 바싹 다가 앉으며 부드러워진 목소리로 조르기 시작했다.

"내가 얼마나 당신 애를 갖고 싶어했는지 아시잖아요. 이보다 더 좋은 기회가 어딨어요? 우리 그 애를 잘 키워 공부도 시키면서 재미있게 살아 봐요. 오갈 데 없는 고아라도 데려다 함께 살다 보면 친자식처럼 정도 붙는다고요……."

더구나 이것저것 부질없는 공상이나 하면서 온종일 홀로 시간이나 보낼 바에야 차라리 적적하지도 않고 좀 좋으냐는 말까지 했다. 그녀의 말에 그는 아이라도 하나 집 안에 있으면 든든하고 재미도 있을 것 같은 생각이 들었다.

"하지만 빠듯한 우리 살림에 지출만 늘어나고 점점 힘들어지지 않겠어?"

"그까짓 지출이라야 얼마나 되겠어요…… 그앤 겨우 여섯 살밖엔 안 됐는데!…… 옷이야 당신 헌 옷을 고쳐 입히면 되잖아요…… 그러지 않아도 올랭프가 그런 문제야 염려할 거 없다고 그러던데……."

"안 된다면 안 되는 줄 알아!"

마음이 약한 남자들이 곧잘 그렇듯 장은 울화가 치밀어 호통을 쳐댔다. 그래도 그녀가 보채자 그는 마치 끝장을 보겠다는 심산으로 큰소리를 질렀다.

"앞으로 내 얼굴 못 봐도 좋단 말이지?……"

그동안 그는 되도록 떠난다는 말은 삼가해온 터였다. 이런 식의 동거 생활이 오래가지 못할 거라는 생각과 함께 드포테가 지나치듯 던졌던 회의적인 몇 마디가 언젠가는 반드시 들어맞으리라 예감하고 있었다.

"그 애 하나 때문에 당신 일거리만 늘고 골치를 썩혀도 좋아, 응?"

그러자 눈가에 눈물을 머금은 채 파니가 울먹이며 말했다.

"장, 그건 당신이 잘못 생각한 거에요. 그애는 말벗도 되어 주고, 나이 먹으면 둘도 없는 보호자가 되어줄 거라구요. 그뿐인 줄 알아요, 그애가 곁에 있기만 해도 일할 힘도 생기고 살맛도 날 텐데……"

화를 가라앉힌 그는 잠시 곰곰이 생각해보았다. 아닌게 아니라 하루 종일 텅 빈 집을 혼자 지키려면 적적할 것이라는 생각이 들자 파니가 좀 안쓰럽기도 했다.

"애는 어디 있대?"

"뫼동에 있는 어느 뱃사공 집에 있대요. 며칠만 데리고 있다가 자선 단체에서 운영하는 고아원에 보낼 거래요."

"그럼 가서 데려와, 당신이 그렇게 우기니, 참……"

그의 허락이 떨어지자 그녀는 장의 목에 매달려 어린애처럼 기뻐서 어쩔 줄 몰라했다. 그날 저녁 내내 그들은 들떠서 오랜만에 피아노를 두들기며 노래를 불러댔다.

이튿날 출근하는 기차 안에서 장은 에테마 씨에게 그의 부인이 말했다던 아이를 양자로 들여오기로 했다는 말을 꺼냈다. 에테마 씨는 뭔가 찜찜하는 기색으로 괜히 그런 일에 참견해서 골치를 썩히고 싶지 않다는 태도를 보였다. 좌석에 깊이 몸을 파묻고 《일기》라는 책을 들여다보고 있던 그는 수염이 숭숭 자란 얼굴을 들고는 중얼중얼 말했다.

"여자들이란 다 그렇죠…… 나야 상관없는 얘기지만……."

그러더니 책의 접어 놓은 페이지에 눈길을 돌리며 덧붙였다.

"당신 부인은 공상가 기질이 다분한 것 같구료."

그날 저녁 장이 퇴근해 돌아왔을 때 파니는 수프 접시를 손에 쥔 채 무릎을 꿇고 앉아 모르방 출신의 꼬마를 어떻게 해서든 달래보려고 안간힘을 쓰고 있었다. 그 당돌한 꼬마는 담황색 곱슬머리가 헝클어진 커다란 얼굴을 푹 수그린 채 거의 필사적으로 묻는 그녀의 말에는 아무런 대꾸도 않고 뒤로 주춤거리며 물러나기만 했다. 그애는 먹으려 하지도 않았고 심지어 고개 한 번 쳐들지도 않고 울먹이는 목소리로 단조롭고 고집스럽게 똑같은 말만 내뱉았다.

"메닌느한테 갈래, 메닌느한테 갈 테야……."

"메닌느가 할머니인가 봐요…… 두 시간 전부터 마냥 저러고만 있어요."

파니의 안타까워하는 말에 그도 고집쟁이 꼬마에게 수프를 먹이려고 해봤지만 허사였다. 마치 시름시름 병을 앓는 어린 양을 돌보듯 두 사람은 꼬마 앞에 무릎을 꿇고 앉아 한 사람은 수프 접시를, 다른 한 사람은 숟갈을 쥔 채 완강히 버티고 있는 그애에게 한 숟갈이라도 떠먹이려고 어르기도 하고 으름장을 놓기도 했지만 막무가내였다.

"그만해둬…… 배가 고프면 먹겠지."

장과 파니가 체념한 채 식탁에 가서 저녁 식사를 하고 있는 동안에도 '메닌느 할머니한테 갈 테야!' 라는 말만 되풀이하면서 고집스런 목소리로 졸라댈 뿐이었다. 그들은 애가 탔지만 거들떠보지도 않았다. 마침내 아이도 지쳤는지 찬장에 기대 앉은 채 그대로 잠이 들었다. 어찌나 곤히 잠이 들었던지 땟국물에 절은 남루한 옷을 벗기고 이웃집에서 빌려온 묵직한 간이 침대에 누일 때까지 눈 한 번 뜨지 않았다.

"참 이쁘죠……."

가슴이 뿌듯해진 파니가 장에게 나직이 말을 건넸다. 고집스러워 보이는 이마며, 시골 애들이 그렇듯 얼굴은 까무잡잡하게 탔지만 갸름하고 섬세한 윤곽, 딱 벌어진 가슴팍과 다부져 보이는 팔뚝, 솜털이 보송보송 난 아기 사슴처럼 길쭉하고 신경질적으로 보이는 다리 등 자는 아이의 균형 잡힌 몸매를 가리키며 그녀는 침이 마르게 감탄을 해댔다. 그러더니 앙증맞게 생긴 꼬마의 얼굴을 싫증도 나지 않는지 마냥 들여다보았다.

"이불을 잘 덮어줘, 감기 걸리겠어……."

그가 곁에서 한 마디 던지자 그녀는 마치 꿈에서 깨어난 듯 깜짝 놀라며 몸을 떨었다. 그녀가 다정스러운 손길로 이불 깃을 끌어올려 여며 주는 동안 아이는 깊은 잠에 곯아떨어졌는데도 아직 감당하기 벅찬 서글픔이 남았던지 흐느끼듯 깊은 한숨을 몰아쉬었다.

밤은 깊어 가고 숲속에서 잠들지 못한 짐승의 울음소리만 들려올 뿐 주위는 고요해졌다. 갑자기 꼬마가 혼자서 중얼중얼 잠꼬대를 해댔다.

"게를로드 메, 메닌느……."

"뭐라는 거야?…… 한번 들어봐……."

아이 곁에 다가가 귀를 기울여보았지만 '게를로드'라는 무슨 뜻인지 영 알 수 없는 소리만을 연발했다. 장이 묵직한 침대를 좌우로 살짝 흔들었다. 그러자 웅얼대던 아이가 잠꼬대를 멈추고 잠잠해지더니 투박하게 생긴 통통한 작은 손을 가슴 위에 그러모은 채 다시 잠에 떨어졌다. 문득 장은 보름 전에 죽었다던 메닌느인가 하는 노파의 손이 그 아이의 손과 꼭 닮았을 거라는 생각이 들었다. 마음속으로 이유를 알 수 없는 저항감을 느끼며 그는 침대 속으로 기어 들어갔다.

 아이는 온 집안을 휘젓고 다니며 닥치는 대로 할퀴고 흩뜨려 놓았다. 그리고 식사 때도 저 혼자 따로 먹었으며 누가 다가오기라도 하면 들개처럼 이를 드러내고 사납게 으르렁거렸다. 어쩌다가 말문을 열어도 모르방 지방의 산골짝에서나 쓰는 사투리여서 모르방 출신인 에테마 부부 외엔 아무도 알아들을 수가 없었다. 그러나 파니는 끈기 있게 그애를 이리저리 구슬리며 정성껏 보살펴주었다. 그러자 차츰 아이도 고분고분해져 갔다. 처음 데려올 때 입고 있던 누더기 같은 옷을 벗기고 따뜻하고 깨끗한 옷으로 갈아입힐 때는 그렇게도 울고 대들더니 이제는 입혀주는 대로 얌전하게 굴었다. 막상 새 옷을 입은 아이의 모습은 영락없이 개털 망토를 걸친 자칼처럼 어색하고 우스꽝스러웠다. 장과 파니는 아이에게 식탁에 앉아 식사하는 법부터 시작해서 포크와 스푼을 사용하는 법, 이름이 무엇이고 고향이 어디인지 등 우선 쉬운 것부터 가르치기 시작했다.

 하지만 아이는 몇 번이고 반복해서 가르쳐주어도 이내 까맣게 잊어버리고 백치처럼 멍청해졌다. 광산촌의 허름한 오두막집에서 태어나 나무가 빽빽이 들어찬 숲에서만 자란 숲의 요정 같은 고집불통이 소년의 귓전에는 소라고둥에서 들려오는 파도 소리 같은 야생의 부름만이 맴돌 뿐이었다. 파니가 온갖 수단을 다 써가며 가르쳐보려고 애를 썼지만 아이는 뜻대로 따라주지 않았고 도무지 흥미를 붙이지 못했으며 궂은 날씨에도 집에 붙어 있지 않았다. 폭우가 쏟아지고 눈보라가 휘날리는 날에도, 잎새가 다 떨어진 벌거숭이 나무들이 산호처럼 새하얀 서리를 소복이 뒤집어쓰고 있는 냉랭한 날에도 그애는 어느 틈에 빠져나가 숙달된 족제비 사냥꾼처럼 겨울잠을 자는 산짐승들의 동굴을 샅샅이 뒤지며 숲속을 쏘다녔다. 그러다가 허기에 지치면 그제서야 너덜너덜해진 마직 윗도리 속에나 허리께까지 흙투성이가 된 짧은 바지 주머니 속에 새나 두더지, 들쥐 등을 넣고 집에 돌아오곤 했다. 어떤 때는 밭에서 서리한 당근이나 감자 등을 쑤셔 넣어 가지고 오기도 했다.

그애의 그런 밀렵이나 좀도둑 기질은 도저히 말릴 수가 없었다. 구리 단추, 흑구슬, 초콜릿 은박지 등 반짝거리는 자잘한 물건들, 그리고 여기저기 싸다니며 닥치는 대로 뒤져서 긁어모은 것들을 도둑까치의 은신처 같은 곳에 숨겨 놓았다. 조셉은 그 잡동사니들을 서투른 발음으로 '소짓품'이라고 부르며 소중하게 간직했다. 타이르기도 하고 매질도 해보았지만 그애는 끄떡도 않고 기를 쓰고 너절한 물건들을 모아 자기 소지품으로 차곡차곡 쌓아 놓는 것이었다.

에테마 부부가 조셉의 그런 못된 버릇을 고칠 방법을 넌지시 제안해 온 적이 있었다. 그들이 생각해 낸 방안이란 식탁 위에 색연필을 올려놓고 아이를 그 식탁 다리에 긴 끈으로 묶어 놓은 뒤 식탁 주위를 마음대로 돌아다니게 내버려두었다가, 그 말썽꾸러기가 색연필을 집으려고 얼씬만 하면 개를 훈련시키는 채찍으로 매몰차게 다리를 찰싹 내리치라는 것이었다. 그러나 그애는 마치 메닌느 할머니가 죽으면서 그애가 가지고 있던 온갖 감정을 송두리째 빼앗아가 버린 듯 마른 나무토막처럼 메말라 있었다. 그래서 아이를 달래려고 장과 파니가 아무리 맛있는 과자를 내밀어도 도무지 고분고분할 기미가 보이지 않았다. 하지만 두 사람은 에테마 씨가 말해준 그런 식으로 그애에게 겁을 주어 버릇을 고치려들지 않았다. 가끔 그애는 향긋한 냄새를 풍기는 파니에게 킁킁거리며 다가가 잠시나마 그녀의 무릎 위에 앉아 재롱을 부리기도 했다. 그러나 장에게는 그런 행동도 보이지 않았고 어쩌다 그가 비위를 맞추려고 해봐도 아이는 접근이라도 하면 날카로운 발톱으로 할퀼 것 같은 야수 같은 기세로 잔뜩 경계를 했다.

거의 본능에 가까운 그 같은 손댈 수조차 없는 적개심을 드러내고 색소결핍증 환자처럼 허옇게 센 속눈썹이 달린 자그마한 푸른 눈동자를 기묘한 악의로 번득이는 아이의 모습, 게다가 그들의 삶에 불쑥 끼어든 그 낯선 존재에게 쏟아붓는 파니의 맹목적이고 아낌없는 애정 때문에 장의 마음속에는 새로운 의혹이 생겼다.

'저앤 파니의 친자식이 틀림없어. 그동안 메닌느인가 하는 그 노파에게 맡겨 길렀을 거야. 혹시 메닌느라는 노파가 마솜이 아닐까?……'

하루에도 수백 번이 넘게 그의 머릿속에는 이런 생각들이 오갔다. 더구나 우연의 일치라고 하기엔 너무나 시기적절하게도 그 무렵 마솜이 죽었다는 소식마저 잇달아, 괴로운 의혹은 한층 더

해갈 뿐이었다. 때때로 밤이면 곤한 잠에 떨어져 할머니의 손으로 여기고 그의 손을 꼭 쥔 그애의 따스한 체온을 느끼면서 그는 출생의 비밀을 캐내려는 한 가닥 희망에서 나지막하게 물었다.

"너, 어디서 왔니? 도대체 넌 누구지?"

평소에는 전혀 내색하지 않고 꾹꾹 묻어만 두었던 그 말을 그는 괴로운 심정으로 속삭이듯 잠든 애의 귀에 대고 되묻곤 했다.

번민과 의혹으로 하루하루를 보내던 어느 날, 마숌의 장례 비용을 보태 달라는 궁색한 부탁을 하려고 나타난 르그랑 영감이 작은 침대 위에서 곤히 잠든 조셉을 보자마자 파니를 향해 큰소리로 외쳤다.

"이런, 이런! 사내 녀석이잖아!…… 여간 대견스럽지 않겠구나!…… 난 네가 자식도 못 낳는 줄 알았는데 말야……."

그 순간 여태까지 장의 마음을 가득 채웠던 불안은 삽시간에 사라졌다. 그는 무거운 쇠사슬에서 풀려나듯 홀가분하고 기쁜 나머지 자세한 얘기는 들어보지도 않고 그 자리에서 돈을 선뜻 내주고는 돌아가려는 르그랑 영감에게 점심 식사나 하고 가라며 한사코 붙잡기까지 했다.

파리와 베르사유 구간의 마차를 모는 그는 종종 과음을 하는 습관과 뇌일혈로 졸도한 적도 몇 번 있었지만 젊은이 못지않게 아직도 팔팔하고 젊어 보였다. 하지만 상중이라 검은 띠를 두른 모자를 쓰고 있어서 그의 잘생긴 외모는 마치 장의사 일꾼처럼 후줄근해 보였다. 여하튼 늙은 마부는 딸의 바깥사람이 그처럼 극진히 대접해주자 몹시 기뻐하며 돌아갔다.

그후 르그랑 영감은 시도 때도 없이 불쑥 찾아와서는 그들과 식사를 같이 했다. 백발이 성성하고 통통하게 살찐 그는 술꾼들에게서는 좀처럼 찾아 보기 힘든 조금도 흐트러지지 않은 태도로 어릿광대처럼 익살맞은 얘기를 잘 늘어놓았다. 르그랑 영감의 그런 꾸밈없는 모습과 무엇보다도 엄마가 아기에게 젖을 먹일 때와 같은 세심함으로 애지중지하는 말 채찍을 한구석에 잘 보관하는 그의 태도를 보고 조셉은 깊은 감동을 받은 것 같았다. 얼마 안 가서 르그랑 영감과 아이는 단짝처럼 친해졌다. 한번은 그들이 저녁 식사를 막 마치려는 참에 에테마 부부가 찾아왔다.

"어머, 죄송해서 어쩌나! 이렇게 한가족이 식사하는 줄도 모르고……."

에테마 부인이 호들갑을 떨며 얼떨결에 한 마디 던지자 장은 갑자기 따귀라도 얻어맞은 것처럼 창피스러워 그만 얼굴이 화끈거렸다.

저들과 한가족이라니! 식탁 위에 엎어져 어른처럼 드르렁드르렁 코를 골며 자는 주워온 애에다, 파이프를 물고서 가래 끓는 걸걸한 목소리로 10상팀만 있으면 여섯 달은 넉넉히 버틸 수 있다는 둥, 이십 년 동안 속옷을 갈아입은 적이 없다는 둥 자랑스럽게 똑같은 얘기를 백 번도 더 중얼대고 있는 염치없는 영감이며, 줄담배나 뻑뻑 피우면서 식탁에 팔꿈치를 괴고 축 늘어져 있는 늙고 피로에 지친 중년 여인이 가족이라니!…… 그는 시선을 돌리며 허망한 생각에 잠겼다.

'몇 년 전만 해도 이렇게 한심하지는 않았는데…… 어쩌다가 저 식객들이 내 가족이 됐는지 모르겠군…….'

그러나 그는 비참하고 한없이 깊은 수렁으로 빠져가고 있다고 느낄 때마다 자신의 나약함에 대한 변명으로 곧 파니의 곁을 영영 떠나고 말리라 생각했다. 하지만 그런 생각이 그를 안심시키고 마음을 편하게 해주기는커녕 오히려 자신을 둘러싸고 있는 인연의 끈이 얼마나 끈끈하게 달라붙어 있는가를 실감나게 할 뿐이었다. 그럼에도 불구하고 그는 그 숙명적인 끈을 떼어 버리려고 안간힘을 쓰듯 그녀와의 영원한 이별을 꿈꾸곤 했다. 그렇게 되면 밤마다 고사리 손을 내맡긴 채 단잠에 빠져드는 아이를 다시는 보지 않아도 될 것이다…… 직위를 박탈당해 철창 안에 갇힌 추기경처럼 비좁은 새장 안에서 등을 잔뜩 구부린 채 지저귀며 울부짖는 꾀꼬리조차도 편히 쉴 수 있는 자그마한 새장을 갖고 있는데, 하물며 가슴을 쥐어뜯는 고통만 가득한 집에서 벗어나 마음이 고향을 찾으려는 것은 너무나 당연한 일이 아니겠는가…….

그러나 이별은 피할 수 없는 숙명처럼 그들에게 다가오고 있었다. 무르익은 자연의 아름다움이 만발한 눈부신 6월, 그들의 감정은 계절에 아랑곳없이 날카로워져 하루하루를 조심스럽게 건너야 하는 날이 늘어갔다.

'무엇 때문에 파니는 그토록 신경이 날카로워지고 짜증을 내는 걸까? 헤어질 수밖에 없는 어떤 예감 때문일까? 아니면 성급한 기대로 시작한 조셉의 교육에 지쳐 버리고 말았기 때문일까?'

장은 가능한 한 파니의 심사를 건드리지 않으려고 애썼다. 조셉은 공부하는 게 좀이 쑤시고 따분했는지 책은 들여다보려고도 하지 않았으며 파니의 다그침에도 불구하고 함락 직전의 요새를 필사적으로 방어하는 전사처럼 아예 고개를 딴 데로 돌린 채 몇 시간이고 고집스럽게 앉아 있곤 했다. 날이 갈수록 장과 파니 사이에선 언쟁이 잦아졌고 그녀는 고삐 풀린 말처럼 거칠게 날뛰고 노여움의 눈물을 펑펑 쏟아냈다. 장은 어떻게든 꾹 참으며 너그렇게 넘어가려고 했지만 그녀는 마치 모욕을 당한 여자처럼 길길이 대들었다. 그가 젊고 게다가 훌륭한 교육을 받았으며 좋은 집안의 자식이라는 사실, 그리고 갈수록 그와의 사이에 메꿀 수 없는 엄청난 틈이 벌어지고 있다는 확신 때문에 원망과 분노가 무섭게 끓어 올랐던 것이다. 하지만 그는 배운 사람답게 자제하고 아량도 베풀었으며 절대로 손찌검을 하는 법이 없었다. 약한 여자에게 손을 댄다는 것은 그처럼 마음이 여린 남자에게는 감히 상상도 못할 일이었다. 반면에 그녀는 악에 받쳐 다분히 신경질적인 분노를 터뜨렸고 그의 조그만 약점이라도 발견하면 붙들고 늘어져 공격을 퍼부어댔다. 그러다가 잔인한 쾌감에 빠져 괴로움으로 일그러지는 그의 얼굴을 훔쳐보다가 느닷없이 그의 품에 파고들어 눈물을 흘리며 용서를 비는 것이었다.

으레 저녁 식사중에 한바탕 벌어지는 말다툼 현장의 목격자인 에테마 부부는 수프를 한 술 뜨거나 고기를 썰려는 찰나에 식탁이 요동치기 시작하면 조마조마한 얼굴로 두 사람의 눈치를 살폈다. 과연 저녁 식사를 계속할 수 있을 것인지 아니면 삶은 강낭콩을 곁들이고 소스를 친 군침 도는 양의 넓적다리 요리가 접시째 창밖으로 날아가 버리고 말 것인지 하는 추측을 해보며 불안스럽게 앉아 있곤 했다. 그들의 싸움은 늘 한결같아서 막판에는 당장 끝장을 보고 말 것 같은 기세로 치달았다. 그러다가 보고만 있던 에테마 부부가 타이르듯 두 사람을 갈라놓으면 그때서야 잠잠해졌다.

"그만들 싸워요! 지겹지도 않은가 원……."

그러던 어느 일요일 그들 부부가 날씨도 좋고 하니 숲으로 놀러 나 가자고 은근히 두 사람을 부추겼다.

"그래요, 이렇게 화창한 날 집 안에 틀어박혀 싸움만 할 게 아니죠. 날씨가 정말 기막히게 좋군요."

파니는 명랑하게 대꾸하며 부리나케 조셉에게 옷을 갈아입히고 서둘러 바구니에 음식을 챙겨 담았다. 모두들 떠날 준비를 끝내고 집을 나서려 하는데 우체부가 장 앞으로 된 등기 우편물을 가져왔다. 장은 편지를 읽느라 다른 사람들보다 조금 뒤처져 걸었다. 잠시 후 숲 입구께에서 일행의 꽁무니를 따라잡은 그는 파니에게 나지막이 속삭였다.

"세제르 삼촌한테서 왔어…… 포도가 풍작인데다가 앉은 자리에서 그 많은 걸 다 팔아치웠다고 기뻐하시더군…… 그리고 8천 프랑도 보내주셨어."

"그래요? 조카를 끔찍이도 생각하시는군!…… 가스코뉴 촌뜨기 주제에 꽤 많은 돈을 벌었나 보군요…….

남부 출신이라면 아예 두 손을 들었다고 말하던 그녀는 빈정대듯 하더니 이윽고 쾌활하게 말했다.

"그 돈을 예금해야겠어요…….''

평소 돈 문제에 대해서 꽤나 정확한 편인 그녀의 말에 그는 의아한 표정을 지었다.

"예금이라니? 무슨 뚱딴지 같은 소리야…… 그건 당신 돈도 아니잖아…….''

"저, 실은 아직 말은 안 했는데…….''

그가 전혀 눈치채지 못한 사실을 실토하려는 그녀의 눈빛이 잠시 흔들리고 뺨이 달아올랐다.

"우리가 조셉을 데려다 키운다는 사실을 디셀레트가 알고서 나에게 편지를 보냈어요. 전에 빌려준 8천 프랑을 조셉의 양육비에 보태 쓰라고 말이에요."

놀라는 장을 힐끗 쳐다본 그녀는 홱 토라진 목소리로 외쳤다.

"당신이 정 싫다면 8천 프랑을 그에게 되돌려 보내면 되잖아요. 마침 그 사람 파리에 와 있을 테니까요……."

앞서 가던 에테마 씨가 살벌해진 분위기를 느끼고 그녀의 말이 떨어지기가 무섭게 잽싸게 선수를 치듯 손짓을 하며 물었다.

"어느 쪽으로 가지요? 오른쪽 아니면 왼쪽?"

"오른쪽으로 가세요! 연못 쪽으로……"

그녀는 발끈해서 악을 쓰고는 다시 장을 노려보며 말했다.

"잘 알겠죠, 이제부턴 애간장 태우지 않아도 될 거예요…… 정말 오래도 붙어 살았지!……"

순간 장의 안색이 새파랗게 질리더니 입술을 부르르 떨며 조셉을 힐끗 바라보았다. 머리에서 발끝까지 그애를 샅샅이 훑어보는 그의 눈길이 뭔가를 묻고 있었다. 그러나 부질없는 질투심이 거세게 소용돌이칠 뿐 여느 때와 같은 의혹과 불신의 폭발 따위는 아니었다.

'사사건건 물고 늘어져 나만 골머리 앓을 필요가 없지…… 저애가 파니의 자식이라면 그런 사실만 숨긴 채 애를 데려다 키우는 것보다 더 간단한 해결책이 어디 있겠어!…… 이젠 싸울 만큼 싸웠고 캐물을 만큼 캐물었잖아. 정말 신물이 나는군!…… 그래, 모든 걸 순순히 받아들이고 얼마 남지 않은 몇 달만이라도 한 발 물러나 조용히 보내는 편이 핏대를 올리며 싸우느니보다는 차라리 낫지……'

그는 속으로 자신을 타이르며 아무런 말도 않고 묵묵히 침묵을 지켰다.

202

흰 보자기로 싼 퍽 묵직한 점심 바구니를 들고 체념과 슬픔이 뒤섞인 착잡한 심정으로 그는 구불구불한 숲길을 늙은 정원사마냥 처량하게 터덜터덜 올라갔다. 그의 바로 앞에는 조셉과 파니가 정답게 팔짱을 끼고 걸어가고 있었다. 모처럼 나들이옷을 걸친 그애의 모습은 어딘가 어색하고 촌티가 물씬 풍겼다. 조셉은 파니의 팔에 매달려 신이 나서 촐랑대며 뭐라고 계속 재잘거렸고 파니는 가볍고 화사한 원피스 차림에 얼굴과 목이 햇볕에 탈까 봐서 일본식 양산을 쓰고는 손잡이를 빙글빙글 돌리며 느릿느릿 걸어갔다. 허리는 눈에 띄게 두리뭉실해졌고 걸음걸이는 기운이 하나도 없는데다 길게 땋아서 위로 올린 머리에는 흰 머리카락이 한 움큼이나 보였다.

앞에서는 그들과 멀찍이 떨어진 에테마 부부가 내리막길을 뒤뚱거리며 내려가고 있었다. 에테마 씨는 기병대에서나 쓸 법한 어마어마하게 큰 밀짚모자를 눌러 쓰고 빨간 프란넬의 야한 옷차림으로 낚싯대니 가재 잡는 그물 따위를 잔뜩 짊어지고 있었다. 남편의 짐을 조금이라도 덜어주려는 마음에서인지 올랭프는 축 처져 덜렁덜렁한 앞가슴 위에 커다란 사냥용 뿔나팔을 X자 모양으로 걸쳐 매고 씩씩하게 걷고 있었다. 그들은 숲길로 나들이를 나설 때면 늘 그 우스꽝스런 뿔나팔을 잊지 않고 가지고 다녔다. 에테마 부부는 쏟아지는 햇살을 받으며 숲길을 거니는 게 몹시 흥에 겨운지 솜씨 좋게 한 곡조 뽑았다.

싸악싸악 흥겹게 노 젓는 소리
철썩철썩 밤바다에 파도 치는 소리
언제나 듣기 좋아라

저 멀리 숲속에서 들리는
어여쁜 아기 사슴의 울음소리
나는 그 모두를 사랑하네 라라라……

올랭프가 즐겨 부르던 그 곡은 6월의 화창한 하늘 위로 울려 퍼졌다. 그녀가 어디서 그런 노래를 주워 듣고 배웠는지 모르지만 커튼을 내려친 어두컴컴한 방안에서 수많은 사내들과 노닥거리며 그 노래를 불러댔을 것을 상상하자 장은 그녀의 구성진 노랫소리가 역겹게 들렸다. 에테마 씨는 뭘 아는지 모르는지 태평스레 낮은 목소리로 그녀의 노래를 따라 불렀다. 워털루에서 패한 나폴레옹이 내뱉었던 '이미 대세는 기울었다'라는 말을 종종 읊조리곤 하는 에테마 씨에게는 그 말마따나 자기와 결혼한 이상 이미 대세는 기울어졌다고 생각하는지 그 뚱보 부인을 철석같이 믿는 것 같았다.

끝없이 꼬리를 물고 달려드는 상념에 빠져있다가 장은 어느새 몸을 감춘 그 육중한 부부를 뒤쫓아 골짜기로 내려갔다. 그때 숲길을 오르는 마차 바퀴의 덜컹거리는 소리가 까르르 터지는 요란한 웃음소리와 뒤섞여 들려왔다. 곧이어 불과 몇 발자국 떨어진 거리에서 가냘픈 노새 한 마리가 이끄는 영국식 마차가 올라왔다. 그 마차에는 나풀거리는 머리카락에 알록달록한 커다란 리본을 단 소녀들이 타고 있었다.

우스꽝스러운 꼬락서니로 소풍을 나선 한 무더기의 일행을 쳐다보던 소녀들이 사냥용 뿔나팔을 질끈 동여맨 뚱뚱한 올랭프를 발견하고는 웃음을 참지 못하고 별안간 배꼽을 쥐고 웃어댔다. 장 역시 소녀들과 한패가 되어 마음껏 비웃고 싶은 충동이 일었다. 잠시 후 맨 앞자리에서 고삐를 쥐고 있던 소녀가 어수선한 분위기를 진정시키려고 뒤돌아보며 뭐라고 소리를 질렀지만 에테마 씨가 쓴 기병대용 모자를 보자 소녀들은 아예 발까지 굴러가며 자지러질 듯 웃어 젖혔다. 마차가 지나갈 수 있도록 한쪽으로 비켜선 장을 힐끗 쳐다본 고삐 쥔 소녀는 일행과 너무 어울리지 않는 장의 수려한 얼굴에 놀라는 기색을 띠더니 미안한 듯 겸연쩍어하며 미소를 살짝 지어 보였다. 장은 그녀의 미소에 목덜미를 붉혔다. 두 갈래로 난 언덕배기에 이르자 그 소녀는 마차를 정지시키고 안내 표지판에 흐릿하게 적힌 글자를 큰소리로 또박또박 읽었다.

"연못으로 가는 길, 귀족 전용 수렵장, 음주와 유흥을 엄금함, 벨리지로 가는 길…… 자, 그럼 이리로 곧장 가면 되겠어!"

장은 뒤돌아서서 눈부신 햇살이 쏟아지고 이끼가 양탄자처럼 소복히 깔린 숲길로 사라져가는 마차를 한참이나 물끄러미 바라보았다. 금발머리 소녀들을 태우고 마차는 왁자지껄한 웃음소리와 함께 벨벳처럼 보드라운 숲길을 빠져나가 청춘의 초록빛 속으로 멀어져 갔다.

심술이 난 에테마 씨가 갑자기 예의 그 괴상망측한 뿔피리를 귀청이 터져라 불어대는 바람에 넋을 놓고 있던 장은 정신이 번쩍 들었다. 다른 일행은 연못가에 자리를 잡고 준비해 온 음식 바구니를 풀어놓고 있었다. 거울처럼 잔잔한 연못 위로는 파릇파릇 돋아난 새싹이 투영되어 어른거렸고 에테마 씨고 입고 있는 빨간 프란넬 셔츠가 아름다운 유월의 녹음 속에서 말 조련사의 웃저고리처럼 경쾌한 색조를 띠고 있었다.

"꾸물대지 말고 빨리 좀 와봐요…… 바닷가재 요리 바구니를 이리 줘요."

뚱뚱한 에테마 씨가 참을성 없이 볼멘소리로 외쳐대자 파니가 신경질 섞인 소리를 내질렀다.

"그 어린 계집애한테 정신이 팔려 그러고 있는 거예요?……"

어린 계집애라는 말에 장은 불현듯 모든 것이 귀찮아지고 당장이라도 카스틀레에 있는 어린 쌍둥이 여동생과 병상에 누워 계신 어머니를 만나 보러 가고 싶어졌다.

"진짜 그런가 본데!"

그의 손에서 바닷가재 요리 바구니를 빼앗아 들며 에테마 씨가 능글맞게 웃었다.

"아까 마차를 몰던 여자애가 파리에 있는 부샤르라는 의사의 조카뻘 되는 모양이던데…… 그애 오빠가 우리 집에 놀러온 적도 있었지. 그 집 식구들은 벨리지에서 여름을 보낸다고 하더군…… 참 예쁘게 생겼어."

"예쁘게 생겼다고요…… 여간 뻔뻔스러워 보이지가 않던데……."

빵을 자르던 파니가 아직도 장이 멍하니 마차가 사라진 쪽을 바라보고 있는 데 은근히 가슴을 조이며 쏘아붙였다.

얌전 빼기 좋아하는 올랭프는 햄이 담긴 바구니를 풀면서 새파랗게 젊은 계집애들이 겁도 없이 숲속을 싸돌아다닌다며 욕을 퍼부었다.

"런던에서 영국식 교육을 받아서 그럴 수도 있다고 봐줄지 모르지만 난 달라요. 어디든지 다 예의범절이 있고 남의 이목이 있는 법예요. 어쩜 그렇게 막돼먹었는지 몰라!"

"연애의 아슬아슬한 기분을 맛보려고 일부러들 저러고 돌아다니는 거죠 뭐."

"파니, 제발 그 입 좀……."

"어머, 미안해라. 깜박 잊었네…… 저 양반은 순진한 처녀들한 텐 사족을 못 쓰는데 말야……."

"자자, 그만들 하고 점심이나 듭시다……."

한바탕 난리법석이 날까 봐 지레 겁먹은 에테마 씨가 끼어들었다. 그러나 파니는 말이 나온 김에 사교계에 드나드는 처녀들이 어떤 여자들인지 속 시원히 털어 버리려는 듯 말을 늘어놓았다.

"수녀원이니 기숙학교니 하는 데는 말짱 사람 망치는 곳이라구요. 싱싱한 시절 다 보내고 시들해져서 남자들에 대한 혐오감만 잔뜩 쌓인 채 세상에 나오면 심지어 애 낳는 방법도 제대로 모른다니까. 고작 앞뒤가 꽉 막힌 여자들이나 무더기로 만들어 내고…… 세상 물정 하나도 모르는 어수룩한 처녀들 말예요! 사교계에 드나드는 번지르르한 여자들이 대부분 그런 족속들이에요. 자기가 어디로 어떻게 태어났는지도 모르는 바보들이 태반이라구요…… 나는 열두 살도 되기 전에 그런 건 훤했는데…… 올랭프, 당신도 그렇지 않았어요?"

"두말하면 잔소리죠……."

올랭프는 어깨를 으쓱해 보이며 대꾸했다. 옆에서 잠자코 있던 장이 세상에는 그런 여자만 있는 게 아니며 집에서 엄격한 교육을 받고 집안끼리 연줄이 닿아서 혼사가 맺어지는 경우도 얼마든지 있다고 반박했다.

"그래요, 어디 당신 집안 얘기 좀 해봐요……."

경멸에 찬 태도로 파니가 질세라 응수했다.

"닥치지 못해…… 그만해둬……."

"더러운 부르주아!"

"화냥년!…… 끝장 나서 속이 다 후련해…… 더 이상 너와는 살지 않겠어!"

"가, 썩 꺼져 버려. 나도 지긋지긋하던 참에 잘됐어……."

조셉은 팔을 걷어붙이고 욕을 퍼부어대며 싸우는 그들의 모습을 잔디에 배를 깔고 엎드려 재미있다는 듯이 지켜보았다. 한참 싸움이 무르익어 가는데 난데없이 뚜우 하는 무시무시한 뿔나팔 소리가 숲의 정적을 깨고 연못에 부딪쳐 메아리로 울려 퍼졌다.

"지겹지도 않아요?…… 아직도 싸울 힘이 남았어요?"

싸움을 그치게 할 수 있는 다른 묘안이 없었던지 예의 위협적인 뿔나팔을 부느라 뺨은 붉으락푸르락해지고 목에는 지렁이 같은 핏줄이 팽팽히 선 에테마 씨가 소리쳤다.

9

Opus Hochums

　다시는 안 볼 사람들처럼 아웅다웅 싸우긴 했어도 언짢아진 기분이 오래간 적은 없었다. 대개는 파니가 화풀이로 피아노를 뚱땅거리며 노래를 몇 곡 부르거나 장에게 매달려 용서를 구하면 그들 사이에 쌓인 불만과 감정의 찌꺼기들이 먹구름 걷히듯 어느새 사라져 버렸지만 이번만큼은 달랐다. 얼마나 그녀가 괘씸한지 소풍을 다녀온 후로 여러 날 동안 시종일관 미간을 잔뜩 찌푸린 채 입을 다물고 지냈다. 저녁 식사가 끝나면 곧 장 방에 들어가 문을 걸어 잠그고 책을 읽거나 그림만 그릴 뿐 그녀와 외출은커녕 말 한 마디 나누려 하지 않았다.

　때때로 마차의 고삐를 쥐고 있던 소녀의 해맑은 미소를 떠올리며 장은 다시 한 번 그녀를 만나고 싶다는 기대감에 휩싸여 밤을 지새우곤 했다. 그럴 때마다 그는 자신이 빠져든 타락한 생활에서 느끼는 수치심을 떨쳐 버리려고 엉킨 실타래처럼 마음을 어지럽히는 온갖 공상을 하다가는 이내 현실로 돌아왔다. 그러면 숲의 요정 같은 그 소녀를 만날 것 같은 기대감도 산산히 부서지고 그의 가슴속에는 이유를 알 수 없는 서러움이 차오르는 것이었다. 파니는 그가 무엇 때문에 침울한지 눈치를 채고 그에게 외면당한 채 풀이 죽어 있었다.

어느 날 그녀는 밝은 목소리로 그에게 말을 걸어 왔다.

"장, 깨끗이 결정 봤어요. 디셸레트를 만나서 돈을 돌려줬거든요…… 그 사람도 당신처럼 그렇게 하는 편이 차라리 낫겠다고 하더군요. 나도 나름대로 곰곰이 생각해 봤어요…… 어쨌든 잘 됐죠 뭐…… 나중에 혼자 남게 되면 디셸레트도 조셉 문제를 배려해 주겠죠…… 이젠 만족하세요?…… 아직도 날 탓하고 있는 건 아니죠?"

그러더니 그녀는 전날 로마 거리에 있는 디셸레트 집을 찾아간 얘기를 장황하게 늘어놓았다. 이맘때쯤이면 디셸레트 집에는 파리의 어중이떠중이가 다 모여들어 떠들썩하게 무도회를 즐기고 있을 텐데 의외로 입구에 꼬장꼬장한 수위가 지키고 앉아 있었고 그 집을 들락대던 식객들이 담벼락에다 '밀월중' 이라고 낙서를 해놓았다는 것이다.

"알고 보니 디셸레트가 알리스 도레라는 여자와 살림을 차렸지 뭐예요. 그 사람 이번엔 단단히 빠진 것 같았어요. 한 달 전부터 동거에 들어갔는데 알리스라는 그 여자를 보니깐 그럴 만하겠어요…… 아담한 체구에 무척 상냥하고 싹싹한 여자더군요…… 다시 한 번 찾아오겠다고 하긴 했는데…… 자질구레한 일들일랑 잊어버리고 우리도 기분 좀 전환하러 파리에 한번 올라가 봐요…… 다 제멋에 사는 거지만 참 이내 신세 딱도 하지. 내일이

기약된 것도 아니고 그렇다고 밀월을 즐기는 것도 아니니……
하지만 디셸레트한테는 시골에서 행복한 생활을 하고 있다고 근
사하게 둘러댔죠……."

그후 며칠이 지난 어느 날 그는 파니의 손에 이끌려 디셸레트
저택을 방문하게 되었다. 르와얄 가의 어느 카페에서 우연히 만
난 이후 실로 오랜만의 재회였다. 디셸레트는 친구처럼 소탈한
태도로 장을 맞아주었다. 장은 생각과는 달리 너무나 마음이 편
해지는 데 스스로도 의아해하며 코사크 기병처럼 턱수염을 기
른 디셸레트와 이런저런 얘기를 나누었다. 그는 지독한 통증을
수반한 간질환을 앓고 난 뒤라 안색은 납빛처럼 창백했으며 눈
동자의 움직임마저 불안정했지만, 연신 입가에 천진스런 미소를
띠우고 시종일관 차분함을 잃지 않았다.

첫눈에도 그가 알리스 도레에게 쏟는 애정이 극진하다는 것을
알 수 있었다. 알리스는 '금빛 찬란한'이란 뜻의 도레라는 이름
에 걸맞게 눈부시게 흰 우윳빛 피부 탓에 아름다움이 한층 돋보
이는 금발의 미인이었다. 플랑드르 출신인 그녀는 머리카락은
물론 눈썹과 속눈썹, 손톱 밑에 감춰진 피부까지도 온통 금빛으
로 빛나는 듯했다.

그 나이 어린 소녀는 자욱한 담배 연기 속에서 온갖 천대와 냉
대를 감수한 채 짙은 화장을 하고 카페에서 춤추는 무희였다. 그
러다가 디셸레트의 눈에 띄어 하룻밤을 그와 자게 되었다. 그날
밤을 보내면서 그 소녀는 예의 바른 그의 태도에 당황해하면서
도 가슴 뭉클한 감동을 받고는 한낱 가련한 쾌락의 도구에서 한
남자의 여인으로 변모해 갔다. 그러나 으레 그래 왔듯 다음날 아
침 푸짐한 식사를 대접한 뒤 금화 몇 닢을 쥐여주며 디셸레트가

그녀에게 그만 가보라고 했을 때 그녀는 복받치는 서글픔으로 울먹이며 말했다.

"절 제발 내쫓지 말고 데리고 있어 주세요, 선생님. 무슨 일이든 시키는 대로 다하겠어요."

그는 눈물을 흘리며 간청하는 그녀를 감히 거절할 용기가 나지 않았고 결국 인간적인 동정심에 끌려 그녀를 받아들이기로 했다. 그리고 그 예기치 않은 돌연한 밀월을 즐기기 위해 저택의 문을 잠그고 달콤한 은둔 생활에 들어갔다. 예전엔 체험해 보지 못했던 따스한 그의 보살핌을 받으며 그녀는 일생에서 가장 행복한 나날을 보냈다. 또한 가련한 소녀에게 행복감을 안겨줬다는 가슴 뿌듯함과 그녀가 보여주는 천진난만하고 한없는 애정에 감동을 받아서, 그 역시 난생 처음 여인의 포근함 속에 파묻혀 그 수수께끼 같은 달콤한 행복에 젖었던 것이다.

로마 거리의 디셀레트 집을 찾을 때면 장은 외진 시골에서 어쩔 수 없이 동거 생활을 해야 하는 한심한 자기 신세를 잠시나마 잊을 수 있었다. 가볍고 헐렁헐렁한 페르시아 풍의 옷차림을 한 철학자의 분위기가 풍기는 디셀레트와 대화를 나누며 그는 오랜만에 즐거운 시간을 보냈다. 가끔 디셀레트는 여행하면서 겪었던 일들을 우스갯소리를 섞어가며 들려주기도 했는데 그럴 때면 장은 폭소를 터뜨리곤 했다. 그리고 도금한 불상들이나 전설의 괴물 키메라의 브론즈들이 즐비한 동양의 정취가 풍기도록 꾸며놓은 넓은 아틀리에를 둘러보는 일도 빼놓을 수 없는 즐거움이었다. 특히 아틀리에에 딸린 회랑의 높직한 유리창을 통해 선명한 주홍빛 석양이 비쳐 들 때면, 대나무 잎과 종려나무의 잎사귀가 석양과 어우러져 마치 어두컴컴하고 습기찬 곳을 찾아 하늘

거리는 수초처럼 아름답기 그지없었다. 아틀리에나 회랑을 거 닐 때면 알지 못할 슬픔이, 비애라고 말해야 할 아릿한 아픔이 가 슴에서부터 온몸으로 퍼져 나갔다. 그곳에서 파니를 처음 만났 고 그 만남으로 인해 젊은 날의 기쁨과 고통을 알기 시작했으므 로…….

나른한 여름날 오후, 일요일이라 인적이 드문 한적한 거리에서 활짝 열어젖힌 창문을 통해 바람결에 나뭇잎이 바스락거리는 소 리가 들려오고 꽃향기와 함께 상큼한 흙내음이 어우러져 시골 스런 정취를 흠씬 풍겼다. 에테마 부부의 수다와 뿔나팔이 없을 뿐 샤빌에 있는 듯한 착각이 들 정도였다. 요즘은 예술가와 문인 들의 발걸음이 끊긴 지도 꽤 오래되었기 때문에 장과 파니가 그 곳을 방문할 때면 늘 적막함만이 감돌았다. 그런데 어느 날엔가 저녁 식사 초대를 받은 장과 파니가 막 현관에 들어섰을 때였다. 생기 넘치는 굵직한 목소리들이 아틀리에 안에서 흘러나왔다. 독한 술을 몇 잔씩 주고받아 얼큰하게 취기가 오른 탓인지 스스 럼없이 오가는 그들의 대화에는 활기가 넘쳐 흘렀다.

"자네 이게 대체 뭔가, 이름도 싹 잊혀지고 남들과는 아예 담을 쌓고 지내니 영락없이 마자스 감옥에서 오 년째 썩고 있는 플라 망 신세 같구만 그래. 사랑에 눈이 멀면 바보짓을 한다지만 이건 너무 대가를 톡톡히 치르고 있는 걸세…… 이봐 디셸레트, 난 자 네의 이 같은 동거 생활을 반대하네!"

"카우달예요……."

소스라치게 놀라며 파니가 들릴 듯 말 듯한 목소리로 말했다.

이어 퉁명스럽게 딱 잘라 거절하며 응수하는 소리가 들려왔다.

"난 반대고 자시고 안 하네. 저 괴짜와는 애초에 인생관부터가

맞지 않았으니까……."

"라구르너리 목소리인데……."

그러더니 파니는 장 곁에 몸을 바싹 대고 속삭였다.

"빨리 여길 떠나요, 장! 저 사람들하고 부딪치면 당신 입장만 난처해지겠어요……."

"대체 뭣 땜에 난처해진다는 거야? 난 아무렇지도 않아……."

그 사람들과 막상 맞부딪치게 되면 어떤 기분이 될지 잘 알지도 못하면서 그는 시험대를 앞에 두고 물러서고 싶지 않았다. 자신을 비참한 사랑으로 이끈 그 질투심이 과연 어느 정도나 되는 것인지 궁금했던 것이다.

"들어가자구!"

망설이고 있는 그녀를 재촉하며 그는 먼저 안으로 들어갔다. 실내에 들어서자 동양 풍으로 만든 커다란 나무 테이블 주위로 낮고 푹신한 침대 의자를 빙 둘러 놓고 디셸레트와 그의 친구들이 그 위에 벌렁 누워 있거나 기대 앉아서 잡담을 나누고 있었다. 그들의 희끗희끗한 턱수염과 대머리가 때마침 창을 통해 들어온 진붉은 노을빛에 반사되어 번쩍번쩍 빛나고 있었다. 알리스가 테이블 위에 놓인 대여섯 개의 술잔에 아니스 열매로 만든 우유빛 술을 따르다가 파니와 장을 보고 달려왔다. 그러고는 파니를 포옹하며 반갑게 인사를 나누었다. 그때 흔들의자 위에 몸을 깊숙이 파묻고 있던 디셸레트가 장에게 말을 던져왔다.

"고생 군, 자네 저 친구들 잘 아나?"

물론 알다뿐인가!…… 유명 인사답게 파리 중심가의 진열대 위에 번듯하게 걸려진 초상화를 시간 가는 줄 모르고 뚫어져라 노려보았던 덕분에 그 얼굴들은 전혀 낯설지 않았다. 그뿐만이 아니었다. 그들 때문에 낮이고 밤이고 얼마나 괴로워하며 증오해 왔던가! 시내 거리마다 보란 듯이 걸려 있는 그 화상들을 볼 적마다 달려들어 얼굴을 쥐어뜯고 싶은 분노에 치를 떨었던 적이 얼마나 많았던지!…… 그런데 그녀는 다 과거의 일이라고 잘도 둘러댔었다. 장은 그들에게 품었던 질투심을 잠재우고 이제는 오랜만에 만난 멀리 사는 친지나 숙부와 다를 바 없이 그저 안면이 있는 사람들처럼 대할 수 있게 된 자신이 어쩐지 대견스럽기까지 했다.

"이 젊은 양반, 언제 봐도 미남이란 말야!……"

장대 같은 몸을 쭉 펴며 기지개를 켜고는 카우달이 장에게 말을 건넸다. 그러더니 유리창으로 새어 드는 빛에 눈이 부신지 보호용 안경을 썼다.

"어, 이건 또 누구야, 파니 아냐?……"

그는 새삼스레 파니 쪽으로 시선을 돌리고 팔꿈치를 턱에 괸 채 능숙한 솜씨로 윙크를 던졌다.

"얼굴은 아직 말짱한데 몸매는 예전 같지 않구먼, 그렇게 허리띠를 꽁꽁 졸라맸는데도 말야…… 그래도 안심해요, 아가씨. 라구르너리는 훨씬 더 피둥피둥하니까."

순간 라구르너리는 경멸하듯 얇은 입술을 지그시 깨물며 그를 노려보았다. 두리뭉실 살찐 거구의 라구르너리는 백발이 성성한 머리칼 밑에 이맛살을 잔뜩 찡그린 채 푹신한 침대 의자 위에 책상 다리를 하고 앉아 있었는데, 그는 영국 여행을 다녀온 후로는 도저히 다른 식으론 앉을 수가 없다고 떠벌이곤 했었다. 노예 상인처럼 무뚝뚝하고 비정한 시선으로 그는 계속 카우달을 쏘아보며 좀 촐싹대지 말고 자신을 본받으라며 점잔을 뺐다.

가무잡잡한 피부에 촌티 나게 생긴 얼굴을 한 나머지 두 풍경화가도 파니와 안면이 있는 듯 재회의 인사를 건넸다. 좀 젊어 보이는 쪽이 장에게 다가와 손을 꼭 쥐고 속닥거렸다.

"디셸레트한테서 아이 얘길 들었어요. 정말 잘하셨어요."

"그럼, 그럼, 입양한 건 잘 생각한 거야…… 요즘은 시골 인정도 각박한데…… 파니도 참 장하지 뭐야……."

파니가 카우달의 칭찬에 활짝 웃어 보이며 좋아하고 있는데 그때 누군가 어두컴컴해진 실내를 더듬거리며 들어오다 가구 모서리에 부딪혀 비틀거렸다.

"아무도 없어?"

"에즈아노군."

디셸레트가 중얼거리자 일제히 고개를 돌려 바라보았다.

장은 에즈아노를 직접 만난 적은 없었지만, 지금은 어엿한 미술계의 거장이며 기혼의 몸으로 착실히 기반을 다지고 있는 자유분방하고 환상적 기질의 그 예술가가 파니 르그랑의 일생에 어떤 위치를 차지하고 있는가는 이미 잘 알고 있는 터였다. 파니 앞으로 보낸 매혹적이고 열정적인 사랑의 호소가 가득 담긴 편지들을 읽어본 그로서는 낯설지 않은 인물이었다. 볼이 움푹 꺼지고 뼈만 앙상하게 남은 그는 그 특유의 떠돌이 기질과 보스 기질 탓인지 뻣뻣한 걸음걸이로 멀리서부터 팔을 내밀고 걸어오더니 그들을 차례로 껴안았다. 뜻밖에 파니가 와 있는 데 깜짝 놀란 듯 한동안 말도 않고 뚫어지게 바라보았다. 세월이 그토록 흘렀음에도 여전히 아름다움을 잃지 않고 있는 그녀를 보자 과거가 생각난 듯 반가움으로 그는 순식간에 광대뼈까지 붉게 달아올라 그녀를 얼싸안았다.

"아니, 이게 누구야!…… 사포 아냐……."

지난날의 연인이었던 그들이 자기에게 붙여준 사포라는 애칭을 듣자 파니는 과거로 되돌아가 입가에 미소를 띄웠다. 그러다가 장의 시선과 마주치자 어쩐지 그런 호칭이 거북스럽게 느껴지면서 쓸쓸한 기분에 젖어 드는 것이었다.

"여기 계신 고셍 씨가 파니를 여기 데려왔네……."

디셀레트가 활달한 목소리로 장을 소개하자 에즈아노가 인사를 건네고 나서 자리에 앉았다. 파니는 테이블 주위에 빙 둘러앉아 환담을 나누고 있는 늙고 추한 예술가들 사이에 끼어 앉아 좌중을 압도하는 젊고 잘생긴 장이 자랑스러워 무척 기분이 좋았다. 그리고 그 남자들과 관계했던 일이 되살아났지만 그녀는 오직 장과의 사랑만이 자기 일생의 전부임을 다짐하며 그에 대한 애정이 새롭게 가슴에 차오르는 것을 느꼈다. 그러나 아직도 몇 년간 동거 생활을 했던 그들의 독특한 습관이나 기벽이 그녀의 몸 구석구석에 배어 있어서, 은연중에 메릴랜드 담배를 즐겨 피우는 습관이나 궐련을 마는 방법까지도 나란히 앉은 에즈아노와 똑같았다. 장은 예전에 그토록 절망적인 질투심과 증오를 안겨 주었던 그 작고 보잘것없는 화가를 아주 담담하게 훑어보았다. 쇠사슬의 마지막 고리를 끊으면서 곧 탈주에 성공할 수 있다는 기대감에 들뜬 죄수의 심정으로 그는 자신이 너무 냉정을 지키는 것이 의아할 정도였다.

"쯧쯧, 다들 한물갔어!…… 나이나 먹고…… 그 왕성하던 패기도 시들시들해졌구먼!…… 그나마 우리 둘은 꽤 버티고 있는 거야. 그렇지 않은가, 파니?"

카우달은 그녀에게 턱짓으로 다른 사람들을 가리키며 농담조로 말을 건넸다.

그러자 파니는 까르르 웃음을 터뜨리더니 눈을 흘기면서 길게
기른 구레나룻 때문에 붙여진 대령이라는 별명을 들먹거려 응수
했다.

"어머, 대령님, 죄송해서 어째! 헛짚으셔도 단단히 헛짚으셨어
요…… 난 엄연히 사랑하는 사람이 있다구요……."

"저 친군 저렇게 주제 파악을 못해! 자기가 한물간 영감태기면
서……."

라구르너리도 한몫 끼어서 카우달을 공격했다. 그 소리에 카우
달이 약간 움찔한 기색을 보이자 그는 이때다 싶어 찢어지는 목
소리로 언성을 높여 아픈 데를 건드렸다.

"1840년에 명예 훈장 달았잖나. 그걸로 자네 전성기도 막을 내
린 거라구, 이 못난 친구야!"

그 두 오랜 벗 사이에는 아직도 가시가 돋힌 공격적인 말투와
말없는 적대감이 남아 있어 주고받는 시선과 사사로운 말 한 마
디에도 적의로 번득거렸지만 그렇다고 의를 상한 적은 여지껏
한 번도 없었다. 십팔 년 전 라구르너리가 카우달의 품에서 파니
를 낚아챈 그날 이래 두 사람은 이런 알쏭달쏭한 우정 관계에 놓
이게 되었던 것이다. 그들에게 이미 파니란 존재는 의미를 잃은
지 오래였고 자신들도 신물이 날 정도로 실컷 쾌락에 몸을 내맡
기고 또 쓰디쓴 환멸과 허탈감에 몸부림치기도 하였지만, 그때
의 개운치 않은 감정이 여전이 남아 세월이 거듭될수록 더욱 깊
숙이 파고들었다.

"우리 둘 좀 비교해 보라구. 그리고 진짜로 내가 한물간 영감태
긴지 아닌지 어디 솔직하게 말들 해봐!……"

울룩불룩한 근육이 뚜렷하게 드러나도록 꽉 죄는 윗도리를 입은 카우달이 떡 버티고 서서 우람한 가슴을 활짝 편 채 흰 머리 한 가닥 보이지 않는 타오르는 듯한 붉은 장발을 철렁철렁 흔들었다.

"1840년으로 내 전성기가 종을 쳤다니…… 그래, 석 달 뒤엔 내 나이 쉰여덟이야…… 그래서 그게 어쨌다는 거야?…… 나이 먹었다고 다 늙은인가?…… 그런 늙은이는 국립극단에서 공연하는 연극 같은 데서나 볼 수 있는 거라구. 그런 데서나 이제 겨우 환갑 지난 사람들에게 노망이 든데다가 등은 꾸부정하고 다리는 기운이 없어 후들후들 떨면서 더듬더듬 사설을 늘어놓게 하는 거야. 어디 그뿐이야. 고개를 달달 떨며 제대로 몇 발자국 옮기지도 못하고 비틀거리지. 제기랄! 연극이니까 과장해서 그렇지 실제로 환갑쯤에 그런다고 생각해? 오히려 정신을 차리니까 서른 살 때보다 더 곧게 걸을 수가 있더라. 마음만 젊다면 얼마든지 여자가 반하는 법이야. 그러면 왕년의 정력도 되찾고 정정해질 수 있다고……."

"정말 그렇게 생각해, 파니?"

라구르너리가 비웃는 듯한 웃음을 띄우며 파니를 쳐다보았다. 옆에 있던 디셸레트가 호인다운 넉넉한 미소를 지어 보이며 거들었다.

"자넨 언제나 청춘 예찬론만 펴는군, 아주 입에 붙었어…… 꺼냈다 하면 허구헌 날 그 소리뿐이니 원……."

"귀여운 쿠지나르 덕분에 내 생각이 확 바뀌었지…… 쿠지나르는 내 새 모델일세…… 방년 열아홉, 꽃다운 나이지. 포동포동하고 보조개가 예쁜 생 클루 출신 아가씨야…… 배운 게 없어 무식해도 아주 효녀라네, 홀어머니가 중앙시장에서 닭고기 장사를 하는데 어찌나 효성스러운지 감탄하고 말았어…… 멍청한 소리를 곧잘 하는데도 그게 또 그렇게 귀여울 수가 없어. 요전번엔 내 작업실에서 드즈와의 소설인 〈테레즈〉를 집어 제목을 한번 훑어보더니 입을 쌜룩거리면서 휙 집어던지더라구. 헌데 고 귀여운 것이 뭐라고 씨부렁거렸는지 아나? '제목이, 가여운 테레즈라면 밤새도록 읽을 텐데……' 하더라니까. 맹세코 난 아주 홀딱 빠져 있네."

"첫눈에 좋아졌다고 그래 동거에 들어갔나?…… 여섯 달만 지나면 헤어질 게 뻔한 걸 말이야…… 또 한바탕 울고불고 난리를 치르겠군, 일할 맛 없다고 성질내면서 죄 없는 사람 멱살이나 잡게 될 테고……."

카우달은 이맛살을 잔뜩 찌푸리고 맥 빠진 목소리로 대꾸했다.

"하기야 세상일이 다 오래가진 못하지…… 좋아졌다가두 헤어지구 남남이 되어 버리니, 허망해……."

"그러길래 왜 좋아는 하나?"

"그런 자네는 어떻고?…… 남 말 말게. 자넨 뭐 평생 저 플랑드르 여자랑 살 생각인가!"

"하…… 우린 달라, 동거하는 게 아냐…… 그렇지, 알리스?"

"그러믄요."

식탁에 놓을 꽃다발을 만들려고 의자 위에 올라서서 등나무와 화초를 꺾고 있던 알리스가 뒤를 돌아보며 건성으로 상냥하게 대답했다.

"우리 사이엔 삼류 소설 같은 헤어짐이나 이별 같은 건 없을걸…… 딱 두 달 동안만 같이 지내기로 사전에 합의를 봤네. 마지막 날이 오면 후회도 미련도 없이 각자 제 갈 길로 갈 걸세……
난 이스파한으로 돌아가고…… 벌써 여행 가방을 다 챙겨두었
지. 알리스도 전에 살던 라브뤼에르 가에 있는 조그만 아파트로
돌아갈 거라네."

"사 층이 내 방이에요, 창문으로 뛰어내리기엔 딱 알맞죠!"

그 말을 던지고 알리스는 디셀레트에게 미소를 지었다. 석양
빛을 받아 금발머리가 짙은 다갈색으로 반짝거렸고 손에는 붉은
보랏빛 접시꽃 다발이 쥐어져 있었다. 그녀의 말투가 너무 심각
하고 진지했기 때문에 아무도 선뜻 뭐라고 대꾸를 못했다. 서늘
한 바람이 창문을 흔들며 스쳐 지나갔다. 불안정한 시선들이 일
제히 창밖으로 몰렸다. 맞은편에 보이는 집들이 오늘따라 어쩐
지 더 높게 보였다.

"식사나 하러들 갑시다. 식사하면서 우스갯소리나 떠들자
구……."

잠시 동안 실내를 무겁게 짓눌렀던 침묵을 깨고 카우달이 큰 소
리로 말했다.

"그래, 그러자구. 가우데아무스 이지투르(젊은 날을 기뻐하자는 뜻으
로 결혼식 신랑 입장곡의 제목―역주)라고 라틴어에도 있잖는가…… 젊
었을 때 마음껏 인생을 즐기자구…… 안 그런가, 카우달?'

며칠 뒤 로마 거리를 우연히 지나치던 장은 굳게 닫힌 디셀레
트 저택을 보고 어안이 벙벙해졌다. 창문마다 커다란 검은색 마
직 커튼이 쳐져 마치 무덤 같은 암울한 정적이 흘렀다. 약속대로
동거 기간이 끝나자 애초 예고했던 날 디셀레트는 이스파한으로
떠나고 그 저택을 폐쇄한 것일 거라고 생각하며 그는 무심코 중

얼거렸다.

"자기 하고 싶은 대로 사는 것이 현명할지도 몰라. 누가 뭐라든 자신이 옳다고 생각하면 마음 내키는 대로 밀고 나가면서 말야…… 난 언제나 그런 용기가 날까?……"

그가 한숨을 푹 내쉬고 저택의 회랑 쪽을 보고 있는데 갑자기 누군가 그의 어깨에 손을 얹으며 조용히 말했다.

"잘 있었나, 고셍!……"

디셀레트였다. 피곤한 기색이 역력한 그의 얼굴은 몰라볼 정도로 수척했다. 게다가 주름살까지 쭈글쭈글 잡혀 완전히 꼬부랑 노인네가 되어 버린 것처럼 딴사람이 되어 있었다.

"아니, 대체 어떻게 된 거죠? 파리를 떠나신 줄 알았는데……."

장이 영문을 몰라하자 그는 떠나는 건 일단 미뤄 두고 볼일이 있어 파리로 되돌아왔다고 힘없이 말했다. 아틀리에에 있으면 끔찍한 일이 자꾸 생각나 가만히 있다가도 덜컥 겁이 나서 아예 그냥 호텔로 거처를 옮겼다는 것이다.

"도대체 무슨 일인데요?"

"자네가 모르는 게 당연하지…… 알리스가 죽었네…… 자살했어…… 잠깐, 편지가 남았는지 찾아보고 올 테니 잠깐만 기다리게나……."

그는 번개같이 되돌아와서는 신경질적으로 손가락을 놀리며 잡지 뭉치를 뒤적거리더니 옆에서 걷고 있는 장은 쳐다보지도 않은 채 마치 주술에 걸린 듯 말을 시작했다.

"큰길가 창문에서 뛰어내렸어…… 자네도 들었지?…… 난 이럴 줄 몰랐네, 정말 꿈에도 생각 못했다구…… 내가 떠나기로 한 날, 알리스는 담담하게 애원하더군. '오, 디셀레트 선생님, 절 데

222

려가 주세요…… 절 혼자 내버려두지 말아 줘요…… 전 당신 없
인 하루도 못 살아요……' 하고 말야. 난 콧방귀도 안 뀌었지. 자
네도 한번 생각해보라구, 그 유목민 떼거리 속에서 여자가 견뎌
내겠는가 말야…… 물 한 모금 구하기도 어렵고 뜨거운 태양이
쨍쨍 내리쬐는 사막에서 어떻게 살아…… 열사병이 도사리고 있
고, 더구나 밤엔 모래 위에서 잠을 자야 하는데…… 그런데 저
녁을 들면서도 알리스는 또 애걸복걸하더라구. '귀찮게 안 할게
요, 진짜 얌전히 있을 자신 있어요……' 하고. 그러더니 내가 괴
로워하는 게 자기도 안됐던지 더 고집 피우진 않더군…… 식사
를 마치고 나서 그녀를 위로해 줄 겸 극장에 가서 연극을 관람했
지…… 일이 다 이렇게 꼬이기로 되어 있었던 모양이야…… 알
리스는 아주 만족스러워 보였어. 한시도 내 손을 놓지 않고 내
귀에 대고 이제 자기는 괜찮다고 속삭이더군. 그래서 나도 맘
을 푹 놓았지. 밤에 출발할 예정이어서 알리스를 마차로 집까
지 바래다주었어. 우린 착잡한 심정으로 말없이 앉아만 있었어.
그녀의 주머니 속에 돈 꾸러미를 슬쩍 밀어넣어 주었는데도 알
리스는 고맙다는 인사 한 마디 않더군. 그 돈이면 일이 년은 충
분히 먹고 살 만한 액수였지. 라브뤼에르 가에 다 왔을 때 날더
러 잠깐 방 안에 들어와 주지 않겠냐고 간청했는데 난 싫다고 했
지. 그러면 문 앞에까지만이라도 가 달라고 날 붙잡고 늘어지는
걸 싫다고 끝끝내 우겼어. 결국 안 들어갔네. 벌써 좌석도 예약
해 놓았고 짐도 기차에 실어 놓아서 시간이 없다고 하면서 말야.
헌데 현관 층계를 내려오면서 가만 생각해보니 떠나겠다는 소릴
너무 여러 번 한 것 같아서 가슴이 약간 뭉클해지더군. 알리스가
'디셀레트 선생님, 가지 말아요……'라고 소리 지르는 것 같았지

만 벌써 층계를 다 내려온 뒤여서 무슨 소린지 알아듣지 못했어. 그런데 거리에 막 나섰을 때…… 글쎄, 흑!……"

그는 목이 메어 오는지 말을 멈추고 눈을 땅바닥으로 내리깔았다. 한 발짝 한 발짝 내디딜 때마다 마지막 숨을 헐떡거리며 창백하게 굳어 가던 그녀의 얼굴이 보도 위에 어른거리는 듯 그는 진저리를 치며 휘청거렸다. 잠시 후 고개를 들어 먼 곳을 바라보며 아득해진 시선으로 말을 이었다.

"두 시간 뒤 알리스는 죽었네. 말 한 마디 남기지 않고…… 날 원망하지도 않고…… 금빛으로 반짝거리던 눈꺼풀을 치켜 뜨고 날 뚫어지게 응시한 채로 말야…… 알리스가 얼마나 고통스러워했을까?…… 날 알아보기나 했을까? 옷을 그대로 입힌 채 침대에 알리스를 눕히고는 끔찍한 상처를 가리기 위해 커다란 레이스 수건으로 머리를 감싸줬어. 관자놀이에 피가 약간 흘러내리고 아주 창백하긴 했지만 여전히 예쁘고 상냥한 얼굴이었다네…… 피가 멈추질 않고 계속 흘러내리길래 닦아주려고 몸을 굽혔을 때 그녀의 눈길과 마주쳤지. 날 원망하는 듯한 무시무시한 눈길이었어. 그 가련한 애가 말없이 내게 저주를 퍼붓고 있었던 거야…… 그녀의 소원대로 몇 분 더 눌러앉아 있거나 알리스를 사막에 데려간다고 해서 뭐가 어떻게 됐겠나? 알리스는 이미 단단히 각오를 하고 있어서 누를 끼칠 염려도 없었는데 말야…… 내가 너무 고집을 피우고 매정하게 굴었어…… 내가 한 치도 양보를 안 해서 알리스가 죽은 거라구. 다 나 때문이야. 안 그런가? 자네도 그렇게 생각하고 있지, 응?"

그때 마침 두 사람은 북적대는 암스테르담 가를 지나가고 있었다. 시비를 걸 듯 지나가는 행인들의 팔꿈치를 사납게 떼밀면서 그들이 불쾌한 표정으로 쳐다보는 것도 아랑곳하지 않고 디셸레트는 설움이 복받치듯 큰소리로 떠들어대면서 거리를 따라 내려갔다. 몇 년 전에 살던 아파트의 천막을 친 발코니가 눈에 들어오자 장은 디셸레트의 얘기에 취해 잊고 있던 파니와의 일이 새삼스레 되살아났다. 디셸레트는 장이 듣건 말건 신들린 듯 또다시 주절대기 시작했다.

"이 넓은 세상에서 연고자라곤 단 한 사람도 없어서 내가 몽파르나스 묘지에 묻었지. 나 혼자서 알리스를 돌봐주고 싶었어…… 그 이후론 줄곧 알리스 생각뿐이네. 어떻게나 알리스 생각만 나던지 그녀 곁에서 두 달 동안 행복하게 보냈던 집을 뒤로 남긴 채 차마 떠날 수가 없어 이렇게 홀홀 단신 남아 있는 걸세…… 피투성이가 되어 나를 원망하던 알리스의 눈길을 잊어보려고 별짓을 다했네. 거리를 쏘다녀도 보고 만취가 되어 고래고래 고함도 질러봤지만……"

자신이 저지른 돌이킬 수 없는 과오에 대한 회한이 다시금 가슴을 찌르는 듯 그는 차마 말을 잇지 못하고 울먹거렸다. 그러더니 닭똥 같은 눈물방울이 주르르 뺨을 타고 흘러내려 납작한 들창코 언저리를 적셨다.

"이보게, 장. 난 나쁜 놈은 아닐세…… 자네도 알지 않나…… 하지만 알리스에게 내가 너무 못된 짓을 했어, 안 그런가? 자네도 그렇게 생각하고 있지?"

장은 모든 걸 운명이라고 생각하며 어깨를 들썩이고 흐느끼는 그를 위로했다. 그러나 그는 이를 악물고 막무가내로 고개를 흔들어대면서 똑같은 소리만 뇌까릴 뿐이었다.

"아니, 아니라니까…… 도저히 날 용서할 수가 없어…… 어떤 벌도 달게 받고 싶어……."

어떻게 해서든 속죄를 하고 싶다는 생각으로 괴로워하던 그는 만나는 사람이면 누구에게나 그 소리를 해댔다.

"디셸레트, 어디 멀리로 떠나 보면 어떻겠나? 여행을 가든지 하다못해 일에라도 미쳐 보라구, 그러면 머리가 맑아질 걸세……."

그가 잘못한 게 하나도 없다고 아무리 설득을 해도 도무지 말을 듣지 않고 고집만 피우자 왠지 조마조마해진 카우달과 친구들이 그런 제안을 해보곤 했다.

그러던 어느 날 저녁 무렵 그는 친구들의 말대로 떠나기 전에 마지막으로 아틀리에를 한 번 둘러보고 싶어서였는지 아니면 알리스의 일로 괴로운 나머지 오랫동안 손대지 않았던 일을 해볼 심산에서였는지는 모르나, 한때 화려하고 떠들썩했던 그 저택으로 돌아갔다. 그날 하루 종일 친구들과 어울려 근래에 보기 드물게 쾌활하게 웃고 떠들며 놀기도 했다. 그런데 이튿날 새벽녘에 디셸레트의 집 앞을 청소하려고 선하품을 하며 나온 몇몇 청소부들이 비명을 내질렀다. 안개가 엷게 깔린 인도 위에 얼굴이 심하게 일그러진 끔찍한 몰골의 시체가 나뒹굴고 있었다. 디셸레트였다. 그 역시 알리스와 마찬가지로 투신 자살을 택해 절망적인 죽음의 고통으로 몸부림치며 눈을 감았던 것이다.

땅거미가 스멀스멀 밀려오는 초저녁 무렵, 데셸레트의 아틀리에는 문상객들로 발 들여놓을 틈이 없이 붐볐다. 예술가, 모델, 여배우, 무희 등 이름을 드날리는 사람들이 그 마지막 향연의 만찬을 들기 위해 몰려들었다. 실내에는 조용히 촛불이 타오르는 가운데 문상객들이 발을 동동 구르며 흐느끼거나 쑥덕거리는 소

리. 찬송가를 합창하는 소리가 왕왕 울려 퍼졌다. 가장무도회의
밤, 장과 파니가 처음 만나 얘기를 나눴던 회랑의 대나무와 종려
나무들은 잎이 무성하게 돋아 있었다. 그곳에 놓여 있는 소파 위
에 길게 누워 있는 디셀레트가 하늘대는 나뭇잎 사이로 보였다.
꽃무늬가 그려진 비단에 둘둘 말린 그는 터번으로 머리에 입은
끔찍한 상처가 가리워지고 새하얀 두 손은 앞으로 모아져 있었
다. 결국 그는 그렇게 마지막 체념을 하듯 고통스런 삶에서 해방
되었던 것이다.

10

Opus Nocturnus

　　알리스 도레와 디셀레트가 비극적으로 생을 끝내 버
린 사건 이후 장은 극도로 소심해져 초조한 나날을 보내고 있었
다. 가끔 신경이 날카로워진 파니가 말다툼을 걸어올 때도 예전
처럼 걷잡을 수 없는 흥분에 사로잡혀 내뱉곤 하던 '다행이로군.
이제 이것으로 끝장이야!' 라는 말을 입 밖에 내지도 못했다. 그
랬다가는 '좋아, 가버려…… 난 죽어 버리고 말겠어! 알리스처
럼 말이야!'라고 소리칠까 봐 두려웠던 것이다. 그녀가 한 마디
도 않고 침묵을 지키며 공상에 빠져 있거나 유난히 애절하고 가
슴 저린 노래를 부르거나 또는 애조 띤 시선으로 물끄러미 쳐다
볼 때마다, 그는 그녀가 위협이라도 한 것처럼 공포에 가까운 전
율을 느끼곤 했다.

　노루 꼬리만큼이나 짧은 가을도 다 저물어가자 샤빌은 기나긴
겨울을 나기 위한 채비를 하느라 부산스러워졌다. 어느 날 아침,

안개가 자욱하게 몰려든 창문을 열어젖히던 파니가 낮은 목소리로 외쳤다.

"어머나, 제비들이 모두 떠나 버렸네……."

집집마다 스산한 초겨울 바람을 막으려고 차양의 덧문을 겹겹이 닫아 걸었고 시골길에는 전원생활을 끝내고 파리로 돌아가는 마차들이 줄을 이었다. 그리고 플랫폼에는 얼룩덜룩한 봇짐 꾸러미와 화초 등을 잔뜩 실은 커다란 합승 마차가 꾸역꾸역 밀려들었다. 뜨락과 시골길에는 바싹 마른 낙엽들이 휘몰아치는 돌풍에 날려서 구름들이 낮게 내려앉은 하늘로 도망치듯 이리저리 뒹굴고 있었으며, 이미 수확을 끝마친 황량한 들에는 수북하게 쌓인 건초 더미들이 여기저기 널려 있었다. 여름 내내 무성하게 돋아났던 나뭇잎들이 노랗고 붉은 색종이마냥 떨어져 내린 헐벗은 과수원 뒤에는, 울타리로 둘러싸인 폐쇄된 오두막집이 빛바랜 불그죽죽한 기와를 머리에 얹고 있는 세탁소 건조장과 어우러져 삭막하고 음산한 풍경을 자아냈다. 그 맞은편으로 앙상한 잿빛 나무들이 외로이 서 있는 숲을 따라 앙상하게 드러난 철길이 나란히 곡선을 이루고 있었다.

창가에서 떨어질 줄 모르는 파니의 어깨 너머로 황량하고 슬픈 바깥 풍경을 바라보며 장은 생각에 잠겼다.

'이렇게 버려진 것처럼 쓸쓸한 곳에 파니 혼자 남겨두고 떠나야 하다니…… 너무 잔인한 일이다!'

그는 결코 그녀와 작별할 용기가 날 것 같지 않은 나약한 심경으로 앞날을 생각했다. 3년 동안의 연수 기간이 끝나고 곧바로 치른 영사직 지망생들의 성적 분류 시험에서 그는 우수한 성적을 받았다. 그리고 중요한 임지에 배치될 거라는 소문을 뒷받침

하듯 그는 곧 영사 발령을 받았다. 그때쯤 그들 사이에 묵인되어 왔던 동거 생활의 기간도 거의 끝나 가고 있었다. 그녀는 마지막 순간까지 조용히 그와의 이별을 준비하면서 그의 출발에 족쇄를 채우지 않겠다는 약속을 했다. 그리고 그동안 그녀는 되도록 약속에 어긋나는 얘기는 입 밖에 꺼내지 않으려고 노력해 왔던 것이다. 그러한 사실을 누구보다도 잘 알고 있는 장으로서는 그녀에 대해 빚진 감정들을 모두 갚아주고 싶은 애틋함이 솟아나는 것이었다.

"파니, 들어봐…… 드디어 배치를 받았어……."
그날 장은 얼굴에 희색이 만면해서 현관문을 열어젖히고 들어와서는 외쳤다.
"그래요? 어디죠?……"
그녀는 짐짓 무관심한 태도로 고개를 돌리며 물었다. 그러나 일순 그녀의 입술과 눈은 창백해졌고 경련이 일 듯 얼굴이 심하게 일그러지는 것을 그는 놓치지 않았다. 그녀를 고통 속에 몰아넣는 잔인한 말을 할 수 없었다. 결국 그는 그토록 꿈에 부풀었던 영사직을 당분간 포기하기로 마음먹고 쓰러질 듯 위태롭게 서 있는 그녀에게 다가갔다.
"하지만 파니, 에두앵이라는 연수생한테 내 차례를 양보해야겠어…… 그러면 앞으로 여섯 달 동안은 함께 있을 수가 있지……."
그러자 그녀는 그의 허리를 감싸 안으며 웃음과 울음이 뒤범벅이 된 채 입을 맞추었다.
"고마워요, 장. 정말 고마워요…… 앞으로 당신에게 정말 잘할

게요. 그동안 당신이 떠난다는 생각 때문에 내가 얼마나 심술이 났었는지 몰라요."

그후 그녀는 마음의 준비를 하듯 조금씩 체념하면서 약속한 육 개월 후 그가 떠나야 하는 충격적이고 절망적인 사실을 마치 여름이 가고 가을이 오듯 자연스럽게 받아들이겠다고 말했다.

그녀는 약속대로 신경질을 부리지도 않았으며 말다툼도 걸어오지 않았다. 뿐만 아니라 고집불통인 조셉 때문에 벌어지는 귀찮고 짜증스러운 생활에서 벗어나기 위해서 베르사유에 있는 기숙학교에 그애를 보냈다. 다시 임지 배치를 받아야 하는 공백 기간 동안 그는 전처럼 외무부에 출근하면서 일요일에는 집에서 책을 뒤적거리거나, 어쩌다가 파니와 함께 숲길을 거닐며 나른한 시간을 보내기도 했다. 하지만 가슴속에서는 꺼지지 않는 욕구가 들끓었으며 겉으로는 태연을 가장하느라 그는 항상 지쳐 있었다. 어쨌든 그들은 그 어느 때보다도 평온한 생활을 했으며 에테마 부부와의 저녁 식사 때에도 웃음 보따리를 풀어놓으며 화목한 분위기 속에서 저녁나절을 보내기도 했다. 그녀는 곧잘 좋아하는 노래를 흥얼거리며 피아노를 치기도 했다.

문득 영사직을 포기하고 사무직으로 머물러야 할지도 모른다는 불길한 생각이 떠오르면 그는 뜨거운 응어리가 목구멍으로 치밀어 올라 혼자 눈물을 글썽거렸다. 젊은 시절의 모든 꿈을 쉽게 내팽개치고 가족들의 기대를 저버리면서까지 그런 무책임한 행동을 하게 된다면……. 장의 눈앞에는 영사직을 포기했다는 사실을 집에서 알게 될 경우 발생할 아버지와의 불화와 계속해서 자기 앞에 끊임없이 나타나게 될 감당하기 힘든 상황이 참담한 모습으로 펼쳐졌다.

'대체 누구를 위해서 그렇게 한단 말인가?…… 더 이상 사랑하지도 않는 나이 들고 한물간 여자를 위해서?…… 나는 그녀의 과거 남자들에게 질투를 느끼고 단지 그녀를 사랑하는 척한 것에 불과하지 않을까? 도대체 그녀와의 동거 생활이 이토록 질기게 이어지는 원인이 무얼까?……'

그렇게 회의와 좌절로 하루하루를 보내던 장은 10월도 거의 끝나갈 무렵인 어느 날 아침 여느 때처럼 파리행 기차에 올라탔다. 막 자리를 잡고 책을 펴던 그는 자기를 응시하는 강렬한 시선을 의식하고는 고개를 들었다. 뜻밖에도 거기에는 지난 여름에 숲의 오르막길에서 보았던 소녀가 앉아 있었다. 몇 달 동안 자신을 쫓아다녔던 소녀의 순결하고 아름다운 얼굴을 대하자 그 당시로 되돌아간 듯 그녀의 매력적인 미소에 넋을 잃고 말았다. 그녀는 그때처럼 밝은색의 옷을 입고 있었는데 싸늘해진 날씨 때문인지 커다란 여행 코트를 위에 걸치고 있었다. 무릎에는 몇 권의 책과 작은 가방 그리고 한 아름이나 되는 갈대 묶음과 막 꺾은 듯한 싱싱한 꽃다발이 놓여 있었다. 아마도 여름 한 철을 보낸 시골 생활을 마치고 파리로 돌아가는 길인 듯했다. 장을 바라보는 그녀의 눈에는 반가움으로 눈물이 어른거렸고 엷은 미소를 머금고 있었다. 숲길에서 지나친 짧은 순간의 인연으로 첫사랑의 싹을 틔웠던 그녀 역시 그동안 그에 대한 그리움으로 보냈던 것이다.

"아니, 자네 고생 아닌가? 그래 어머님의 건강은 어떤가?"

그때 창가 쪽에 앉아 책을 읽던 노인이 멍해진 장에게 물었다. 언젠가 어머니 병으로 삼촌과 함께 찾아갔던 의사 부샤르 선생이었다.

그는 그 의사가 자기를 기억하고 있다는 사실에 감동했다. 더군다나 어린 쌍둥이 누이동생들이 부샤르 선생에게 보낸 감사의 편지를 읽어본 소녀가 동생들은 잘 있느냐고 물어 왔을 때 그는 훨씬 더 감동하고 말았다. 그녀가 쌍둥이 여동생을 알고 있었다는 사실에 그는 왠지 친근감을 느꼈다. 그래서 묻지도 않았는데 카스틀레에 사는 다른 가족들에 대해서도 계속 늘어놓기 시작했다. 잠자코 듣고 있던 부샤르 선생과 소녀를 보면서 신이 난 장은 자신이 지금 무슨 말을 하고 있는지 모를 정도로 많은 얘기를 떠벌였다. 그렇게 한참을 떠벌이던 장의 말을 끊고 부샤르 선생이 이제 파리에 돌아가면 의과대학에서 이번 학기에 강의를 할 예정이라고 말했다. 그때서야 제정신이 든 장은 갑자기 침울해졌다.

'언제나 저 소녀와 다시 만날 수 있을까……'

그는 우울하게 차창 밖을 내다보았다. 조금 전까지만 해도 석양의 붉은 노을빛으로 찬란하게 펼쳐진 들이 삽시간에 어둡고 음울한 색조로 변해 가는 것처럼 느껴졌다.

마침내 기차는 길게 기적을 울리며 파리에 도착했다. 사람들이 자리에서 일어나 웅성웅성 내리기 시작했다. 장이 섭섭한 표정으로 작별 인사를 하고 나가 소녀와 부샤르 선생은 사람들에게 떠밀려 어느새 시야에서 사라졌다. 힘없이 터벅터벅 역 출구 쪽으로 빠져나오다가 도중에 그들을 다시 만났다. 혼잡한 사람들 틈으로 부샤르 선생이 그를 향해 큰소리로 외쳤다.

"이보게, 고셍! 목요일에는 병원에 있을 게야. 자네도 알지 왜…… 방돔 광장 근처에 있는 병원 말이야. 차 마실 생각이 나거든 목요일 날 들르게나!"

그녀는 한쪽 팔에는 꽃다발을 안고 다른 팔로 부샤르 선생의 팔짱을 낀 채 얼굴을 붉히고 있었다. 장은 그녀가 부샤르 선생을 부추겨 자기를 초대한 게 분명하다는 확신이 들었다. 그녀의 말 없이 다소곳한 눈길에서 그것을 느낄 수 있었던 것이다.

그날 이후 그는 꼭 치러야 할 큰일을 앞둔 사람처럼 부샤르 선생의 병원에 가봐야겠다고 생각은 했지만 쉽게 결정을 하지 못했다. 그러던 어느 날 그는 외무부에서 며칠 후 베풀어질 저녁 만찬에 꼭 참석해 달라는 초대를 받았다고 파니에게 넌지시 말했다. 그 얘기를 들은 그녀는 괜히 들떠 옷장을 열어놓고 양복들을 이것저것 고르더니 감색 양복에 흰색 넥타이가 어울리겠다며 미리부터 그의 옷차림에 신경을 써주었다. 목요일 저녁이 되자 장은 왠지 외출할 마음이 조금도 내키지 않는다고 파니에게 짐짓 시무룩하게 말했다. 그녀는 손위 누이처럼 자상한 말로 그를 타일렀다.

"생각해봐요, 장. 오늘 같은 저녁 만찬에는 당신의 앞날을 위해서도 꼭 참석해야 한다구요. 내키지 않아도 꼭 가봐야 해요. 그곳에는 고위 공직자들도 꽤 올 텐데 그들과 사귀어서 나쁠 게 없잖아요. 내가 그동안 이기적인 생각으로 당신을 너무 집 안에만 붙잡고 있었어요. 앞으로는 기회가 있을 때마다 사교계에 드나들어 많은 사람들과 어울려 지내도록 하세요……."

그녀는 넥타이 매듭을 다시 한 번 고쳐 매주고 부드러운 손길로 곱슬거리는 앞머리를 옆으로 빗어넘겨 주었다.

"아참, 담배 냄새가 옷에 배면 춤출 때 여자들의 기분이 상할지 모르겠네요……."

파니는 금방 피우다가 벽난로 위에 올려놓았던 연기가 피어오르는 담배를 비벼 끄며 말했다. 그녀의 즐거워하는 모습과 세심한 마음 씀씀이를 보면서 그는 자기가 해댄 거짓말을 후회했다. 만일 그녀가 '당신이 그곳에 참석하길 꼭 원해요…… 그러니까 어서 다녀와요……'라고 속삭이며 어두워지는 바깥으로 자기를 부드럽게 밀어내지만 않았더라도 그날 밤 그는 벽난로 옆에서 그녀와 함께 즐거운 시간을 보냈을 것이다.

그가 샤빌로 돌아왔을 때는 꽤 늦은 밤이었다. 풀벌레들만이 깨어 있었고 오두막집은 웅크린 채 고단하게 잠들어 있는 듯했다. 방안에 들어서자 곤한 잠 속에 빠져 있는 파니의 지치고 쓸쓸한 모습이 침대맡에 놓여진 환한 램프 빛에 드러났다. 불현듯 그는 삼 년 전 그녀의 과거에 대한 끔찍한 얘기를 듣고 돌아오던 날 밤을 기억해냈다. 그때와 똑같은 무기력한 절망감에 휩싸여 그는 그 자리에 주저앉았다.

'그때 왜, 무엇 때문에 벗어나지 못했을까? 나를 더욱더 단단하게 옥죄는 사슬을 다시는 끊어 버릴 수 없는 걸까? 아, 이건 순전히 썩어 가는 늪과 다름없어…… 고약한 냄새를 풍기며 썩어 가는 하수도야!'

그는 혐오스런 욕지기를 느끼며 일어섰다. 그리고 침대 위에 잠든 그녀와 방 안의 물건들이 갑자기 달려들 것 같은 공포에 사로잡혀 램프를 들고 응접실로 쫓기듯 나갔다. 그는 등나무 소파에 앉아 다시금 먼 옛날부터 지금까지 자기가 걸어온 길을 되짚어 보았다. 아무것도 한 것이 없었다…….

하지만 자기도 모르는 사이에 가슴 밑바닥에서부터 퍼져 오는 통증 같은 감미로운 고통이 온몸에 전해지자 그는 희망에 부풀기 시작했다. 그리고 세상은 충분히 살 만한 가치가 있으며 아직 이 아름다운 세상을 포기할 이유가 없다는 생각도 들었다. 그는 사랑에 빠지기 시작한 것이다.

그날 저녁 무렵 방돔 광장에 있는 부샤르 선생의 병원에 간 장은 아늑한 살롱에서 이렌느와 시간 가는 줄 모르고 얘기를 나누었다. 그는 거기에서 부드러움과 커다란 만족 외에 아무것도 느끼지 못하고 온몸이 느슨하게 풀린 듯 나른한 행복과 환희에 사로잡혀 있었다. 그러다가 병원을 나서고 문이 쿵 하고 닫히는 소리를 듣고서야 제정신이 들었다. 야행성 동물들이 어둠 속을 느리게 움직이는 밤 늦은 시간에 온갖 지저분한 찌꺼기들이 아래로 떠내려가는 파리의 거리를 장은 허우적거리며 걸었다. 방탕과 타락의 도시 파리는 순수한 영혼들이 하늘에서 내려와 은은한 달빛에 잠긴 순결한 모습으로 꿈꾸고 있었다. 그랬다, 그날 밤 그의 눈에 비친 파리는 달의 여신처럼 아름답고 순수한 이렌느의 모습과 흡사했다. 이렌느…… 갑자기 그에게 그녀는 새로운 세상을 열어 보이는 존재로 다가왔다. 장은 샤빌의 역에서 내려 오두막을 향해 걸으며 자신도 모르게 중얼거렸다.

"난 그녀를 사랑해…… 사랑해……."

"장, 당신 거기 있어요?…… 뭘 하고 있죠?"

몸을 뒤척이다 곁에 그가 없다는 것을 알고 겁이 난 파니가 그를 불렀다. 그녀를 껴안고, 가지도 않은 장관댁의 무도회에 대한 얘기를 꾸며대고 그녀가 묻는 대로 누구와 함께 춤을 추었으며 얼마나 아름다운 의상들을 입고 왔는지 자세하게 말해주어야 한다는 생각에 그는 진저리를 쳤다. 그리고 원하지도 않는 그녀의 애무를 받아야 한다는 게 끔찍하게만 느껴졌다. 그는 엉겁결에 에테마 씨가 보라고 준 설계도를 집어 들고 열심히 들여다보왔다.

"어머나, 벽난로 불도 다 꺼졌네…… 추운 데서 뭘 하세요? 불 지필게요……."

"아냐, 그만둬…… 곧 잘 텐데 뭐…… 먼저 자……."

"그럼 방문은 열어놔 두세요, 램프 불빛 아래서 일하는 당신 모습을 볼 수 있게 말예요…… 그래야 마음이 놓여요."

그는 등 뒤에 파니의 시선을 느끼며 설계도를 펼치고 숨 죽인 채 꼼짝 않고 앉아서 이렌느에 대한 몽상에 잠겼다. 그러다가 꿈꾸는 듯한 기분으로 세제르 삼촌에게 기나긴 편지를 쓰기 시작했다. 칠흑처럼 어두운 창밖에서는 앙상한 나뭇가지들이 몰아치는 밤바람에 바스락거리며 흔들렸고 멀리서 기적을 울리며 힘차게 달려가는 기차 바퀴 소리가 들려왔다. 창가에 걸린 새장에서 꾀꼬리 한 쌍이 불빛에 잠이 오지 않는지 불안하게 울면서 횃대 사이를 푸드덕 날갯짓하며 옮겨 다녔다.

장은 숲속에서 이렌느를 처음 만났을 때의 뭐라 표현할 수 없는 감정과 또다시 기차 안에서 우연히 그녀를 만난 이후 그날 저녁 부샤르 선생 병원에 가서 느낀 점을 적어 갔다.

지난번에 삼촌과 함께 가본 적이 있는 방돔 광장에 있는 바로 그 병원에 갔었죠. 음울하고 슬픈 듯 보이던 그 건물에 들어서자 이상한 감동에 젖었어요. 긴 복도에 죽 늘어선 방마다 불빛이 밝혀져 있고 소란스럽게 여닫히던 현관문, 그리고 의자에 앉아 초조하고 슬픈 시선을 주고받던 환자들의 모습들이 뇌리에서 사라지지 않아요. 인간에게는 수많은 불행이 있게 마련이지만 아픈 것만큼 견디기 힘든 것도 다시 없을 것 같아요.

부샤르 선생은 살롱으로 들어오더니 짙은 눈썹 밑으로 여느 때의 탐색하듯 불안하게 굴리던 것과는 달리 오늘은 검은 눈동자를 다정하게 빛내며 기다리고 있던 나를 반겨주시더군요. 그때 홀연히 그녀가 내 앞에 다가왔어요. 그러자 난 더 이상 아무것도 눈에 들어오지 않는 거예요…… 갑작스럽게 장님이 되어 버린 것처럼 말예요. 삼촌은 바보 같은 내 행동에 웃으실 테죠…… 하지만 그때는 정말 어쩔 수 없었어요. 그녀는 아름다운 외모와 어울리게 이렌느라는 깜찍한 이름을 갖고 있어요. 금방이라도 웃을 듯한 조그마한 입과 금빛이 감도는 탐스런 갈색 머리칼은 황홀할 지경이에요. 그리고 친절하고 다정한 태도로 사람을 대하는 데는 어머니 같은 푸근함이 느껴져요.

그녀는 런던에서 태어나 어린 시절을 거기서 보냈대요. 오랫동안 그곳에서 살았으면서도 사투리를 전혀 쓰지 않고 고급 프랑스어로만 말해요. 단지 몇몇 단어들을 영어식 억양을 섞어 독특하게 발음하는데 아주 귀여워요. 그녀가 매번 '아저씨'를 '아자씨'라고 부를 때마다 부샤르 선생은 애정 어린 시선으로 빙그레 미소 짓곤 해요. 부샤르 선생은 부양 가족이 많은 형의 부담을 덜어주기 위해서 이렌느의 언니를 그 병원에 데려왔었는데 이 년 전에 병원 내과과장과 결혼을 했대요. 그래서 언니 대신 그녀를 자기 집으로 데려와 자잘한 심부름을 시키며 지낸다지 뭐예요. 이건 제 생각이지만 그녀에게는 의사 남편이 결코 어울리지 않아요…… 이렌느는 자기 약혼자가 되어 달라고 조르는 젊은 의사가 있는데 그 사람의 허황되고 어리석은 행복을 깨뜨려서 안됐지만 죽어도 그런 사람과는 결혼하고 싶지 않다고 농담을 섞어 가며 얘기하더군요……. 그녀는 철새 같아요. 바다와 배를 좋아해

서 해안에 들어오는 배만 보아도 감동한답니다…… 그녀는 우아
한 파리 여인의 분위기를 지녔으면서도 영국 처녀다운 지적인 태
도로 자기가 품고 있던 얘기를 솔직하고 자유분방하게 친구에게
하듯 말해요. 그때 난 그녀의 낭랑한 목소리와 상큼한 웃음소리
를 들으면서 내 인생의 행복이 내 손 가까이에 있다고 내심 확신
했어요. 그 행복을 잡아 아주 먼 곳으로 그녀를 데리고 가서 살고
싶다는 강렬한 충동에 휩싸여 그녀의 얘기에 귀를 기울였죠…….

"장, 이제 그만 자러 와요……."
그는 화들짝 놀라서 쓰고 있던 편지를 얼른 설계도 밑에 밀어넣
었다.
"갈 테니 어서 자…… 먼저 자라고 했잖아……."
그는 등을 곧추세우고 화난 어투로 말을 내뱉고는 그녀가 다시
잠이 들었는지 알아보려는 듯 방문 쪽에 귀를 기울였다. 그녀의
고른 숨 소리를 듣자 그는 입가에 만족스런 미소를 띄우고 편지
를 다시 꺼냈다. 손만 뻗으면 서로 감싸 안을 수 있는 한 지붕 밑
에서 살고 있었지만 그들의 마음은 그렇게도 멀리 동떨어져 있
었던 것이다.

……이렌느와의 만남과 사랑은 내게는 구원이 되어줄 거라고 생
각해요. 삼촌도 내 생활이 어떻다는 걸 아시죠? 터놓고 얘기를
한 적은 없었지만 아무튼 피폐해 버린 내 삶을 어떻게든 바꿔 보
려고 무진 애를 썼어요. 그런데 그럴수록 더욱더 깊은 구렁텅이
로 빠져들고 결코 벗어날 수가 없는 거에요. 내가 수없이 노력했
다는 사실은 삼촌이 더 잘 알 거예요. 그러나 삼촌이 모르는 사실

이 하나 있어요. 매일 더욱더 깊이 헤어나지 못할 나락 속으로 빠져들어가는 타락한 생활에 돈과 미래 등 내 모든 것을 희생할 각오까지 하고 있었다는 사실 말입니다. 삼촌, 이건 믿어주세요. 지금까지 내게 부족했던 용기와 희망을 이제야 찾아냈어요. 이렌느…… 바로 그녀가 구원의 여신으로 내게 나타난 겁니다. 더 이상 나약해지지 않기 위해서 파니의 곁을 더나 자유롭게 새로운 삶을 찾아 이렌느와 함께 떠나기로 했어요. 그래요, 바로 내일 떠나야겠어요…….

 하지만 다음날 해가 뜨고 졌어도 또 그 다음날도 그는 떠나지 못했다. 그는 밤이고 낮이고 떠나기 위한 구실을 만들기 위해 고심했다. 어느 날엔가는 답답한 마음으로 파니에게 소리를 질러댔다.
"이젠 끝장이야. 떠나고 말겠어!"
 그런데 그녀는 그가 꾸며대는 거짓말에 진짜로 속았던 처음과는 달리 밝고 상냥한 얼굴로 웃기까지 했다.
"왜 그래요. 집에 있기기 답답한 모양이군요…… 숲으로 바람이나 쐬러 나가요, 장……."
 결국 그는 떠날 만한 결정적인 계기가 되어줄 싸움이나 설득할 만한 대화를 찾지 못하고 속병을 앓았다.
 '이제 모든 게 끝장이라는 쪽지만 남기고 그냥 몰래 떠나는 게 아무래도 낫겠어…… 아니야, 그건 좋은 방법이 아닌 것 같아…… 그랬다가는 몇 달 후면 자연히 헤어질 텐데 괜히 격분한 그녀가 쉽게 단념하지 않을 게 분명해…… 그녀 성격에 가만 있을 리는 없고 사무실이나 호텔까지 따라다니며 악착같이 매달릴 테지…… 그래 차라리 정면으로 맞부딪치는 수밖에 없어…… 돌이킬 수 없는 계기가 있어야만 해…… 그래서 이렇게 결별할 수밖에 없는 걸 그녀에게 침착하고 냉정하게 납득시키는 게 나을 거야…….'

그러다가 갑자기 알리스 도레의 자살 사건에 생각이 미치자 그는 또다시 공포에 사로잡혔다. 오두막집 앞으로 난 길을 죽 따라 철길 쪽으로 가다 보면 차단기로 통행금지 표시가 된 곳이 있었다. 상상력이 풍부한 그는 자기가 떠나고 나면 파니가 철길로 달려가 자기가 탄 기차 바퀴 아래로 몸을 던질지도 모른다는 끔찍한 생각에 빠졌다. 결국 그는 기회를 엿보는 도망자처럼 불안한 생활을 계속해야 했다. 게다가 그런 일이 일어났을 때 그녀를 도와주고 보호해줄 만한 사람이나 친구라도 있다면 또 모를까, 모르모트처럼 갇혀 생활해 온 파니에게 그 동네에서 아는 사람이라곤 아무도 없었다. 설사 안면이 있다고는 하지만 절망과 자포자기에 빠진 그녀가 기름기가 흐르는 살찐 몸집에 이기적이고 에스키모인들 같은 은둔 생활을 하며 거의 동물처럼 먹고 잠자는 것에만 관심을 갖고 살아가는 에테마 부부에게 도움을 청하지는 않을 것이었다.

어쨌든 파니와의 관계는 되도록 빨리 끝내야겠다고 다짐하며 그는 방돔 광장에 들르는 발걸음이 잦아졌고 그에 따라 점점 더 이렌느에게 정신을 빼앗겨 갔다. 아무 말도 하지 않으면서도 은근하게 보여주는 부샤르 선생의 환대와 감동적인 사랑의 고백을 기다리듯 겉으로 드러내지 않는 이렌느의 부드럽고 관대한 애정 등 그 모든 것이 파니와의 결별을 더 이상 지체하지 말라고 재촉하는 것으로 느껴졌다. 게다가 이렌느와 부샤르 선생에게 거짓말을 해야 하는 고통과 방돔 광장을 갔다 온 날이면 어김없이 파니에게 둘러대야 하는 핑계 등으로 그의 머릿속은 뒤숭숭해지기만 했다. 무엇보다도 사랑하는 소녀와 헤어져 은밀하게 숨겨 놓은 여자에게 달려가 거짓말을 속삭이며 입맞춤을 해주어야 하는 자괴감으로 그는 더 이상 지체할 수 없었던 것이다.

Opus Nocturnus

파니와의 관계를 청산하지 못하고 심한 갈등 속에 빠져 허우적대던 어느 날, 잠시 자리를 비웠다가 집무실에 돌아온 장은 책상 위에 놓여 있는 명함을 발견하고 수위를 찾아갔다.

"오전중에 두 번이나 웬 작달막한 사람이 찾아와서 고셍 씨를 찾더군요. 그 명함을 놓고 갔는데 제가 깜박 잊고 못 전해 드렸어요. 죄송합니다, 고셍 씨……."

수위는 미안해하는 표정으로 뒤통수를 긁적거리며 공손하게 말했다.

장은 자리에 돌아와 명함을 자세히 들여다보았다.

C. 고셍 다르망디

론 강 계곡 관수농법협회 회장

중앙 연구 및 감시위원회 회원

'세제르 삼촌이 파리에 오신 모양이군. 그런데 무슨 일일까……
감시위원회 위원은 또 뭐람!'

그때 사과처럼 불그스름한 얼굴에 눈동자를 이리저리 굴리며
작달막한 세제르 삼촌이 팔자걸음으로 나타났다. 지겹도록 입
고 다니던 후줄그레한 마직 양복을 벗어 버린 삼촌은 툭 불거져
나온 배 위로 홀쳐맨 새 조끼와 인도 철학자처럼 기른 수염 때문
인지 농부티는 없어지고 명함에 인쇄된 것처럼 회장다운 위엄이
엿보였다. 그는 익살꾼처럼 미소를 지으면서 나가자고 했다.

"무슨 일로 파리에 오셨어요?"

"뭘 그렇게 놀라냐? 침수된 새 포도밭에서 물을 뿜어내는 기계
를 구입하려고 왔다."

힘주어 발음하는 '뿜어내는'이라는 말투에는 그럴듯한 위엄까
지 엿보였다. 그러더니 회장다운 위세를 부리려고 그러는지 애
써 점잖은 태도로 덧붙였다.

"그리고 협회 임원들이 회의실에 장식용으로 내 흉상을 해놓
자고 하도 아우성치길래 하나 주문하러 왔다. 얘야, 너도 이미
알고 있겠지만 그들이 나를 회장으로 선임했지 뭐냐…… 남부
지방을 휩쓴 침수 대책에 대해 내가 제시한 의견 때문에 말이
다…… 알겠냐? 바로 내가 프랑스의 포도주 생산에 막대한 공헌
을 하고 있는 셈이야. 촌놈들이란 모두 머리 굴릴 생각은 않고
있거든……."

말은 그렇게 했지만 그가 파리까지 온 진짜 목적은 장과 파니와
의 문제였다. 떳떳하지 못한 동거 생활을 너무 오랫동안 질질 끌
고 있다고 생각한 세제르는 장이 보낸 편지를 보고 그를 도와주
러 온 것이었다.

"네가 생각하는 바를 나도 잘 안다······ 그래서 말인데······ 얘야, 내 얘기 좀 들어 봐라. 내게 도움이 될 거야. 쿠르베배스라고 옛날 내 친구놈 하나가 결혼하기 위해서 정부를 버렸을 때 말이다······."

얘기를 막 시작하다 말고 그는 조끼 단추를 풀고는 두둑한 지갑을 꺼내 장에게 디밀었다.

"자, 우선 이것부터 받아라······ 어서! 이놈의 돈부터 말이야······ 짐스러워 죽겠구나."

장이 몸을 움직이자 거절한다고 착각한 그는 싸울 듯 큰소리로 외쳐댔다.

"자, 받아라! 받아두란 말이다······ 젊었을 때 망나니처럼 놀아나다가 돈을 날렸을 때 네 아버지가 마련해준 돈을 이렇게 네게 갚을 수 있어 내 마음이 얼마나 편한지 모른다······ 게다가 네 숙모도 이러길 진심으로 원하고 있어······ 그리고 참, 디본느는 이미 파니와의 관계를 모두 알고 있지······ 그래서 네가 나이 든 귀찮은 여자를 떼버리고 결혼 생각을 하고 있다는 얘기를 듣자 아주 좋아하더구나······."

그가 '나이 든 귀찮은 여자'라고 거침없이 퍼붓는 말이 귀에 거슬린 장은 볼멘소리로 투덜거렸다.

"삼촌, 그 지갑 도로 넣어두세요······ 파니가 결혼이니 돈이니 하는 문제들에 대해 얼마나 무관심한지 삼촌이 더 잘 아시잖아요."

"그래, 그 여잔 참 착한 여자지······."

그는 눈가에 주름살이 지도록 지그시 눈을 감으면서 덧붙였다.

"하지만 얘야, 늘 돈을 지니고 있어야 한다. 더군다나 나는 파리에 오면 유혹을 뿌리치지 못하고 휘말리니 원…… 아무래도 네가 갖고 있는 게 낫겠구나…… 결투할 때 칼이 필요하듯 여자와 헤어지는 데는 돈이 필요한 법이다. 내 말, 고깝게 듣지 말고 넣어 두는 게 좋아……."

그러더니 아침부터 설치고 다녀 배가 고파 죽을 지경이라면서 자리에서 일어났다.

"이런 중대한 문제는 식사하면서 좀더 신중하게 상의해야 하는 거란다. 배가 고프면 머리도 잘 안 돌아가는 법이지. 자, 어디로 가는 게 좋겠냐…… 네가 앞장을 서라……."

장은 마지못해 삼촌을 따라 카페를 나왔다.

"장, 어서 들어가자……."

그들은 부르고뉴 가에 있는 한 깨끗한 식당에 자리를 잡고 앉았다. 세제르 삼촌은 음식을 잔뜩 주문하고는 전투를 준비하는 무사처럼 두 손에 포크와 나이프를 쥐고 턱에는 냅킨까지 둘렀다.

"……속이 너무 쓰리구나…… 이봐요, 빨리 좀 해줘요…… 아무래도 너무 많이 시킨 것 같은 데…… 그건 그렇고 내가 보기에 넌 일을 너무 비극적으로 생각하는 것 같더라. 처음에야 견디기 힘들고 파니에게 설명하기도 고통스럽다는 건 알아…… 그렇지만 말이다, 아무리 괴롭더라도 내 말대로 하는 게 낫겠어…… 그러니까 그게 벌써 몇 년 전 얘긴지 모르겠다. 어쨌든…… 그 친구가 결혼식을 하는 아침까지도 정부였던 파올라는 아무것도 몰랐지. 그 당시 그녀는 어느 카페에서 노래 부르는 가수였는데 꾸르베배쓰가 낮에는 아내가 될 여자의 집에 찾아가 즐기다가 저녁이면 그녀를 만나러 카페를 들른다는 사실을 전혀 눈치채지 못했던 거야. 그 친구는 밤마다 파올라의 아파트에서 놀아나는 방탕한 생활을 일삼았단다. 물론 아내가 될 그 여자도 그 사실을 몰랐지. 너는 그런 행동이 비도덕적이고 불성실하다고 비난하겠지만 파올라 같은 여자들과 함께 살다 보면 어쩔 수 없단다. 그 훌륭한 친구가 짙은 갈색 피부에 몸집이 작은 여자에게 옴짝달싹 못하고 쥐여 산 게 자그만치 십 년이지 뭐냐. 결국 그녀로부터 벗어나기 위해서는 치사하게 들리지 모르겠지만 계략과 술수가 필요했지……."

삼촌은 그당시 두 사람이 헤어지는 데 자신이 어떤 역할을 했는지 자세하게 들려주었다.

쿠르베배스의 결혼 전날인 8월 15일은 마침 성모승천 축제일이었다. 미리 짜놓은 각본대로 세제르는 튀김을 만들 물고기를 낚으러 이베르 강에 가자고 파올라에게 제안했다. 물론 쿠르베배스는 바쁜 일이 있다며 그 일이 끝나는 대로 그곳에서 그들과 만나 셋이서 밤새 놀다가, 다음날 축제가 끝나 램프의 기름 냄새와 먼지가 뒤덮인 파리로 돌아오자고 그녀를 꼬드겼던 것이다. 모든 것은 순조롭게 잘 되어 갔다. 세제르는 그녀와 함께 미리 그곳에 가서 강가의 무성한 풀 위에 벌렁 드러누워 구름이 한가롭게 떠가는 하늘을 바라보며 회심의 미소를 지었다. 나지막한 언덕 사이로 보이는 강물에서 물고기가 펄떡펄떡 튀어올랐고 강가에는 짙푸른 초원이 넓게 펼쳐져 있었으며 휘늘어진 버드나무가 시원한 그늘을 만들고 있었다. 그들은 낚시질을 한 뒤 더위를 식히려고 멱을 감으러 물속에 들어가 마치 개구쟁이나 또래 친구처럼 함께 물장구를 치며 놀았다. 그처럼 격의 없이 수영을 하며 놀기는 그날이 처음은 아니었지만 파올라의 하얗게 드러난 팔과 다리, 그리고 물에 젖은 옷이 찰싹 달라붙어 속살이 훤히 보이는 그녀의 몸매를 보자 그는 쿠르베배스가 맡긴 중대한 임무도 잊고 그녀를 더듬었다. 그러자 그녀가 홱 돌아서서 눈을 부릅뜨고 말했다.

"이봐요, 세제르 씨. 정신 차려요. 더 이상 내 몸에 손대지 말아요…… 아시겠어요!"

일을 망칠까 두려웠던 그는 아무 말도 못하고 풀밭에 나와 주저앉으며 중얼거렸다.

"바람둥이 계집 같으니라구!…… 저녁 식사가 끝난 후면 모든 것이 끝나 있겠지."

축제일을 기념하여 두 개의 국기를 게양해 놓은 꽤 아담한 여관에 방을 잡아 놓은 두 사람은 해가 진 뒤에 그곳으로 돌아왔다. 그리고 기분이 풀어져 여관 발코니에서 유쾌하게 저녁 식사를 했다. 날씨는 후덥지근했고 여관 뜰에 쌓아 놓은 건초 더미에서는 구수한 냄새가 풍겨 왔다. 멀리서 북소리와 폭죽 소리, 거리를 행진하는 악단의 음악 소리가 한데 어우러져 흥을 돋구어 주었다.

"쿠르베배스가 없으니까 지겹군."

식사 후 디저트로 샴페인 한 잔을 마신 파올라는 취기가 오르자 기지개를 켜면서 따분한 듯 말했다.

"오늘 저녁은 신 나게 즐기고 싶었는데……."

"저런, 나도 어쩐지 기분을 내고 싶은걸!"

그가 발코니 난간에 기대어 서 있는 그녀 곁에 슬그머니 다가가 속삭였다. 그녀는 낮 동안 따가운 햇살에 발그스름하게 그을려 있었다. 꿈꾸듯 몽롱한 시선으로 그녀의 옆얼굴을 훔쳐보던 그는 그녀의 허리를 가볍게 끌어안았다.

"오! 파올라…… 당신은 정말 아름다워……."

갑자기 그녀는 뭐가 그리 재미있는지 깔깔거리며 웃기 시작했다. 강가에서처럼 토라져 화낼 줄로 생각한 세제르는 눈을 휘둥그레 뜨고 그녀를 쳐다보다가 덩달아 폭소를 터뜨렸다. 마음이 통한 두 남녀는 마을 축제에 휩쓸려 그날 저녁 내내 함께 보냈다. 그러고는 밤이 늦어서야 흥청대는 기분을 몰고 여관으로 돌아왔다. 뭔가 잘되어 간다고 생각한 그는 은근히 그녀를 유혹했지만 결국 거만한 그녀에게 거부당하고 말았다. 하는 수 없이 다른 방을 쓰게 된 세제르는 옆방에서 들려오는 그녀의 노랫소리에 잠도 못 이루고 이를 갈아야만 했다. 그녀는 벽에 대고 '당신은 너무 작아요…… 그걸 모르시나요……' 어쩌구 하는 쿠르베배스와 자기를 비교하는 듯한 노래를 불러대며 그의 기분을 몹시 상하게 했던 것이다. 홧김에 '너는 이제 버림받은 계집이 되고 말았다구!' 하는 말이 입에서 튀어나오려 했지만 꾹 참고 아무런 대꾸도 하지 않았다. 그 얘기를 했다가는 여태껏 애쓴 게 모두 물거품이 되어 버리고 말 것이었기 때문이다.

다음날이 되어도 쿠르베배스가 오지 않자 마침내 안달이 난 그녀는 투덜대며 점심 식사를 하려고 방에서 나왔다. 발코니에 준비된 점심을 들던 세제르는 간밤의 일로 언짢아진 기색을 감추며 히죽히죽 웃었다. 그는 만족스런 웃음을 흘리며 시계를 힐끗 쳐다보고는 엄숙하게 말을 내뱉었다.

"드디어 몇 분 후면 모든 게 끝나겠군……."

"뭐라구요?"

"그가 결혼한다고 했어요."

"누가요?"

"누구라뇨? 바로 쿠르베배스죠."

깜짝 놀란 그녀는 덜컹하고 의자를 뒤로 밀치고 일어서더니 악을 쓰며 외쳤다.

"그럴 수가! 그 말, 정말이에요? 나를 이런 식으로 모욕하다니……"

그러더니 서둘러 떠날 채비를 했다. 그러나 네 시 이전에는 파리행 기차가 한 대도 없었다. 게다가 그즈음 이교도가 아내와 함께 이탈리아행 철로를 폭파한 사건이 발생해 기차는 당분간 운행이 중단되고 있었다.

"그 사실을 알고 나서 격분한 그녀가 내게 비난과 욕설을 마구 퍼붓더구나. 나야 할 말이 없지. 그들을 그렇게 만든 건 나라고 해도 과언이 아니니까…… 파올라는 지쳤는지 의자에 주저앉아 엉뚱하게도 음식 맛이 이러니저러니 불평을 늘어놓더구나. 그런데 잠시 후 갑자기 무서운 신경 발작을 일으키며 정신을 잃더라구…… 얼마나 놀랐는지 모른다! 다섯 시쯤 됐는데 나는 그녀를 업어 침대로 옮겨 놓고 사람들을 불러왔단다. 그리고는 가시덤불을 헤쳐가듯 허우적거리며 의사를 데리러 오르세 마을까지 달려갔지. 저녁 무렵이지만 여전히 푹푹 찌는 더위 속을 아무것도 먹지 못해 눈앞이 노랗게 보이는 허기진 몸으로 무턱대고 달렸단다. 정말 악몽이었어…… 내가 의사를 데려왔을 때는 이미 깊은 밤이었는데 돌아오는 길에 '그녀가 자살이나 하지 않을까, 혹시 누구를 죽여 버리지나 않았을까' 하는 온갖 불길한 상상이 다 떠오르지 뭐냐…… 다혈질인 그녀는 충분히 그럴 수도 있었거든…… 조급해진 나는 여관 뜰로 뛰어들어갔지. 그런데, 내가 무엇을 보았는지 아냐?…… 베네치아산 램프가 매달려 있는 발코니에서 환호하는 사람들 무리 속에 커다란 깃발을 몸에 둘둘 감은 그녀가 위풍당당하게 국가를 불러대며 비장하게 슬픔을 달래고 있더구나…… 이런 우여곡절 끝에 쿠르베배스와 파올라의 관계는 끝났단다. 하지만 모든 게 수월하게 끝났다고는 말하지 않겠다. 그 후에도 사소한 말썽은 있었으니까. 그러니 끝났다고 방심해서는 안 되고 늘 약간의 경계를 잊지 말아야 한단다."

"삼촌! 파니는 그런 여자가 아니예요."

"그런 바보 같은 소리 말아라!"

그는 여송연 곽을 꺼내 담배를 말아대기 시작했다.

"너는 그녀를 떠나는 첫 남자가 아니야……."

"하지만 파니는 달라요…… 그녀는 착한 여자예요."

장은 자신이 그녀를 떠나는 첫 남자가 아니라는 삼촌의 말에 또다시 울컥했지만 한편으로는 내심 마음이 편해졌다. 몇 개월 동안 파니에게 꾸며댄 거짓말과 위선으로 가득찬 현실 문제를 결코 해결할 능력도 없을 뿐더러 단지 때가 오기만을 무기력하게 기다리기만 했던 그로서는 삼촌의 말에 희망을 걸고 싶었다.

"그러면 어떻게 하고 싶냐?……"

장이 막연하나마 해결의 실마리를 생각해내려고 애쓰는 동안 세제르 삼촌은 무관심한 태도로 턱수염을 매만지다가 말했다.

"그 사람 사는 곳이 여기서 멀어?"

"누구 말이죠?"

"내 흉상을 만들어줄 사람 말이다. 네가 언젠가 말하지 않았냐…… 카우달이라는 유명한 조각가가 있다고…… 그가 얼마를 원하는지 함께 알아보러 가지 않겠냐?……"

"그 사람 꽤 많은 돈을 요구할 텐데요…… 여기서 좀 떨어진 아사스 가에 있는 아틀리에에 살고 있어요."

그곳으로 발걸음을 옮기면서 세제르 삼촌은 카우달에 대해 이
것저것 물어보았다. 특히 그는 자기 흉상이 일류 조각가의 손에
의해 만들어지는 데 큰 관심을 갖고 있었다.

"그래, 그 사람이 그렇게 유명하냐?"

"그럼요, 삼촌. 카우달은 아카데미 프랑세즈 회원이며 레종 도
뇌르 훈장 등 수많은 상들을 받은 대예술가예요. 그러니 아무 걱
정 마세요……."

삼촌은 들어 보지도 못한 상과 훈장 얘기를 듣자 눈을 휘둥그렇
게 치켜 떴다.

"너, 그 사람 잘 아냐?"

"꽤 친한 사이예요……."

"이런…… 파리에서라면 흔히 있을 수 있지…… 예술의 도시
인 이 파리에서는 누구나 멋진 사람을 사귈 수 있으니까 말이
야……."

장은 카우달이 파니의 옛 애인이었으며 그녀가 바로 카우달에
게 자신을 소개해 주었다는 사실은 말하지 않았다. 그런데 세제
르 삼촌은 그 사실을 이미 알고 있었던 모양이었다.

"혹시 그 카우달이란 예술가 말이다. 카스틀레에 있는 바로 그
사포 상을 만든 조각가 아니냐? 언젠가 네가 말했던 것 같은데,
파니의 옛날 애인이었다고 말이야…… 그렇다면 그 사람이 네가
그녀와 헤어지도록 도와줄지도 모르겠다. 여자들이란 모름지기
아카데미 프랑세즈니 레종 도뇌르 훈장이니 하는 것에 약하거
든…… 그런 것에 혹하기 마련이야……."

대답은 하지 않았지만 장은 파니의 첫 남자였던 그에게 부탁하

면 의외로 일이 잘 풀릴지 모른다는 생각을 했다. 세제르 삼촌은 장의 속마음에는 아랑곳하지 않고 유쾌하게 웃으면서 계속 말을 이었다.

"말이 나왔으니 말인데, 이제 그 사포 청동상은 네 아버지 서재에 놓여 있지 않단다. 디본느가 그 사실을 알고는 그것을 치워버렸거든…… 깐깐한 성격의 소유자인 네 아버지가 워낙 변화를 싫어하는 통에 그것을 치우는 데 여간 애를 먹지 않았던 모양이더라. 여자들이란 할 수 없어…… 디본느가 네 아버지에게 뭐라고 말했는지는 모르지만 아무튼 그건 다락방 속에 낡은 가구들과 함께 먼지를 뒤집어쓰고 파묻혀 있단다. 그리로 운반하는 중에 땋아 내린 머리 부분이 깨진데다가 칠현금까지도 어디로 떨어져 나갔는지 없어졌단다. 디본느가 품은 앙심이 사포에게 불행을 가져다준 셈이랄까…… 허허……."

두 사람은 아사스 가에 접어들었다. 예술가들만 모여 사는 그 구역은 검소하고 조촐한 분위기를 풍겼다. 죽 늘어선 문에 번지가 매겨진 아틀리에들이 초라한 초등학교 운동장 모퉁이에서부터 족히 1킬로미터 정도 이어져 있었다. 초등학교의 낡은 건물에서는 어린 학생들의 책 읽는 소리가 낭랑하게 들려 왔다. 주위를 휘둘러 보던 세제르 삼촌은 그토록 허술한 곳에서 사는 조각가의 재능에 일말의 의심을 품으며 얼굴을 찌푸렸다. 그래서 카우달의 아틀리에에 들어서자마자 그는 되도록 위엄을 부리며 말했다.

"내 흉상을 하나 제작해 주시오. 얼마면 되겠소?"

"10만 프랑, 아니 백 만 프랑을 줘도 안 돼요, 안 돼!……"

세제르 삼촌의 첫 한 마디에 카우달은 버럭 소리를 질렀다. 그러더니 마구 어질러진 아틀리에 한가운데에 방금 전까지 길게 누워 있었던 커다란 소파에서 느릿느릿 일어나며 빈정거리는 것처럼 덧붙였다.

"흉상을 만들어 달라구…… 좋아, 좋아. 만들어주지…… 하지만 저기 저 산산조각난 석고상을 한번 보시오…… 방금 전에도 옆방에 있는 내 흉상을 죄다 부숴 버렸어…… 선생의 그 우스꽝스런 얼굴을 조각해서 설사 그 흉상이 당신 마음에 들었다 해도 내 마음에 안 들면 저렇게 박살낼 수 있단 말이오……."

"저, 진정하시오…… 선생. 전 고셍 다르망디…… 회장……."

당황한 세제르 삼촌은 더듬거리며 모든 직함을 늘어놓기 시작했다.

"집어쳐요……."

세제르 삼촌의 말을 가로막으며 카우달은 장을 향해 돌아서며 물었다.

"이봐, 장…… 그래 자네도 내가 늙었다고 생각하나?……"

창문으로 쏟아져 들어오는 햇살을 받으며 서 있는 카우달은 전보다 훨씬 나이가 들어 보였다. 사자 갈기처럼 길게 자란 머리카락은 낡은 양탄자의 주름처럼 헝클어진데다가 볼은 축 처져서 흐물거렸고 도금이 벗겨진 듯 얼룩덜룩한 콧수염은 정말 꼴불견이었다. 장이 아직은 젊어 보인다고 마음에도 없는 말을 하자 그는 손을 훼훼 내저으며 웃었다.

그때까지 한구석에 다소곳이 앉아 있던 쿠지나르가 문을 열고 나가자 카우달이 갑자기 신이 나서 말했다.

"젊은 친구, 당신 말이 맞아. 어린 모델을 조각하다 보면 난 야성적이고 발랄한 스무 살이 된 기분이 들거든!'

그는 자조하듯 낮은 목소리로 중얼거리며 나무 걸상을 구두발로 밀어젖히고 성큼성큼 방안을 걸어 다녔다. 소파 위쪽에 걸린 구리로 장식된 거울 앞에서 걸음을 멈춘 그는 거울 속에 비친 무섭게 일그러진 자기의 얼굴을 들여다보았다.

"늙은 암소처럼 축 처진 이 볼떼기 살하며 온통 주름으로 뒤덮인 흉한 몰골하며…… 알지, 아아…… 내가 얼마나 형편없이 망가져 있는가 말이야!……"

마치 연극을 하듯 작위적인 말투로 주절주절 말하더니 목을 두 손으로 꽉 움켜쥐었다.

"내년에는 그나마 더 흉측해져, 떠나 버린 쿠지나르를 그리워하겠지!……"

카우달은 더 이상 참기 어려운 듯 눈물까지 그렁그렁한 채 울먹였다.

세제르 삼촌은 한구석에 얌전히 서서 카우달이 하는 양을 놀란 표정으로 바라보고 있었다.

'세상에, 대예술가라는 사람이 그래 거울을 보고 혀를 낼름대며 스스로를 비아냥거리질 않나…… 하찮은 사랑에 대해 뇌까리지를 않나…… 하기야 아카데미 프랑세즈인가 하는 데는 정신 나간 사람들이 많다는 얘기는 들었지만……'

훌륭한 사람들에 대한 세제르 삼촌의 존경심은 그 예술가를 바라보는 동안 동정심으로 변해 갔다.

"참, 파니는 어떻게 지내나?…… 여전히 샤빌에서 자네랑 살고 있나?"

카우달은 갑자기 흥분을 가라앉히고 부드럽게 그의 어깨를 두드렸다.

"실은 파니와 헤어지기로 했어요……."

"그래, 떠날 생각인가?"

"예, 곧…… 결혼하려고요…… 이제 그녀와는 아무래도 헤어져야 할 것 같아요."

느닷없이 카우달이 큰소리로 웃어 젖히고는 의기양양하게 떠들었다.

"이봐, 젊은이. 잘 생각했네…… 자네가 우리의 원수를 갚아줘야겠어…… 그래, 그 바람둥이 여자에게 남자를 대표해서 원한을 갚는 거야…… 정말 신 나는 일이군…… 그 여자가 그랬던 것처럼 말야…… 그러면 버림받은 그녀는 서럽게 흐느껴 울겠지! 으흐흐…… 그렇게 되면 자네는 말이야, 내가 받은 고통을 고스란히 그 여자에게 되돌려 주는 게 된다구…… 무슨 말인지 알겠나…… 이것 참, 살다 보니 이런 신 나는 일도 있군 그래!"

세제르 삼촌은 미친 듯이 중얼대는 카우달을 보고 이때다 싶었는지 장에게 말했다.

"봐라, 이분은 너처럼 상황을 비극적으로 보지 않잖냐…… 선생, 당신은 이 순진한 애를 이해하겠죠…… 파니가 자살할지도 모른다는 두려움 때문에 그녀를 버리지 못하지 뭡니까……."

장은 알리스 도레의 자살로 인해 상당히 망설여진다고 솔직하게 고백했다.

"아냐, 아냐…… 그럴 필요 없다구…… 죽은 여자를 이렇게 얘기해서 안됐지만 그 여자는 속이 빈데다가 인형처럼 늘 손을 축 늘어뜨리고 다니던 정신 나간 여자였어. 디셀레트가 자기 때문에 그녀가 죽었다고 생각한 것은 잘못이었지…… 바보 같은 자식…… 그렇다고 따라 죽을 건 뭐람…… 그녀는 삶에 대한 권태와 피로에 지쳐 자살한 것에 불과해…… 하지만 사포는…… 아이쿠, 천만에! 그녀가 자살하다니…… 어림없지, 아무렴 그녀가 자기 손으로 목숨을 끊을 것 같은가?…… 그녀는 천성적으로 피가 뜨거운 여자야. 사랑에 빠지면 자기 기력이 쇠잔해질 때까지 태워 버리려고 하지…… 젊은 남자들을 홀리는 요염한 몸짓으로 죽기 직전까지 사랑에 몸을 던질 그런 여자라네…… 자, 나를 보게나…… 내가 어디 자살했다는 소문 들어 보았나? 그녀가 떠났을 때만 해도 견딜 수 없는 크나큰 슬픔을 느꼈지만 이내 그 슬픔을 잊고 살았지…… 그후 난 늘 여자가 필요했어…… 젊은 여자들이 말이야…… 그녀들이 흘러가 버린 내 젊음을 보상해줄 거라고 믿으면서…… 파니도 마찬가지지…… 지금까지 이미 그렇게 해왔으니까…… 다만, 그녀는 이제 젊지 않으니 예전처럼 그리 쉽지가 않겠지……."

세제르 삼촌은 더욱더 자신 있는 목소리로 말했다.

"자, 그러니 이제 너도 안심이 되지, 응?"

장은 아무 대꾸도 하지 않았다. 그러나 그의 양심은 이미 한풀 꺾인데다가 결심도 확고하게 섰다. 장과 세제르는 볼일을 끝내고 다소 만족스런 웃음을 흘리며 일어섰다. 그때, 카우달이 그들을 불러 세웠다. 그러더니 먼지가 뽀얗게 내려앉은 책상에서 사진 한 장을 꺼내 소맷자락으로 닦아서는 장에게 내밀었다.

"누군지 알겠나?…… 이십여 년 전의 파니라네…… 무릎을 꿇고 앉은 모습을 보게나…… 얼마나 예쁜가? 난 평생 그녀처럼 예쁜 여자를 두 번 다시 못 봤지!"

카우달은 이글거리는 눈으로 허공을 응시하며 정열적인 목소리로 말했다. 석고용 주걱을 든 크고 주름진 그의 손이 부들부들

떨리고 있었다. 매력적으로 보조개가 파인 쿠지나르를 모델로
한 미소 짓는 석고상의 얼굴이 그의 떨리는 손에 일그러졌다.

Opus Nocturnus

　"당신이에요?…… 오늘은 일찍 왔군요!……"

　정원 건너편 사과나무 뒤에서 말소리가 들려오더니 곧이어 치마 가득 떨어진 사과를 주워 담은 파니의 모습이 나타났다. 그녀는 상기된 얼굴로 현관 층계를 서둘러 뛰어 올라왔다. 뭔가 단호한 결심을 내린 듯 굳어진 그의 얼굴을 보고 그녀는 다소 걱정스럽게 물었다.

　"무슨 일이 있었어요? 얼굴색이 안 좋아 보이는데요……."

　"아무것도 아냐…… 그냥 날씨가 하도 좋아서…… 햇살이 눈부시고 정말 좋군…… 이렇게 좋은 날 숲길을 걸어 보는 것도 좋을 것 같은 데, 둘이서 말야…… 어때, 파니?"

　"그럼요, 좋구말구요."

　그녀는 소풍 길에 나서는 어린애처럼 기뻐 어쩔 줄 몰라했다.

　사실 근 한 달이 넘도록 그들은 함께 외출한 적이 없었다. 겨울

답지 않게 내내 비가 추적추적 내려서 그들은 노아의 방주에 간 힌 동물처럼 쉬는 날에도 꼼짝없이 집 안에만 틀어박혀 지내야 했다. 에테마 부부가 오늘 저녁 식사를 하러 오기로 했는데 몇 가지 준비해 둘 일이 있다며 그녀가 부엌으로 들어갔다. 장은 정 원에서 파니가 나오기를 기다리며 따스한 온기가 감도는 아담한 집과 듬성듬성 이끼가 낀 널찍한 시골길을 물끄러미 바라보았 다. 참으로 많은 추억과 회한이 얼룩진 곳이지만 오늘 밤에 이곳 을 떠나게 되면 다시는 오지 못하리라는 생각에 그는 코끝이 시 큰해졌다.

활짝 열린 응접실 창문으로 새장 안에 있는 꾀꼬리가 지저귀는 소리와 집안일을 도와주는 아낙네에게 이것저것 일을 시키는 파 니의 목소리가 흘러나왔다.

"잊지 마세요. 여섯 시 반이에요…… 맨 먼저 닭 요리를 내놓도 록 하세요…… 아, 참 냅킨 같은 것도 미리 준비해 두었다가 내줘 요…… 알았죠?"

사기그릇이 부딪치는 달그락 소리와 지저귀는 새소리에 섞여 들려오는 낭랑한 그녀의 목소리는 행복에 겨워 들떠 있었다. 이 제 두 시간 남짓 후면 지겨워하기도 했지만 행복했던 그녀와의 동거 생활을 끝내고 떠나야 하는 그에게는, 아무것도 모르고 즐 겁게 저녁 식사 준비를 지시하는 파니의 모습을 지켜보는 것은 가슴병을 앓는 환자처럼 고통스러운 일이었다.

그는 당장 집 안으로 뛰어들어가 모든 사실을 털어놓고 싶었 다. 그러나 그 얘기를 듣는 순간 파니가 고래고래 고함을 지르며 난동을 부리게 되면 이웃들 보기에도 창피하고 샤빌에 사는 사 람들이 두고두고 그 일로 쑥덕거릴 게 분명했다. 그는 호주머니

속의 주먹을 불끈 쥐고 먼 하늘을 바라보았다. '지금 파니의 머릿속은 오랜만에 오붓하게 숲속을 산책하는 기쁨으로 가득 차 있을 텐데……'

"이제 다 됐어요…… 가요, 우리……."

그녀는 가볍게 그의 팔짱을 끼고 올랭프가 따라 나서겠다고 할까 봐 겁이 났는지 걸음을 재촉했다. 그러더니 철길을 지나 왼쪽 숲길로 접어들어서야 안심한 듯 걸음을 늦추었다.

날씨가 화창해서 얼굴을 스치는 바람마저 포근했다. 안개에 여과된 듯 영롱한 햇살이 대지를 감싸고 황금빛 나뭇잎과 까치집, 초록색 겨우살이들이 군데군데 매달려 있는 나뭇가지 사이마다 찬란하게 부서지는 햇살이 걸려 있었다. 숲속 어디에선가 벌목꾼들이 나무를 베는 쓱싹쓱싹 하는 연장 소리와 나무를 쪼는 딱따구리의 딱딱 소리가 교향악이 울려 퍼지듯 새 소리와 어우러져 들려왔다.

그들은 갖가지 소리로 가득찬 숲속에 귀를 기울이며 천천히 걸었다. 겨울비에 젖어서 축축한 오솔길 위에 두 사람의 발자국이 또렷이 새겨졌다. 빨리 걷느라 숨이 찬데다가 기쁨에 달뜬 그녀의 볼은 발갛게 상기되었고 잿빛 눈동자가 빛나고 있었다. 그녀는 잠시 걸음을 멈추고 로사한테 선물받은 커다란 숄을 벗어 팔에 걸쳤다. 그 숄은 지나간 화려한 시절의 유물처럼 그녀가 갖고 있는 것 중에서 가장 값지고 고급스러운 것이었다. 그녀가 지금 입고 있는 검은색 비단 드레스는 삼 년째나 계속 입어서 겨드랑이와 허리 부분의 올이 미어진 것이 드러나 보였고, 치맛자락 밑으로 언뜻언뜻 보이는 구두 뒤축도 다 닳아 삐뚜름해져 있었다. 하지만 파니는 그러한 빈곤과 초라함을 불평하거나 내색한 적이 없었으며 오히려 기꺼이 받아들였다.

장의 팔에 매달린 그녀는 그 어느 때보다도 행복해 보였다. 환한 햇살과 사랑으로 충만해진 그녀는 생기발랄했다. 숱한 눈물과 고통, 사랑하는 사람을 향한 정열로 점철된 인생이 고스란히 담겨진 그녀의 얼굴을 보면서 산책 정도 하는 이 같은 사소한 일이 어떻게 그 모든 과거를 얼굴에서 지워 버릴 수 있는지 장은 내심 놀랐다. 힘겹고 벅찬 과거를 망각하고 모두를 용서할 수 있는 그녀의 관대함과 태평함은 어디에서 생겨나는 것일까 곰곰 생각해보았다.

"어머나, 여기 버섯이 한 무더기나 있어요……."

그녀는 무릎까지 빠지도록 낙엽이 수북이 쌓인 숲속으로 들어갔다가 머리와 옷매무새가 흐트러진 모습으로 버섯 다발을 안고 나타났다. 그러고는 길바닥에 쭈그리고 앉아서 먹을 수 있는 버섯과 못 먹는 버섯을 가려내더니 버섯 하나를 들어 보이면서 말했다.

"이것 봐요, 이 버섯은 꼭 망사를 뒤집어쓴 것 같아요……."

장은 억지로 미소를 지어 보였지만 그녀의 말은 귀에 들어오지 않았다.

'지금 말하는 게 좋을까?…… 지금 얘기를 꺼내야 하나?……'

하지만 도저히 용기가 나지 않았다. 더군다나 그녀는 너무도 즐겁게 웃고 있었고 또 그런 얘기를 꺼낼 장소로도 이곳은 적합하지 않은 것만 같았다. 그는 언제 방아쇠를 당겨야 할 것인가로 고민하는 저격범처럼 미적거리며 자꾸만 그녀를 더 깊은 숲속으로 데리고 갈 뿐이었다.

숲길이 꺾어지는 지점에서 마음을 다잡고 말을 꺼내려는데 저편에서 사람의 모습이 나타났다. 산림 관리인 오쉬코른이었다. 그와는 가끔 마주친 적이 있어 친하지는 않았지만 안면이 있는 터였다. 정부에서는 그에게 연못가에 있는 작은 오두막집에서 살도록 해주었는데 그는 그곳에 살면서 열병으로 두 아이와 아내까지 잃어버린 불행한 사내였다. 첫 아이가 죽었을 때 의사는 너무 습하기 때문에 수인성 전염병에 걸리기 쉬우니 딴 곳으로 집을 옮기는 게 좋을 거라고 충고했다. 하지만 그곳의 주거 환경이 몸에 해롭다는 의사의 증명서를 제출했음에도 불구하고 정부에서는 별다른 조치를 취해 주지 않았다. 결국 이삼 년 사이에 둘째와 아내마저 잃고 난 후 지금은 병마에서 유일하게 살아남은 어린 딸을 데리고 숲 입구에 있는 새 오두막으로 거처를 옮겨 살고 있었다.

오쉬코른은 부르타뉴 사람 특유의 고집스런 표정과 맑은 눈을 가진 사람으로 늘 제복 차림에 단정하게 모자를 쓰고 다녔다. 오랫동안 자기 직업에 충실하게 종사해 오면서 그는 궂은 일이나 험난한 일도 마다하지 않고 삶을 버텨 온 성실한 사람이었다. 그는 한쪽 어깨에는 소총을 메고 다른 쪽 팔로는 잠든 어린애를 안고 있었다.

"어린애는 좀 어때요?"

파니가 네 살박이 계집애를 바라보며 물었다.

파리한 얼굴에 열병으로 야윈 계집아이는 막 잠에서 깨어나 눈을 크게 뜨고 그녀를 쳐다보았다.

"별로 좋지 못해요…… 여기저기 다녀 보았지만 소용이 없어요…… 통 입맛이 없는지 이제는 잘 먹지도 않으니 원…… 아무래도 집을 너무 늦게 옮긴 것 같아요. 벌써 병에 걸려 골골하니

어쩌면 좋을지…… 이것 좀 봐요, 부인. 너무나 가벼워요. 꼭 종
잇장을 든 것 같다니까요…… 이애도 얼마 안 있어 지 에미나 오
빠들처럼 내 곁을 떠날 것 같아요…… 오, 하느님!……"

'오, 하느님!'이라는 마지막 말은 더부룩한 수염 속에 파묻혀 거
의 들리지 않을 정도의 조그만 목소리로 한숨과 함께 뇌까렸다.
번잡한 절차만을 따지는 행정 사무의 잔인성에 대해 그토록 성
실한 그가 표현할 수 있는 유일한 반발이기도 했다.

"떨고 있어요, 추운가 봐요."

"열이 나서 그래요."

"잠깐만요. 몸을 따뜻하게 해주어야겠어요……."

그녀는 팔에 들고 있던 숄을 펴서 아이의 몸을 감싸 잘 여며 주
었다.

"아니, 괜찮아요. 이렇게 비싼 걸…… 이러실 필요 없습니다, 부
인……."

"됐어요. 그냥 놔두세요…… 나중에 신부가 될 때 베일로 쓰도
록 하세요……."

오쉬코른은 씁쓸한 미소를 지으며 다시 잠든 창백한 아이의 고
사리 손을 흔들어 고맙다는 인사 표시를 하게 했다. 그러고는 뒤
돌아서서 천천히 발걸음을 떼었다.

"오, 하느님!"

그 소리는 그가 밟고 지나가는 낙엽의 바스락 소리에 묻혀 잘
들리지 않았다.

그의 뒷모습을 망연히 바라보던 파니의 얼굴에서는 어느새 지
금까지의 생기가 사라지고 우울한 빛으로 어두워졌다. 슬픔이든
기쁨이든 사랑하는 사람의 감정에 쉽게 동화되곤 하는 겁 많고

따뜻한 마음씨를 지닌 그녀는 산림 관리인의 아픔을 느끼고 덩달아 기분이 울적해진 것이었다.

"참 착한 여자야……."

장은 혼잣말로 중얼거렸다. 그렇다고 해서 떠나기로 한 자신의 결심이 약해지거나 흔들린 것은 결코 아니었다. 오히려 언덕길에 접어들면서 이렌느의 아름다운 모습이 떠올라 자꾸만 발길에 밟혔다. 그녀의 지적인 부드러움과 깊은 멋을 알기도 전에 첫눈에 사로잡혔던 빛나는 미소가 눈앞에 어른거리면서 그는 새삼 마음을 다부지게 먹었다. 그는 기다릴 수 있을 때까지 꽤 기다렸다고 생각했다.

'오늘은 목요일이 아닌가…… 자, 이제 말을 해야 돼…….'

그러면서 그는 주위를 휘둘러보다가 조금 떨어진 곳에 있는 나무 그루터기가 띄엄띄엄 눈에 뜨는 빈터를 말할 장소로 점찍고 그리로 걸어갔다.

그곳은 나무 부스러기와 껍질, 나뭇단들이 어지럽게 널려 있었고 베어낸 우람한 나무들이 나뒹굴고 있었다. 그 아래쪽으로는 하얀 물안개가 뭉싯뭉싯 피어오르는 연못이 보이고 한켠으로 폐허가 다 된 오두막집 한 채가 쓰러질 듯 위태롭게 서 있었다. 지붕은 푹 내려앉았고 문짝이 다 떨어져 나간 그 집은 바로 얼마 전까지 오쉬코른이 살았던 곳이었다. 오두막집 뒤쪽으로는 다시 빽빽이 나무가 들어선 숲이 이어졌다. 비탈진 그 숲은 왠지 눈물이 날 만큼 암울하고 슬픈 분위기를 풍기고 있었다. 장은 걸음을 멈추고 파니를 돌아보았다.

"여기서 잠깐 쉴까?"

그들은 낙엽 위에 쓰러져 있는 기다란 나무 둥걸에 나란히 걸

터앉았다. 해묵은 떡갈나무 같아 보였는데 잔가지를 쳐낸 도끼
자국이 아직도 선명했다. 그 빈터는 낮 동안 내리쬔 햇볕으로 꽤
후덥지근했고 제비꽃 향내가 물씬 풍겼다.

"정말 좋아요!·····"

파니는 장의 어깨에 기대면서 목덜미에 입을 맞추려고 했다.
그는 몸을 약간 옆으로 빼내며 그녀의 손을 잡았다. 무표정한 그
의 얼굴을 바라보며 놀란 그녀가 물었다.

"왜 그래요, 무슨 일이 있었어요?"

"좋지 않은 소식이 있어. 에두앵 말야, 당신도 알지 왜. 나 대신
떠났던······."

꾸민 듯이 어색하게 나오는 자신의 목소리에 스스로 놀라면서
미리 생각해 두었던 얘기의 끝을 맺기 위해 그의 말투는 더욱 딱
딱해졌다.

"에두앵은 그곳에 도착하자마자 병에 걸렸대. 결국 내가 그의
후임으로 그곳에 가지 않으면 안 되게 됐어······."

그는 그편이 훨씬 얘기하기가 편하고 또 사실대로 털어놓는 것
보다는 덜 잔인하리라고 생각했던 것이다. 그녀는 창백한 얼굴
로 한곳에 시선을 고정시킨 채 한 마디 말도 없이 잠자코 듣기만
했다.

"언제 떠나야 해요?"

잡힌 손을 빼내며 돌아앉은 그녀가 물었다.

"오늘 밤······."

그는 짐짓 힘없는 목소리로 말을 이었다.

"카스틀레에서 하루를 묵고 마르세유로 가서 배를 탈 작정이
야······."

"이제 됐어요. 더 이상 거짓말하지 말아요."

그녀가 벌떡 일어나며 사납게 소리쳤다.

"거짓말은 그만 해요, 장!…… 사실은 당신이 이제 결혼을 하려는 거죠…… 당신 가족들은 오래전부터 그 문제로 당신을 들볶아 왔잖아요…… 그들은 내가 당신을 붙잡아둘까 봐 겁내고 있는 거예요…… 이젠 만족들 하겠군요…… 당신 취향에 맞는 아가씨와 결혼을 하게 됐으니…… 그리고 우리 관계를 청산하는 날을 목요일로 정했던 거구요!…… 어때요…… 당신 보기에 내가 그렇게 멍청하던가요?"

그녀는 고통에 찬 웃음을 터뜨렸다. 그러자 입술이 일그러지면서 아마도 최근의 일인 듯 이가 하나 빠져 시커멓게 구멍이 뚫린 모습이 드러났다. 여태껏 이가 빠져 버렸다는 사실을 모르고 있었던 그는 그녀가 몹시 낯설게 느껴졌다. 파니가 그토록 자랑스럽게 여기던 고르고 흰 치아였는데 이제 이가 빠져 보기 흉해진 잇몸을 드러내고 미친 듯이 웃음을 터뜨리고 이는 그녀의 모습에 그는 고통스러워졌다.

"내 말 좀 들어봐, 파니!"

그는 파니를 붙잡아 자기 앞에 앉혔다.

"그래, 당신 말이 맞아. 나는 결혼해…… 아버지가 고집 피우신다는 것 당신도 잘 알 거야. 난 떠나야 해. 그러니 당신한테 어떻게 해줘야겠어?"

"그래, 그런 사실을 알려주려고 이 숲길을 몇 킬로씩이나 걸어오게 했군요…… 물론 그렇게 생각했겠죠. 이쯤이면 이 여자가 발악하며 소리쳐도 아무도 듣는 사람이 없을 거라고 말예요…… 천만에요. 난 울지 않아요. 소리치지도 않겠어요. 난 당신이라는 미소년에게 이젠 진저리가 나요…… 갈 테면 가봐요. 다시 오라고 하지 않겠어요…… 당신 식구들이 말하는 좋은 여자랑 먼 섬나라로 도망쳐 봐요…… 물론 그 여자는 깨끗하겠지…… 하지만 고릴라처럼 못생겼거나 만삭이 다 된 여자처럼 배불뚝이거나 둘 중의 하나일 거야…… 당신이나 당신한테 그런 여자를 골라 주는 사람들이나 똑같이 고지식한 사람들이니까……."

그녀는 자제력을 잃고 욕지거리와 비난의 말들을 쏟았다.

"비열한 인간!…… 위선자…… 비겁자 같으니라구!……"

마치 눈앞에 주먹이 왔다 갔다 하는 것처럼 그녀는 허공을 노려보면서 말을 더듬기까지 하며 외쳐댔다.

이번에는 장이 고개를 떨군 채 아무 말도 하지 못하고 그저 잠자코 듣기만 했다. 그녀가 가만히 있는 것보다는 그렇게 성난 짐승처럼 마구잡이로 분노를 폭발시키는 게 오히려 마음 한구석이 편안해지는 걸 느끼며 그녀를 진정시키려는 엄두도 내지 않았다. 그 언젠가 길에서 본 천하고 상스러운 르그랑 영감의 딸답게 솔직한 모습 그대로 드러낸 그녀가 더 좋았다.

'헤어진다는 것은 그다지 잔인한 일이 아니야…… 그녀도 그걸 알고 있을까?'

갑자기 그녀가 말을 멈추더니 땅바닥에 엎어져 장의 무릎에 매달리며 서럽게 흐느끼기 시작했다. 장의 온몸이 함께 떨릴 정도로 심하게 들먹이며 흐느꼈다.

"용서해 줘요…… 나는 당신을 사랑해. 내겐 당신밖에 없어요. 내 사랑, 당신은 내 인생 전부예요. 내게 이러지 말아…… 날 버리고 가지 말아요…… 도대체 당신은 내가 어떻게 되길 바라는 거예요?"

장은 눈물로 범벅된 그녀의 얼굴과 눈빛에 마음이 흔들렸
다…… 그가 가장 두려워했던 일이었다. 자신도 모르게 어느새
눈물이 그렁그렁 고여 눈앞이 흐려 왔다. 그는 눈물을 보이지 않
으려고 고개를 뒤로 젖히며 똑같은 말을 되풀이했다.

"하지만 난 떠나야 해, 파니…… 당신도 알잖아……."

그의 희망을 짓밟기라도 하려는 듯 그녀는 다시 소리를 지르며
일어섰다.

"안 돼요, 못 떠나요. 좀 더 당신을 사랑하게 해줘요. 내가 당신
을 사랑하는 만큼 당신도 날 사랑해 줘요…… 당신은 젊어요. 결
혼하기에는 아직 나이도 시간적 여유도 있어…… 하지만 난 이
제 곧 끝장이에요…… 난 더 이상 사랑할 수 없게 될 거고 그때
가서 자연스럽게 헤어지면 되잖아요."

"아무리 그런 말을 해봤자 소용없어!…… 난 떠나야 해……."

그는 자리에서 일어나서 그녀의 말을 가로막으며 말했다. 그러
나 그녀는 질퍽한 땅바닥에 엎드려 그의 무릎에 매달리면서 다
시 그를 통나무에 앉혔다. 그러고는 그의 무릎에 입술을 대며 육
감적인 눈길로 올려다보았다. 그 시선은 그를 포옹하는 듯했으
며 손으로 그의 얼굴과 머리칼을 쓰다듬으며 지난 시절 황홀했
던 사랑의 순간들을 나지막하게 속삭였다. 그녀는 이미 꺼져 버
린 사랑의 불씨에 다시 불을 붙여 보려 안간힘을 쓰고 있었다.
지금까지 보였던 사랑의 행위는 앞으로 행할 사랑의 기교에 비
한다면 아무것도 아니며, 자신은 또다른 입맞춤의 기술과 사랑
의 환희를 알고 있을 뿐만 아니라 그를 위해서라면 새로운 사랑
법도 개발해낼 수 있을 거라고 그녀는 유혹하듯 애원했다.

장은 매음굴 앞에서나 들을 수 있을 법한 낯간지러운 그녀의 말

을 더 이상 들어줄 수 없다는 듯 고개를 외면했다. 파니의 눈에서는 굵직한 눈물방울이 볼을 타고 하염없이 흘러내렸고 애달픈 소리가 축축하게 젖은 입술 사이에서 끝없이 새어 나왔다. 도무지 현실감이 느껴지지 않는 고통과 번민의 순간이었다. 그러다가 그녀는 발버둥을 치며 악몽에서 깨어나기라도 하려는 듯 소리쳤다.

"오, 장! 제발 아니라고 말해줘…… 당신이 날 떠나간다는 말은 사실이 아니라고 말해줘요……."

다시 그녀는 흐느끼기 시작했다. 장이 칼을 들고 위협이라도 하는 것처럼 살려 달라고 애원을 하기도 했다.

장은 가련한 희생자보다 용감하지 못했다. 화도 내보고 달래도 보았으나 파니는 막무가내였다. 메아리가 되어 숲을 가득 메워 버린 그녀의 절망스러운 울부짖음 앞에서 그는 무방비 상태로 쩔쩔맸다…… 어느 정도 고통스러우리라고 짐작은 했지만 이토록 마음이 아플 줄은 몰랐다. 그녀의 손을 잡아 일으키면서 '떠나지 않겠어, 그러니 조용히 해요. 떠나지 않겠어……'라고 말하고 싶은 욕망과 싸우느라 장은 현기증이 날 지경이었다.

얼마나 시간이 흘렀을까? 두 사람 모두 기진맥진해 버렸다…… 해는 서산에 걸리고 연못은 거무스름한 회색으로 물들어 갔다. 연못으로부터 유해한 수증기가 꾸역꾸역 황야와 숲, 언덕으로 밀려드는 것 같았다. 점점 애절하게 하소연을 늘어놓는 창백한 파니의 모습만이 짙어가는 어둠속에 희뿌옇게 떠오를 뿐이었다. 좀 더 시간이 흐르자 밤이 찾아들었고 그녀도 잠잠해져 사방은 죽음 같은 적막 속에 휩싸였다. 쫓아 버리면 자꾸만 나타나는 무시무시한 짐승이 눈앞에 나타났을 때처럼 기겁을 하며 놀라는 듯한 한숨 섞인 울음소리만이 때때로 들려왔다. 그녀의 울먹임마저 잦아들고 나자 모든 것이 끝났다. 이제 그 무시무시한 짐승도 죽어 버린 모양이었다…… 차가운 바람이 나뭇가지를 흔들며 지나갔다.

"자, 갑시다. 여기 이러고 있으면 안 돼……."

장은 파니를 가만히 안아 일으켰다. 팔에 안긴 그녀는 맥없이 한숨을 내쉬며 잠시 몸을 떨더니 순순히 그를 따랐다. 그녀는 그토록 강하게 자신의 의사를 관철시킨 그에게 일말의 공포와 존경심 같은 것을 갖게 된 것 같았다. 그녀는 팔짱을 끼지 않은 채 장의 곁에 조금 떨어져 머뭇머뭇 걸었다. 숲길을 따라 흐느적거리며 걸어가는 두 사람의 모습은 하루 종일 들일을 마치고 돌아가는 한 쌍의 농부처럼 보였다.

숲 경계 부근에 다다르자 한 줄기 불빛이 보였다. 오쉬코른의 오두막집 문 앞에 사람의 그림자가 길게 드리워지더니 누군가 그들을 불러 세웠다.

"고셍, 당신이오?"

산림 관리인과 함께 그들 쪽으로 다가온 사람은 에테마 씨였다. 그는 장과 파니가 늦게까지 집에 돌아오지 않자 산책길로 마중을 나왔다가 숲에서 들려오는 흐느낌 소리에 불길한 생각을 하고 있었던 것이다. 마침 오쉬코른이 총을 들고 그들을 찾아 나서려던 참에 두 사람이 나타났던 것이다…….

"괜찮으십니까…… 딸애가 부인이 준 숄이 마음에 드는가 봐요. 그걸 두르고 잠자리에 들었답니다……."

그들은 오두막으로 들어가 어둠침침한 불빛 아래 잠든 어린애 주위에 빙 둘러앉아 측은해하며 머리를 쓰다듬어주기도 하고 숄을 다시 여며주기도 했다.

밤이 깊자 세 사람은 오쉬코른과 딸애를 남겨두고 서둘러 그 집을 나섰다. 어두워진 길을 걸어가는 동안 에테마 씨는 숲에서 들려온 이상한 흐느낌 소리에 호기심을 보이며 장과 파니에게 조심스럽게 말을 건넸다.

"소리가 커졌다 작아졌다 하는 게 꼭 상처를 입어 다 죽어가는 짐승이 우는 것 같기도 하고…… 당신들은 어떻게 아무 소리도 못 들었소?"

장과 파니는 아무 대답도 않고 묵묵히 걸었다. 집 어귀에 이르러서 장이 멈칫 섰다.

"저녁 식사는 하고 가세요……."

그녀가 그에게 애원하듯 조그맣게 말했다.

"이미 시간이 늦어 기차를 못 타요…… 아홉 시 기차를 타면 될 거예요."

장은 두 사람과 함께 집 안으로 들어갔다. 이제 무엇을 두려워할 것인가? 조금 전에 숲속에서 있었던 것과 같은 일이 반복될 리는 없을 것이고 또 체념했을 그녀를 다소나마 위안해주는 것도 그리 나쁘지는 않을 것이다.

방 안은 따뜻한 온기로 가득 차 있고 불이 환하게 밝혀져 있었다. 돌아오는 그들의 발소리를 듣고 식사 준비를 하는 아낙네는 커다란 수프 냄비를 테이블에 옮겨다 놓았다.

"이제야 오셨군요!……"

올랭프는 벌써 자리를 잡고 앉아 냅킨을 무릎 위에 펼치고는 냄비 뚜껑을 열다 말고 갑자기 소리를 질렀다.

"어머나! 세상에…… 이게 웬일이야……."

울어서 퉁퉁 부은 눈, 십 년은 더 늙어 보이는 핼쑥한 얼굴, 옷이며 머리 할 것 없이 온통 진흙을 뒤집어쓴 파니의 모습은 경찰 단속을 피해 도망친 매춘부처럼 겁에 질려 떨고 있었다. 그녀는 불빛에 눈이 부신지 눈을 깜빡이면서 한숨을 길게 내쉬었다. 집 안의 훈훈한 온기와 정갈하게 차려진 식탁을 보자 몇 시간 전까지만 해도 행복했었다는 생각이 떠올랐는지 또 울음을 터뜨렸다.

"이 사람이 이제 떠나간대요…… 결혼을 한다지 뭐예요……."

에테마 부부와 함께 저녁 준비를 해주던 아낙네는 어리둥절해진 눈빛으로 서로의 얼굴을 쳐다보고는 장의 얼굴을 일제히 바라보았다.

"어쨌든 식사나 끝내고 봅시다."

잠시 후 에테마 씨가 화가 몹시 난 퉁명스런 목소리로 말했다. 달그락거리는 수저 소리와 옆방에서 들리는 파니의 울음소리가 뒤섞였다. 실내복으로 갈아입은 파니가 핼쑥한 얼굴로 나타나자 에테마 부부는 또 무슨 놀라운 말을 하지 않을까 하는 얼굴로 그녀의 안색을 살폈다. 그러나 조용히 자리에 앉은 그녀는 난파선에서 구조된 사람처럼 게걸스럽게 음식을 먹어치우기 시작했다. 슬픔의 심연을 식욕으로 채우려는 듯한 그녀의 모습에 그들은 적잖이 놀랐다. 빵, 양배추, 닭날개 요리, 그리고 사과 등 그녀의 손에 집히는 대로 먹어치웠다. 그녀는 먹고 또 먹었다…….

식탁에 둘러앉은 그들은 파니와 장의 눈치를 보며 좀 거북스러운 표정으로 한두 마디씩 띄엄띄엄 얘기를 꺼내기 시작했으나 점차 평상시처럼 자연스런 분위기로 옮겨갔다. 에테마 부부가 있으면 늘 그렇듯이 이야기는 평범하고 일상적인 것들이었다. 크레프 빵에는 어떤 잼을 발라 먹으면 좋다는 둥, 침대용으로는 말갈기털이 좋으냐 오리털이 좋으냐 하는 화제로 이야기꽃을 피웠다. 별 탈 없이 식사를 끝내고 장과 파니는 커피를 한 잔씩 마시고 에테마 부부는 테이블에 팔을 괴고 캐러멜을 음미하면서 천천히 먹었다. 모두들 장이 떠나야 한다는 사실조차 까맣게 잊은 듯 느긋한 표정이었다.

따스한 시선이 오가는 가운데 편안하고 듬직한 이웃들과 함께 깊어가는 겨울 밤을 지샌다는 건 참으로 정감 어린 삶의 즐거움이었다. 밤이 꽤 깊었는데도 그들은 누구 하나 자리에서 일어설 줄 몰랐다. 장은 구석구석 추억이 가득 배어 있는 방안을 천천히 휘둘러보았다. 그냥 여기에서 편히 쉬고 싶다는 생각이 들자 그는 깜짝 놀랐다. 그때 줄곧 그에게서 눈을 떼지 않고 있던 파니가 살며시 의자를 당겨 앉더니 무릎을 붙이며 가만히 그의 팔을 잡았다. 그 순간 장은 그녀의 손을 가만히 뿌리치며 꿈에서 깨어난 듯 허둥지둥 중얼댔다.

"어라…… 벌써 아홉 시가 다 됐군…… 서둘러야겠는 걸…… 잘 있어, 파니…… 편지할게……."

그러고는 부산스럽게 자리에서 일어나 서둘러 문을 열었다. 파니가 엉겁결에 그를 뒤쫓아가 허리를 감싸 안으며 말했다.

"장, 마지막 작별 키스는 해주겠죠……."

그는 실내복 안에 아무것도 걸치지 않은 파니의 몸을 품에 안았다. 농익은 여자의 육체가 발산하는 열기와 체취 그리고 자기 입술에 그녀의 눈물이 번져 드는 입맞춤에 그의 감정은 혼란스러워져 갔다. 그녀는 그윽하게 그를 바라보며 속삭였다.

"하룻밤만, 딱 하룻밤만……."

그때 멀리서 기적 소리가 들려왔다.

'기차!……'

그는 그녀에게서 몸을 빼내고 역까지 단숨에 줄달음질쳤다. 어디서 그런 힘이 솟아났는지 그 자신도 알 수 없었다. 기차에 아슬아슬하게 올라탄 그는 숨을 가쁘게 몰아쉬면서 스스로도 놀라워하며 창밖을 내다보았다. 그러고는 불이 환하게 밝혀진 자기 집 창문 쪽을 향해 큰소리로 외쳤다.

"안녕! 영원히 안녕!……"

목청껏 소리를 지르고 나자 조금 전 철길을 돌아 나오면서 멍하게 앉아 자살이라도 하려는 것처럼 하얗게 질린 파니의 모습을 언뜻 보았을 때 느낀 두려움이 한결 줄어드는 듯했다.

그는 머리를 차창 밖으로 쑥 빼고 숱한 추억이 담긴 그 집이 장난감처럼 점점 작아지는 모습을 묵묵히 바라보았다. 창밖으로 새어 나오는 불빛은 이제 길 잃은 별처럼 보였다. 갑자기 그는 거대한 파도가 밀어닥치듯 기쁨과 해방감이 온몸을 휘감는 짜릿함을 느꼈다. 이제 그는 뫼동 계곡과 검푸른 하늘을 배경으로 수많은 불빛이 삼각형을 이루고 있는 언덕이 그 얼마나 아름다웠던가를 회상하며 편안하게 말할 수 있게 되었다. 파리가 가까워질수록 그 모든 것은 점점 멀어져 아득히 먼 세계 속으로 사라져 갔다…….

기차는 이렌느가 있는 파리를 향해 전속력으로 달려가고 있었다. 그곳은 타락한 그의 영혼과 육체를 순결한 정열과 건전하고 신선한 삶으로 가득 채워줄 신세계였다.

마침내 파리에 도착했다. 그는 이렌느를 만나고 싶은 조급함으로 허둥대며 방돔 광장으로 가는 마차를 세우고 훌쩍 올라탔다. 그러나 거리의 가스등 불빛이 스쳐 지날 때마다 드러나는 자신의 모습에 부풀었던 그의 마음은 왜소해지는 듯했다. 진흙투성이가 된 옷과 구두를 내려다보며 그는 떨쳐 버릴 수 없는 과거의 흔적을 발견한 듯 흠칠 몸을 떨었다.

"안 되겠어, 오늘 저녁은……."

그는 혼자 중얼대며 세제르 삼촌이 자기 이름으로 예약해 둔, 자콥 가에 있는 큐자스 호텔로 마차를 돌렸다.

13

Opus Modernus

이튿날 아침 일찍 세제르 삼촌은 장과 파니와의 관계를 깨끗이 끝내줄 임무를 띠고 장의 짐과 책을 가질러 샤빌로 떠났다.

장이 이런저런 생각에 지쳐 깜빡 잠이 든 사이에 세제르 삼촌이 돌아왔다. 노끈으로 묶은 상자와 큼지막한 트렁크를 가득 실은 영구차만큼이나 육중해 보이는 마차를 호텔 앞에 세워 놓고 세제르 삼촌은 실의에 빠진 모습으로 축 처져 방에 들어섰다.

"모든 걸 한꺼번에 챙겨 오느라고 이렇게 늦었구나…… 이제 다시는 그곳에 갈 일이 없을 게다……."

뒤이어 커다란 꾸러미를 짊어진 짐꾼들이 따라 들어와 짐들을 방바닥에 내려놓았다.

"이건 속옷이고 저건 윗도리와 바지들을 싼 짐이다. 그리고 이건 서류랑 책들이고…… 네 편지만 빼고 죄다 챙겨 왔다. 네 편지들은 두고두고 다시 읽어 보고 싶다고 그애가 하도 애원하길래 놔두었다. 너에 대한 추억을 오랫동안 간직하고 싶다고 하더구나. 별다른 말썽이 생길 것 같지도 않고 해서…… 그앤 참 착한 애더구나……."

세제르 삼촌은 트렁크 위에 걸터앉아 한숨을 내쉬며 타월만큼이나 큰 손수건을 꺼내 이마에 흐르는 땀을 연신 닦아냈다. 장은 그녀 기분이 어떤 것 같더냐고 더 물어보고 싶었으나 차마 입도 떼지 못하고 있었다. 세제르 삼촌 역시 장의 기분이 상할까 봐 더 이상 그녀의 소식을 전해 주지 못하고 입을 다물어 버리고 말았다. 두 사람 사이에 거북살스러운 침묵이 이어졌다. 잠시 후 침묵을 더 이상 견디지 못하고 어젯밤부터 갑자기 추워진 날씨 얘기와 공장의 굴뚝이 우뚝우뚝 솟은 황량한 파리 근교의 풍경 같은 마음에도 없는 얘기를 서로 늘어놓았다. 그러다가 장이 조심스럽게 말을 꺼냈다.

"파니가 나한테 전해 주라는 거 없어요?"

"없어…… 넌 이제 홀가분하게 지낼 수 있어…… 널 성가시게 하지는 않을 거다…… 그애는 꿋꿋하고 또 현명하게 제 갈 길을 갈 게다……."

그렇게 말하는 삼촌한테서 장은 딱 꼬집어 말할 수는 없지만 아무튼 자기를 힐난하는 것 같은 느낌을 지워 버릴 수 없었다. 세제르 삼촌은 화난 목소리로 말을 이었다.

"어쨌든 고역이었어…… 하지만 그애가 낙심해 있는 것보다는 으르렁대며 대드는 편이 나한테는 훨씬 더 편했을 게야."

"많이 울던가요?"

"그걸 말이라고 하냐…… 그런 마음씨를 가진 여자라면 당연한 일이지. 나까지 눈물이 나서 혼났다……."

 그는 늙은 염소처럼 재채기를 했다.

"그래, 무슨 말을 듣고 싶은 거냐? 일이 이렇게 된 건 네 잘못이
아니다…… 네 인생을 그 여자 때문에 낭비할 수는 없어. 돈도
쓸 만큼 남겨 주었고 가구도 그대로 놔뒀잖니…… 이젠 네 사랑
을 찾아가는 거야. 가족들이야 네가 원만하게 결혼식을 치르도
록 도와주는 일밖에 더 있겠냐…… 그건 나 혼자서는 벅찬 일이
지. 그러니 네 아버지도 이 일을 거드셔야 할 텐데…… 나는 너
희들 관계를 청산해 주는 걸로 이제 손을 떼고 싶구나……."

 그러다가 삼촌은 갑자기 비애를 느꼈는지 유리창에 이마를 대
고 지붕들 사이로 비치는 푸른 하늘을 우두커니 올려다보았다.

"어쨌든 세상은 점점 슬퍼져 가는구나…… 우리들 젊을 때만 해
도 이렇게 어렵게 헤어지지는 않았는데……."

 세제르 삼촌은 무겁게 가라앉은 침울한 모습을 창가에 남기고
카스틀레로 돌아갔다. 삼촌이 떠나고 난 뒤의 처음 일주일은 장
에게 참으로 기나긴 고통의 시간이었다. 모든 의욕을 잃어버린
채 혼자사는 사람들 특유의 방향감각을 상실한 허전하고 괴로운
나날이었다. 그것은 끝나 버린 사랑에 대한 미련이라기보다는
갑자기 잃어버린 분신을 향한 그리움 때문이었다. 한솥밥을 먹
고 잠자리를 같이하던 날들이 켜켜로 모여 보이지 않는 견고한
천이 한 올 한 올 짜지기 마련이며 그런 관계가 느닷없이 단절되
었을 때 그 견고함은 고통으로 드러나는 법이다. 동고동락하며
삶을 꾸려 나가는 동안 두 사람 사이에는 알게 모르게 서로의 습
관이나 모습이 닮아 가며 그것은 마치 똑같은 틀 속에서 물건이
만들어지는 이치와 다를 게 없다.

그들이 살아온 기간도 비록 짧지 않은 세월이었지만 아직은 그 정도로 닮은 것은 아니었다. 그러나 그의 육신에는 사랑의 훈련을 받으면서 생긴 사슬 자국이 남아 있었다. 퇴근 후에 샤빌로 향하고 있는 자신을 문득 발견한다든가 아침에 눈을 뜨자마자 손을 뻗쳐 옆자리를 더듬어 본다든가 하는 습관은 그러한 관계의 자국이 아니고 무엇이랴.

그는 자콥 가의 호텔 방에서 파니와 다시 만나던 때를 회상하며 길고도 암담하기만 한 밤을 고통으로 지새워야 했다. 그녀가 남기고 간 섬세한 여인의 체취, 거울에 붙여둔 작은 명함에서 풍겨나던 향수 냄새, 그리고 그 신비로운 이름 파니 르그랑…… 어딜 가나 파니와 보낸 추억이 숨쉬고 있었으며 그녀의 환영은 도처에서 불쑥불쑥 튀어나와 그를 괴롭혔다. 그는 저녁 시간에는 하릴없이 거리를 배회하기도 하고 시시껄렁한 음악회를 보러 다니면서 시간을 때웠다.

그렇게 괴로운 나날을 보내던 장에게 부샤르 선생이 일주일에 사흘은 이렌느를 만나도 좋다는 허락을 내렸다. 이렌느는 그를 사랑했고 부샤르 선생도 그를 조카사위로 받아들인 것이다. 결혼식은 부샤르 선생의 강의가 끝나는 4월 초쯤에 하기로 결정을 보았다. 봄이 오기까지 삼 개월 동안은 그들에게 서로에 대해 보다 깊이 알고 서로를 원하면서, 두 사람의 영혼을 이어준 첫 시선의 마주침과 가슴 떨리는 첫사랑의 고백을 더욱 매혹적이고 사랑스럽게 만들어주는 시간이 될 것이다.

결혼을 허락받은 날 저녁, 장은 도무지 잠이 올 것 같지 않은 들뜬 기분으로 호텔 방에 돌아왔다. 그는 이렌느와의 행복한 앞날을 생각하며 자기 짐을 깨끗이 정리하고 싶어졌다. 아직 상자에서 꺼내지 않은 채 한구석에 쌓아 놓은 책들을 차곡차곡 정리하기 시작했다. 마구잡이로 꾸려 놓은 손수건과 작업복도 하나씩 잘 개켜 놓았다. 마지막으로 상법사전을 들어 한쪽으로 옮겨놓는데 봉함되지 않은 편지 한 장이 방바닥에 툭 떨어졌다. 편지를 펼치자 한눈에 파니의 글씨체임을 알았다.

 그녀는 장이 이런 식으로 짐을 정리할 경우를 예견하고 있었던 것이다. 세제르 삼촌을 통해서도 편지를 전할 수는 있었지만 그가 파니를 가엾게 여기는 마음도 장의 짐과 함께 사라질 거라고 생각한 그녀는 이 방법이 더 확실할 것이라고 믿었던 것이다. 그녀는 사람의 심리가 흘러가는 미묘한 구석까지도 잘 읽어낼 줄 아는 여자였다. 처음에 그는 그 편지를 읽어 보지 않으려고 했으나 차분하고 부드러운 첫 구절에 마음이 끌렸다. 하지만 중간중간 글씨체가 흔들리고 행간의 간격이 불규칙한 것을 보면 감정의 기복이 심했음을 알 수 있었다. 그녀는 가끔씩 자기를 보러 와준다면 더 이상 아무것도 바라지 않겠노라고 했다. 이미 기정사실이 되어 버린 그의 결혼이나 자기와의 이별에 대해 그를 비난하지 않겠다고도 했다. 하지만…….

장, 당신의 결혼과 당신과의 이별이 나에게 얼마나 예기치 못했던 엄청난 충격을 주었을지 생각해 봐요…… 갑작스럽게 화재를 당한 것처럼, 아니 느닷없이 초상을 당한 것처럼 어떡해야 좋을지 도무지 마음의 갈피를 잡을 수가 없어요. 울면서 당신을 기다리다 당신과의 행복이 머물렀던 자리를 망연히 둘러보곤 해요. 당신을 잃어버린 상실감으로 삶의 중심을 잃고 흔들리는 나를 붙잡아줄 수 있는 것은 당신뿐일 거예요…… 자비를 베푸는 셈치고

한 번만 날 보러 와주세요. 이토록 혼자서 처절한 느낌에 빠져 헤
어나지 못하는 나를 위해서 단 한 번만 와주세요…… 난 내 자신
이 두려워요…….

그 편지는 탄식과 애원으로 가득 채워져 있었고 '날 보러 와줘
요……'라는 같은 말이 여러 번 반복되어 있었다.
　그는 보랏빛 잔광으로 물든 숲속의 빈터에서 자신이 일으켜 세
워주었던 파니의 눈물에 젖은 가련한 모습을 생각했다. 그는 밤
새도록 잠을 이루지 못하고 눈앞에 떠오르는 그녀의 환영을 지
우려고 애쓰며 뒤척였다. 앞으로 펼쳐질 이렌느와의 황홀하고
행복한 결혼 생활을 생각하려 했지만 어느새 파니의 애잔한 모
습이 어른댔다. 사랑을 고백하며 장밋빛으로 물들던 이렌느의
눈동자를 떠올리려고 아무리 노력해도 그의 눈앞에 커다랗게 확
대되어 다가오는 것은 생기를 잃고 폭삭 늙어 버린 파니의 얼굴
뿐이었다.
　그 편지는 그가 떠나오던 날 밤, 그러니까 꼭 일주일 전에 쓰여
진 것이었다. 버림받은 불쌍한 그녀는 일주일 동안이나 혹시 그
가 소식을 전해줄까, 한 번쯤 자기를 찾아주지나 않을까 마음을
졸이며 기대하고 있었을 것이다.
　'그런데 왜 파니는 그후로 다시 편지를 보내지 않았을까? 어쩌
면 몹시 아픈지도 몰라…….'
　불현듯 그는 그녀에 대한 걱정으로 불안해지기 시작했다. 그는
에테마 씨에게 물어보면 그녀 소식을 알 수 있을 거라고 생각하
고는 다음날 에테마 씨의 출근 시간쯤 해서 대포박물관 앞에서
그를 기다렸다.

생 토마 다캥 종탑의 시계가 열 시를 울리자 뚱뚱한 사내가 광장 저쪽에서 나타났다. 칼라를 세우고 파이프를 입에 문 그는 손을 녹이려는 듯 파이프를 두 손으로 감싸쥐고 있었다. 장은 멀리서 낯익은 그가 다가오자 콧날이 시큰하고 감회가 새로웠다. 그러나 그를 발견한 에테마 씨는 다소 성가시다는 표정으로 무뚝뚝하게 말을 내뱉었다.

"당신이로구만!…… 우리가 모여 앉아 당신을 욕했는지 어쨌는지 알고 싶은 모양인가…… 하지만 나도 잘 모르겠소…… 우리는 조용히 지내려고 시골에 갔었는데 나 원 참……."

현관에 이르러 파이프 담배를 다 피우고 난 그는 파이프를 털며 지난 일요일에 있었던 얘기를 들려주었다. 그들은 마침 조셉이 집에 오는 날이어서 파니를 위로해줄 겸 그들을 자기 집에 초대했다. 무척 유쾌하게 식사를 했고 파니는 식사 후에 노래를 부르기까지 했다. 열 시쯤 파니와 조셉이 돌아간 후 부부가 잠자리에 들 준비를 하고 있는데 갑자기 조셉이 창문을 마구 두드리며 질겁을 해서 소리쳤다.

"아저씨, 빨리 좀 와주세요…… 엄마가 독약을 마시려고 해요……."

황급히 달려간 에테마 씨가 그녀의 손에서 간신히 약병을 빼앗았다는 것이다. 하지만 그 약병이 방바닥으로 떨어져 온 방 안을 어지럽히는 바람에 온통 옷이 독약으로 얼룩졌으며, 몸부림치는 그녀를 꽉 부둥켜안은 자기를 그녀가 머리며 주먹으로 마구 쥐어박아서 며칠 동안이나 온몸이 욱신거리고 아팠다고 불평을 늘어놓았다.

"당신도 알겠지만 잡지에나 실릴 이런 사건은 조용하게 살아가

는 사람들한테는 영…… 하여간 이젠 모든 게 끝났소. 우리는 휴
가를 내고 다음달엔 이사를 할 거라오…….”

　그는 파이프를 케이스에 집어넣고 작별 인사를 하더니 서둘러
사라져 갔다. 장은 방금 그에게 전해 들은 소식에 아연실색해서
그 자리에 한참 동안 서 있었다.

　그는 파니와 함께 살았던 그 집에서 일어났던 사건이 마치 자신
이 직접 겪은 것처럼 또렷하게 떠올랐다. 겁에 질려 도움을 청하
러 달려가는 조셉의 모습, 가냘픈 파니와 몸집 좋은 에테마 씨가
부둥켜안고 해댄 몸싸움의 광경…… 방 안에 엎질러진 로다뉴의
자극적인 환각제 냄새가 코에 와닿는 듯했다. 그는 사무실에 출
근해서도 넋이 빠진 사람처럼 허둥대며 하루 종일 어쩔 줄 몰라
했다. 에테마 씨가 이사를 가버리고 나서도 또다시 그런 자살 소
동이 벌어지면 누가 그녀를 제지해줄 것인가 하는 걱정으로 그
의 가슴은 까맣게 타버리는 것 같았다.

　며칠 후 그녀로부터 한 통의 편지가 날아들어 그를 다소 안심시
켜 주었다. 그녀는 그가 에테마 씨를 만나 자신에게 관심을 가져
준 것에 감사하는 편지를 써보낸 것이었다.

　　당신도 들었겠죠?…… 난 죽어 버리려고 했어요…… 혼자라는
　　생각은 정말 견디기 힘들어요!…… 결국 미수로 끝나고 말았지
　　만…… 에테마 씨가 날 잡고 놓아주지 않았어요. 그때 난 고통에
　　대한 공포와 버림받고 늙어가는 여자의 추한 모습에 대한 두려움
　　으로 그냥 죽어 버리려 했던 거예요…… 어디서 그런 용기가 나
　　왔는지 난 자신도 모르겠어요…… 처음에 나는 미수로 그친 것에
　　수치심을 느꼈지만 이렇게 살아남아 당신에게 편지를 쓸 수 있고

멀리서나마 당신을 지켜보며 사랑할 수 있다는 것은 정말 기쁜 일이군요. 언젠가 한 번은 당신이 날 찾아오리라는 것, 불행을 당한 친구를 찾아주듯 혹은 상가에 문상을 가듯 당신이 측은해서라도 한 번은 날 찾아주리라는 희망을 버리지 않고 있어요…….

그때부터 샤빌에서 이삼 일에 한 번씩 감정의 기복이 심한 편지가 그에게 배달되었다. 때로는 기나긴 밤에 격해진 감정으로 쓰여진 장황한 편지가 오는가 하면 한 여자의 고통에 찬 짤막한 일기가 날아들기도 했다. 매번 편지를 받아 들 때마다 그는 그대로 되돌려 보내려고 했지만 그럴 만큼 독하지 못했다. 그러는 사이에 여리고 따뜻한 그의 마음속에는 사랑 아닌 동정심이 차츰 자리를 넓혀 가기 시작했다. 그것은 한때 같이 살았던 여자에 대한 동정이라기보다 자기 때문에 고통받고 있는 한 인간에 대한 동정이었다.

많은 추억을 남겨 놓은 행복했던 지난날의 증인인 에테마 부부가 이사를 가는 날에 쓰여진 편지에는 이제 자기에게 남은 것이라고는 몇 가지 가구와 답답한 벽뿐이며, 추위를 몹시 타서 새장 안에 있는 꾀꼬리 따위에는 전혀 관심도 없는 미련한 아낙네만이 말벗이 되어주고 있는 고적한 생활을 한탄하는 내용이 적혀 있었다.

어떤 편지엔 희미한 아침 햇살이 창문에 비쳐 들 때면 오늘은 장이 오리라는 예감으로 기쁨에 들떠 잠에서 깨어나 집 안을 깨끗이 정돈하고, 그가 좋아하는 옷이며 머리로 치장하고는 창가에 앉아 황혼이 찾아들 때까지, 지나가는 기차를 세며 그를 기다리는 심정을 절절하게 적어 보내기도 했다. 어떤 때는 단 한 줄

만 쓰여진 짤막한 편지가 배달될 때도 있었다.

>비가 오고 날은 어두운데…… 나는 혼자예요…… 그리고 울고 있
>어요…….

 아니면 정원에 마지막 남은 서리 맞은 꽃 한 송이를 꺾어 봉투
에 넣어 보낼 때도 있었다. 그 어떤 하소연보다도 겨울 눈 속에
피어난 꽃 한 송이는 버림받은 여인의 고독을 잘 전해주었다. 그
꽃을 보면서 장은 치마가 다 젖도록 혼자 쓸쓸히 정원을 거닐고
있을 그녀의 모습을 생각했다.
 그녀와 떨어져 있음에도 불구하고 그녀에 대한 끝없는 연민과
동정으로 인해 장은 둘이 같이 살고 있는 것 같은 착각을 하곤
했다. 그녀의 모습과 그녀에 대한 생각이 그의 머릿속에서 잠시
도 떠난 적이 없었다. 그러나 시간이 지나면서 묘하게도 헤어진
지 불과 5, 6주가 지났을 뿐인데 그녀의 얼굴 모습이 선명하게 떠
오르지 않았다. 시골 축제 때 상품으로 받은 뻐꾸기 시계 맞은편
에 걸린 꾀꼬리 새장과 산들바람만 불어도 화장실 유리창을 두
드리던 개암나무 가지같이 사소한 것들은 똑똑하게 기억할 수
있었는데 그녀의 얼굴은 확실하게 그려낼 수 없었던 것이다. 그
녀의 영상은 짙은 안개 속에서 희미하게 떠오를 뿐이었으며 이
상하게도 고통으로 일그러지던 입술과 이가 빠져 어색해 보이던
미소만이 뚜렷하게 생각났다.
 '이제 그렇게 늙어가면 그녀는 어떤 여자가 될까? 남겨 놓고 온
돈이 떨어지면 그녀는 어디로 갈 것인가?'
 갑자기 그는 언젠가 식당에서 돈이 없어 마실 것도 시키지 못하

고 볼이 미어터지게 훈제 연어를 먹어대던 여자가 생각났다. 짧지 않은 세월 동안 서로 살을 섞으며 살아온 파니가 이제 그런 여자가 될 거라는 생각이 들자 그는 참담한 기분이 들었다.

'하지만 내가 그녀에게 무엇을 해줄 수 있을 것인가? 파니라는 여자를 만나 함께 살아야 하는 불행을 이미 겪었는데…… 그렇다고 해서 평생 그녀를 데리고 살아야 한단 말인가. 자신의 행복을 회생시키면서까지? 왜 다른 사람이 아니고 나여야만 해? 아무도 내게 그걸 요구할 수는 없어…….'

그는 마지막으로 그녀에게 편지를 써 보냈다. 일부러 쌀쌀한 말만을 골라 쓰면서 자신은 냉정하고 지금의 생활에 평안함을 느끼고 있으며 두 번 다시 만나지 않을 거라는 점을 넌지시 암시했다. 그리고 조셉을 기숙학교에서 데려와 자신이 돌보면 어떻겠냐는 제의를 덧붙였다. 이틀 후 파니한테서 그의 제안을 단 한 마디로 거절하는 답장이 왔다. 불쌍한 어린애에게 고통과 좌절을 맛보게 할 필요가 없다는 것이었다. 일요일이면 집으로 와 그저 집안에 무슨 큰 불행이 닥쳤다는 것을 어렴풋이 짐작하는 것만으로도 그 애에게는 충분하다는 것이었다. 그 애에게 장이 떠나 버렸으며 이제 다시는 오지 않을 거라고 말해준 뒤로는 '장 아빠'에 대한 얘기는 단 한마디도 꺼내지 않는다고도 했다.

그 편지 말미에 조셉이 말했다는 '내 아빠라는 사람들은 모두들 떠나가 버리는군요!'라는 구절이 장의 마음을 무겁게 했다. 그녀가 샤빌에 머물고 있다는 사실도 그에게는 커다란 부담이 되어 갔다. 결국 그는 그녀에게 파리로 돌아와 옛날처럼 사람들을 만나 즐기면서 지내라고 충고하기에 이르렀다. 남자들과 사랑하고 헤어지는 일에 있어서는 경험이 많은 파니는 그러한 그의 생각이 끔찍한 이기심의 발로라는 사실을 누구보다 잘 알고 있었다. 옛날 남자들과 다시 가깝게 만들어서 영원히 자신의 존재를 그녀에게서 지워 버리려는 의도라고 생각했던 것이다.

내가 예전에 한 번 말했을 거예요…… 비록 이런 상황이 되었다고는 해도 나는 당신의 사랑스럽고 충실한 아내로 남아 있을 거예요. 우리가 살았던 작은 집은 당신에 대한 추억으로 가득 차 있어요. 나는 이 집을 떠나 다른 곳으로 가고 싶지 않아요…… 내가 파리에서 뭘 하겠어요? 당신을 내게서 앗아가 버린 그 파리에서의 과거를 나는 증오해요. 당신이 나와 조셉에게 제안한 일을 다시 한 번 생각해 봐요…… 너무 심하다고 생각지 않나요? 한 번만이라도 보러 와주세요. 무정한 사람…… 한 번만, 딱 한 번만…….

그는 가지 않았다. 그러던 어느 일요일 오후 혼자 공부에 몰두해 있는데 문을 똑똑 두드리는 소리가 들려왔다. 그는 직감적으로 파니가 왔음을 알았다. 그녀는 예전에도 그런 식으로 문을 두드리곤 했지 않은가. 그는 양탄자 위로 살금살금 걸어 문에 귀를 기울였다. 현관에서 수위가 못 올라가게 막을까 봐 그가 있는지 확인도 하지 않고 그대로 뛰어 올라왔는지 헐떡이며 숨을 몰아쉬는 소리가 문을 통해서 또렷하게 들려왔다.

"장, 당신, 안에 있어요?……"

공손하면서도 애수에 젖은 듯한 그 목소리…… 그녀는 다시 한번 더 크게 그의 이름을 불렀다.

"장!……"

체념이 섞인 한숨 소리가 들렸다. 곧이어 가방에서 편지를 꺼내는 부시럭거리는 소리와 거기에 입맞추는 소리가 들리더니 그것을 문 밑으로 밀어넣고 돌아섰다. 그가 행여나 불러 세우지나 않을까 해서인지 그녀는 계단을 천천히 밟고 내려갔다. 그는 발소리가 멀어져 들리지 않게 되어서야 편지를 집어 들고 겉봉을 뜯었다. 그날 아침에 오쉬코른 딸애의 장례식을 치르려고 샤빌에 사는 사람 몇 명과 함께 파리에 오게 되었다는 내용이었다. 그러지 않으려고 했지만 어쩔 수 없는 힘에 이끌려 그를 보러 왔다가 만나지 못할 것을 예상해서 미리 써놓았던 편지만 놓고 간 것이었다.

내가 말했었죠…… 만약 내가 파리에 살게 된다면 사람들은 당신 집 계단에 서 있는 내 모습을 자주 보게 될 거라구요…… 안녕, 내 사랑. 나는 우리의 집으로 돌아가요…….

편지를 읽어 내려가던 장의 눈앞이 흐려지면서 눈물방울이 볼을 타고 주르르 흘러내렸다. 언젠가 아르카드 가에 있는 파니의 집에 갔을 때 지금과 똑같은 일이 벌어졌던 걸 기억해냈던 것이다. 쫓겨난 남자의 그 참담한 고통과 현관문 밑에 밀어넣어진 편지 그리고 냉정한 파니의 웃음소리…… 결국 그녀는 그가 이렌느를 사랑하는 것보다 더 그를 사랑하고 있었던 것이다. 남자들은 여자들보다 더 치열한 생존경쟁에 휘말려든다는 핑계로 여자들처럼 현재의 사랑 외의 모든 것을 망각하고 또 무관심할 수 있는 그런 배타적인 사랑을 하지 못하고, 결혼이라는 계산된 사랑을 할 수밖에 없는 것인지도 모른다.

그는 그녀에 대한 동정심으로 가슴이 미어질 듯 아파 왔다. 그

런 그의 고통은 이렌느 곁에서만 잠잠해질 수 있었다. 그녀의 눈
동자에서 느껴지는 따뜻함이 온몸으로 스며 들면 고통으로 너덜
너덜해진 그의 마음은 어느새 가뿐해졌다. 그는 그녀를 만날 때
마다 그녀의 어깨에 머리를 기대고 고향에 돌아온 탕아처럼 편
안하고 나른한 행복감에 젖었다.

그가 말없이 꼼짝 않고 있을 때면 때때로 이렌느는 조심스럽게
이렇게 물었다.

"왜 그래요…… 행복하지 않으세요?"

물론 그는 행복했다. 그러나 왜 자신의 행복에는 이토록 많은
슬픔과 괴로움이 수반되는 것인지……. 그는 현명하고 착한 친
구에게 속마음을 털어놓듯 모든 것을 이렌느에게 고백하고 싶었
다. 그러나 그러한 선의의 고백이 자신의 사랑을 신뢰하는 순수
한 그녀에게 안겨다줄지 모르는 심한 동요와 지워지지 않을 상
처를 생각하면 그럴 수도 없는 노릇이었다. 누구도 찾지 못하는
곳으로 그녀를 데리고 도망갈 수만 있다면 모든 고통에서 벗어
날 수 있을 것 같았다. 그러나 부샤르 선생은 이미 정해 놓은 결
혼 날짜에서 단 한 시간도 양보하려 하지 않았다.

"난 늙었어. 게다가 병까지 들었으니 이제 조카딸을 볼 날도 얼
마 남지 않았지. 마지막으로 그 애를 곁에 두고 볼 수 있는 시간
들을 자네가 빼앗아가 버리면 안 되지 않겠나……."

무뚝뚝한 부샤르 선생은 참으로 강인한 사내였다. 불치의 심장
병이라는 진단을 받고 또 병세가 점점 악화되어감을 알고 있으
면서도 그는 존경스러울 정도로 냉정하게 자기의 병에 대한 얘
기를 하는 사람이었으며, 숨 가빠하면서도 대학 강의뿐만 아니
라 자기보다 병세가 덜한 환자들의 진찰도 계속했다. 그런 강인

한 그에게 한 가지 약점이 있다면 투랑조 지방 사람들이 그러하듯이 명예욕이 강하고 귀족계급에 대해 지나친 경외감을 갖고 있다는 것이었다. 카스틀레의 대토지와 고셍이라는 명문가 출신이었기 때문에 장은 그의 조카사위가 될 수 있었던 것이다.

결혼식은 몸이 불편한 어머니가 거동을 하지 않아도 되게끔 카스틀레에서 하기로 했다. 어머니는 일주일에 한 번씩 디본느 숙모에게 대필을 시켜 장차 며느리가 될 이렌느에게 다정하게 교훈이 될 만한 말을 써 보냈다. 그는 이렌느와 함께 자기 가족들에 관한 얘기를 나누거나 앞으로 아내가 될 그녀에게 돈독한 애정을 품고 미래의 삶을 설계하면서 말할 수 없이 상쾌한 기쁨을 느끼곤 했다.

그러나 이렌느가 자신은 이미 겪어서 더 이상 흥미를 느끼지 못하는 부분, 이를테면 두 사람의 신혼 생활을 얘기하며 어린애처럼 기뻐하는 것을 보면 장은 자신이 너무 늙은 것 같은, 지쳐빠진 듯한 기분이 들기도 했다. 어느 날 이렌느와 마주 앉아 카스틀레에서 가져올 가구며 커튼감 따위의 목록을 작성하다가 그는 문득 암스테르담 가에서 파니와 처음 살림을 차리던 시절로 되돌아가는 듯한 착각과 함께 갑자기 두려움이 몰려들었다. 그것은 사 년 동안이나 살을 섞으며 살던 여자와 헤어진 뒤에 결혼이라는 변장을 하고서 또다시 새로운 여자와 함께 다 낡아빠진 행복을 시작해야 한다는 데서 오는 공포였던 것이다.

14

Opus Nocturnus

　"그렇습니다. 어젯밤 로사의 품에 안겨서 죽었죠……
방금 묻고 오는 길입니다."

　어느 날 바크 가의 가게에서 나오던 장은 드포테와 우연히 마
주쳤다. 처음의 차가운 표정과 어울리지 않게 그는 장을 보자 몹
시 반가워하며 혹독한 파리의 겨울 추위를 이기지 못하고 죽어
간 로사의 애완 카멜레온의 소식을 전해주었다. 비치토는 에틸
알코올을 묻힌 솜방망이에 불을 붙여 하루 종일 따뜻하게 해주
고 온갖 정성으로 보살폈음에도 불구하고 두 달 전부터 추위에
오들오들 떨다가 결국 죽고 말았다는 것이다. 로사와 필라르 등
온 식구가 전부 나서서 애써 보았지만 그 어떤 것으로도 카멜레
온이 추위에 떠는 것을 막을 재간이 없었다. 지난밤에 모두들 모
인 가운데 비치토는 전신에 심한 경련을 일으키더니 마지막 숨
을 거두었다. 우둘투둘하고 끈적대는 그 카멜레온의 시체 위로

성수가 뿌려지자 필라르는 하늘을 우러러보며 '신이시여, 용서하소서' 하고 빌면서 마치 친자식이 죽은 것처럼 슬퍼하더라는 것이었다.

"웃음이 나오긴 했지만 어쨌든 안됐더군. 게다가 눈물로 지샐 로사를 생각하니 마음이 우울해…… 하지만 파니가 그녀 곁에 있겠다고 하니 다행이긴 한데……."

"파니가요?……"

"음, 꽤 오랫동안 만나지 못했었는데…… 오늘 아침에 그 우스꽝스러운 드라마가 벌어지고 있을 때 도착했지 뭔가. 착하게도 로사를 위로해 주겠다고 남아 있는다더군."

그는 장이 어떤 반응을 보이는지 관심도 두지 않고 하던 말을 계속했다.

"이제 그녀와는 끝난 건가? 같이 살지 않나 본데?…… 앙기엥 호숫가에서 나눈 얘기를 기억하고 있나? 어쨌든 그때 내가 해준 충고가 자네에게 도움이 될 걸세……."

그는 장의 침묵 속에서 어떤 질투심이 일고 있는 것을 알아차린 듯 입을 다물었다.

장은 파니가 로사의 집에 찾아갔다는 사실이 몹시 언짢았지만, 이제 자기는 파니에 대해 아무런 권리도 행사할 수 없는 입장이었고 또 상관하고 책임을 질 필요도 없다는 생각을 하며, 마음속에서 일어나는 질투의 감정을 억눌렀다.

예전에는 귀족들만이 살았고 지금은 파리에서 가장 오래된 거리인 본 가에 이르자 드포테가 걸음을 멈추었다. 그는 이웃 사람들의 눈을 의식해서 그곳에 가족과 함께 살고 있는 것처럼 보이려고 생각날 때마다 가끔씩 집에 들르곤 했다. 사실 그는 로사의 호텔이 있는 빌리에르 가나 앙기엥의 별장에서 거의 대부분의 시간을 보냈고, 단지 자기 아내와 아이들을 내팽개쳐 두지 않는 다는 것을 보여주기 위해 이십여 년 동안을 얼굴만 잠깐씩 비추 곤 했을 뿐이었다.

장이 작별 인사를 하고 돌아서려는데 그가 피아노를 쳐서 굳은 살이 박인 커다란 손으로 그의 팔을 잡았다.

"부탁 하나 들어주게나. 나랑 같이 좀 올라가주지 않겠는가? 오 늘 아내 집에서 저녁을 같이 먹기로 했는데 비치토를 잃고 상심 해 있는 로사를 혼자 내버려둘 수가 없어…… 자네가 빠져나올 구실을 만들어주면 내가 장황하게 변명을 늘어놓지 않아도 될 것 아닌가……."

장은 마지못해 그에게 이끌려 근사한 아파트 삼 층에 자리 잡은 그의 작업실에 올라갔다. 오랫동안 사용하지 않은 작업실이 그 러하듯 방 안은 썰렁했으나 모든 것이 깨끗이 정리되어 있었다. 책상 위에는 책 한 권, 종이 한 장 놓여 있지 않았고 잉크가 말라 붙어 버린 커다란 청동 잉크병만이 장식품처럼 덩그러니 놓여 있었다. 낡은 피아노 위에는 음표를 끄적거린 악보 한 장 놓여 있지 않았다. 벽난로에 놓여 있는 유연하고 섬세한 여인의 대리 석 흉상은 지는 햇살을 받아 파리하게 보였다. 차디차게 느껴지 는 그 흉상은 불이 지펴지지 않는 벽난로를 더욱 을씨년스럽게 보이게 했으며 월계관과 메달, 기념품들로 장식된 맞은편 벽을 슬픈 시선으로 바라다보고 있었다. 그 모든 것들은 드포테가 딴 살림을 하는 데 대한 보상으로 부인에게 남겨준 허영에 찬 유물 들이었으며, 그녀는 그것들을 자신의 행복을 묻어 버린 무덤을 꾸며 놓은 장식품들처럼 소중하게 보관해 왔다.

장과 드포테가 시끄러운 발소리를 내며 들어서기 무섭게 방문이 열리며 그의 부인이 나타났다.

"당신이에요, 귀스타브?"

그녀는 동행이 있을 거라고는 미처 생각하지 못했다가 낯선 사람이 들어와 있는 것을 보자 안색이 변하며 그 자리에 멈칫하고 섰다. 우아하고 지성적인 그녀는 벽난로 위에 놓여진 흉상보다 더 세련되고 부드러운 인상을 풍겼다. 사람들은 그녀를 두고 의견이 분분했다. 어떤 사람들은 남편이 공공연하게 딴살림을 차리고 있는 것을 묵인하는 것은 어리석은 일이라고 그녀를 비난하기도 했고, 또 다른 사람들은 그와는 반대로 너그러운 그녀의 인내심에 탄복하기도 했다. 하지만 대부분 그녀가 자식을 키우면서 드포테 부인이라고 불리우는 데 만족하며, 독수공방 생활에 대한 충분한 보상을 받고 있는 생활을 즐기는 원만한 성격의 여자라고 생각했다.

드포테가 집에서 저녁 식사를 하지 않으려고 횡설수설하는 동안 그녀는 멍한 시선으로 한곳을 응시하고 있을 뿐 그의 말은 전혀 귀담아듣는 것 같지 않았다. 오랫동안 그가 던져주었던 고통을 모조리 흡수해 버려 이제는 무감각해진 듯한 그녀의 모습을 지켜보며, 장은 사교계라는 미명 아래 산 채로 매장된 커다란 고통을 목격하는 듯했다. 그녀는 남편 말이 사실이라고 생각지는 않았지만 어쨌든 그의 뜻을 받아들이기로 작정한 모양이었다.

"저야 괜찮지만 레이몽이 올 거예요. 그 애 침대 옆에서 같이 식사하겠다고 약속했거든요."

"그 애는 좀 어때?"

"좀 나아지긴 했어요. 하지만 기침은 여전해요…… 한번 들여다보고 가시지 그래요?"

그는 고개를 돌려 방 안을 둘러보는 시늉을 하며 입속으로 우물거렸다.

"지금은 안 돼…… 시간이 없어…… 여섯 시에 클럽에서 모임이 있거든……."

그는 되도록 자기 부인과 단둘이 남게 되는 것을 피하려는 것 같았다.

"그럼 안녕히 가세요."

돌멩이가 떨어져 파문이 일어났다가 다시 잠잠해진 우물처럼 그녀는 착 가라앉은 목소리로 작별 인사를 하고는 안으로 들어갔다.

"얼른 빠져나가세!"

영국식으로 재단된 몸에 꼭 맞는 긴 외투를 걸친 드포테는 계단을 두세 칸씩 뛰어내려갔다. 계단 중간쯤에서 뒤돌아보던 그는 올라와서는 어서 가자고 장의 소매를 잡아끌고 내려갔다. 장은 정부를 대할 때의 그와 아픈 자식은 거들떠보지도 않고 뛰어나오는 카멜레온 같은 그의 양면성에 굉장한 충격을 받았다. 드포테는 그의 그런 생각을 눈치챈 듯 발끝을 내려다보며 말했다.

"모든 건 원하지도 않는 결혼을 억지로 시킨 사람들 책임이야. 그들이 나와 저 불쌍한 여자와 같이 살라고 한 것이 잘못이었다구…… 날 결혼시키고 아이 아버지로 만들겠다는 생각 자체가 어리석은 생각이었지!…… 나는 그때 이미 로사의 연인이었고 지금도 그녀를 사랑하고 앞으로도 죽을 때까지 그녀의 연인으로 살아갈 거야…… 이미 몸에 익어 버린 나쁜 습관은 떨쳐 버리기 힘든 거라네. 안 그런가?…… 그리고 파니가 스스로 좋아서 그렇게 남자들을 편력했다고 자네도 믿고 있나?……"

그는 대답도 기다리지 않고 지나가는 빈 마차를 큰소리로 불러 세웠다.

"파니 얘기가 났으니 말인데…… 참 그 소식 들었는가?…… 플라망이 특사로 마자스 감옥에서 풀려났다고 하더군…… 오래전에 디셀레트가 탄원서를 냈다는데…… 디셀레트 그 친구도 안됐지. 죽은 후에 자기 탄원서가 빛을 볼 게 뭐야."

드포테는 마차에 올라타고 황급히 떠나갔다.

장은 가스등에 하나둘 불이 들어오는 어두컴컴한 거리를 덜그럭거리며 굴러가는 마차를 세우고, 당장 드포테의 뒤를 쫓아 파니가 와 있다는 로사의 집으로 달려가고 싶은 격렬한 충동에 휩싸였다.

"플라망이 특사로 마자스에서 풀려나다니……."

그제서야 요 며칠간 파니한테서 편지가 뜸해진 이유를 알 것 같았다. 돌아온 옛 애인의 격렬한 애무 속에 위로를 받으며 자기의 기구한 신세타령을 그만두게 된 게 분명했다. 이제 자유의 몸이 된 그 남자가 제일 먼저 달려가 보고 싶은 사람은 꿈에도 잊지 못할 그녀가 아니겠는가…….

감옥에 있을 때 부쳐 온 편지들과 도매금으로 싸잡아 비난하던 자기 옛 남자들 중에 유일하게 파니가 옹호하던 사람이 플라망이었다는 사실도 생각났다. 당연히 자신의 근심거리를 덜어주어야 할 이 사실에 그는 기쁘기보다 뭐라고 형언하기 어려운 고통을 느끼며 떠나오던 날 밤의 일을 생각했다.

'무엇 때문에 내가 이렇게 갈팡질팡하는 걸까? 이제 난 그녀를 사랑하지 않아. 단지 그녀 수중에 남겨진 내 편지들이 걱정스러울 뿐이야…… 다른 남자들에게 그 편지를 읽어줄지도 모르잖아…… 또 누가 알아, 그 편지를 미끼로 앞으로 다가올 이렌느와의 행복한 결혼 생활을 방해하게 될지…….'

그는 편지 때문에라도 이때까지 굳게 다짐해 온 생각을 바꾸어 샤빌에 한번 찾아가볼 필요가 있다고 결정했다. 그런 은밀하고 미묘한 성질의 일을 누가 대신해줄 수 있을 것인가…….

2월도 다 가는 어느 날 아침 그는 차분한 마음으로 샤빌로 향하는 기차에 몸을 실었다. 혹시 파니가 이미 플라망과 떠나 버린 후여서 문이 잠겨 있으면 어쩌나 하는 걱정이 있기는 했지만 어쨌든 그의 마음은 평온하고 다소 들뜨기조차 했다.

기차가 모퉁이를 돌아서자 자기가 살던 집에 덧창이 열려 있고 창문에 커튼이 드리워져 있는 것이 눈에 들어왔다. 떠나오던 날 밤 작은 불빛으로 가뭇없이 사라져 갔던 그 집을 다시 보게 되자 그는 감회가 새로웠다. 그렇게 굳게 결심하고 떠난 후 이렇게 쉬이 찾아오는 자신은 얼마나 심약한가…… 그러나 지금 그곳을 찾아가는 그는 떠나올 때의 그가 분명 아니었다. 또한 그녀도 옛날의 파니는 아닐 것이다. 겨우 두 달이라는 시간이 흘렀을 뿐인데…… 철길 주변의 덤불과 나무들도 떠나올 때 그 모습 그대로인데 두 사람은 완전히 딴사람으로 변해 있었다.

시골길은 내린 눈이 얼어붙어 몹시 미끄러웠다. 집 근처에 이를 때까지 아무와도 마주치지 않았는데 집으로 이어진 모퉁이를 돌아서는 순간 아이의 손을 잡고 걸어오는 수려하게 생긴 남자와 마주쳤다. 그들 뒤에는 커다란 트렁크가 실린 손수레를 밀며 짐꾼들이 따라오고 있었다. 목도리를 두르고 모자를 푹 눌러쓴 아이가 장의 곁을 지나치면서 뭐라고 낮은 소리로 중얼거렸다.

"아니, 넌 조셉이잖아……."

꽤 큰소리로 말했는데도 모른 척하고 그냥 가버리는 아이의 배은망덕한 행동에 그는 노여움이 차올랐다. 그러다가 몸을 돌려 가려고 하는데 아이의 손을 잡고 있던 사내의 눈길에 붙잡혔다. 창백해 보이기는 해도 지적이며 섬세한 얼굴 생김새와 사 입은 지 얼마 안 되는 듯한 새 옷, 더부룩하게 자란 수염 등 장은 첫눈에 그가 누구인지 알았다.

'그렇구나, 이 사람이 바로 플라망이구나! 그리고 조셉은 바로 그의 아들이었던 거야……'

그제야 모든 것이 명백해졌다. 파니가 상자 안에 간직해 온 그의 편지에서 미남 조각가는 감옥에 들어가면서 시골에 남겨둔 아이를 돌봐 달라고 부탁하지 않았던가. 그 애의 출생과 입양 과정을 말해주며 에테마 씨가 거북해하던 표정, 파니가 올랭프를 쳐다보던 시선 등……. 그랬다. 처음 조셉을 데려올 때 뭔가 미심쩍었던 일들이 하나둘 풀리면서 장은 모든 사실을 이해하게 되었다. 그 세 사람은 플라망의 아들을 데려다 키우기 위해 공모를 했던 것이다.

'어리석게도…… 그들한테 놀아나다니! 얼마나 속으로 웃어댔을까!……'

지나간 그 일에 대한 수치심으로 얼굴을 붉히며 그는 어디론가 멀리 도망치고 싶었다. 그런데 플라망과 조셉이 손을 잡고 철길 쪽으로 걸어가던 모습을 지켜보던 그에게 문득 왜 파니는 그들과 함께 떠나지 않는지 의아한 생각이 들었다. 그리고 무엇보다도 그 집에 남아 있는 편지들을 가지고 와야 했다. 이 불결하고 기분 나쁜 시골구석에 자기와 관련된 것은 단 하나도 남겨둘 수 없었다.

"계십니까?⋯⋯"

"누구세요?⋯⋯."

방 안에서 파니의 목소리가 흘러나왔다.

"나, 장인데⋯⋯."

그의 말이 끝나기도 전에 후다닥 자리에서 일어나는 소리와 함께 허둥대는 발소리가 들려왔다.

"기다려요⋯⋯ 곧 나가요⋯⋯."

정오가 지난 시간에 아직도 침대에 누워 있었다니! 그는 그 이유를 누구보다도 잘 알고 있었다. 심기가 불편할 때나 몹시 피곤할 때면 그녀는 마냥 능장을 부리며 침대에서 뒹굴곤 했었으니까. 눈에 익은 물건들로 가득한 응접실에서 그녀를 기다리는 동안 그는 옆집 뜰에서 들려오는 염소 울음소리와 철길 쪽에서 울려 퍼지는 기적 소리에 귀를 기울였다. 식탁 위에 아직 치우지 않은 식기들이 널려 있는 것을 보자 예전에 그곳에서 밖을 내다보며 아침 식사를 하던 기억과 떠나기 전의 마지막 저녁 식사가 생각났다.

잠시 후 파니가 몹시 기뻐하며 그에게 다가오다가 차디차게 굳어 있는 그의 표정을 보고는 그 자리에 우뚝 멈춰 섰다. 그들은 잠시 동안 그렇게 서 있었다. 두 사람의 관계가 끝장난 지금, 끊어져 버린 다리를 바라보며 갈 길을 찾지 못하고 강 양쪽에 서 있는 사람들처럼 바라보기만 했다.

"잘 지내요?⋯⋯"

파니가 제자리에서 꼼짝도 않고 낮은 목소리로 물었다. 그는 그녀가 약간 살이 쪘을 뿐 자신이 생각했던 만큼 초췌하지도 않았으며 오히려 더욱 젊어 보인다는 사실에 놀랐다. 간밤의 진한 사랑 때문인지 그녀는 싱싱한 잔디처럼 부드럽고 밝은 표정을 하고 있었다. 그동안 파니는 낙엽이 쌓인 숲속에 머물러 있었을 뿐인데 그는 괜시리 그녀에 대한 동정과 연민으로 괴로워했던 것이다.

"시골에 사는 사람들은 늘 점심때가 지나서야 일어나는가 보군 그래……."

"미안해요…… 두통 때문에 좀 늦게 일어났어요."

그의 비아냥거리는 말투에 그녀는 주눅이 든 목소리로 변명했다. 그들은 당신이라든가 너라는 말은 은연중에 빼놓고 무뚝뚝하게 말했다. 그가 힐난이 담긴 시선으로 식탁을 쳐다보며 얼굴을 찌푸리자 그녀가 접시를 주섬주섬 포개며 말했다.

"조셉이 막 떠났어요…… 오늘 아침 떠나기 전에 식사를 했거든요……."

"가?…… 어디로 말야?"

그는 짐짓 무관심한 것처럼 보이려고 태연한 척했으나 반짝이는 눈빛은 그의 속마음을 그대로 드러내고 있었다.

"애아버지가 나타났어요…… 애를 데려가겠다구요……."

"마자스에서 석방되어 나타나셨단 말이지?"

그녀는 소스라치게 놀라며 그를 바라보았지만 거짓말을 하려 들지는 않았다.

"맞아요…… 난 그 사람에게 그렇게 약속했었고 그 약속을 지킨 거예요…… 그동안 당신한테 모든 걸 털어놓고 싶다는 생각을 얼마나 많이 했는지 몰라요. 하지만 그럴 수 없었어요. 당신이 그 어린것을 도로 보내 버릴까 봐 겁이 나서…… 당신은 질투가 심하잖아요…….”

순간 그는 불쾌한 웃음을 지었다.

“내가 질투를 해, 그 죄수한테…… 어쨌든 좋아!”

치밀어 오르는 화를 참으며 그는 그곳에 오게 된 이유를 간단히 말했다.

“내가 보냈던 편지를 가지러 왔어. 왜 그 편지들을 세제르 삼촌 편에 보내주지 않았지? 그랬다면 이런 식으로 만나지 않아도 됐을 것 아냐!”

그녀는 여전히 조용한 어조로 대꾸했다.

“알았어요…… 돌려 드릴게요…… 저쪽 방에 있어요…….”

그는 그녀를 따라 방 안으로 들어갔다. 방 안은 담배 냄새와 향수 냄새가 뒤섞여 있었고 베개 위로 서둘러 시트를 씌워 놓은 듯 침대는 엉망으로 헝클어져 있었다. 방 한쪽에 있는 테이블 위에 진주 빛 편지함이 놓여 있었다. 그 편지함에 눈길을 주던 두 사람은 동시에 똑같은 장면을 떠올렸다. 상자 뚜껑을 열며 그녀가 말했다.

“별로 무겁지 않아요…… 이제 이걸 불태워 없애 버릴 일은 생기지 않겠군요…….”

그는 아무 말도 하지 않았다. 입술이 바싹바싹 타들어가는 초조함을 느끼면서 그는 흐트러진 침대 쪽으로는 다가가지 못했다. 침대에 걸터앉은 그녀는 마지막으로 그의 편지들을 훑어보았다. 틀어 올린 머리칼 아래로 드러난 흰 목덜미와 명주 잠옷 속으로 내비치는 부드럽고 풍만한 육체를 보지 않으려고 그는 멀뚱하게 창밖을 내다보았다.

"이제 가져가세요……."

그녀가 편지를 한 무더기로 꾸려서 내밀자 그는 그것을 호주머니에 쑤셔 넣었다. 그러고는 궁색한 화제를 찾듯 머뭇거리며 물었다.

"그 사람이 아이를 데려가다니? 도대체 어디로 데려가는 거지?……"

"모르방으로 간댔어요. 그 사람 고향이죠. 숨어서 조각을 해서는 가명으로 파리에 보낼 거라나……."

"그러면 당신은?…… 당신은 계속 여기 남아 있을 건가?"

그녀는 그의 시선을 피해 돌아서며 그건 자기에겐 너무 슬픈 일이라고 대답했다.

"그렇다면 당신도 떠날 생각을 하고 있군. 아마도 곧 떠나겠지. 모르방으로 갈 건가?…… 온 가족이 말야!"

갑작스럽게 치솟아 오르는 질투심으로 그는 화를 주체하지 못하고 버럭 소리를 내질렀다.

"이제 곧 그 위폐범을 만나러 갈 거라고 말해 봐. 같이 살림을 차릴 거라고 말야…… 오래전부터 당신은 그것을 꿈꿔 왔잖아…… 그래, 그 토굴 같은 고향 집으로 돌아가…… 미녀와 죄수라, 잘 어울리는군그래. 당신을 이 진흙창에서 꺼내준 내가 너무착한 사람이지, 안 그래?"

하지만 그녀는 꼼짝 않고 침묵을 지킬 뿐이었다. 내리깐 그녀의 눈길에 얼핏 승리감이 스치고 지나갔다. 그가 그녀를 모욕적으로 몰아세우면 세울수록 점점 자신감에 차 그녀의 입술은 묘하게 일그러지면서 떨렸다.

"난 지금 말할 수 없이 행복해. 지금 젊고 순결한 사랑을 즐기고 있다구!"

그러다가 갑자기 그는 수치심을 느낀 사람처럼 목소리를 낮추었다.

"오다가 플라망이란 작자와 마주쳤어. 여기서 자고 간 거지?"

"그래요, 어제 늦게 도착했어요. 눈이 많이 내려서 갈 수도 없고…… 그래서 소파에서 자도록 했어요."

"거짓말 말아, 그는 이 침대 위에서 잤어…… 침대를 보면, 당신을 보면 알 수 있어."

"그래서요?"

그녀는 침대에서 발딱 일어서며 그의 코앞에 얼굴을 들이밀었다. 그녀의 커다란 잿빛 눈동자가 타오르듯 이글거렸다.

"당신이 오늘 찾아올 거라는 걸 내가 어떻게 알 수 있었겠어요?…… 그리고 이미 떠나 버린 당신이 왜 상관이야? 난 혼자였고 슬펐어…… 혼자 사는 일에 진저리가 났다구……."

"참 굉장한 신파로구만! 깨끗한 남자랑 함께 살 때도 그자가 그리웠던 게 아니던가?…… 그 남자가 나타나자 기다렸다는 듯 그자의 애무에 온몸을 내맡겼겠지…… 더러운 것!……."

그는 눈앞에 있는 그녀의 얼굴에 사납게 주먹을 날렸다. 그녀는 피하지도 않은 채 고스란히 얻어맞았다. 고통스러운 듯 신음소리를 내고 있었으나 그녀는 기쁨과 승리로 눈을 빛내며 그에게 달려들어 두 팔로 꼭 껴안았다.

"오, 내 사랑, 내 사랑…… 당신, 여전히 날 사랑하고 있군요……."

이내 두 사람은 한 몸이 되어 침대 위로 쓰러졌다.

저녁 무렵 으르렁거리며 질주해 가는 급행열차의 진동 소리에 놀라 장은 곤하게 떨어졌던 잠에서 깨어났다. 그는 잠시 자신이 어디에 있는지 깨닫지 못했다. 너무 걸어서 사지가 꼬인 것같이 온몸이 무감각했고 팔을 들어올릴 힘조차 없을 정도로 나른했다. 그날 오후 내내 눈이 많이 내려 하얀 눈송이들이 모든 소리를 삼켜 버리고 지붕과 담벽, 유리창 등 온 대지를 하얗게 덮어 버렸다. 벽난로에 지펴 놓은 장작 타는 소리만이 딱딱 들려올 뿐 방 안에는 적막한 침묵만이 감돌았다.

 '도대체 여기가 어디일까? 뭐가 어떻게 된 거지?'

 차차 하얀 정원과 방 안의 모습이 눈에 들어오고 맞은편 벽에 걸려 있는 파니의 초상화가 보였다. 그제서야 자신의 전락을 실감하며 씁쓸한 미소를 지었다. 이 방에 들어와 침대 앞에 섰을 때부터 그는 자신이 이렇게 무너지고 말 거라는 것을 예감하고 있었다. 구겨진 침대 시트는 파멸의 구렁텅이처럼 그를 유혹했었다. 그때 그는 내가 다시 이 침대 위로 떨어진다면 그때는 영원히 헤어나지 못할 거라고 생각했었다. 결국 각본대로 연극을 해야 하는 배우처럼 자신의 의지를 상실한 채 그는 또다시 끝없는 나락으로 떨어지고 만 것이었다. 자신의 비열함과 나약함에 혐오감을 느끼면서 그는 다시는 그 진흙탕 같은 삶에서 벗어나려고 애쓰지 않겠다고 체념했다.

 '그래, 어차피 이렇게 되기로 되어 있었어. 피를 흘리면서도 상처를 그대로 방치해 둔 채 처절한 행복을 느끼듯…… 이 더러운 두엄 더미 위에 드러누워 이대로 살다가 죽는 거야. 서로에게 상처를 주고 싸우는 일에 지긋지긋해하면서도 악취를 풍기는 이 나른한 따스함에 온몸을 내맡기고 사는 거야……'

앞으로 정리해야 할 일이 끔찍했으나 일단 마음만 먹으면 간단한 일이었다. 이런 식으로 파니와 다시 관계를 맺고 이렌느에게로 돌아갈 수는 없었으며 드포테처럼 이중생활을 하며 살아간다는 건 너무 유치했다.

'아직 난 그 정도로 타락하지는 않았어…… 그래, 부샤르 선생에게 편지를 쓰는 거야. 의지력에 관한 연구를 하고 있는 생리학자인 그가 이러한 일을 알면 얼마나 끔찍하게 생각할까…… 아마도 그에겐 좋은 연구 사례가 될지도 모르겠군……'

처음 파니를 만나던 날 그녀가 자신의 팔을 잡아 이끌던 일부터, 이제는 빠져나왔다고 생각하며 행복과 황홀함에 도취되어 있다가 사랑하는 마음도 없이 뼛속까지 젖어 든 비겁한 습관과 타락으로 점철된 과거에 최면이 걸리듯 그녀에게 다시 빠져들게 된 얘기까지 모두 털어놓으리라……. 그가 이러저런 생각에 골몰해 있는데 문이 열리고 파니가 그의 잠을 깨우지 않으려고 살금살금 들어왔다. 그는 가만히 누워 실눈으로 눈 덮인 정원을 산책하고 온 그녀가 등을 돌리고 벽난로 앞에 앉아 불을 쬐는 모습을 지켜보았다. 활기를 되찾아 한층 젊어 보이는 그녀는 가끔씩 그를 돌아보며 아침나절 둘이 싸울 때 지어 보이던 그 묘한 미소를 짓곤 했다. 메릴랜드 담배를 한 개비 꺼내 물고 방 안을 빠져나가려는 그녀를 장이 불렀다.

"잠든 게 아니었군요!"

"좀 앉아 봐…… 얘기 좀 하자구!"

그녀는 그의 엄숙한 말투에 다소 놀란 듯 침대 끄트머리에 걸터앉았다.

"파니…… 우리 함께 떠나."

그 말을 듣는 순간 그녀는 그가 자기 마음을 떠보려고 농담하는 줄 알았다. 하지만 그가 구체적인 계획을 털어놓자 그녀는 차츰 심각한 표정을 지었다.

"아리카에 비어 있는 자리가 하나 있어. 그 자리에 지원을 할 작정이야. 짐을 챙기는 데는 보름이면 충분하니까 곧 그리로 가서 둘이서 사는 거야…… 알아듣겠어, 파니?"

"하지만 당신 결혼은 어쩌구요?"

"결혼 얘기는 더 이상 꺼내지 마…… 이제는 돌이킬 수 없는 일이야…… 모든 게 끝났어. 난 당신과 헤어질 수 없어."

"가엾은 사람 같으니라구!"

그녀는 씁쓸한 미소를 지어 보이고는 담배를 두세 모금 빨아들였다.

"아리카라는 곳은 얼마나 먼가요?"

"아리카 말야?…… 아주 멀지. 페루에 있는 도시야……."

그는 그녀 곁으로 바싹 다가가 아주 조그맣게 속삭였다.

"플라망도 당신을 쫓아오진 못할 거야……."

뽀얀 담배 연기 속으로 깊은 생각에 잠긴 그녀의 얼굴을 올려다보며 그는 그녀의 손을 꼬옥 잡고 팔을 쓰다듬었다. 창밖에 쌓이는 눈 소리에 감미로운 기분을 느끼며 그는 눈을 감은 채 부드럽고 아득한 수렁 속으로 빨려들어갔다.

15

Opus Nocturnus

출발 준비를 완전히 끝마친 사람들이 흔히 그렇듯이 장은 사소한 일에도 신경을 곤두세운 채 우울한 기분에 사로잡혀 안절부절못했다. 항구도시인 마르세유에 온 지도 벌써 이틀이나 훌쩍 지나갔다. 이곳에서 파니와 만나 떠나기로 미리 약속이 되어 있었던 것이다. 이틀 전부터 그는 정신없이 뛰어다니며 떠날 준비를 완벽하게 끝내 놓았다. 배편도 영사와 그 형수가 여행하는 것처럼 꾸며서 일등 선실의 좌석 둘을 예약해 두었다. 파니가 도착해서 빨리 프랑스를 떠나 머나먼 이국땅으로 출발하기를 고대하며 그는 호텔 방 안을 초조한 마음으로 서성거렸다.

장은 감히 밖으로 나갈 용기도 내지 못하고 호텔 방에만 처박혀 속을 태웠다. 죄지은 사람이나 탈영범처럼 그는 길거리로 나서는 것이 두려웠다. 그러는 동안에도 사람들로 몹시 붐비는 마르세유의 길모퉁이 어디에선가 느닷없이 아버지나 부샤르 선생이 나타나 자기 뒷덜미를 사납게 휘어잡고 파리로 끌고 갈 것 같은 섬뜩함이 느껴져 깜짝깜짝 놀라곤 했다.

오한이 들 때처럼 머리털이 쭈뼛거리는 초조함과 불안으로 그는 오락가락하다가 끼니때가 되어도 식당에 내려가지 못하고 방으로 음식을 주문을 해서 한두 숟갈 뜨다 말았다. 하루 종일 침대에 드러누워 책을 펴놓고 멍하니 천정을 올려다보거나 파리가 달라붙어 있는 '쿡 선장의 죽음'이라는 제목이 붙은 꼬질꼬질한 액자를 물끄러미 바라보다가, 어느 틈에 스르르 잠에 빠져들어 무엇엔가 쫓기는 꿈으로 깜짝깜짝 놀라기도 했다. 목재 난간으로 된 호텔 발코니에는 어선의 어망처럼 군데군데 기운 노란색 커튼이 쳐져 있었는데, 무료함으로 지칠 때면 그는 발코니로 나가 좀이 슬어 위태한 난간에 기대 서서 몇 시간이고 거리를 내려다보았다.

그가 묵고 있는 잔느 아나샤르시스 호텔은 파니와 약속 장소를 정하면서 《프랑스 상공 연감》을 뒤적거리다 되는 대로 결정한 호텔이었다. 깨끗하거나 호사스럽지는 않았지만 드넓은 푸른 바다와 항구의 전경이 한눈에 들어와 전망이 아주 좋았다. 창 아래쪽 담벼락을 따라 죽 늘어놓은 새장 안에 있는 작은 앵무새나 잉꼬, 열대 지방의 이름 모를 갖가지 새들이 지저귀는 소리가 끊임없이 들려왔다. 새 장수는 동녘이 밝아오기 전에 수레 가득 새장을 가져와 그곳에 늘어놓는 바람에 새들의 소란스러운 지저귐으로 잠을 깼다. 하지만 지지배배 우는 새 소리는 해가 중천으로 서서히 떠오르면서 부산스러운 항구에서 들려오는 여러 가지 잡다한 소음 속에 파묻혔다.

각국에서 배를 타고 꾸역꾸역 몰려든 사람들이 내지르는 알아들을 수 없는 말소리와 뱃사공과 하역 인부들이 서로 치고받으며 지르는 욕지거리, 그리고 장사치들이 질러대는 고함 소리, 규칙적으로 퍼올리는 펌프질 소리, 수리 도크에서 들려오는 망치질 소리, 기중기가 돌아가는 소리, 뱃고동, 호루라기 소리, 배 바닥에 괸 구정물 치우는 소리, 소리, 소리들…… 거기에 덧붙여 거대한 대서양 횡단 증기선의 쉰 듯한 기적 소리가 울려 퍼지면 모든 소음들은 삼켜지고 항구에는 슬픈 분위기가 감돌았다.

그뿐만 아니라 그곳을 떠도는 여러 가지 냄새들은 머나먼 나라, 태양과 열기로 가득한 이국을 생각나게 했다. 배에서 내려놓은 백단나무, 로그우드, 진흙, 오렌지, 파스타치오 열매, 잠두콩, 땅콩 같은 짐 더미에서 자극적인 냄새가 짭짤한 소금기와 취사장에서 풍겨나는 비린내와 기름 냄새로 가득한 대기 속으로 퍼져나갔다.

어두워지면서 그 모든 소란스러움은 두꺼운 어둠 속으로 내려앉아 바닷속처럼 잠잠해졌다. 까만 어둠이 장막처럼 눈앞을 가리는 밤이 되자 마음이 차분하게 가라앉은 장은 커튼을 걷어올리고 창가에 기대 평온하게 잠든 항구를 하염없이 내다보았다. 노 젓는 소리와 찰랑거리는 물소리, 개 짖는 소리만이 밤공기를 뚫고 들려올 뿐 항구는 거대한 괴물이 싸움에 지쳐 쓰러진 듯 적막에 쌓여 있었다. 멀리 플라니에 등대에서는 불빛이 빙빙 돌며 화살처럼 어둠을 가르고 쏜살같이 날아와 섬과 바위와 정박한 배들을 순간적으로 비추었다가 사라지곤 했다. 그것은 깜깜한 우주에서 보내오는 무슨 신호처럼 보이기도 했다. 수평선 저 너머에서 손짓해 부르듯 등대 빛은 바로 여행에의 유혹이었다. 그랬다. 여인의 울먹임이 섞인 듯한 바람 소리와 끊임없이 넘실대는 파도 소리, 그리고 증기선의 소음 등 물안개가 피어오르는 항구의 그 모든 것은 바로 여행으로의 초대였던 것이다.

아직도 하루를 더 기다려야 했다. 파니는 일요일에나 오기로 되어 있었던 것이다. 몇 년간 못 보게 될 가족들과 함께, 아니 어쩌면 영원히 다시 보지 못할지도 모르는 사랑하는 사람들과 시간을 보냈어야 했는데…… 그의 마음만큼이나 적막한 밤하늘을 올려다보던 그는 코끝이 찡하는 서글픔을 느끼며 며칠 전의 일을 떠올렸다.

카스틀레에 도착한 바로 그날 저녁 아버지에게 이렌느와의 결혼이 깨졌다는 사실을 말했을 때 아버지는 즉각 그 이유를 알아차리고 사색이 되었다. 엄격하기만 한 아버지의 파란 불꽃이 이는 눈초리를 받으며 계속 변명을 주워섬겼다. 그것은 참으로 견뎌내기 힘든 끔찍한 일이었다.

'도대체 가족이라는 게 무엇일까, 오랫동안 그토록 따사로운 마음을 쏟은 애정이란 것이 대체 무엇이냔 말이다. 적어도 피와 살을 나눈 가족이 아니던가. 그런데 그토록 질긴 혈육의 정과 애정을 끊어 버릴 수 있을 만큼 아버지의 분노가 컸던 것일까……'

그는 모든 걸 잃어버리고 말았다. 카스틀레의 테라스에서 아버지와 마주 앉아 짓누르는 침묵을 견디지 못하고 고개를 돌려 바라보았던 정경은 죽을 때까지도 결코 잊지 못할 것이다. 마냥 행복했던 어린 시절을 보낸 그곳, 하늘과 맞닿은 아득한 지평선을 뒤로 두고 빽빽이 들어선 소나무며 도금양나무, 실편백나무들마저 아버지의 저주에 몸서리를 치듯 바람결에 마구 흔들렸다. 분을 견디지 못해 온몸을 부르르 떨던 늙은 아버지의 증오로 가득

찬 시선이 장의 온몸을 질근질근 밟아대는 것 같았다. 이윽고 아버지는 증오와 저주가 담긴 말들을 왝왝 토악질하듯 퍼부어대기 시작했다. 결코 그를 용서하지 않을 것이며 이젠 이 집에 한 발도 들여놓지 말라고 했다.

"가거라, 네 맘대로 그 매춘부와 함께 떠나가란 말이다. 넌 이제 죽은 자식이나 마찬가지야! 다시는 내 앞에 얼씬도 하지 말란 말이다!"

쌍둥이 누이동생은 현관 계단에 무릎을 꿇고는 아버지에게 제발 오빠를 용서해 달라고 빌었다. 심상치 않은 분위기를 느낀 병든 어머니는 근심스러운 얼굴로 왜 이리 시끄럽느냐며 장이 무슨 일로 작별 인사도 없이 가버리는 것이냐고 말없이 창백하게 서 있는 디본느 숙모에게 몇 번이고 호통치듯 물어댔다.

아비뇽으로 가는 도중에서야 어머니에게 작별 키스도 하지 않고 떠나왔다는 사실을 깨달았다. 그는 세제르 삼촌에게 마차에서 기다리라고 말하고는 다시 길을 되돌아가 카스틀레의 포도밭으로 숨어들었다. 짙은 어둠 속에서 자기 집을 찾으려고 헤맸으나 죽은 포도나무 덩굴에 발이 얽혀들어 끝내는 방향감각조차 잃고 갈팡질팡했다. 한동안 진땀을 흘리며 악몽을 꾸듯 허우적대다 간신히 초벽을 바른 희끄무레한 담벽을 따라 더듬어 가서는 집 앞에 이르렀다. 하지만 현관문은 굳게 잠겨 있었고 닫힌 창문에는 커튼까지 쳐져 있었다. 문 앞에서 대문을 두드릴까 소리쳐 부를까 망설였지만 아버지가 들을까 봐 이러지도 저러지도 못한 채, 그는 그저 혹 닫히지 않은 창문이 있을까 싶어 집 주위를 두세 번이나 돌아보았다. 집 안 구석구석을 살피며 문단속을 하는 디본느 숙모가 든 램프의 불빛이 집 안 곳곳을 돌아다니는 것을 좇으며 장은 행여나 그녀에게 신호를 보낼 수 있을까 기회를 엿보았다. 마지막으로 어머니의 방에 들른 그 불빛은 오랫동안 방 안에 머물렀다. 이윽고 그 불빛마저 꺼지고 집은 어둠과 적막 속으로 가라앉아 버렸다. 그러자 애를 태우던 가슴속은 싸늘한 바람이 불어치듯 서늘해졌다. 집마저 이제 자기를 밀쳐내고 있는 것 같았다. 그는 영원히 사라지지 않을 회한을 가슴에 안고 절망감에 젖어 그곳을 도망치듯 빠져나왔다.

 마르세유는 위험한 긴 바다 여행을 떠나는 사람들을 전송 나온 그 부모나 친구들로 늘 북적댔다. 배를 타려면 여러 가지 복잡한 절차를 밟아야 하기 때문에 당일 부두에 나오게 되면 시간에 쫓겨 당황하기 마련이다. 그래서 보통 출범 전날 밤엔 부두 근처의 숙소에서 하루를 묵으며 미리 배를 둘러보고, 항해중에 어려움이 없도록 선실 구조를 익혀두거나 배웅 나온 가족들과 단란한 시간을 보내게 된다. 하루에도 몇 번씩 배웅 나온 사람들이 무리를 지어 호텔 앞을 지나쳤다. 더러는 한 사람이 떠나는 데 수십 명은 족히 넘을 떼거리로 몰려다니는 광경도 눈에 띄었다. 장은 몇 번인가 복도에서 마주쳐 안면이 있는 바로 자기 위층에 묵고 있는 가족들에게서 깊은 감명을 받았다. 그날도 장은 기다리는 무료함을 달래면서 창문에 기대서 부둣가를 내려다보고 있었다. 그런데 그때 위층에 머무르던 시골 할아버지와 할머니가 아들인 듯싶은 청년을 배웅 나와 배가 떠날 때까지 짓무른 눈가에 눈물을 짓고서 지켜보고 있었다. 그 세 사람은 말없이 서로를 꼭 부둥켜안고 서 있더니 청년이 할머니의 눈가의 눈물을 쓱 닦아주고는 배에 올라탔다. 그들은 그저 물끄러미 서로를 쳐다볼 뿐 내내 아무 말도 없었다. 사실 무슨 말이 필요할까…….

장은 그들을 지켜보면서 어쩌면 그런 식으로 안타깝고 다정한 전송을 받았을지도 모를 자신의 출발을 상상해 보았다. 눈물만 그렁그렁한 눈초리로 말없이 바라보는 아버지와 누이동생에게 둘러싸여, 활기와 모험이 가득찬 새로운 세계가 살며시 자신의 어깨에 떨리는 손을 얹어주는 그러한 출발을……. 하지만 헛된 꿈이었다. 자신은 이미 그들에게 죄를 진 몸이고 이제 그가 걸어가야 할 운명은 정해져 있었다. 그저 떠나는 일과 모든 것을 망각해 버리는 일만이 남았을 뿐이다.

출발을 앞둔 마지막 날 밤은 얼마나 길고 잔인했는지 그는 날이 밝을 때까지 눈 한 번 붙이지 못했다. 창 주위가 회색빛으로 변하고 방 안에 희끄무레한 여명이 비춰 든 뒤 바다 위를 붉게 물들이며 떠오르는 태양에 등댓불이 사위어갈 무렵에야 그는 의식을 잃듯 깜빡 잠 속으로 빠져들었다.

얼마나 잤을까? 방 안에 스며 드는 한 줄기 햇살에 눈이 부셔 그는 잠에서 깨어났다. 새 장수가 늘어놓은 새들의 지저귐과 일요일 오전 미사를 알리는 마르세유 성당의 종소리가 방파제에 부딪쳐 울려 퍼지고 있었다.

'세상에, 벌써 열 시가 됐군! 파리발 특급열차가 열두 시에 도착하는데 서둘러야겠어…….'

파니를 마중 나가기 위해 그는 서둘러 세수를 하고 옷을 갈아입었다. 일단 파니를 만나면 바다가 보이는 식당에서 점심 식사를 한 뒤 짐들을 부두로 옮길 생각이었다. 그리고 다섯 시가 되면 우리가 탄 배는 마침내 뱃고동을 울리며 프랑스를 떠날 것이다.

장은 창문을 활짝 열고 짭짤하고 시원한 바닷바람을 들이마셨다. 높은 하늘에는 갈매기가 흰 점처럼 날고 있었고 짙푸른 바다

위에는 돛단배들이 물오리들마냥 뒤뚱뒤뚱 떠 있었다. 단지 존재한다는 이유 하나로 모든 것이 눈부시게 빛나며 축복과 환희 속에서 춤을 추는 것만 같았다. 호텔 앞 네거리에서는 누구나 따라 부를 수 있는 경쾌한 칸초네를 연주하는 하프 소리가 들려왔다. 그것은 투명한 대기를 뚫고 망망한 바다가 보이는 햇빛 찬란한 해안으로 전해지는 천상의 노래처럼 감미로운 선율이었다. 물방울이 똑똑 떨어지듯 피치카토로 연주되는 하프의 음률은 감동적인 생의 희열을 노래하는 듯했다. 그것은 음악이라기보다 정오의 희열을 향해 날아가는 갈매기의 날갯짓이었으며 눈물이 날 만큼 기쁘고 사랑으로 충만된 삶 그 자체였다. 가냘프게 떨리는 멜로디를 들으며 장은 잠시 이렌느에 대한 추억을 떠올렸다. 그러나 얼마나 멀리 있는 추억인가!…… 이제는 잃어버린 아름다운 나라나 다름없지. 손가락 사이로 휙 스치고 지나간 영원히 손에 넣을 수 없는 바람과 같은 아쉬움이 아니던가!

그가 막 문턱을 나서려는데 웨이터가 불쑥 나타나 흰 봉투를 내밀었다.

"영사님 앞으로 편지가 왔습니다…… 오늘 아침에 도착했는데 너무 곤히 주무시고 계셔서 깨우지 못했어요."

그 호텔에서 특별 대우를 받는 여행객은 드문 편이었다. 마르세유 사람들은 항구도시 사람 특유의 예의를 차리지 않는 성급한 기질을 갖고 있어, 안에 사람이 있는 줄 알면서도 손님들의 방문을 노크도 없이 느닷없이 벌컥 열어젖히곤 했다. 그런데 유난히 영사라는 신분 탓이었는지 그에게는 깍듯하게 대해 주었던 것이다.

'대체 누가 편지를 보냈지? 파니 말고는 이 호텔에 묵고 있다는

것을 아는 사람이 없는데……'

웨이터가 나가고 침대에 걸터앉아 편지를 펼쳐 들여다보는 순간 그는 불길한 예감에 확답을 주는 듯한 첫 문장에 가슴이 무너져 내리는 소리를 들었다.

그래요, 난 떠나지 않아요. 그건 어리석은 짓이에요. 내겐 그럴 만한 힘이 없어요. 그런 일을 하려면 젊음이 필요해요. 나에겐 그런 젊음이 없어요. 그렇지 않다면 사랑을 위한 맹목적인 정열이라도 있어야 하는데 지금의 나나 당신에겐 그런 정열도 없어요. 우리가 처음 만났던 그 아름답던 시절에 당신이 날 잡아끌었다면 난 아마 당신을 따라 지구의 끝까지라도 따라갔을 거예요. 내가 그때 얼마만큼 열정적으로 당신을 사랑했는지는 당신도 잘 알 거예요. 내가 가진 모든 것을 당신에게 주었어요. 당신을 떠나야 한다고 느꼈을 때 내가 사랑했던 그 어떤 남자에게서도 느껴 보지 못한 고통을 느꼈어요. 하지만 그런 사랑은 쉬이 사그라지는 법이에요. 당신도 인정하죠…… 당신이 멋있고 젊다고 느꼈을 때마다 그리고 항상 무언가 걱정하고 있다는 게 느껴질 때마다 난 당신이 떠나면 어떻게 하나 하고 얼마나 많은 시간을 가슴 졸였는지 몰라요!…… 이젠 더 이상 그렇게 할 수가 없어요. 당신은 내 삶을 너무도 많이 가져갔고 너무 많은 고통을 주었어요. 나는 이제 한계에 이르렀어요.

이런 상황에서 엄청난 용기를 필요로 하는 여행을 감행한다는 건, 아니 사는 곳을 옮긴다는 것만으로도 난 너무나 두려워요. 내가 얼마나 움직이지 않고 가만히 있는 걸 좋아하는지 당신도 잘 알잖아요. 게다가 난 생 제르맹보다 더 먼 곳으로 가본 일이 없는 여자예요. 여자들은 강렬한 태양 아래에서는 쉽사리 늙어 버려요. 당신이 서른도 안 되었을 때에 나는 로사의 모친 필라르처럼 쭈글쭈글하게 시들어 버릴 거예요. 어쩌면 당신은 이때까지 당신이 내게 희생했던 모든 것을 이번 기회에 내가 보상해주기를 바라고 있는 건지도 모르겠어요. 하지만 장, 내 말 좀 들어보세요. 《세계일주》라는 책에서 읽은 건데, 동양 어느 나라에서는 아내가 부정을 저지르면 그 여자와 고양이 한 마리를 산 채로 이제 막 잡은 커다란 동물 가죽 속에 넣어 꿰매 버린대요. 그러고는 햇볕이 작렬하는 해변가에 내다놓는다는군요. 햇볕에 가죽이 말라 오그라들어 여자와 고양이의 몸을 죄어들면 서로를 할퀴면서 잡아먹는다는 거예요. 마지막 심장의 고동이 멈출 때까지 말예요. 우리를 기다리고 있는 것이 어쩌면 이런 류의 형벌이 아닌지 몰라요…….

장은 얼이 빠져 잠시 편지 읽기를 중단했다. 햇빛을 받아 반짝이는 푸른 바다가 까마득히 멀어져 가는 듯했다.

안녕, 내 사랑…….
안녕, 내 사랑…….

하프 소리에 맞춰 누군가 칸초네의 후렴을 열정적인 목소리로 부르고 있었다. 완전히 파멸해 버린 자신의 허망한 삶이 바위가 파도에 씻겨나가듯 그의 가슴속에서 천천히 빠져나가고 있었다. 수평선 너머로 자기를 버리고 떠나가는 파니의 모습이 언뜻 보이는 듯했다.

좀 더 일찍 당신에게 말했어야 옳았을 거예요. 하지만 확고한 당신의 결심 앞에서 난 그럴 수 없었어요. 흥분한 당신에게 도저히 그런 말을 건넬 수 없더군요. 그리고 한편으론 당신이 날 버린 후 다시 내게로 되돌아오게 할 수 있었다는 자만심도 있었던 게 사실이에요. 하지만 내 마음 깊은 곳에서 이제 모든 게 끝났다는, 더 이상은 지속될 수 없으리라는 생각이 꿈틀거렸어요. 그런데 어떻게 당신이 다시 날 원하게 됐는지 궁금해요. 어쨌든 당신을 따라가지 않는 것이 가련한 플라망 때문이라고는 생각지 마세요. 당신이나 그 사람이나, 아니 다른 모든 남자들도 이미 내겐 의미가 없어졌어요. 남자에 대한 열정은 이제 죽어 버린 거예요. 그리고 그 자리에 조셉이 들어앉아 어느새 내 남은 삶의 의미가 되어 버렸죠. 난 이제 그 애 없인 살 수가 없어요. 그 애 때문에라도 애아버지에게로 가게 될 거예요. 플라망은 나를 사랑한다는 이유 하나만으로 모든 것을 잃었지만 처음 만났을 때처럼 따뜻하면서도 열정적으로 다시 되돌아온 사람이에요. 당신이 다시 샤빌로 나를 찾아온 날 생각나요? 그 사람은 전날 밤 늦게 찾아와 밤새도록 내 어깨에 기대어 울었을 뿐이에요. 당신이 흥분할 하등의 이유가 없었던 거죠.

장, 내가 당신에게 말했죠, 난 당신을 너무나 사랑했다고…….
하지만 이젠 지쳤어요. 이젠 누군가가 나를 사랑해 주기를 원해요. 나를 포근하게 감싸주며 잠을 재워줄 사람이 내겐 필요해요. 내 눈가의 주름살이나 흰 머리칼을 보지 못하는 그런 사람 말예요. 플라망이 나와 결혼한다면 ― 그 사람도 그러길 원했으니까 ― 내가 그 사람을 용서해 주는 게 되는 거예요. 하지만 당신과 나 사이를 한번 비교해 봐요…… 어리석은 짓은 하지 말아요. 이제 다시는 당신이 날 찾아내지 못하도록 신중하게 모든 걸 처리했어요.

지금 난 거리의 작은 카페에 앉아 편지를 쓰고 있어요. 이곳에서는 예전에 우리가 그토록 아름답고 한편으로는 잔인했던 순간들을 보냈던 오 층 아파트가 나뭇가지 사이로 보여요. 문에 걸린 게시판에 새 주인을 구한다는 글이 적혀 있군요…… 이제 당신은 자유예요. 다시는 내 소식을 듣지 못하게 될 거예요…… 하지만 당신은 그 벅차고도 괴로웠던 내 젊은 날을 마감해준 영원한 사람으로 내게 남을 거예요. 영원한 사랑……. 당신에게 마지막 입맞춤을 보냅니다. 내 사랑…….

당신의 파니 르그랑

옮긴이 김종태

1954년 전북 전주에서 태어났다. 전주고등학교와 고려대학교 불어불문학과를 졸업했
다. 옮긴 책으로는 《꼬마 철학자 2》가 있다.